hänssler
NOVELLE

DIE HOCHLAND-SAGA

Schatten über Stonewycke

MICHAEL PHILLIPS
JUDITH PELLA

Die Deutsche Bibliothek – CIP-Einheitsaufnahme

Phillips, Michael:
Schatten über Stonewycke : die Hochland-Saga / Michael
Phillips ; Judith Pella. [Übers. von Barbara Büchner]. –
Neuhausen-Stuttgart : Hänssler, 1992
  (Hänssler-Novelle)
  ISBN 3-7751-1708-3

hänssler-Novelle
Bestell-Nr. 391.708
© Copyright 1988 by Michael Phillips und Judith Pella
Published by Bethany House Publishers, Minneapolis, Minnesota
Originaltitel: Shadows over Stonewycke
Übersetzt von Barbara Büchner

© Copyright der deutschen Ausgabe 1992 by
Hänssler-Verlag, Neuhausen-Stuttgart
Umschlaggestaltung: Daniel Dolmetsch
Titelbild: Dan Thornberg
Printed in Germany

Meinem Vater, Denver Phillips,
und seinem engen Freund Warren Dowling,
deren Erinnerungen an die Kriegszeit in meiner Jugend
in mir einen aufmerksamen Zuhörer fanden.

Der Mann in den Schatten 9
Die Hügel von Stonewycke 12
Südwärts nach London 15
Der Krieg bricht aus 18
Mutter und Tochter 21
Einberufung 26
Der Auftrag 29
Ein Gespräch auf See 32
Eine unerwartete Wendung 36
Kurzurlaub 38
Wie in alten Zeiten 42
Zeit der Besinnung 48
Ein mütterlicher Rat 51
Zeit des Abschieds 54
Ein letztes Gespräch 58
Ausbildung 64
Absprung mit dem Fallschirm 71
Allisons Entschluß 74
Rückkehr nach London 77
Rue de Varennes 82
Die Widerstandskämpfer 87
Erste Begegnung 92
Erster Einsatz 97
Déjà vu 101
Neue Gefährten 106
Ein Gesicht in der Menge 113
Billy hilft weiter 118
Nebel über dem Fluß 122
Späher jenseits des Meeres 125
Rettung 127
Arnaud Soustelle 133
L'Escroc 136
Ein stilles Abendessen 140
Gefangen 144
Verhör 150
Ein unerwünschtes Wiedersehen 153
Gedankengänge 157
Eine Soirée der High Society 161
Ein Imbiß im Pfarrhaus 168
Eine neue Rolle 177

Zweifel *181*
Die Saat der Rache *184*
Eine Freundschaft wird erneuert *187*
Der alte Gentleman *191*
Nathaniel *195*
Das Kartenhaus *199*
Vouziers *204*
Der Flüchtling *208*
Abkürzung *212*
Tragödie *216*
Die Landung *219*
Doppeltes Spiel *223*
Noch einmal Vouziers *226*
Auf der Spur *227*
»La Grande Rafle« *232*
Bereit zum Töten *235*
Gefühlsausbrüche *239*
Opfer *241*
Abschied in der Familie *242*
Bombardement *244*
Joanna *246*
Der Eilzug nach Paris *247*
Henri *249*
Die Befreiung des Priesters *252*
Ein unerwartetes Zusammentreffen *255*
Channing gehen die Augen auf *258*
Ende der Scharade *260*
Ein tückisches Komplott *262*
Logans Entscheidung *264*
Der Kreis schließt sich *266*
Endlich vereint *268*
L'Oiselet *272*
Kameraden *273*
Einzelhaft *275*
Der Klang schwerer Stiefel nähert sich *277*
Tour de force *282*
Fait accompli – beinahe *285*
Ein ehrenhaftes Ende *288*
Bittersüße Weihnachten *290*
Heimkehr *292*
Epilog/London 1969 *295*

DER MANN IN DEN SCHATTEN

Das schrille Tuten einer Autohupe gellte durch die stille, neblige Nacht.
Ein junger Mann, der in der leeren Straße unterwegs war, schreckte unwillkürlich zusammen, sein Schritt stockte einen Augenblick lang. Er preßte sich an die Betonmauer zu seiner Rechten und suchte Schutz im Schatten. Als das Auto vorüberfuhr, stieß er einen tiefen Atemzug aus und ging weiter. Sein Herz klopfte hart in der Brust. Er hatte sich hunderte Male gesagt, es gäbe nichts zu fürchten. Es war unmöglich, daß er verfolgt wurde! Er hatte jede Vorsichtsmaßnahme getroffen, hatte sich an die Seitenstraßen gehalten, hatte von all seinen Tricks und Kniffen Gebrauch gemacht. Die Verdunkelung – als Schutz gegen die Angriffe der deutschen Luftwaffe gedacht – bot auch einen ausgezeichneten Schutz für jemand, der ungesehen durch die Straßen schleichen wollte. Die Straßen waren leer, von den wenigen Fabrikarbeitern abgesehen, deren Arbeit zu dieser finsteren Stunde begann.

Der Mann, der da durch die Nacht schlich, hatte seine Erfahrungen mit Fabrikarbeit. Er hatte seinen Teil an langen, trostlosen Arbeitsstunden geleistet. Er hatte es versucht, in einem »normalen« Job zu arbeiten. Aber es hatte keinen Sinn gehabt. Die Katze ließ das Mausen nicht. Nun empfand er dasselbe Gefühl inneren Jubels – ganz wie in der guten alten Zeit!

Gewiß, was er jetzt tat, hatte eine zusätzliche Dimension: Furcht. Ein falsches Wort, ein irrtümlicher Kontakt, sogar ein allzu neugieriger Nachbar konnten ihn ohne weiteres in ein Straflager oder sogar vor ein Erschießungskommando bringen. Dies hier war kein Spiel.

Dennoch: Der Schrecken erhöhte nur die Herausforderung, den Nervenkitzel. Wenigstens konnte er jetzt etwas *tun* – etwas Nützliches, wie er hoffte.

Plötzlich riß ihn das Dröhnen eines Automobils aus seinen Gedanken. Der Wagen brauste um die Ecke und schoß davon. Er duckte sich außer Sicht nieder und wartete. Die Scheinwerfer leuchteten nur schwach, wie die Vorschriften über die Verdunkelung es verlangten, aber im trüben Aufflackern des Lichts war die Zeit auf seiner Armbanduhr deutlich erkennbar. Es war drei Minuten vor elf.

Im Augenblick, in dem das Auto vorbei war, sprang der Mann aus seiner Deckung hervor und beschleunigte seinen Schritt.

Das Treffen sollte um Punkt elf Uhr stattfinden. Wenn er es verpaßte, konnte er nicht nur seinen Kontaktmann in Gefahr bringen, sondern würde auch mit ziemlicher Sicherheit seinem Vorgesetzten die Lust verderben, ihm noch einmal einen solchen Auftrag anzuvertrauen.

Vier Minuten später stand er am Fuß der London Bridge. Kein besserer Ort hätte für ein solches Treffen gewählt werden können – besonders zu dieser Stunde! Schwaden grauen Nebels schwebten um die stählernen Pfeiler. Die Nacht war still, und der Nebel waberte in langsamer Bewegung. Er schlängelte sich um die Stützpfeiler und die stählernen Säulen der Brücke und verhüllte die obersten Zinnen des Bauwerkes.

Der Mann spähte in den Nebel, dann ging er weiter. Schließlich blieb er stehen. Er wandte den Blick zum Fluß, von dem er nicht mehr sehen konnte als ein gelegentliches Glitzern, wo die träge schwarze Flut lautlos durch Nebel und Finsternis glitt. Gelegentlich unterbrach der dumpfe Klang eines Nebelhorns in der Ferne die drückende Stille.

»Guten Abend, mein Herr«, sagte plötzlich eine Stimme hinter ihm, die aus dem Nichts zu kommen schien. Der Akzent war unverkennbar der eines Deutschen. Obwohl der Klang der Stimme ruhig und die Worte gleichmütig waren, erschrak der Mann so heftig, daß er zusammenzuckte. Er hatte keine Schritte näherkommen hören und gedacht, er sei ganz allein. »Der Fluß sieht großartig aus unter dem Nachthimmel, nicht wahr?« fuhr die ausländische Stimme fort.

»Er sieht immer großartig aus, auch bei Tag«, antwortete er dem Fremden und bemühte sich, seiner Stimme eine Ruhe zu verleihen, die er keineswegs empfand. Er konnte nicht verbergen, daß er heftig erschrocken war.

Die Losungsworte, mit denen sie Kontakt aufnehmen sollten, klangen unter den Umständen besonders lächerlich, aber wenigstens hatten nun beide Männer die Gewißheit, daß sie den richtigen Partner gefunden hatten.

»Ich bin Gunther«, sagte der Kontaktmann, ein hochgewachsener, hagerer Mann in mittleren Jahren, der einen dicken Wollmantel und einen eleganten Filzhut trug. Die Hutkrempe verdeckte ein strenges, pockennarbiges Gesicht. Hätte der junge Mann Gelegenheit gehabt, die Gesichtszüge unter der Hutkrempe deutlicher zu sehen, so hätte er wohl noch mehr Furcht empfunden. Es war kein freundliches Gesicht. »Wer sind Sie?«

»MacIntyre – « Im Augenblick, in dem die Worte über seine Lippen kamen, begriff Logan MacIntyre seinen dummen Fehler.

»Trinity, meine ich«, fügte er hastig hinzu. Man hatte ihnen Kodenamen gegeben – sein Name war Trinity, und sein Kontaktmann hieß Gunther. Wie konnte er nur etwas so Albernes tun?

»Wohin gehen wir?« fragte Logan, erleichtert, daß er von seinem Irrtum ablenken konnte.

»Wir sprechen miteinander, während wir weitergehen«, antwortete sein Begleiter, »um zu vermeiden, daß wir belauscht werden.«

Logan holte tief Atem und wandte sich um, um Gunther zu folgen, der bereits ein paar Schritte entfernt war. Ganz gleich, was er in dieser Nacht zu tun hatte – er war entschlossen, seinen Wert unter Beweis zu stellen.

DIE HÜGEL VON STONEWYCKE

Der Morgen war ausgesucht frisch und voller Leben. Frischer Schnee war während der Nacht gefallen und hatte die Hügel und Täler von Stonewycke und das Tal von Strathy mit einer reinen, glitzernden weißen Schicht bedeckt.

Allison machte die frostige Kälte nichts aus, während sie den vereisten Pfad entlangschritt. Sie war während der ganzen letzten Woche jeden Morgen zu dieser frühen Stunde ausgegangen.

Sie seufzte, dann bückte sie sich und hob eine Handvoll Schnee auf. Ihre Gedanken folgten den erfreulichen Pfaden ihrer Kindheit. Wie hatten sie und ihre Brüder und ihre Schwester sich jedesmal gefreut, wenn der erste Schnee gefallen war! Allison lächelte. Es waren glückliche Zeiten gewesen. Jetzt waren sie alle erwachsen. Ian, der Älteste, diente als Pilot in der R.A.F. und war in Afrika stationiert, und Nat diente in der 51 Highland Division Schottlands. Beide waren jetzt Männer, erfahrene Soldaten, und doch war Nat noch keine einundzwanzig Jahre alt. Allison war jetzt fünfundzwanzig. Der Krieg hatte plötzlich ihr gesamtes Leben beherrscht, hatte sie alle verändert, hatte sie gezwungen, erwachsen zu werden, bevor die Zeit noch reif dafür war, und sie gedrängt, Lebenswege zu gehen, die sie unter anderen Umständen niemals gewählt hätten.

Dennoch fragte Allison sich, ob die Schuld für das Chaos in ihrem Leben allein beim Krieg zu suchen war.

Was war schiefgegangen? Alles hatte so wunderbar angefangen!

Während der Wochen und Monate, in denen er sich von seiner lebensgefährlichen Wunde erholte, waren sie und Logan selig verliebt gewesen. Alles hatte wunderbar zusammengepaßt – ihr Zusammentreffen, ihre neue geistliche Ausrichtung, ihre Zukunftshoffnungen. Der erste Einbruch von Realismus, wenn man es so nennen konnte, in das Idyll ihrer knospenden jungen Liebe, war der Rat ihres Vaters und ihrer Mutter gewesen, noch abzuwarten, statt sich sofort in die Ehe zu stürzen. Sie waren jung – vor allem Allison, die damals erst siebzehn war. Und Logan brauchte Zeit, um einen Weg zu finden, wie er seinen Lebensunterhalt auf ehrbare Weise verdienen und eine Familie ernähren konnte.

Schließlich war die Hochzeit für Februar 1933 festgesetzt worden. Fast ein Jahr war seit dem Tag vergangen, an dem Logan in Allisons Leben getreten war. Im Dezember jedoch starb ihr Urgroßvater, und es erschien undenkbar, im Februar eine Hochzeit zu feiern. Wer konnte sich den Vorbereitungen für eine Hochzeit widmen, wenn der Verlust des geliebten Patriarchen noch so deutlich spürbar war? Die ganze Gemeinschaft trauerte, als der alte Dorey im neunzigsten Lebensjahr starb. Aber obwohl sie ihren Liebsten verloren hatte, wollte Lady Margaret nicht dulden, daß die Hochzeit später als bis zum Sommer verschoben wurde. Und so fand das mit Spannung erwartete Ereignis schließlich im Juni 1933 statt. Es war ein Tag, an den man sich in Port Strathy und Umgebung noch lange erinnerte.

Man konnte sich keinen schöneren Tag vorstellen. Allison hatte keinerlei Standesdünkel mehr, und das ganze Tal war zu Gast geladen, von den Ärmsten bis zu den Reichsten, von den Vornehmsten bis zu den bescheidensten Leutchen. Allseits war die Rede davon gewesen, was für ein prachtvolles Paar die Jungvermählten abgaben. Sie waren so offenkundig füreinander bestimmt gewesen. War es möglich, daß eben jene Eigenschaften, die sie zuerst am anderen so angezogen hatten, sich nun gegen sie wandten?

Sie mußte in diesen Tagen immer öfter an etwas denken, was ihr Urgroßvater kurz vor seinem Tod zu ihr gesagt hatte: »Ich glaube, Gott hat dich und Logan zusammengeführt, meine Liebe. Aber –.« An dieser Stelle wurden Doreys alte braune Augen von inniger Empfindung erfüllt; Allison wußte, daß er nicht bloß Worte aussprach, sondern Gefühle, die aus den Tiefen seiner Erfahrung entsprangen: »Aber der Lebensweg, den Er euch bestimmt hat, wird nicht frei von Schmerz und Sorge sein.«

Allison war damals sehr berührt gewesen von diesen Worten, denn sie liebte ihren Urgroßvater und respektierte ihn zutiefst. Aber mit dem Idealismus der Jugend war es ihr leichtgefallen, diese Worte eher dem Pessimismus des Greisenalters zuzuschreiben als irgendeiner Realität, mit der sie sich zu befassen gehabt hätte, und so zuckte sie die Achseln und schüttelte sie ab.

In diesen Tagen jedoch kamen ihr die Worte bei vielen Gelegenheiten wieder in den Sinn; sie war erwachsen genug geworden, um sie als Worte der Weisheit zu erkennen und nicht als Ausdruck greisenhafter Melancholie. Wenn Dorey aber gespürt hatte, daß ihre Verbindung den Keim von Sorgen und Problemen in sich trug, dann mußte Allison sich die logische Frage stellen: Warum hatte er nichts getan, um sie zu verhindern? Aber noch während sie mit sich selbst diskutierte, wußte sie bereits, was er gesagt hätte. Sie meinte seine Stimme zu hören: *Kind, diese Liebe ist dir von Gott bestimmt. Sie ist Sein Wille. Es mag eine Liebe voll Schmerzen sein, das ist wahr. Aber liebe deinen jungen Mann, und heirate ihn, und diene dem Herrn mit ihm. Und wenn Sorgen über euch hereinbrechen, wie es gewißlich geschehen wird, so mögen sie eure Liebe vertiefen und eure Fähigkeiten vergrößern, Gottes Leben zu empfangen.*

Ja, genau das hätte Dorey gesagt.

Und selbst jetzt konnte sie sich ein Leben ohne Logan nicht vorstellen. Sie hatte ihn damals geliebt, und sie liebte ihn immer noch.

Aber konnte sie sicher sein, daß Liebe allein genug war?

SÜDWÄRTS NACH LONDON

Nicht lange nach der Hochzeit begann Logan unruhig zu werden. Um sein immer schwächer werdendes Selbstbewußtsein aufzubauen, mußte er aus eigener Kraft etwas aus sich selbst und seiner Ehe machen.

»Ich möchte nach London«, erklärte er eines Tages.

Allison starrte ihn ausdruckslos an. Die schlimmste Ironie an seiner Bemerkung war, daß Allison selbst noch vor einigen Jahren die Sehnsucht empfunden hatte, vor der Langeweile – wie sie es damals sah – Stonewyckes zu flüchten. Sie hatte von einem aufregenden Leben in der Stadt geträumt. Edinburgh hätte ihr durchaus gefallen. Aber London! Das wäre die Erfüllung all ihrer Träume und Sehnsüchte gewesen!

Aber nun hatte sie neue Prioritäten, neue Verpflichtungen – nicht nur Logan gegenüber, sondern auch ihrer Familie, dem Land und nicht zuletzt ihrem Glauben gegenüber. Sie hatte sich zu guter Letzt als ein Teil all dessen zu fühlen begonnen, wofür Stonewycke stand. Wie konnte sie auch nur daran denken, gerade jetzt fortzugehen? Lady Margaret kränkelte, und ihre Mutter fürchtete, sie würde nicht mehr lange unter ihnen weilen.

Eine spannungsgeladene Zeit folgte. Logan fühlte sich unglücklich auf Stonewycke, das war deutlich zu sehen. Allison litt mit ihm, aber sie konnte den Gedanken fortzugehen nicht ertragen. Ohne daß klare Fronten geschaffen worden wären, ging das Leben seinen Gang, aber nun wurde ein angespanntes Schweigen das Hauptcharakteristikum einer Beziehung, die einst voll Lachen und gemeinsamer Freuden gewesen war.

Eines Tages – es war etwa einen Monat später – erhielt Logan einen geheimnisvollen Brief. Er öffnete ihn für sich allein, und erst am Abend zeigte er ihn Allison. Sie biß sich auf die Lippen, als sie ihn las, dann blickte sie auf und sah Logan an. Kein Wort kam über ihre Lippen.

»Ich nehme den Job an«, sagte er in einem Ton, der keinen Widerspruch duldete. Allison blieb kaum Gelegenheit, Gegenargumente vorzubringen.

Der Brief kam von einem Freund in London, der ein Restaurant eröffnete. Er hatte Logan eine Stelle angeboten.

»Aber du könntest doch *hier* arbeiten«, antwortete sie.

»Du verstehst mich einfach nicht«, sagte er, warf den Brief beiseite und ging mit zornigen Schritten davon.

Allison hätte sich dem Gedanken vielleicht noch weiter widersetzt, aber am nächsten Tag nahmen ihre Mutter und ihre Urgroßmutter sie beiseite und führten ein langes, eindringliches Gespräch mit ihr. Als sie die beiden verließ, wußte sie, was sie zu tun hatte.

»Stonewycke wird immer noch hier sein, bis er herausgefunden hat, was er mit seinem Leben anfangen möchte«, erinnerten die beiden Frauen sie. »Stonewycke wird immer hier sein. Und wir werden auch hier sein.«

Weder Allison noch Logan fiel es leicht, Strathy zu verlassen. Am Tag des Abschieds flossen die Tränen ungehemmt. Denn trotz Logans festem Entschluß, sich auf eigene Füße zu stellen, hatte er begonnen, eine tiefe Liebe für das alte Stonewycke zu empfinden – vielleicht tiefer, als ihm selbst bewußt war. Es war ja nicht nur der Ort, wo sein geliebter Ahne Digory gelebt hatte, sondern es war ein Ort, den die Erinnerungen an erst jüngst vergangene Zeiten erfüllten. Hier hatte Logan seinen Gott gefunden. Hier, auf diesen lieblichen Heidehügeln, hatte sein gemeinsames Leben mit Allison begonnen. Und hier hatten sie sich einander fürs Leben versprochen.

Sobald Allison sich mit dem Wechsel in ihren Lebensumständen abgefunden hatte, richteten sie und Logan sich in ihrem neuen Leben ein und fanden neues Glück miteinander. Sie fanden eine Wohnung in Shoreditch, nicht weit von der Wohnung, in der Molly Ludlowe lebte, die Witwe von Logans altem Freund und Gefährten Skittles. Es überraschte Allison fast, daß sie nach einer Weile das Leben in der Stadt durchaus anziehend fand.

Sogar inmitten der Wirtschaftskrise, die die ganze Welt erfaßt hatte, gelang es dem jungen Paar, standesgemäß zu leben. Logans Persönlichkeit machte ihn zu einem Erfolg im Unternehmen seines Freundes. Trotz der Entfremdung, die sich allmählich einschlich, fand Allison reichlich Beschäftigung. Viele ihrer früheren Bekannten hatten inzwischen die Schule beendet oder geheiratet und waren ebenfalls nach Süden gezogen, um hier im gesellschaftlichen und finanziellen Zentrum der Welt zu leben, und sie erneuerte ihre Bekanntschaft mit ihnen.

Aber Allisons Freunde gefielen Logan nicht, und er blieb ihnen fern. Er blieb immer mehr für sich allein.

Inzwischen – nur einige Monate, nachdem sie in die Stadt gezogen waren – war Lady Margaret ihrem geliebten Dorey gefolgt. Sie starb schmerzlos und in Frieden, mit dem Vertrauen im Herzen, daß sie nun endlich wirklich heimging. Voll Freuden verließ sie dieses Leben und eilte dem wahren Leben in der Ewigkeit entgegen. Und mochte die Familie auch trauern, so fanden sie doch inmitten ihrer Tränen Freude an der Gewißheit, daß sie alle zuletzt miteinander vereint sein würden.

Allison war bekümmert über den Tod ihrer Urgroßmutter, aber bald widmete sie sich mit neuem Eifer ihren gesellschaftlichen Aktivitäten. Es schien den Schmerz ihres Verlustes leichter erträglich zu machen, wenn sie sich beschäftigte, aber allmählich begannen ihr und Logans Leben auf verschiedenen Wegen zu verlaufen.

Diese Situation wurde noch dadurch verschlimmert, daß Logans berufliche Existenz auf wackligen Beinen stand. Die Arbeit im Restaurant hatte hoffnungsvoll begonnen, aber bald fühlte Logan sich in seinen Hoffnungen auf einen raschen beruflichen Aufstieg enttäuscht. Er nahm einen Posten in einer Immobilienfirma an, aber ein Schreibtischjob entsprach nicht seinem abenteuerlichen Wesen. Eine Reihe von Jobs, die sich alle als Sackgassen erwiesen, folgte – Schuhverkäufer, Taxifahrer, Empfangschef in einem Hotel, Nachtwächter. Jeder schien mehr Aussichten zu bieten als der vorhergehende, aber letzten Endes erfüllte keiner Logans hochgesteckte Erwartungen.

Die ersten Jahre ihrer Ehe verliefen nach diesem Muster. Freilich gab es auch gelegentlich glückliche Stunden. Die Liebe, die sie in ihren ersten gemeinsamen Tagen füreinander empfunden hatten, trug das ihre dazu bei, die Spannung ihres gegenwärtigen Lebens erträglich zu machen. Aber die Zeit nagte an ihrer unsicheren Beziehung, und die Nähe, die sie einst miteinander geteilt hatten, reichte nicht aus, um die wankenden Fundamente zu stützen. Sowohl Allison wie auch Logan steckten tief in persönlichen Enttäuschungen und waren nicht imstande zu erkennen, daß die Richtung ihres Lebens sich dramatisch verändert hatte. Sie achteten den anderen nicht mehr höher als sich selbst, und sie blickten nicht länger gemeinsam zu dem Gott auf, dem sie ihr Leben übergeben hatten und baten ihn um Führung. So konnten sie nicht sehen, daß er allein ihre Ehe vor den Gruben und Fallstricken retten konnte, auf die sie zusteuerte.

DER KRIEG BRICHT AUS

So seltsam es klingen mag: Trotz der Schwierigkeiten, die sie und Logan miteinander hatten, sehnte Allison sich nach einem Kind. Ein Baby, so hoffte sie, würde sie beide wieder enger aneinander binden, ihrem Leben ein gemeinsames Ziel geben und vielleicht sogar ihre Liebe erneuern. Aber mehr als vier Jahre lang wurde ihnen dieses Geschenk verweigert.

Dann, 1938, wurden Allisons Gebete erhört, und sie gebar ihre Tochter Joanna. Eine Zeitlang band das Kind tatsächlich seine Eltern enger aneinander, aber die Änderung war nur kurzfristig. Nur ein Jahr später, im Herbst 1939, erreichte der Krieg auch Frankreich und England. Inzwischen war der Firnis der Liebe bei Allison und Logan so dünn geworden, daß sie sich eingestehen mußten, daß nicht alles zum besten stand. Was Logan anging, so verstärkte der Kriegsausbruch nur sein Empfinden, daß er versagt hatte – vor sich selbst, seiner Frau und seiner wachsenden Familie. Im Augenblick, in dem zu den Waffen gerufen wurde, versuchte er sich freiwillig zu melden. Sein Vorstrafenregister jedoch holte ihn ein. Während seine Altersgenossen stolz in den Kampf gegen die Deutschen zogen, mußte er die Schande tragen, zurückzubleiben. Was immer er anfing, es schien zu mißlingen. Er begann sich zurückzusehnen in seine Junggesellenzeit, die gute alte Zeit mit Skittles und Billy. Gewiß, was er damals getan hatte, war nicht eben ein ehrbares Leben gewesen. Aber er war zumindest ein erfolgreicher Gauner gewesen – und hatte seinen Spaß dran gehabt.

Im Frühling des Jahres 1940 kam er eines Tages früher als gewöhnlich nach Hause.

»Ich habe einen neuen Job«, erklärte er.

»Haben sie dich in eine neue Abteilung versetzt?«

»Nein«, antwortete er. »Ein Fabrikjob ist überhaupt nicht das richtige für mich. Ich habe einen Freund, der etwas für mich ausfindig gemacht hat ... etwas Interessanteres. Es ist genau das, was ich gesucht habe. Jetzt wechsle ich nicht mehr so bald die Stelle. Ich werde für die Regierung arbeiten.« In seiner Stimme schwang ein leicht trotziger Unterton mit.

»Die Regierung? Aber ich dachte – «

»Was ist los, glaubst du mir etwa nicht?« fuhr er sie an. »Was soll dieser Verhörton? Ich werde etwas tun, was dem Vaterlande nützt!«

Einen Augenblick später bereute Logan seine scharfen, trotzigen Worte. Zögernd streckte er die Hand aus und legte sie auf Allisons Schulter, aber sie verkrampfte sich unter seiner Berührung.

»Es tut mir leid«, sagte er.

»Es geht mir nur um dich, Logan«, antwortete sie mit zitternder Stimme. »Ich möchte doch so gerne, daß du glücklich bist, und daß wir – daß wir auch – «

»Meine liebe Ali«, antwortete er zärtlich und zog sie in seine Arme, »das wünsche ich mir auch – für dich – für uns beide.«

Damit endete das kurze Streitgespräch über Logans neue Arbeitsstelle, die hitzigen Worte erstarben, als die Liebe, die sie immer noch einer für den anderen empfanden, an die Oberfläche drängte. Die Detailfragen, die Allison stellen wollte, waren vergessen, als dieser kurze Augenblick seliger Gemeinsamkeit sie überwältigte. Und da sie es nicht neuerlich zu Spannungen kommen lassen wollte, schluckte Allison ihre Kränkung hinunter und fragte kein zweites Mal, obwohl ihre Sehnsucht Tag für Tag wuchs. Sie wollte Näheres wissen, sie wollte sein Leben mit ihm teilen. Als die Zeit verging, begann sich im hintersten Winkel von Allisons Bewußtsein eine nagende Sorge zu regen – die Furcht, er sei vielleicht in sein altes Leben zurückgefallen. Gelegentlich sprach er von seinem neuen »Job«, aber immer nur in sehr allgemeinen und nichtssagenden Formulierungen. Welche Arbeit für die Regierung, dachte sie, wurde zu so seltsamen und unregelmäßigen Zeiten getan und in solcher Heimlichkeit?

Im Sommer des Jahres 1940 begann England sich für den Fall einer deutschen Invasion der Insel zu rüsten, die als praktisch einziges Bollwerk Hitlers Plänen, ganz Europa zu erobern, noch Trotz bot. Wie so viele in ihrer Situation plante Allison, mit ihrer kleinen Tochter London zu verlassen. Sie wollte in die Sicherheit von Stonewycke zurückkehren, bis die Gefahr eines feindlichen Angriffs vorüber war. Umsonst versuchte sie Logan zu überreden, mit ihr zu kommen. Er bestand darauf, die Verpflichtungen seiner Arbeit seien zu schwerwiegend, als daß er London verlassen könnte.

»Du mußt mir wenigstens die Nummer deines Büros geben, falls ich dich dringend erreichen muß«, sagte sie schließlich. Resignation klang in ihrer Stimme mit.

»Was soll schon passieren?« antwortete er, dann zögerte er. »Na gut ... hier ist eine Nummer. Aber nur für Notfälle, sonst nicht!« Er kritzelte hastig eine Telefonnummer auf einen Zettel und reichte ihn ihr.

Allison blieb noch eine Woche in London und hoffte, sie könnte Logan doch noch überzeugen, die Stadt mit ihr gemeinsam zu verlassen. Aber ihre Bemühungen blieben erfolglos, und als die Tage vorübergingen, wurde ihr klar, wie leichtsinnig es war, ihre Tochter noch länger den furchtbaren Luftangriffen der Deutschen auszusetzen. Sie hatten im Juni begonnen und wurden immer schlimmer, je weiter der Sommer fortschritt.

So kehrte Allison schließlich nach Stonewycke zurück.

MUTTER UND TOCHTER

Joanna sah ihre Tochter schon aus der Ferne, als sie den Gipfel des schneebedeckten Hügels erklomm. Selbst von hier aus konnte Joanna den nachdenklichen, besorgten Ausdruck auf ihrem Gesicht erkennen – etwas, was so gar nicht ihrem üblichen selbstbewußten Wesen entsprach. Die Zeiten hatten sich geändert. Ihre Tochter war nun eine erwachsene Frau, und die Sorgen des Erwachsenenlebens drückten sie schwer.

Fast sechs Monate waren vergangen, seit ihre Tochter und ihre Enkelin nach Stonewycke gekommen waren, um den Bombennächten in London zu entfliehen. Das Jahr 1940 war ein schweres Jahr gewesen, nicht nur für ihre Familie, sondern für ganz Großbritannien. London war unter den Angriffen der deutschen Luftwaffe fast zugrundegegangen, und die Gefahr einer Invasion bestand immer noch.

Joanna betete im stillen: *Lieber Gott, ich weiß, Allison und Logan lieben einander von Herzen. Tu, was Du tun mußt, um sie zur Reife zu bringen. Richte ihre Augen, oh Herr, auf einander und auf Dich.*

Wie oft hatte Joanna gewünscht, sie besäße die zwingende Weisheit ihrer Großmutter! Aber Lady Margaret war tot. Joanna zweifelte daran, daß der Verlust jemals aufhören würde zu schmerzen.

Oh, Gott, flüsterte Joanna, *ich weiß, sie hinterließ mir ein geistliches Erbe, das nicht von meiner eigenen Kraft oder Klugheit abhängig ist. Durch sie habe ich gelernt, daß Du meine Stärke bist. Wenn ich Dich anrufe, so bist Du da. Führe ihr Erbe fort, Herr. Wenn es Dein Wille ist, so wirf den Mantel ihrer Weisheit auf meine Schultern, wie sie es von Dir erflehte am Tage ihres Todes. Und laß mich Dir so treu dienen wie Dein Diener Elisa. Gib mir Deine Weisheit, Herr, mein Gott. Und mache mich zu Deiner getreuen und gehorsamen Tochter.*

Noch während sie dieses Gebet sprach – das sie schon bei vielen anderen Gelegenheiten gebetet hatte – wanderten Joannas Gedanken zu einem Tag vor acht Jahren zurück. Als Lady Margaret Joanna damals an ihr Krankenbett gerufen hatte, hatte sie zweifellos gefühlt, daß ihre Zeit knapp bemessen war, und sie hatte ihre letzten Augenblicke mit ihrer Enkelin verbringen wollen. Sie lächelte, denn in ihr war keine Furcht, und nahm Joannas Hand in die ihre.

»Ich erinnere mich«, hatte die friedvolle alte Frau mit schwacher Stimme gesagt, »an eine frühere Zeit, als ich im Sterben lag.

Damals wußte ich selbst noch im Delirium, daß ich nicht sterben konnte, ohne das Erbe von Stonewycke an dich weiterzugeben, obwohl es fast zu spät dafür war. Aber Gott verschonte mich, und es war, als hätte er mir ein zweites Leben geschenkt.«

»Er muß wohl gewußt haben, wie viel ich noch von dir zu lernen hatte«, sagte Joanna liebevoll.

»Du hast es gut gelernt, geliebtes Kind. Du warst mir ebenfalls eine Inspiration. Ich kann mich in Frieden zur Ruhe legen. Ich habe mich gefragt, welche letzten Worte ich dir hinterlassen soll. Aber ich glaube, ich habe dir alles gegeben, was ich zu geben habe. Ich bete, unser himmlischer Vater möge dir ein Hundertfaches dessen geben, was ich dir hätte geben können. Ich glaube, was dir in dieser modernen Welt des 20. Jahrhunderts begegnen wird, wird weit über alles hinausgehen, was wir früheren Generationen uns vorstellen konnten. Aber ich weiß, Seine Kraft wird auch diesem gewachsen sein, und Er wird dir treu sein.«

Als sie so sprach, blitzten Margarets Augen mit dem Feuer der Jugend, und Tränen strömten über Joannas Gesicht. Das Feuer freilich war nicht die Glut der Jugend, sondern das letzte Aufglühen einer erlöschenden Kohle, als das Licht dieses Lebens im Licht des zukünftigen Lebens verblaßte. Als Joanna mit tränenglitzernden Augen kurz darauf aufblickte, waren die Augen der geliebten alten Dame geschlossen, und sie schlief friedlich. Joanna beugte sich nieder und küßte die runzlige Wange, dann stand sie auf und verließ das Zimmer.

Als sie zwei Stunden später zurückkehrte, um ihr den Tee zu bringen, hatte Maggie ihren letzten Atemzug getan, und ihr Friede war nicht mehr von dieser Welt.

Nun war Joanna einundfünfzig Jahre alt, und reiches Grau mischte sich in ihr Haar. Sie war nun selbst eine Großmutter. Ihr Gatte und zwei ihrer Söhne waren außer Landes und kämpften in einem furchtbaren Krieg. Und die Ehe ihrer ältesten Tochter, die mit so großen Hoffnungen begonnen hatte, segelte einen gefährlichen Kurs durch wildes Wasser, und es schien, als könnte sie ihr keine Hilfe geben.

Sie blickte auf, sah Allison näherkommen, hob die Hand zu einem Winken und lächelte warm.

»Guten Morgen, meine Liebe«, sagte Joanna. »Ein wenig Gesellschaft macht dir doch nichts aus?«

»Natürlich nicht. Ich spazierte nur ein bißchen herum ... zum Nachdenken, weißt du.«

»Es ist ein herrlicher Tag dafür«, antwortete Joanna.

»Aber je mehr ich nachdenke, ja, je mehr ich bete, desto verwirrender wird alles für mich«, sagte Allison voll zorniger Enttäuschung.

Joanna legte einen Arm um die Schultern ihrer Tochter und umarmte sie, während sie langsam weiterschlenderten.

»ER wird zu dir sprechen«, sagte sie schließlich, »aber du mußt dein Herz öffnen, um Ihn zu hören. Gottes Führung schließt immer Sein Sprechen und unser Hören mit ein.«

Einen Moment lang gab Allison keine Antwort. »Mutter«, sagte sie abrupt, als hätte sie Joannas Worte nicht gehört, »was meinst du, was würde passieren, wenn Logan und ich es ... nun, wenn wir es nicht schaffen?«

»Es gibt immer eine Lösung, Allison.«

»Ich ... ich bin mir nicht sicher, ob das stimmt. Es gibt so viele Scheidungen, weißt du.«

Joanna zuckte innerlich zusammen. Sie bemühte sich sehr, sich nichts davon anmerken zu lassen, welch scharfer Schmerz sie bei dem Gedanken durchzuckt hatte.

»Ich hoffte, diese Monate der Trennung würden alles besser machen. Aber zu Weihnachten ist mir klargeworden, daß sich nichts wirklich verändert hatte. Ich glaube wirklich, er liebt mich nicht mehr.«

»Oh, Allison, meine Liebe! Das kann nicht wahr sein!«

»Er spricht kaum noch mit mir«, sagte Allison. Ihre Augen füllten sich mit Tränen.

»In ihm hat sich in den letzten Jahren viel verändert«, sagte Joanna. »Er hat einen ganz neuen Lebensweg begonnen, sowohl geistlich wie auch sozial. Ich weiß, er steht unter Druck, der Krieg macht ihm zu schaffen und ebenso die Suche nach einer Arbeit, bei der er sich wohlfühlt. Aber ich bin sicher, ihn treibt immer noch seine Liebe zu dir.«

»Ich habe eine Zeitlang versucht, das zu glauben. Aber du machst dir keine Vorstellung davon, wie es war, Mutter. Und seine Arbeit! Die ist ja ein Teil des Problems! Ich fürchte, er ist in sein altes Leben zurückgefallen. So oft ich herauszufinden versuche, was er eigentlich treibt, macht er seine alten Ausflüchte. Ich kann ihm einfach nicht mehr vertrauen.«

»Vielleicht, wenn du ihm vertrauen könntest – «

»Er hat mich angelogen, Mutter!« platzte Allison heraus. »Als ich London vor einigen Monaten verlassen habe, gab er mir eine Telefonnummer. Er sagte mir, ich dürfte sie niemals verwenden, es sei denn in einem dringenden Notfall. Daran habe ich mich gehalten. Angeblich war es die Nummer seines Büros.«

»Und?«

»Letzte Woche habe ich die Nummer angerufen. Ich mußte es einfach wissen! Mutter, die Nummer, die er mir gab, gehört zu Billy Cochrans Laden!«

»Ist das so schrecklich?« fragte Joanna.

»Verstehst du nicht? Er hat mich angelogen! Er behauptete, er arbeite für die Regierung, aber jetzt steckt er wieder bis zum Hals in seinem alten Leben – ich weiß es.«

»Vielleicht gibt es eine andere Erklärung. Vielleicht durfte er die Nummer des Büros nicht hergeben und wußte, daß Billy ihn erreichen konnte.«

»Ach, Mutter, wenn das nur wahr wäre! Aber da ist noch mehr! Nachdem ich Billy angerufen hatte, beschloß ich, es in unserer Wohnung zu versuchen. Aber als ich anrief, hob jemand ab, den ich nicht kannte – in unserer Wohnung! Jemand mit einem unverkennbar deutschen Akzent!«

»Allison, was willst du damit sagen?«

»Ich weiß es selbst nicht, Mutter. Aber wenn er für die Regierung arbeitet, wie er behauptet, dann frage ich mich jetzt, *für welche Regierung!* Er benimmt sich immer absonderlicher ... so fern ... so aufgebracht, daß sie ihn bei der Armee nicht genommen haben. Er hat da Dinge gesagt – «

Allison stockte und holte tief Atem, dann atmete sie langsam und nachdenklich aus. »Nun«, sagte sie schließlich, »wahrscheinlich ist es ohnehin gleichgültig, was er tut. Unsere Probleme begannen lange vorher.«

Joanna behielt ihre Gedanken bei sich. Was immer Logans Geheimnis sein mochte, Joanna wußte, daß er seine Familie oder diejenigen, die er liebte, vor allem Allison, niemals absichtlich verletzen würde. War es wirklich möglich, daß er zu seinem alten Leben zurückgekehrt war? Sein ursprünglicher Glaubenseifer mochte abgekühlt sein, aber war es so schlimm mit ihm geworden? Versuchte er seine alten Fehler gutzumachen, indem er sich in neue Irrwege verstricken ließ?

Nein! Sie würde es niemals glauben!

Sie umarmte ihre Tochter noch einmal und ließ sie dann los. Die Frauen trennten sich schweigend. Allison ging den schnee- und eisbedeckten Pfad zum Haus entlang. Joanna sah ihr ein paar

Sekunden lang nach, dann ging sie in der entgegengesetzten Richtung weiter.

Zehn Minuten später stand sie vor einem bescheidenen Grabstein. Ihr warmer Atem sandte weiße Dampfwölkchen in die frostige Morgenluft. Die Worte auf dem Stein waren schlicht – Maggie hatte es so gewünscht. Keine Verse, keine Zitate, nicht einmal ihr Titel. Auf dem Stein stand: Margaret Ramsey Duncan, 1846-1933.

Wie konnten künftige Geschlechter aus dieser bescheidenen Inschrift erkennen, was sie diesem Tal bedeutet hatte, erst als Maggie, später als Lady Margaret?

Joanna ließ den Blick über den Familienfriedhof schweifen. Rechts von Maggie und Ian ruhten James und Atlanta Duncan. Im Hintergrund der umzäunten, sorgsam gepflegten Anlage, von einem größeren Stein als die anderen überragt, befand sich das Grab von Anson Ramsey, in dem er mit seiner Frau und seinen beiden Söhnen lag. Aber jetzt war nicht die Zeit, über die Vergangenheit nachzusinnen; die Gegenwart hielt Sorgen genug bereit. »Oh, Großmutter!« dachte Joanna, während ihr Blick zu Maggies Grab zurückkehrte, »was würdest du für Allison und Logan tun, wärst du noch am Leben?«

Joanna seufzte. Sie kannte die Antwort. Maggie würde ihr raten, auf Gott zu vertrauen. Denselben Rat hatte sie selbst schon Allison gegeben.

Im stillen betete Joanna ein Gebet, das nur aus einer jahrelangen innigen Beziehung zu Gott entspringen konnte: *Oh, Gott, tu alles Nötige, um sie wieder zusammenzubringen – und zurück zu Dir. Führe sie, wohin Du sie führen mußt, laß sie durchleiden, was durchlitten werden muß, führe sie zu den Freuden und Schmerzen, die sein müssen, damit am Ende, o Herr, ihre Augen völlig für Dich geöffnet werden.*

Die Granitmauern von Stonewycke boten ihr Trost, als sie sie wenig später betrat; sie spürte von neuem, daß der Geist des lebendigen Gottes in diesem Haus wohnte. Er, der in der Vergangenheit so viele Leben so tiefgreifend berührt und gewandelt hatte, würde auch die Leben künftiger Generationen berühren – durch die Gebete derjenigen, die vor ihnen gewesen waren, durch Joannas eigenes Gebet und durch Gebete, die erst noch gesprochen werden sollten. Gottes Wege sind unerforschlich. Aber in einem war sich Joanna gewiß: Die Gebete Seines Volkes verhallten niemals ungehört.

EINBERUFUNG

Das beharrliche Läuten des Telefons hallte in dem kalten Londoner Apartment wider.

Logan verhielt den Schritt an der offenen Vordertüre. Er zögerte. Er war fast schon zu spät dran und konnte keine Verzögerung riskieren. Er begann die Türe zu schließen, dann dachte er: Wenn es nun das Hauptquartier ist? Hatten sich vielleicht wichtige Änderungen ergeben?

Das Telefon läutete immer noch, wieder und wieder.

»Verflixt!« sagte er mit einem frustrierten Seufzer, knallte die Türe hinter sich zu und trat wieder in die Wohnung.

Er erreichte das Telefon und hob den Hörer ab, als es eben zum sechstenmal läutete. Niedergeschlagenheit überkam ihn, als er die Stimme am anderen Ende hörte.

»Logan, Liebster? Hallo, ich bin's – Allison!«

»Ali«, antwortete Logan. Er tat sein Bestes, Begeisterung aus seiner Stimme klingen zu lassen. Aber es war die unglücklichste Zeit für einen Anruf. Er war viel zu angespannt in Erwartung seines Treffens mit Gunther, um ihr die Aufmerksamkeit zuteil werden zu lassen, die sie sicherlich erwartete.

»Du fehlst mir so sehr, Logan.«

»Du fehlst mir auch ... natürlich«, antwortete Logan. Er sprach die Wahrheit, trotz ihrer Schwierigkeiten.

»Logan, warum kommst du nicht nach Schottland?«

»Ich kann einfach nicht weg. Das weißt du doch. Vor allem jetzt. Es gehen wichtige Dinge vor.« Bei den Worten fiel ihm sein dringender Termin ein. Er warf einen Blick auf die Uhr.

»Was gibt es Wichtigeres als deine eigene Familie? Deine Tochter wächst so rasch heran, und du hast sie kaum gesehen seit – «

»Fang nicht wieder so an, Ali«, unterbrach Logan sie. Wie konnte er ihr verständlich machen, was er selbst kaum verstand? Noch während er so stand und nach den richtigen Worten suchte, schlug die Uhr auf dem Kaminsims Viertel.

»Ich muß gehen«, sagte er brüsk. »Ich habe eine Verabredung. Wir reden später darüber.«

»Da könnte es schon zu spät sein«, sagte sie steif, und bevor er noch ein weiteres Wort herausbrachte, hörte er ein lautes Klicken am anderen Ende des Drahts.

Der eisige Klumpen in Logans Magen schien immer größer zu werden, als er sich dem Euston-Bahnhof näherte. In Kürze würde er Gunther treffen.

Hätte er das Telefon nur läuten lassen! Jetzt war nicht die Zeit dazu, sich mit persönlichen Problemen herumzuschlagen. Er mußte sich auf seine geschäftlichen Angelegenheiten konzentrieren! Aber so sehr er es auch versuchte, er konnte das geistige Bild nicht aus seinen Gedanken verbannen, wie Allison den Telefonhörer auf die Gabel knallte und vermutlich in Tränen des Zorns und der Verzweiflung ausbrach.

Warum hatte sie ausgerechnet jetzt anrufen müssen? Sie schaffte es immer wieder, ihm Knüppel vor die Füße zu werfen! Endlich hatte er einen Job gefunden, für den er wie geschaffen war und der ihm obendrein gefiel. Wenn er ihn vor seiner Frau geheimhalten mußte, so taten doch Tausende andere Männer dasselbe, und ihre Frauen machten deshalb kein solches Theater! Warum konnte sie nicht ausnahmsweise einmal stolz auf ihn sein? Warum konnte sie ihm nicht einfach vertrauen? Er brauchte wegen seiner dunklen Vergangenheit Vertrauen noch dringender als ein anderer Mann. Er mußte fühlen, daß sie an ihn glaubte, daß sie seinen Erfolg wollte.

Aber zuweilen hatte er das Gefühl, daß sie nur darauf wartete, daß er ausrutschte, daß er wieder abstürzte, daß er wiederum seine alten »Geldbeschaffungsmethoden« anwandte – besonders zwischen zwei Jobs, wenn sie knapp bei Kasse waren.

»Nun«, sagte er trotzig zu sich selbst, »ich denke nicht daran, den einzigen Job aufzugeben, der mir wie auf den Leib geschneidert ist – nur ihretwegen!«

Er hatte allzulange auf diese Chance warten müssen. Zwei Monate waren vergangen, seit er Gunther zum erstenmal getroffen hatte – auf der London Bridge im November. Zwei Versuche waren schiefgelaufen. Er hatte fast schon zu fürchten begonnen, die ganze Angelegenheit würde im Sande verlaufen. Und wenn dieser Auftrag schiefging, war der ganze Job im Eimer. Dieser Handel mit Gunther war seine einzige Chance, alles gut zu machen, sie zu überzeugen, daß sie ihn behielten. Er hoffte, daß er nicht allzuviel Hoffnung auf einen einzigen Auftrag setzte. Aber er wurde den Gedanken nicht los, daß einige von »denen da oben« ihn im Auge behielten, und wenn er sich gut hielt und sich als mutig erwies, nun – dann standen größere Dinge in Aussicht.

Es war ein schierer Glücksfall gewesen, daß er überhaupt auf diese Sache gestoßen war. Nachdem die Armee ihn zweimal abgelehnt hatte, hatte er resigniert und sich darauf eingestellt, den Krieg in irgendeiner elenden Fabrik abzusitzen, zwischen Frauen und alten Männern, die sonst nirgends mehr zu gebrauchen waren.

Dann kam Arnie Kramers Anruf.

Er hatte Arnie in der guten alten Zeit gekannt. Jetzt war Arnie kein Arnie mehr, sondern Arnold und ein Major obendrein. Er arbeitete für den Geheimdienst. Er war auf der Suche nach neuen Leuten, sagte er, und könnten sie sich vielleicht einmal treffen? Logan stimmte zu.

»Die Armee nimmt mich aber nicht«, sagte Logan.

»Die reguläre Armee – pah!« sagte Kramer mit der üblichen Verachtung einer Armeeinheit für die andere. »Wenn die dich abgelehnt haben, ist das die beste Empfehlung, die du kriegen kannst!«

»Was genau soll ich eigentlich für dich tun?« fragte Logan, dessen Interesse nun geweckt war.

Kramer beugte seinen stämmigen Körper vor und senkte die Stimme zu einem verschwörerischen Flüstern. Der Schalk blitzte in seinen kleinen Augen. Es war ganz wie in alter Zeit, nur war jetzt Logan die Beute. Und diesmal hatte Logan keine Ahnung, daß er von einem eingeseift wurde, der das alte Spiel so gut zu spielen gelernt hatte wie er selbst. »Sagen wir mal, ein bißchen Mantel-und-Degen-Story, mein Junge.«

»Spionage?«

Arnie nickte.

Logan berührte zweifelnd seinen Schnurrbart. »Ich weiß nicht recht ...«, sagte er zögernd, obwohl sein Herz vor Aufregung wie wild pochte. »Ich bin jetzt Familienvater, Arnie.«

»Wir sorgen natürlich dafür, daß du gedeckt bist. Kein Problem. Machen wir die ganze Zeit. Staatssicherheit und so – du weißt schon. – Laß mich nicht hängen, Logan. Du bist der richtige Mann für den Job.«

Logan ließ Major Arnold Kramer nicht hängen. Er dachte nicht daran, eine solche Chance sausen zu lassen! Er wußte, daß er der richtige Mann für den Job war. Das brauchte ihm nicht erst Arnie zu sagen! Und auf jeden Fall war es der richtige Job für einen Mann wie ihn. Wie konnte er ablehnen, nachdem er die letzten sechs Jahre auf eine solche Gelegenheit gewartet hatte?

Allison würde ihn verstehen. Jedenfalls *sollte* sie ihn verstehen. Wenn sie ihn liebte, dann mußte sie imstande sein, ihn zu akzeptieren und alles, was er tat – ohne Fragen zu stellen.

DER AUFTRAG

Gunther war ein deutscher Agent, der jetzt im Sold des britischen Geheimdienstes M15 stand. Sobald er für die Engländer arbeitete, begann M15 einen komplizierten Plan zu entwickeln, wie er dazu benutzt werden konnte, die deutschen Agentenringe zu unterwandern. Wenn Gunthers Frontenwechsel Berlin lange genug verborgen blieb, um ein halbes Dutzend erfahrener britischer Geheimdienstmänner auf dem Kontinent einzuschleusen, dann würde das den Alliierten Vorteile bringen, die den Krieg vermutlich beträchtlich verkürzen würden.

Der Deutsche hatte seinen Vorgesetzten in der Abwehr vorgespiegelt, er habe mehrere Unteragenten angeheuert. Vor zwei Monaten hatte die Abwehr einen Funkspruch gesandt, sie wollten einen dieser Rekruten näher kennenlernen. Der britische Geheimdienst mußte nun jemand herbeischaffen, der diese Rolle spielen konnte, denn M15 wollte keinen seiner wichtigen, erfahrenen Männer aufs Spiel setzen. Bis sichergestellt war, daß Gunther tatsächlich der Überläufer war, der zu sein er behauptete, mußte M15 Katz und Maus spielen. Sie konnten es nicht riskieren, einen Mann, der über lebenswichtige Informationen verfügte, der Abwehr in die Hand zu geben. Wer wußte denn, ob Gunthers angeblicher Frontenwechsel nicht nur ein raffinierter Trick war, um einige von Englands hochrangigen Agenten in eine Falle der Deutschen zu locken?

Dann hatte Arnie Kramer an Logan gedacht. Sein Vorstrafenregister würde ihn zu einem idealen Rekruten für die Deutschen machen. Natürlich hatte Kramer nicht die Absicht, Logan den ganzen weitläufigen Plan zu enthüllen. Er brauchte nicht zu wissen, daß er nichts weiter als ein Strohmann war. Wenn es sich herausstellen sollte, daß Gunthers Loyalität doch eher den Deutschen als den Alliierten galt, dann konnten sie Logan foltern, solange es ihnen Spaß machte, und würden nie ein Wort von Bedeutung aus ihm herauskriegen. Wenn Gunther aber echt war, und der Plan klappte, dann war Logan nicht in Gefahr, und sie konnten ihn leicht durch einen wirklichen Agenten ersetzen, der später in die deutsche Abwehr eindringen sollte. Wenn Gefahr bestand ... nun, dann opferte man besser einen wie Logan für die gute Sache, als daß irgendeine lebenswichtige Information in die falschen Hände geriet.

So war Logan also über Nacht ein britischer Spion geworden – oder bildete es sich jedenfalls ein. Der Name, den Kramer ihm gegeben hatte, gefiel ihm nicht besonders. Aber *Lawrence MacVey* paßte zu seinem schottischen Akzent, also akzeptierte er ihn.

Zwei Versuche nach dem Treffen auf der Brücke waren gescheitert. Nun machten er und Gunther einen dritten Versuch. Der Zug, in dem sie saßen, war nur noch wenige Minuten von Cleesthorpe entfernt, einem Fischerdorf an der nordöstlichen Küste von England, wo ein Fischtrawler des M15 bereit lag, um sie zu einem Treffen mit einem deutschen U-Boot in der Nordsee zu bringen.

Als der Zug mit einem Ruck in dem winzigen Bahnhof an der Küste anhielt, warf Logan seinem Gefährten einen verstohlenen Blick zu. »Das ist ein eiskalter Typ«, dachte er mit einer Mischung aus Bewunderung und Scheu.

Gunther erhob sich von seinem Sitz und sammelte seine Habseligkeiten ein. Logan folgte ihm den Mittelgang entlang, und bald darauf traten sie hinaus in die frostige Nachtluft.

Logan zog seinen Mantel eng um sich. Die Straßen waren verlassen, aber Logan wußte, daß nicht nur die Januarkälte die Menschen in den Häusern hielt. Die Ostküste Englands hatte unter schweren Angriffen der Luftwaffe gelitten. Hier im Norden war es nicht ganz so schlimm gewesen wie weiter südlich, aber die Furcht vor einem neuerlichen Angriff war allgegenwärtig. Was hätten diese schlichten Bewohner des Küstenstädtchens wohl gesagt, hätten sie gewußt, daß nur wenige Meilen entfernt in ihren stillen Fischgründen ein U-Boot der Nazis lauerte und auf die Berichte zweier angeblicher Spione wartete?

Was würden sie wohl tun, dachte Logan, wenn sie meinten, er gehöre dazu? Wahrscheinlich würden sie ihn zuerst erschießen und hinterher nachfragen.

Ein flotter Marsch von zehn Minuten brachte sie zu den Docks. Logan fühlte sich an Port Strathy erinnert. Fünfzehn oder zwanzig Boote verschiedener Größe tanzten an ihrer Vertäuung. Kein menschliches Wesen war in Sicht, die einzigen Geräusche waren das Knarren und Ächzen und Rumpeln und Kratzen der Docks, Boote und Taue, und die Begleitmusik des sanften Slapp-slapp-slapp, mit dem das Wasser an die Flanken der dümpelnden Schiffe schlug.

Die Anna Maria erwies sich als ein durchaus unauffällig aussehender, vierzig Fuß langer Trawler. M15 hatte das Schiff zur Verfügung gestellt, aber Gunther hatte die Mannschaft angeheuert, die aus zwei Matrosen bestand. Sie wußten nichts davon, welchen Zweck die Mission hatte, aber sie sympathisierten mit den Nazis und waren willens, für einen entsprechenden Preis einen dubiosen Auftrag auszuführen und eisern darüber zu schweigen.

Gunther ging auf das Boot zu. Er schien keinerlei Anstrengung zu unternehmen, den Hall seiner Stiefel zu dämpfen, als sie auf den Landesteg hinausgingen. Er blieb stehen, beugte sich vor und rief mit klarer Stimme: »Jemand an Bord?«

Logan krampfte sich zusammen. Dieser deutsche Akzent – wenn er den vor den falschen Leuten hören ließ, würde man ihnen allen den Hals umdrehen!

Bevor er sich noch weitere Sorgen machen konnte, tauchte eine Gestalt von unter Deck auf. In der Dunkelheit konnte Logan gerade noch erkennen, daß der Mann kleiner als er selbst und von drahtiger Statur war. Eine elektrische Taschenlampe leuchtete auf. Der Strahl schien direkt auf Logans Augen gerichtet. Einen Augenblick lang war er geblendet.

»Was wollt ihr?« fragte eine rauhe Stimme in einem kehligen Flüstern.

»Wenn man hier gut fischen kann – vor allem Heringe – würden wir gerne Ihr Boot mieten.« Es war die verabredete Losung. Jeder Fischer in Cleesthorpe wußte, daß es um diese Jahreszeit vor der Küste keine Heringe gab.

»Oh, ja ... will sagen, äh – klar, hier fischt man gut, besonders in der Nacht«, kam die gedämpfte Antwort.

Gunther schnitt ein Gesicht vor Widerwillen. Schon wieder einer, der nichts kapiert hatte! Er hatte bereits zweimal mit dem Fischer gesprochen, aber er schätzte es, wenn das kleine Spiel mit den Losungsworten perfekt gespielt wurde.

Er sagte nichts weiter, sondern sprang an Bord des Trawlers. Logan folgte ihm. Einen Augenblick später stand er mit gespreizten Beinen fest auf Deck. Er blickte um sich und versuchte, sich ein Bild von seiner Umgebung zu machen.

Was er sah, war ein typisches Fischerboot, ähnlich dem Boot Jessie Camerons, aber ein wenig kleiner. Es war komplett ausgestattet mit all den Netzen, Tauen und anderer Fischereiausrüstung, wie man sie brauchte, um seinen Lebensunterhalt auf See zu verdienen. Der Fischgeruch hing überall – dieses Boot war tatsächlich, was es zu sein behauptete, daran gab es nicht den geringsten Zweifel!

Die drei Männer eilten auf die Kajüte im Achterdeck zu.

EIN GESPRÄCH AUF SEE

»Also, Herr MacVey«, begann Oberst von Graff. »Es macht Ihnen doch nichts aus, wenn ich Sie mit Ihrem richtigen Namen anrede? Ich finde Decknamen so lästig.«

Sie hatten das deutsche U-Boot ohne Schwierigkeiten ausfindig gemacht, waren hinabgestiegen, und Logan sah sich nun zu guter Letzt von Angesicht zu Angesicht dem streng blickenden deutschen Offizier gegenüber, der sein Schicksal in Händen hielt. Der Mann sprach perfekt Englisch, wenn auch mit einem gaumigen Akzent.

»Sie sind der Boß«, antwortete Logan und nahm eine kecke, fast streitlustige Haltung an.

»Wie ich schon sagte«, fuhr der Oberst fort, »fiel mir in Ihrer Akte – «

»Akte! Was! Habt ihr Burschen etwa eine Akte über mich?« schrie Logan erbost. Er wußte natürlich nur zu gut, daß sie seine Vergangenheit überprüfen würden, aber die Sache begann ihm Spaß zu machen.

»Seien Sie nicht gleich beleidigt, Herr MacVey. Das ist reine Routinesache. Die Abwehr traut niemand, nicht einmal ihren eigenen Leuten.«

»Das habe ich auch schon gehört«, bemerkte Logan sarkastisch.

»Es mißfällt Ihnen?« fragte der Oberst und hob eine Augenbraue.

»Man tut, was man tun muß«, antwortete Logan. »Da seid ihr Deutschen wahrscheinlich nicht anders als wir.«

»So ist es. Und es scheint mir, als wären Sie durchaus vertraut damit, allerlei zu tun, das man als ... nun, sagen wir, ›nicht ganz legitim‹ bezeichnen könnte.«

»Was soll denn das nun wieder heißen?« fuhr ihn Logan an.

»Nichts weiter, als daß ich Ihr Vorstrafenregister mit Interesse gelesen habe«, antwortete der Oberst.

Er saß an einem kleinen hölzernen Tisch, der am Boden festgeschraubt war. Oberst Martin von Graff war ein mittelgroßer, aber imposanter Mann, den Fünfzig näher als den Vierzig. Seine äußere Erscheinung wirkte soldatisch durchtrainiert; zweifellos war er ein ernstzunehmender Gegner auch für Männer, die größer waren als er. Sein braunes, kurzgeschnittenes Haar wurde an den

Schläfen bereits ein wenig grau und verlieh seinem viereckigen, angespannten, glattrasierten Gesicht etwas fast Ehrwürdiges. Seine klare, scharf akzentuierte Sprache betonte noch sein selbstbewußtes Wesen. Er war es gewohnt, Befehle zu erteilen und zu sehen, daß sie ausgeführt wurden. Er war ganz offenkundig ein Mann, der sich nicht leicht hinters Licht führen oder belügen ließ.

»Die Affen am königlichen Gericht«, sagte Logan, mit einem betont verächtlichen Schleppen in der Stimme, »haben mich ins Loch gesteckt – die Hälfte von all'm, was sie mir vorwarfen, war glatt erstunken und erlogen, und ich bin kein Lord oder sonstwas Feines, daß ich davongekommen wäre – «

»Verstehe«, sagte der Oberst, offenkundig unberührt.

Wenn man den Typ gesehen hat, weiß man erst, was COOL wirklich bedeutet, dachte Logan.

»Hören Sie mal«, sagte er ungeduldig, »wollten wir nicht eigentlich noch über was anderes reden als über meine Vorstrafen?«

»Sie haben sich von Ihrem verbrecherischen Leben abgewandt, darf ich wohl annehmen, Herr MacVey?«

»Haben Sie Angst, daß ich das Reich beklaue?«

»Wie kam es zu dieser Wandlung? Hatte Ihre Ehe vielleicht etwas damit zu tun?«

»Meine Ehe?«

»Der Bericht erwähnt, daß Sie 1933 eine Allison Bentley aus Yorkshire heirateten, und daß Sie danach von kriminellen Taten Abstand nahmen.«

Was soll das heißen? dachte Logan. Er und Arnie hatten niemals über diesen Aspekt seines Lebens gesprochen oder erwähnt, was davon in seinen Lebenslauf aufgenommen werden sollte. Irgendwie war er der Meinung gewesen, daß seine Ehe nicht erwähnt würde.

»Hören Sie«, sagte Logan schließlich, »meine Familie lassen Sie da raus. Die hat nicht das geringste mit meinen politischen Ansichten zu tun. Und so soll's auch bleiben, oder Sie suchen sich 'n anderen.«

»Ihre Frau braucht nicht in die Sache hineingezogen zu werden«, antwortete von Graff. Dann fuhr er fort: »Sie sprachen von politischen Ansichten ... ist Nationalismus Ihr Motiv, Herr MacVey?«

Logan beugte sich vor und starrte eindringlich in die Augen seines Gesprächspartners, um seinen Worten besondere Betonung zu verleihen.

»Ich sag's Ihnen mal ganz ehrlich, von Graff«, sagte er. »Ich hab' nur eine einzige Ideologie, und die heißt *Lawrence MacVey*.«

Logan hatte begonnen, sich in seiner Rolle sehr wohl zu fühlen, und scheute nicht einmal mehr vor einer so faustdicken Lüge zurück, ebensowenig, wie er über den fremden Namen stolperte. »Ich glaube, im tiefsten Herzensgrund seid ihr Deutschen ganz genau wie ich, und deshalb bin ich hier.«

Von Graff lachte – kein fröhliches Lachen, sondern eine trockene Antwort auf einen gelungenen Witz. »Ich muß schon sagen, ich bin erleichtert, Herr MacVey. Mit einem Opportunisten arbeitet es sich soviel leichter als mit einem Fanatiker. Allerdings haben Opportunisten natürlich einen bedenklichen Mangel.«

»Und das wäre?« fragte Logan.

»Nachdem sie niemanden gegenüber loyal sind, ist es immer schwierig, vorauszusagen, ob und wann ein fetterer Brocken sie weglockt.«

»Nicht in meinem Fall«, versicherte Logan dem Oberst. »Ich erwarte übrigens, für meine Dienste reichlich entschädigt zu werden.«

»Das Reich erwartet, daß solche Entschädigungen verdient werden.«

»Heißt das, ich kriege den Job?«

»Das wird sich mit der Zeit erweisen, Herr MacVey. Aber im Augenblick wollen wir sagen – nun, warum nicht?«

Logan unterdrückte einen Seufzer der Erleichterung. Alles lief wunschgemäß; Arnie würde stolz auf ihn sein.

Von Graff nützte die kurze Pause im Gespräch, indem er sich vorbeugte und in den Papieren in einem Aktenkoffer wühlte, der auf dem Boden stand. Einen Augenblick später zog er ein großes, mehrfach gefaltetes Blatt Papier heraus und breitete es auf dem Tisch aus. Es war eine Landkarte von England.

»Ich möchte, daß Sie hier beginnen«, sagte der Oberst. Sein schlanker, säuberlich manikürter Finger wies auf die südöstliche Küste von England. »Sussex, Kent und Essex«, fuhr er fort. »Ich brauche alles, was Sie über Verteidigungsanlagen an der Küste in Erfahrung bringen können. Besonders die Stellungen von Fliegerabwehrkanonen und die Lagepläne der Bodenminen. Ebenfalls detaillierte Schadensmeldungen nach jedem Bombenangriff. Schließlich möchte ich, daß Sie eine Kopie dieser Landkarte machen und sie für mich auf den letzten Stand bringen. Wie Sie sehen, ist sie bereits einige Jahre alt.«

»Klingt so, als hätten Sie die Hoffnung auf eine Invasion noch nicht völlig aufgegeben«, bemerkte Logan herausfordernd.

»Vergessen Sie eines nicht, MacVey«, antwortete von Graff. »Ihre Aufgabe ist es, Berichte zu liefern, nicht, sie zu interpretieren. Schon mehr als ein tüchtiger Spion hat versagt, weil er seinen Vorgesetzten eine Nasenlänge voraus sein wollte.«

»Ich werde daran denken«, antwortete Logan. Aber falls von Graff erwartet hatte, eine solche Antwort mit gebührender Demut zu hören, hatte er sich getäuscht.

»Sie müssen hier in der Gegend bleiben«, fuhr der Oberst fort. »Sie werden sicherlich keine Schwierigkeiten haben, sich eine Tarnexistenz zuzulegen. Wenn Sie von hier weggehen, werden Sie ein tragbares Funkgerät mitnehmen – ich nehme an, Sie wissen, wie man damit umgeht?«

»Aber gewiß doch«, log Logan. In Wirklichkeit hatte er ein solches Gerät noch nicht einmal aus der Nähe gesehen. Aber Arnie würde sich um all das kümmern.

»Hier ist Ihre Chiffre und der Schlüssel dazu«, sagte von Graff und reichte ihm zusammen mit der Landkarte eine dicke Aktenmappe. »Benutzen Sie weiterhin denselben Decknamen – Trinity, das war es doch, nicht wahr?«

Logan nickte.

EINE UNERWARTETE WENDUNG

»Was hatte er?« explodierte Kramer.
»Ein Funkgerät ... ich sagte es Ihnen ja schon.«
»Sie sollten ihm nicht von der Seite weichen! Ich sagte Ihnen, Sie sollten MacVey keinesfalls allein lassen mit den *Krauts*.«
»Sie führten mich weg«, verteidigte sich Gunther. »Ich hatte keine Wahl.«

Kramer blickte beiseite. Einen Augenblick lang dachte er nach. Dann sprach er weiter.

»So haben Sie also nichts von dem Gespräch gehört?«
»Nein. Nur das, was Trinity mir auf dem Heimweg erzählte.«
»Trinity – MacVey – Mac-!« platzte Kramer von neuem zornig heraus, aber er beherrschte sich rasch wieder. »Das sollte eine einmalige Aktion bleiben. Was soll ich denn mit einem Neuling mitten in einem Hexenkessel voll Nazis anfangen?«
»Die Sache ist vielleicht noch nicht völlig verloren«, sagte Gunther.

Kramer erhob sich aus seinem Sessel, warf seinem Gefährten einen kurzen Blick zu und schritt dann langsam zum Fenster hinüber. Dort blieb er mit dem Rücken zu Gunther stehen und blickte auf die Straße hinab. Noch nie war er so weit davon entfernt gewesen, zu wissen welchem Herrn Gunther nun tatsächlich diente. Es mochte durchaus sein, daß er selbst derjenige war, der auf den Leim gegangen war, und daß Gunther ihn jetzt genau dort hatte, wo er ihn haben wollte. Das war es ja, was er an diesem elenden Geschäft haßte – man wußte im Grunde niemals wirklich, wer Freund und wer Feind war! Doppelagenten, Dreifachagenten, Vierfachagenten! Und mitten in all dem steckte Logan, der ahnungslose Amateur, der Joker im Spiel!

Sie mußten Logan da rausholen; er verstand nichts von diesen Dingen, Gauner hin oder her. Er hatte einfach nicht damit gerechnet, so weit gehen zu müssen. Logan hätte den Mund halten sollen, hätte es Gunther überlassen sollen, die Sache in die Hand zu nehmen. Jetzt stand er offiziell auf der Liste der deutschen Agenten und kam nach England zurück mit einem Funkgerät und einem kompletten Satz Befehle – du liebe Zeit! Das Ganze war einfach lächerlich!

»Er hat nicht die nötige Erfahrung für diese Art von Arbeit«, sagte Kramer schließlich.

»Aber er hat bereits das größte Hindernis überwunden. Sie vertrauen ihm.«

»Ha! Das glauben Sie im Ernst? Dann sind Sie ein größerer Trottel als ich dachte – mein lieber Freund.«

Gunther gab keine Antwort und hing seinen eigenen Gedanken nach. Auch er dachte daran, was für ein kompliziertes und listenreiches Geschäft all dies hier war.

Kramer seufzte tief. Wer weiß? Vielleicht hatte Gunther recht. Logan hatte sich tatsächlich gut gehalten. Vielleicht würde sein alter Freund Logan MacIntyre sich noch als weitaus nützlicher erweisen, als man anfangs gedacht hatte!

KURZURLAUB

Es war einer jener frischen Tage im April, an denen die Kälte in der Luft verrät, daß der letzte Schnee noch nicht lange getaut ist. Während Logan an der Reling lehnte und die nach Tang riechende Seeluft in tiefen Zügen einsog, dachte er an den Frühling vor neun Jahren, als er auf eben diesem Schoner nach Norden gereist war. Damals war sein Herz voll Lüge und Täuschung gewesen und sein Kopf voller Pläne, die bedeutendste Familie der Stadt zu betrügen. Als der Schoner an diesem Frühlingstag des Jahres 1941 am Landesteg im Hafen von Port Strathy anlegte, hatte Logan plötzlich das Gefühl, daß sich kaum etwas verändert hatte.

Er wünschte fast, Arnie hätte ihm nicht so bereitwillig die Erlaubnis für einen kurzen Urlaub erteilt. Aber alles war so gut gelaufen, daß er vermutlich froh war, Logan auf diese Weise belohnen zu können. Logan hatte bei verschiedenen Gelegenheiten über Funk Kontakt mit Oberst von Graff aufgenommen, hatte ihm die falschen Informationen untergejubelt, die Arnie für ihn vorbereitet hatte, und im großen und ganzen schien Kramer sehr zufrieden damit, wie die Dinge sich entwickelten. Als er Logan seine offiziellen Papiere für die Reise nach Norden ausgehändigt hatte, hatte Kramer wie beiläufig erwähnt, er habe Logan diesen kurzen Urlaub noch aus einem weiteren, viel wichtigeren Grund gewährt.

»Was ist denn los?« fragte Logan neugierig.

»Du hast mir nie gesagt, daß du französisch sprichst«, sagte der Major. »Wie gut bist du?«

»Nicht schlecht, würde ich sagen«, antwortete Logan bescheiden. »Ich habe nicht einmal einen englischen Akzent. Es ging mir einfach glatt von der Zunge.«

»Wo hast du französisch gelernt?«

»1919 und 1930 war ich ein paar Jahre in Frankreich. Ein Freund und ich hatten ein tolles Ding bei den Rennen in Le Mans gedreht, aber es dauerte nicht lange, bis die Gendarmen Wind davon bekamen. Dann hat es mich an die Riviera verschlagen. Ich bin dort nicht reich geworden, aber ich habe die Sprache gelernt.«

»Nun, jedenfalls habe ich mit den Jungs von SOE über dich gesprochen – Special Operations Executive. Ihre Spezialität sind Spionage im Ausland, Sabotage, all das. Sie brauchen Agenten, die französisch sprechen, vor allem jetzt, wo der Kontinent völlig in der Hand der Deutschen ist und die Untergrundorganisationen eine so entscheidende Rolle spielen.«

Er hielt inne und warf Logan einen Blick zu. »Du hast dich bislang gut gehalten. Aber das Training ist ziemlich hart, und nur ein geringer Teil derer, die eine Fremdsprache sprechen, wird auch tatsächlich aufgenommen. Es ist eine Elite-Einheit.«

»Du meinst doch nicht im Ernst, ich käme für eine Elite-Einheit in Frage!«

»Warum nicht? Du hast in letzter Zeit gezeigt, was in dir steckt. Vielleicht bist du wirklich der richtige Mann dafür. Jedenfalls hab ich dich auf die Liste für das nächste Trainingskontingent setzen lassen. In einem Monat ist es so weit.«

Logan wußte nur wenig über die SOE, aber nach diesem Gespräch mit Kramer hatte er sich bemüht, sich alles, was er je gehört hatte, ins Gedächtnis zurückzurufen. Sie operierten im Feindesland, ständig in der Schwebe zwischen gefahrvoller Freiheit und Gefangenschaft. Im letzteren Fall war ihnen die Folter sicher und der Tod wahrscheinlich. Die Einsätze waren von höchster Bedeutung, gleichzeitig jedoch kamen sie Himmelfahrtskommandos so nahe, wie es in der britischen Armee nur denkbar war. Nur wenige Agenten kehrten von einem Einsatz zurück, ohne daß sie dem Tod zumindest ins Auge geblickt hätten. Es war etwas ganz anderes als kleine Gaunereien, und auch etwas ganz anderes, als in einem stillen englischen Hafenstädtchen den deutschen Spion zu spielen.

Als Logan den Hafen von Port Strathy vor sich sah, fiel ihm ein, daß er als erstes an seine Familie gedacht hatte, als Arnie ihm seinen Vorschlag gemacht hatte. Bald würde er sie wiedersehen. Und so schwierig seine Ehe während der letzten Jahre auch gewesen war – er wollte immer noch, daß sie Bestand hatte. Er konnte Allison nicht ständig belügen. In wenigen Minuten würde er sie wieder in den Armen halten. Während der ganzen Reise nach Norden hatte er daran gedacht, was Kramer ihm erzählt hatte, und nun wußte er, wie seine Antwort lauten mußte.

»Nein, Arnie Kramer«, dachte er im stillen, »diesen Auftrag kann ich nicht annehmen.«

Die Mannschaft des Schoners war bereits eifrig damit beschäftigt, die Leinen auszuwerfen, um das Schiff an den Pollern des Docks zu vertäuen. Logan sah verschiedene vertraute Gesichter am Kai. Er gab ihre freundlichen Grüße zurück. Allmählich begann seine Rückkehr ihm Freude zu machen. Er begriff, daß es vielleicht doch nicht dasselbe wie bei seinem ersten Besuch war.

Diese Leute waren seine Freunde, er war ein Mitglied dieser kleinen Gemeinschaft, und sein Herz war erfüllt von Zuneigung zu den Menschen hier.

Hastig ließ er den Blick von neuem über die Gesichter an Land schweifen. Dann fesselte etwas seine Aufmerksamkeit, und er sah zu der Straße hinüber, die neben dem Gasthaus »Zu Wind und Wellen« verlief. Allisons dunkelgoldenes Haar schien den Glanz der Sonne zurückzuwerfen, und ihre Wangen brannten rosig vom schnellen Lauf. Kaum hatten ihre blauen Augen ihn an Deck des wartenden Schiffes entdeckt, als sich ein warmes, lebendiges Lächeln über ihre Lippen breitete und ihr Schritt noch eiliger wurde.

»Ali!« rief er und rannte die Gangway hinunter, die noch kaum richtig ausgelegt worden war. Sein innerer Zwiespalt löste sich in nichts auf, als er seine Frau vor sich sah, und er hatte nichts dagegen, daß ein fröhlicher Jubelruf aus der Menge der Zuschauer aufstieg, als er mit raschen Schritten auf sie zueilte und sie in die Arme nahm.

»Ach, Logan!« rief sie aus.

Im Augenblick fehlten ihm die Worte. Er schlang die Arme eng um sie und preßte sie an sich, dann beugte er sich nieder und küßte sie. Als ihre Lippen einander berührten, standen Tränen in ihren Augen. Er fühlte, wie auch in seinen Augen Tränen aufsteigen wollten.

Als sie so einen flüchtigen Augenblick lang beisammenstanden, war alles vergessen, die Spannungen, die Zweifel, die harten Worte und der Schmerz der letzten Begegnungen. Es schien, als seien sie für ein paar kurze sorglose Minuten wieder Jungvermählte, die voll innerer Freude ihre Verliebtheit und ihr Zusammensein genossen. Sie wandten sich um, und Hand in Hand gingen sie die Straße entlang zum Wagen.

»Ach«, sagte Allison, »es tut so gut, dich wiederzusehen ... ich bin so froh, daß du wieder zu Hause bist!«

Das Wort *zu Hause* erweckte ein sonderbares Gefühl in Logan. Ja, es gab einen Teil seiner selbst, der sich als Heimkehrer gefühlt hatte, als der Schoner den vorspringenden Felsen von Ramsey Head umrundete und den Bug in die Bucht schob. Aber ein anderer Teil seiner selbst ...

Der Gedanke war ihm kaum durch den Kopf geschossen, als er sich im stillen verwünschte, daß er die süße Stimmung ihrer Wiedervereinigung auf diese Weise zerstörte.

»Ich bin auch froh, Ali«, sagte er und beließ es dabei.

Stille senkte sich zwischen sie. Logan gelang es nicht, die Wolke abzuschütteln, die plötzlich am Horizont aufgetaucht war.

Als sie am Tor von Stonewycke aus dem Wagen kletterten, öffnete sich die gewaltige Eingangstüre, und Joanna trat heraus und eilte auf Logan zu.

Er wandte sich um und blickte ihr entgegen.

»Logan!« sagte sie. »Welche Freude, dich zu sehen! Willkommen daheim!«

WIE IN ALTEN ZEITEN

In ihren verzweifelten Bemühungen, ihre Beziehung wieder in Ordnung zu bringen, vergaß Allison einen Grundsatz, den sie nur zu gut kannte – daß Wunden oft nicht so einfach heilen. Sie hatte Logan vor sich gesehen, mit dem alten flotten Schwung im Schritt und dem Funkeln in den Augen und den munteren Sprüchen auf der Zunge, und sie war der Überzeugung gewesen, daß sie alle Ängste und Zweifel einfach beiseitefegen konnte, die sie wegen ihrer Ehe geplagt hatten. Sie waren beisammen, alles andere zählte nicht. Er war zu ihr gekommen. Er hatte verstanden, daß sie ihn brauchte, und hatte London und alles, was ihm dort wichtig war, verlassen – um ihretwillen.

Es fiel ihnen wieder leicht, miteinander zu reden. Keiner von beiden schien zu bemerken – oder kümmerte sich darum – daß inmitten all dieser munter dahinplätschernden Konversation sie beide unbewußt alles vermieden, was eine Anspielung auf tiefgreifende oder persönlich bedeutsame Themen hätte sein können. Keiner von beiden wollte das empfindliche Gleichgewicht ihrer Beziehung gefährden. Instinktiv hatten sie beide verstanden, daß es noch zu zart war, als daß sie es ohne Gefahr hätten betrachten können. Deshalb achteten sie darauf, immer beschäftigt zu sein.

Eines Tages schien die Sonne besonders warm. Kein Zweifel, wenig später würde ein kalter Wind vom Meer hereinwehen – eine Erinnerung an den jüngst vergangenen Winter. Ein paar Wölkchen trieben am Himmel dahin, aber Logan ließ sich nicht abschrecken und betrat die Küche, um zu sehen, ob er die Köchin dazu überreden konnte, ein Picknickkörbchen zu richten.

Zwanzig Minuten später tauchte er aus der Küche wieder auf, ein Körbchen am Arm und ein sorgloses Lächeln auf dem Gesicht. Er fand Allison im Wohnzimmer der Familie, wo sie saß und nähte, während sie aufmerksam der Stimme des Radiosprechers lauschte. Sie blickte auf, als er eintrat, und ihr angespannter Blick erhellte sich augenblicklich.

»Was haben wir denn da?« fragte sie fröhlich.

Zehn Minuten später saßen Logan, Allison und Klein Joanna alle drei in dem Austin, der die holprige Felsenstraße im Süden hinter dem Gut entlangrumpelte. Die Straße war löchrig und ungepflastert, aber sie führte hauptsächlich über flaches Terrain. Links und rechts erstreckte sich Meile um Meile fruchtbares Ackerland.

Die Bauern waren bereits auf den Feldern, wo sie pflügten und die Erde für die Frühlingsaussaat vorbereiteten. Allison und Logan winkten dem alten Fergie zu, dem Verwalter des Gutes, der eben schnaufend und keuchend seine puddingähnliche Gestalt über die neugepflügten Furchen zurück zu seinem Traktor hievte.

Nach einer Weile wandte sich die Straße nach Westen, und das bebaute Land machte niedrigen Hügeln Platz, die über und über mit Heidekraut bewachsen waren. Jetzt, im Frühling, schliefen die roten Blüten noch. Der Austin stotterte und hustete und kämpfte sich mühevoll einen Hügel nach dem anderen hinauf und hinunter, und als sie die nächste Hügelkuppe erreichten, hielt Logan kurzfristig an, damit der Motor abkühlen konnte.

»Wohin fahren wir?« fragte Allison, die ihre Neugier jetzt nicht mehr länger bezähmen konnte.

»An einen geheimen Ort!« antwortete Logan. Er grinste vor sich hin, während er den Motor startete und den Wagen auf die Straße zurückfuhr.

»Ich bin hier aufgewachsen, Logan. Wie kannst du von einem geheimen Ort wissen, den ich nicht kenne?«

»Wart's nur ab, meine Liebe.«

Allison lehnte sich erwartungsvoll zurück, während die altvertraute Landschaft ihrer Heimat an ihr vorbeiglitt.

Plötzlich hielt der Wagen mit einem Ruck an. Allison war tief in Gedanken versunken gewesen und hatte kaum bemerkt, daß sie langsamer fuhren und von der Straße abbogen. Sie warf einen Blick in die Runde und stellte fest, daß der Ort ihr tatsächlich fremd war. Der Boden hier war felsig, und die Straße, die allmählich immer mehr verfallen war, war hier völlig verschwunden.

»Alle Mann von Bord!« kommandierte Logan. »Wir müssen noch ein kleines Stückchen laufen, bevor wir unser Ziel erreichen.«

Er sprang aus dem Wagen, und einen Augenblick später hob er das schlafende Baby mit einer Hand von Allisons Schoß, während er ihr mit der anderen aus dem Wagen half.

»Ich hole den Proviantkorb«, sagte Allison.

Logan hob sich seine Tochter, die nun allmählich erwachte, auf die Schultern. Die Kleine gluckerte vor Vergnügen. »Papi!« quietschte sie glücklich.

Bei dem Anblick stiegen Allison die Tränen in die Augen. Es war so recht, so wundervoll! Sie hatte lange auf diese Wiedervereinigung gewartet, dieses Wiederaufflackern ihrer Liebe, dieses Wiederauftauchen des Logan, den sie einst gekannt hatte.

Sie folgte Logan durch ein Wäldchen, und nachdem sie etwa zehn Minuten lang gegangen waren, wichen die dichtverwachsenen Fichten auf beiden Seiten zurück und gaben den Blick auf eine verborgene kleine Wiese frei. Sie war an drei Seiten vom dichten Wald wie von einer Mauer umschlossen, und an der vierten floß der eisige Lindow-Fluß am Fuß einer steilen Böschung dahin.

»Wie in aller Welt hast du diesen Ort ausfindig gemacht?« fragte Allison, als sie in der Mitte der üppigen grünen Wiese anhielten. »Es ist wunderschön hier!«

Logan lächelte. Er war recht zufrieden mit sich selbst. »Deine Mutter erzählte mir letzte Nacht davon, als ich fragte, wo es hier ein geeignetes Plätzchen für ein Picknick gäbe. Ich wollte, ich könnte behaupten, es sei meine eigene Entdeckung gewesen. Aber die Ehrlichkeit zwingt mich, ein Geständnis abzulegen!«

»Das ist es also«, sagte Allison. Sie umarmte Logan und drückte ein sanftes Küßchen auf seine Wange. »Ich danke dir.«

Aber die Kleine, die immer noch hoch oben auf den Schultern ihres Vaters saß, hatte keine Geduld mit zarten Liebesszenen und schrie: »Papi, runter!«

Logan schaukelte sie zärtlich in den Armen, und dann drückte er sie mit einer kraftvollen väterlichen Umarmung an sich, küßte sie und setzte sie auf dem Boden ab. Sie wackelte sofort fröhlich durchs Gras davon.

Die drei aßen zu Mittag, spazierten auf der Wiese herum, drangen ein Stück weit in den Wald ein und kehrten dann zu der im Gras ausgebreiteten Decke zurück, um sich an dem süßen Zwieback gütlich zu tun, den die Köchin am Vortag gebacken hatte. Logan streckte sich aus und lehnte sich träge an einen alten Baumstumpf, während die kleine Joanna schläfrig auf seinen Schoß kletterte.

»Du bist doch ein liebes kleines Ding, mein süßes Mädelchen«, sagte er und streichelte liebevoll ihre bernsteinfarbene Lockenpracht. »Ich frage mich oft, womit ich mir einen solchen Segen verdient habe.«

»Lady Margaret hätte gewiß gesagt, daß wir Gottes Segnungen niemals verdienen«, antwortete Allison, »sondern daß sie uns zuteil werden, weil Er uns so sehr liebt.«

»Vielleicht würde sie meinen Vorfahren Digory zitieren«, lachte Logan. »Sie erzählte so gerne von ihm. Wahrscheinlich dachte sie, es würde mich empfänglicher für geistliche Dinge machen, zu wissen, welch frommes Blut in meinen Adern fließt. Die liebe alte Dame – ich vermisse sie immer noch.«

Logan seufzte, dann streckte er den Arm aus und zog Allison eng an sich. Sie lehnte den Kopf friedvoll an seine Schulter, und die nächsten Minuten lagen sie einfach nur da und lauschten den lieblichen Geräuschen des Frühlings.

»Zum erstenmal seit langem, Logan«, sagte Allison schließlich, »habe ich das Gefühl, daß wir beginnen können, an die Zukunft zu denken.«

»Die meisten Menschen denken in Kriegszeiten nur ungern daran«, antwortete Logan. »Es ist gefährlich, Pläne zu schmieden, wenn alles so unsicher ist.«

»Aber für uns ist es anders«, antwortete Allison voll Selbstvertrauen. »Ich weiß, es hat dich schwer getroffen, daß die Armee dich nicht genommen hat, daß du keinen Job findest, der dir gefällt, daß du nicht das Gefühl hast, etwas Wichtiges zu tun, aber jetzt verstehe ich, daß das alles vielleicht Gottes Plan für uns war. Und jetzt, wo du hier auf Stonewycke bleiben wirst – «

»Wer sagt, daß ich hierbleibe?«

»Aber ich dachte – «

»Allison«, sagte er leise und ruhig. Er schloß die Augen und bemühte sich, den Ärger aus seiner Stimme zu verbannen. Als er weitersprach, war seiner Stimme eine gewisse erzwungene Sanftmut anzuhören. Er sehnte sich so sehr danach, daß Allison ihn verstand. »Ich habe nie gesagt, daß wir hier leben würden. Ich weiß selbst nicht sicher, was die Zukunft für uns bereithält. Aber jetzt im Augenblick habe ich eine Beschäftigung, die mir Spaß macht, und ich denke nicht daran, sie aufzugeben.«

»Du weißt es selbst nicht! Du weißt es nie! Und während du einen Entschluß zu fassen versuchst, was du mit deinem Leben anfangen willst, fallen deine Tochter und ich von einer Ungewißheit in die andere und wissen niemals, was der morgige Tag bringen wird. Was meinst du wohl, was das für ein Leben für uns ist? Wir hatten nie das Gefühl, irgendwo zuhause zu sein, denn du hättest ja Knall auf Fall einen Job in Südamerika annehmen können! Wir saßen immer wie auf Nadeln, Logan. Ich frage mich beständig, was dir wohl als nächstes einfällt. Das einzige, was ich will, ist ein wirkliches Heim.«

»Nein, Allison. Das einzige, was du willst, ist, hier auf Stonewycke zu leben!«

»Ist das so schrecklich?«

»Aber verstehst du nicht – das ist *dein* Zuhause. Es ist nicht meines – und auch nicht *unseres*. Du bist die Erbin, die Tochter des Hauses. Ich bin nichts weiter als der entfernte Verwandte eines Knechtes. Ich muß mir selbst ein Leben aufbauen – aus eigener Kraft! Verstehst du das nicht? Wie kann ich sonst auf eigenen Beinen stehen? Ich dachte, darüber hättest du Bescheid gewußt, als du mich geheiratet hast!«

»Als wir heirateten, da dachte ich, ich wüßte über eine Menge Dinge Bescheid. Ich dachte, ich wüßte über *dich* Bescheid.«

»Ach, das ist ja großartig! Das soll wohl heißen, du hättest mich gar nicht erst geheiratet, hättest du gewußt, daß ich eines Tages mein eigenes Leben führen, meine eigenen Regeln aufstellen will! Sooft ich bislang versucht habe, über meine Arbeit zu reden, ist dir nichts anderes dazu eingefallen, als an mir herumzukritteln und mir zu sagen, ich sollte nach Stonewycke zurückkehren. Wundert es dich da, daß ich nichts Passendes finden konnte? Wie soll ich es schaffen, wenn ich nicht einmal weiß, was ich wirklich tun möchte?«

»Logan, du bist zweiunddreißig Jahre alt. Meinst du nicht, du solltest dich allmählich entscheiden? Ach, Logan, manchmal bist du so unreif!«

Hätte er nicht gerade die kleine Joanna in den Armen gehalten, so wäre Logan in diesem Augenblick aufgesprungen und fortgerannt. Aber obwohl sich jeder Muskel in seinem Körper verkrampfte, blieb er sitzen. Die Kleine zappelte und greinte unruhig, obwohl er sich bemüht hatte, mit leiser Stimme zu sprechen. Logan streichelte ihr Haar und versuchte, sie zu beruhigen. Die Muskeln in seinem Kiefer zuckten, als er die Zähne zusammenbiß, aber er schwieg.

»Ich verstehe dich einfach nicht!« sagte Allison. Tränen stiegen in ihren Augen auf. »Sollten wir beide nicht dasselbe wollen?«

»Das heißt wohl, du kannst mich wie ein kleines Kind behandeln, das nicht einmal seine eigenen Entscheidungen treffen kann?« rief er zornig.

Er drückte ihr das Baby in die Arme, sprang auf und ging ein paar Schritte weit weg. Hätten sie nicht zusammen zurückfahren müssen, so wäre er wohl ganz fortgegangen.

»Wir können nicht mehr miteinander reden, nicht wahr, Logan?« sagte Allison. Stumme Tränen tropften ihr aus den Augen.

»Wir haben uns blendend verstanden, bevor du damit angefangen hast, mein Leben zu manipulieren und mich herumzuschubsen.« Er sah sie nicht an, als er es sagte. Er wußte, seine Worte waren nur die halbe Wahrheit. Selbst inmitten seines Ärgers wußte er, daß sie in zwei Dingen recht hatte. Sie versuchte wirklich nur, ihm zu helfen, und er war tatsächlich unreif. Aber warum konnte sie ihn nicht einfach akzeptieren, wie er war, und ihm Gelegenheit geben, sich selbst zu helfen? Er war kein schlechterer Ehemann als andere auch. Warum konnte sie ihn nicht in Frieden lassen?

Inzwischen war Klein Joanna erwacht und weinte und schrie, als spürte sie die Zwietracht um sich her.

Der Frieden des Nachmittags war zerstört. Die Überreste des Picknicks wurden schweigend weggeräumt. Während der ganzen Heimfahrt hing eine Atmosphäre von Niederlage und Verlust über beiden. Kein Wort wurde gesprochen, obwohl weder Allison noch Logan bislang erfaßt hatten, wie viel sie tatsächlich verloren hatten.

ZEIT DER BESINNUNG

Logan und Allison betraten das große alte Haus gemeinsam, aber sobald Allison nach oben gegangen und um die Ecke verschwunden war, wandte Logan sich scharf um und verließ von neuem das Haus.

Er schlenderte in Richtung Stadt davon. Der schöne Frühlingstag war jetzt windig, und die Brise, die aus Nordosten wehte, war merklich kühl. Am Himmel standen nur noch vereinzelte Fleckchen Blau zu sehen. Logan schlug den Kragen seines Mantels hoch.

Er kam zu einer kleinen hölzernen Brücke und blieb in der Mitte stehen, um zu beobachten, wie das Bächlein darunter nach Westen eilte, um sein winterliches Hochwasser in den Lindow zu ergießen. Die Brücke war noch ziemlich neu; die Flut vor zehn Jahren hatte die alte Brücke weggeschwemmt. Damals war er seiner selbst so sicher gewesen. Er und Allison waren verliebt gewesen, mußte ihnen da nicht alles zum Besten geraten?

War jetzt die Zeit gekommen, wo er zugeben mußte, daß es anders gekommen war, daß es vielleicht niemals hatte gutgehen können, und er seine Karten aus der Hand geben mußte?

Er stieß ein trockenes, bitteres Lachen aus. Es schien, als hätten er und Allison alles Menschenmögliche versucht. Vielleicht wäre alles anders, könnten sie nur wirklich miteinander reden. Aber der heutige Tag hatte neuerlich den Beweis erbracht, daß jeder Versuch, über wichtige Dinge zu sprechen, sie nur wieder zurückführte auf die alten bitteren Pfade von Zank und Zwietracht. Vielleicht stimmte es tatsächlich, daß sich jeder von ihnen etwas anderes vom Leben erwartete. Wie konnten ein Mann und eine Frau zusammenhalten und etwas zustandebringen, wenn sie so unterschiedliche Zielsetzungen hatten? Sieben Jahre lang hatten sie gekämpft und versucht, sich die erste Liebe zu bewahren, aber diese Liebe war längst zu dünn geworden, um sie noch länger am Leben zu erhalten. Und wenn ihre Lebenswege sich trennten, wie konnten sie dann jemals hoffen, sie zurückzugewinnen?

Inzwischen hatte Logan den Stadtrand von Port Strathy erreicht. Er versuchte, sich auf seine Umgebung zu konzentrieren. Er mußte sich einfach zwingen, an etwas anderes zu denken, denn seine Überlegungen schienen ihn nur in einen dunklen Abgrund zu führen, und er fürchtete sich vor dem Gedanken, was er am Ende dort vorfinden mochte. Aber die Stadt war um diese Stunde still und bot wenig Hoffnung auf Zerstreuung. Der Krieg hatte sogar Port Strathy verändert.

Logan hatte gehört, daß die Familie Peters bereits zwei Söhne verloren hatte. Jimmy MacMillan, sein alter Gefährte beim Fischen und am Pokertisch, war bei Dünkirchen gefallen. Man erzählte, er habe zehn Verwundete in Sicherheit gebracht und sei zurückgekehrt, um noch weitere zu holen, als eine Granate ihn getötet hatte. Wie viele würden noch sterben müssen, bevor alles vorüber war?

Aber wenigstens waren sie einen ehrenhaften Tod gestorben, dachte Logan melancholisch. Vielleicht war Jimmy sogar zu beneiden. Er war in den Krieg gezogen und als Held gestorben. Sein Leben hatte Bedeutung gehabt. Und obwohl seine Lieben sein Hinscheiden beklagten, konnten sie auch stolz sein, sooft sein Name genannt wurde. Das einzige dagegen, was er selbst fertigbrachte, war, in dunklen Hintergassen herumzuschleichen! Selbst wenn eine Kugel zufällig in seine Richtung geflogen kam und ihn niederstreckte, würden das Militär und M15 und alle offiziellen Behörden schwören, ihn nie gekannt zu haben, um ihre übrigen Agenten zu beschützen. Er würde ein Nichts sein, ein Niemand, kein Held. Allison würde nur von irgendeiner Behörde einen Brief bekommen, daß der Leichnam ihres Gatten aufgefunden worden war, offensichtlich das Opfer eines Straßenraubes. Das würde wohl auch zu dem Bild passen, das sie sich in Gedanken von ihm gemacht hatte: Einmal ein Lump, immer ein Lump.

Ohne nachzudenken, schlug er den Weg ein, der zum Hafen hinunterführte. Vielleicht würde ihm ein Besuch bei Jesse Cameron helfen. Aber noch während er daran dachte und das Bild ihres lebhaften Gesichts vor seinem inneren Auge auftauchte, fragte er sich, ob er die wackere Fischersfrau wirklich zu sehen wünschte. Sie würde ihn sicherlich nicht mit ein wenig oberflächlichem Geplauder davonkommen lassen.

Nein, das war jetzt nicht das Richtige. Stattdessen schlug er die Straße ein, die nach Westen führte. Er wollte auf den Strand hinausgehen und eine Weile auf einer der einsamen sandigen Dünen sitzen, bis er ein wenig Ordnung in seine Gedanken gebracht hatte. Im Augenblick wollte er überhaupt niemand sehen!

Wiederum überkam ihn die Überzeugung: Allison verdiente etwas Besseres. Es wäre viel besser für sie, ihn los zu sein. Dann konnte sie frei sein. Und er konnte seinen eigenen Lebensweg gehen, ohne ständig die Last der Schuld mit sich herumschleppen zu müssen, daß er ihr nicht geben konnte, was sie brauchte.

Logans Grübeln endete in einer Sackgasse. Was sollte er tun? Jeder von ihnen wollte den anderen glücklich sehen. Immer noch strömte Liebe zwischen ihnen beiden. Aber jeder von ihnen war unfähig, auf seine persönlichen Ziele und seine persönliche Befriedigung zu verzichten, um dieses Ziel zu erreichen. Der andere sollte glücklich sein, ja – aber nur so lange, wie sie ihre persönlichen Lebensziele weiter verfolgen konnten. War das überhaupt möglich? Vermutlich nicht.

Warum konnte eine Ehe nicht so verlaufen? Warum konnten nicht *beide* Partner glücklich sein? Warum mußte immer einer alles aufgeben, seine Persönlichkeit verlieren, damit der andere glücklich sein konnte? Es mußte doch einfach möglich sein, eine Ehe zu führen, in der Mann und Frau gleichermaßen glücklich sein konnten. Molly und Skittles hatten zweifellos eine solche Ehe geführt. Und Logan hatte auch andere Paare gekannt. Worin bestand das Geheimnis?

Logan seufzte, erhob sich langsam und stieg den sandigen Hügel hinunter, um sich auf den Rückweg zu machen. Wiederum schlug er einen Bogen um den Hafen. Er wollte Jesse jetzt nicht sehen – er wollte überhaupt niemand sehen. Er wünschte fast, er hätte die Nerven, Roys Taverne in der Altstadt aufzusuchen und sich ordentlich vollaufen zu lassen. Aber so tief war er doch nicht gesunken, daß er sich zu einer Sauftour aufgemacht hätte.

Vermutlich, dachte er, sollte ich beten. Aber er konnte sich nicht darauf konzentrieren. Das einzige, was ihm vor Augen stand, war sein elendes Selbst, sein Versagen als Ehemann und die schreckliche Entscheidung, die er treffen mußte, bevor der Tag vergangen war.

EIN MÜTTERLICHER RAT

Kaum hatten sie und Logan sich getrennt, als Allison die Stiegen ins Obergeschoß hinaufstürzte. Sie brachte das Kind dem Kindermädchen und suchte dann die Stille der Bibliothek auf, wo sie hinter Regalen voll schweigender, blinder Bücher ihrem Schmerz freien Lauf lassen konnte.

Als sie eine Zeit später wieder auftauchte, war es draußen dunkel und stürmisch geworden. Sie hörte das beständige Prasseln des Regens an den Fensterscheiben, aber im ganzen Haus war es still. Sie hatte nicht bemerkt, wie die Zeit verging und wußte jetzt nicht einmal, wie spät es war. Waren alle schon zu Bett gegangen? Sie fragte sich, wo Logan sein mochte, und ob er überhaupt noch da war.

Plötzlich hörte sie, wie die Dielenbretter hinter ihr knackten. Sie erschrak und fuhr herum. Ihr Herz klopfte wild. Aber dann malte sich Enttäuschung auf ihren Gesicht, als sie entdeckte, daß es nicht Logan war.

»Mutter.«

»Ich sah den Wagen draußen stehen, aber ich sah dich und Logan nicht zurückkommen«, sagte Joanna. »Das Abendessen wird gleich fertig sein.«

»Ich – wir – « begann Allison, aber die Tränen, die sie kaum beherrscht hatte, stürzten ihr von neuem aus den Augen. Sie biß sich auf die Lippen und kniff die Augen zu, aber nichts konnte verhindern, daß sie von neuem reichlich flossen, als strömten die Quellen ihrer Traurigkeit um nichts weniger reichlich, nachdem sie schon eine Stunde geweint hatte.

»Liebste, was ist mit dir?« sagte Joanna, während sie nähertrat. Aber es war kaum nötig, die Frage zu stellen. Sie hatte gefühlt, daß ihre Tochter und ihr Schwiegersohn die ganze Zeit vor ihren Problemen davongerannt waren und daß es früher oder später zu einer schmerzlichen Konfrontation kommen mußte. Im Augenblick jedoch sagte sie kein Wort weiter. Sie legte einen Arm um Allisons Schultern, führte sie zu einem der Stühle in der Bibliothek und setzte sich schweigend neben ihr nieder, um sie mit der Nähe ihrer mütterlichen Liebe zu trösten.

Schließlich brachte Allison eine tränenreiche Schilderung der Ereignisse des Nachmittags über die Lippen. Sie erzählte ihrer Mutter alles, von der freudigen Entdeckung der geheimen Wiese bis zum letzten zornigen Gefühlsausbruch. Sie beendete ihren Bericht mit der Frage, die sie sich selbst schon so oft gestellt hatte.

»Mutter, warum schaffen wir es nicht?«

Joanna kannte den Grund. Aber war ihre Tochter schon bereit, ihn zu hören?

»Allison«, begann sie, »in einer Ehe geht es nicht ohne Selbstaufopferung ab. Wenn ihr beide euch hartnäckig an eure eigenen persönlichen Wünsche und Sehnsüchte klammert, dann werdet ihr es vielleicht niemals schaffen. Die Menschen mißverstehen so oft, was eine Ehe wirklich bedeutet. Es hat nichts damit zu tun, daß man etwas geschenkt bekommt. Es bedeutet, sein Leben für den anderen zu geben.«

»Nun, ich habe wohl genug geopfert!« rief Allison aus. »Ich habe bereitwillig mein Heim verlassen und bin nach London gezogen. Ich habe in diesem schäbigen Appartment gewohnt, wo es meinen Freunden peinlich ist, mich zu besuchen. Ich habe es hingenommen, daß er praktisch jede Woche eine neue Arbeit anfängt, und wenn er gerade keine Arbeit hatte, lebten wir von einem Haushaltsgeld, mit dem wir uns kaum die Essensmarken leisten konnten. Was hat denn Logan jemals für mich geopfert?«

»Ist es wirklich ein Opfer, Liebste, wenn du erwartest, etwas dafür zu bekommen?«

»Du hältst andauernd nur zu ihm!« gab Allison zornig zurück.

»Ich halte zu keinem von euch beiden«, antwortete Joanna. Ihre stille, sanfte Stimme hob sich ein wenig. »Ihr beide müßt noch eine ganze Menge über die Ehe lernen, das ist alles. Und ihr müßt lernen, was Opfer wirklich bedeutet. Und ihr müßt Gott bitten, euch dabei zu helfen. Es ist nicht leicht, Allison – für niemand. Es war auch für mich nicht leicht. Aber Gott kann und wird helfen, sobald ihr beide den Punkt erreicht habt, wo ihr bereit seid, euch völlig aufzugeben. Nur Er kann euch die Kraft geben, die ihr braucht, damit eure Beziehung wirklich heil wird. Wahre liebende Opferbereitschaft geht uns Menschen so sehr gegen die Natur, daß wir sie unmöglich aus eigener Kraft vollbringen können.«

»Ich habe gebetet und gebetet, Mutter.« Allison schniefte und wischte sich die vom Weinen geröteten Augen mit dem Taschentuch ab, das ihre Mutter ihr reichte. »Aber was nützt es schon, wenn Logan sowieso alles egal ist und er nicht einmal reden will? Ich glaube nicht, daß er betet. Ich fürchte, er hat seinen Glauben verlassen. Ich dachte, es würde alles nur noch schlimmer machen, wenn ich ihn deshalb unter Druck setzte, also habe ich alles einfach seinen Gang gehen lassen – vielleicht ist mir mein eigener Glaube auch aus den Händen geglitten, das weiß ich nicht. Aber wir sind immer noch Christen, Mutter. Hat das nichts zu bedeuten?«

»Christsein ist keine Wunderkur für alles und jedes«, antwortete Joanna. »Vor allem in einer Ehe.«

»Aber was sollen wir dann tun?«

»Zweierlei. Du mußt damit anfangen, auf den leisen Klang von Gottes Stimme in deinem Herzen zu horchen und sicherzugehen, daß du auch tust, was Er dir sagt. Und dann mußt du nach Gelegenheiten ausspähen, wo du andere höher achten kannst als dich selbst, in deinem Fall Logan.«

»Aber was soll das nützen, solange Logan nicht auch auf Gott hört? Ich kann ihn nicht zwingen, etwas aus unserer Ehe zu machen, wenn es ihm gleichgültig ist!«

»Einer muß den ersten Schritt tun, Allison.«

»Warum muß es so schwer sein?« sagte Allison. Sie schüttelte hoffnungslos den Kopf. Langsam stand sie auf. »Ich muß nach dem Baby sehen. Ich weiß gar nicht mehr, wie lange es her ist, daß ich es mit dem Mädchen alleingelassen habe.«

»Allison«, rief Joanna ihrer Tochter eilig nach, bevor sie ganz zur Türe hinaus verschwunden war. »Würde es etwas helfen, wenn wir alle drei darüber sprechen?«

»Ich bezweifle, daß Logan damit einverstanden wäre«, antwortete Allison, und im nächsten Augenblick war sie verschwunden.

Joanna blieb noch einige Augenblicke lang allein in der Bibliothek sitzen. Sie empfand die tiefe Enttäuschung, die mit dem Wissen kommt, daß es für Worte zu spät ist. Dennoch neigte sie in tiefem Glauben den Kopf. Sie wußte, daß es für Gebete niemals zu spät ist.

ZEIT DES ABSCHIEDS

Logan schritt langsam die sandige Küste entlang, der Stadt zu. Es war sieben Uhr dreißig morgens, und er war bereits seit guten zwei Stunden auf den Beinen. Da er kaum wußte, wohin er sonst gehen sollte, ging er in der Dunkelheit vor der Dämmerung zur Stadt und war bald darauf am Strand. Langsam schlenderte er dort dahin, allein mit seinen Gedanken, während die Sonne allmählich im Osten emporstieg.

In der verschwommenen Ferne konnte er, unklar im reglosen Nebel, die Silhouetten von Fischerbooten im Hafen sehen, als er näherkam. Hoch oben am Himmel war der Nebel dünn und ließ Hoffnung erkennen, daß er sich später am Tage völlig auflösen würde. Aber knapp über dem Wasser hing er dick und schwer und verlieh dem frühen Morgen eine gespenstische Stille. Die nur teilweise sichtbaren Masten der Fischereiflotte von Port Strathy erinnerten an altertümliche Gespenster, deren körperliche Gestalt sich zum größten Teil in Dunst aufgelöst hatte. Rundum war das Wasser still. Kein Windhauch war von dem kurzlebigen Sturm der vergangenen Nacht übriggeblieben, und unter dem Nebel war die Oberfläche des Meeres fast gläsern still, bis knapp vor der Küste, wo das seichte Wasser plötzlich lebhaft wurde.

Logans Zukunft lag vor ihm; seine Vergangenheit war aus seinen Gedanken verschwunden wie die Boote im Nebel verschwanden. Der Augenblick war alles, was zählte, und seine Entscheidung war eine schwere Last, die er traurig auf die Schultern nahm, um sie ohne fremde Hilfe zu tragen.

Allison hatte Logan nicht wiedergesehen, seit sie sich nach der Rückkehr von ihrem Picknick getrennt hatten. Er hatte sich weder beim Abendessen noch beim Frühstück blicken lassen, und wie er aussah, hätte man glauben können, er habe die ganze Zeit weder gegessen noch geschlafen. Sein Haar war struppig, sein Gesicht trug einen Zwei-Tage-Bart, und das weiße Hemd, das er unter einem marineblauen Pullover trug, war genauso zerdrückt und verschmuddelt wie seine Hosen. Wenn er überhaupt geschlafen hatte, dann hatte er in den Kleidern geschlafen. Dunkle Ringe waren unter seinen Augen zu sehen.

Allison saß im Salon und tat – nicht sonderlich glaubwürdig – so, als nähe sie wieder. In diesen Tagen schien man beständig damit beschäftigt zu sein, denn niemand wagte, alte Kleider wegzuwerfen, wenn neue kaum zu bekommen waren. Aber Allisons Gedanken waren viel zu beschäftigt, als daß ihre Finger viel Nützliches getan hätten, was auch die Notwendigkeiten der Kriegszeit verlangen mochten. Sie war Logans wegen abwechselnd wütend und besorgt gewesen, und als sie aufblickte und ihn da vor sich stehen sah, konnte sie sich immer noch nicht entscheiden, welches der beiden Gefühle die Oberhand gewinnen sollte.

Vielleicht hätte es ihren Zorn ein wenig gemildert, hätte sie gewußt, daß er die Nacht im Stall verbracht hatte, im alten Kämmerchen seines Onkels Digory. Der Gedanke war ihr niemals gekommen, was freilich nicht überraschend war, denn Logan sprach nicht viel darüber, welche besondere Bedeutung dieser Ort für ihn hatte. Von allem Anfang an – selbst damals, als er als Trickbetrüger ins Haus gekommen war, um die Familie um ihr Geld zu erleichtern – war dieser Raum für ihn ein Symbol von Schlichtheit und Reinheit gewesen, Tugenden, von denen er selbst wußte, wie sehr sie ihm fehlten. So oft er den Raum betrat, schien es ihm, als fühle er die sanfte Seele des alten Pferdeknechts um sich und hoffte, daß sie ihn auf irgendeine Weise berühren möge und ihm die Dinge im Leben zurückbringen, die wichtig und bedeutsam waren.

Es hätte zweifellos die Flammen ihres Zorns angefacht, hätte sie gewußt, auf welchen Pfaden sich seine Gedanken bewegten.

Die Atmosphäre von Digorys alter Wohnung hatte Logan in der vergangenen Nacht nur wenig geholfen. Alles, was er für seine Mühen erntete, waren ein bohrender Kopfschmerz, ein verkrampfter Rücken und ein leerer Schmerz im Herzen. Der frühmorgendliche Spaziergang zur Stadt und zurück hatte nichts besser gemacht. Obwohl ihm seine persönlichen Mängel durchaus bewußt waren, konnte er nicht anders; er gab Allison die Schuld für ihre unabhängige Haltung und ihren Mangel an Unterstützung. Er war in keiner günstigen Stimmung für einen Versöhnungsversuch.

Allison sah es ihm an den Augen an, daß er sie mit einer bestimmten Absicht aufgesucht hatte.

Einen Augenblick lang sprach keiner von beiden ein Wort. Intuitiv schienen beide zu wissen, was als nächstes kommen mußte, aber keiner von beiden brachte es fertig, den Mund aufzutun und zu sprechen. Schließlich jedoch war es Logan, der die Entscheidung getroffen und die Anstrengung gemacht hatte, Allison aufzusuchen, und deshalb war er derjenige, der als erster das Schweigen brach.

»Allison«, sagte er, »gestern habe ich es zum erstenmal wirklich begriffen, obwohl es schon die ganze Zeit so war. Wir wollen verschiedene Dinge. Wir gehen verschiedene Lebenswege. Wir haben unterschiedliche Ziele und Bedürfnisse und Erwartungen. Ich nehme an, ich war einfach nie der geborene Familienvater, den du dir wünschst und den du brauchst. Es tut mir leid. Ich wollte es sein. Ich habe es versucht. Aber es funktioniert einfach nicht – «

»Logan, nein.«

»Bitte, Allison, laß mich ausreden.«

»Nein, das werde ich nicht! Ich weiß, was du sagen willst, und es ist einfach nicht recht!« Sie sprang auf und blickte ihm in die Augen. »Ich liebe dich immer noch, und ich weiß, auch du liebst mich. Und das allein ist wichtig.«

»Da bin ich mir nicht mehr so sicher.«

»Ich glaube es einfach nicht!«

»Sicher, ein Teil von uns empfindet diese Liebe vielleicht noch, aber wenn wir einer dem anderen nicht vertrauen können, wenn wir über nichts mehr reden können, ohne miteinander zu streiten, was nützt es uns dann? Liebe hin oder her, unsere Beziehung zerbricht. Du mußt das einsehen.«

»Wir können sie wieder in Ordnung bringen«, sagte Allison. »Wenn du nur verstehen könntest, wie ich mich danach sehne, dir vertrauen zu können!«

»Da haben wir es schon wieder«, antwortete Logan. »Wenn *ich* es nur einsehen könnte. Du möchtest mir gerne vertrauen. Aber gib es doch zu – du tust es nicht. Du traust mir nicht.« Er wandte sich um und ging zu dem steinernen Kamin hinüber, wo das Feuer strahlende Wärme in den Raum sandte. »Ich glaube, wir sollten uns eine Zeitlang trennen«, fügte er schließlich hinzu.

»Wir sind Monate voneinander getrennt gewesen«, protestierte Allison lahm, »und was hat es uns gebracht?«

»Das war etwas anderes. Das ganze letzte Jahr haben wir uns etwas vorgemacht und uns eingeredet, es sei nichts weiter als eine der vielen Unbequemlichkeiten der Kriegszeit. Es ist Zeit, daß wir uns der Realität stellen. Wir tun einander nichts Gutes. Nicht jetzt. Wir sind einfach zu verschieden. Realität – verstehst du mich? Keine Märchenromanzen, sondern Realität.«

»Wie kann ich verstehen, was du sagst? Das alles ist so albern. Ich liebe dich und auch du liebst mich immer noch. Es muß einfach eine andere Möglichkeit geben.«

»Allison, du mußt anfangen, die Dinge so zu sehen, wie sie

wirklich sind, nicht wie du sie gerne hättest. Du redest dir ein, ein Kuß und eine Umarmung und ein paar Entschuldigungen seien genug, um alles gutzumachen. Aber was passiert das nächstemal, wenn ich mit einem neuen Job nach Hause komme, oder das nächstemal, wo du dich über mich ärgerst, weil du unsere Wohnung nicht ausstehen kannst? Was ist dann? Damit es zwischen uns klappt, müßte sich schon ziemlich viel ändern. Und ich habe nichts davon läuten hören, daß du dich irgendwie ändern möchtest. Ich bin mir auch gar nicht sicher, ob du bereit bist, dich wirklich zu ändern. Ich weiß, ich habe eine Menge Probleme in dieser Beziehung. Mir ist klar, daß ich dir nicht so viel über meine Arbeit erzähle, wie du gerne hören würdest. Mir ist bewußt, daß ich eine ganze Menge falsch gemacht habe. Aber im Augenblick weiß ich nicht, ob ich mein ganzes Wesen ändern kann. Und ich habe den Punkt erreicht, wo ich aufhören will, mich selber zum Narren zu halten. Allison, es funktioniert einfach nicht, begreifst du das nicht?«

»Logan, ich weiß, daß wir Probleme haben – «

»Bis gestern abend dachte ich nicht, daß ich das jemals sagen würde«, unterbrach er sie. Er schloß die Augen. Jedes Wort kam unter schmerzlicher Anstrengung aus seinem Mund. »Allison«, fuhr er fort, »ich verlasse dich ...«

Er zwang sich, die Augen zu öffnen. Es war einfach zu feige, so etwas zu sagen, ohne ihr dabei in die Augen zu schauen. »Ich bete darum, daß es nicht für immer sein möge, aber wir beide müssen uns mit der Möglichkeit vertraut machen.«

»Ich lasse es nicht zu!« schrie sie.

»Allison, bitte. Du mußt mir glauben, wenn ich dir sage, daß ich das tatsächlich für das Beste halte, das ich für dich tun kann.«

»Wie ist das möglich?«

»Du wirst frei sein, frei von mir, frei von Kummer, frei von Problemen. Du wirst schlußendlich imstande sein, die Person zu sein, die du sein sollst.«

Er blickte zu Boden, wandte sich ab und schritt aus dem Raum.

Bei jedem Schritt, den er tat, wollte Allison ihm nachstürzen, ihn packen, ihn irgendwie zwingen, zu bleiben. Aber sie stand wie zu Stein erstarrt. Große Tränen des Jammers quollen lautlos in ihr hoch und strömten ihr aus den Augen.

War es Stolz, der sie wie angenagelt stehenbleiben ließ? Oder war es die schreckliche Gewißheit, daß er wirklich meinte, was er sagte, und sie schließlich nichts tun konnte, um ihn aufzuhalten?

EIN LETZTES GESPRÄCH

Joanna las den Brief, den Alec ihr geschrieben hatte, wieder und wieder.

Es war nicht das erstemal, daß sie voneinander getrennt waren. Schon früher hatte es einen Krieg gegeben. Aber jetzt hatten sie eine Enkelin, und Alec war zu alt für den Kriegsdienst. Sie wünschte, er hätte sich niemals freiwillig gemeldet. Vor einigen Monaten war er zum Oberst befördert worden in Anerkennung seiner heldenhaften Taten während des Sturms auf Tobruk und Bardia. Vielleicht, dachte sie, wünschte sie doch nicht, er hätte sich niemals freiwillig gemeldet; er war ein Mann, auf den man stolz sein konnte. Unglücklicherweise sollten Bardia und Tobruk für eine ganze Weile die letzten Siege der Briten in Afrika sein. Sie konnte nicht anders, sie war besorgt.

In seinem Brief erwähnte Alec nichts von seinen heroischen Taten. Joanna spürte augenblicklich, daß sein üblicher kräftiger Optimismus diesmal fehlte. Er war zum Anführer geboren, aber es widerstrebte seinem Wesen, die ihm anvertrauten Männer in den sicheren Tod zu führen. Die Last der Verantwortung drückte ihn schwer.

Er bat Joanna wie immer um ihre Gebete. Aber nun sprach sogar seine hastig hingekritzelte Handschrift von der Dringlichkeit seiner Bitten. Er hatte einen Versuch gemacht, seinem Brief eine heitere Note zu geben, indem er schilderte, wie er Joanna ein Geschenk bei einem arabischen Händler in einem Bazar in Kairo gekauft hatte. Das Gespräch war eine groteske Komödie gewesen, in der zwei Männer in zwei verschiedenen Sprachen – keiner verstand den anderen – aufeinander einschrien. Aber als Alec den Bazar verlassen hatte, hatte er gehört, wie der Ägypter hinter ihm ausspuckte. Er hatte gespürt, daß es nichts mit dem eben getätigten Kauf zu tun hatte.

»Joanna«, schrieb er, »diese Leute hassen die Briten ebensosehr, vielleicht noch mehr, wie sie die Deutschen hassen. Ich glaube, sie *wissen*, wie wir im Grunde unseres Wesens sind – sie haben ein Jahrhundert lang unsere Tyrannei erduldet –, und sie sind der Meinung, die Nazis könnten nicht schlimmer sein als wir. Es liegt so viel bittere Ironie darin, daß wir dennoch hier im Krieg stehen. Aber ich bezweifle, daß das Empire diesen Krieg überleben wird, selbst wenn es uns doch noch gelingen sollte, den Sieg zu erringen.

ringen. Und das scheint mir jetzt, wo ich Dir diesen Brief schreibe, sehr zweifelhaft.«

Er schrieb weiterhin – zum zehnten oder zwanzigsten Mal –, daß er sie vermisse, daß er sich danach sehne, einfach ein Weilchen ruhig dazusitzen und mit ihr über all die Gefühle und Erfahrungen zu sprechen, die ihm tagtäglich begegneten.

Eine Träne fiel aus Joannas Auge und tropfte auf das Papier. Hastig wischte sie sie weg, um die Tinte nicht zu verschmieren. Wer konnte sagen, wann der nächste kostbare Brief sie erreichen würde? Diese kleinen Stücke Papier mit der wohlvertrauten Handschrift darauf waren nun das kostbarste ihrer Besitztümer.

Sie wischte die Tränen weg, die hartnäckig aus ihren Augen drängten, ergriff ihre Füllfeder und nahm ein leeres Blatt Papier aus der Schublade des Schreibtischs, an dem sie im Boudoir ihrer Urgroßmutter Atlanta saß. Ein helles, fröhlich knisterndes Feuer erwärmte den Raum; fast gelang es ihr zu vergessen, daß draußen die Kälte das Land einhüllte.

Sie begann zu schreiben, in der zierlichen Handschrift, die ihr Gatte immer so sehr bewundert hatte.

Mein liebster Alec,

ich habe Deinen Brief wohl ein dutzendmal gelesen, seit ich ihn vorige Woche erhielt. Jedes Wort ist mir so kostbar wie die Erinnerung an Dein geliebtes Gesicht. Da bist Du nun im Felde, wer weiß, welchen Gefahren Du dort ausgesetzt bist, während ich in unserem lieben alten Stonewycke in Sicherheit bin. Und dennoch bist Du es, der mir Mut zuspricht. Draußen ist es kalt, aber ein munteres Feuerchen stimmt mich heiter. Unser geliebtes Schottland und sein Wetter – na, Du weißt ja! Wir hatten Regen, dann warmen Sonnenschein, dann Frost, und das alles in nur vierundzwanzig Stunden. Wahrscheinlich würdest Du dort in der Wüste etwas darum geben, ein wenig von unserer Kälte zu haben! Ach, Alec, ich liebe dieses alte Haus, dieses liebe Stonewycke! Manchmal bringt es mir solchen Frieden, hier zu sitzen. Es gibt ein Erbe ... ein Vermächtnis an diesem Ort, das mir das Gefühl gibt, Teil einer uralten Wahrheit zu sein, eines uralten Volkes; ich fühle Wurzeln und Kräfte in mir, die sich weit über mein eigenes Blickfeld hinaus erstrecken.

Ich habe ein ganz ähnliches Gefühl in meiner Ehe mit Dir. Denn Du, geliebter Alec, bist Stonewycke in mancher Hinsicht so ähnlich – stark, fest, unerschütterlich. Du gibst mir Kraft, Du hast mich so sehr geliebt, Du hast mir geholfen, zu werden, was ich bin, weil Du an mich geglaubt hast, mir vertraut hast und Dich selbst für mich hingegeben hast. Du bist mein Stonewycke – mein Frieden, mein Vermächtnis. Wollte ich alles andere vergessen, ich würde doch niemals aufhören, Gott für Dich zu danken, Geliebter! Ich kann mir ein Leben ohne Dich nicht vorstellen.

Die Ereignisse der letzten Zeit haben mir ganz besonders bewußt gemacht, welche besondere Gabe Er uns gegeben hat, allem voran die Opfer der Liebe, die Du für mich gebracht hast. Du weißt, wie sehr Allison und Logan zu kämpfen haben. Ich fürchte, ihre Beziehung ist um nichts besser geworden. Ich bete darum, das Sprichwort möge sich bewahrheiten: Die dunkelste Stunde ist immer die Stunde vor Tagesanbruch. Ich weiß, daß Gott sie zu einem bestimmten Zweck zusammengeführt hat – «

Joanna blickte von ihrem Schreibtisch auf, als leise an der Türe des Boudoirs geklopft wurde. Sie legte die Füllfeder nieder und wandte sich um.

»Herein«, sagte sie.

Logans äußere Erscheinung hatte sich seit seinem Zusammenstoß mit Allison vor einigen Stunden beträchtlich verbessert. Er trug einen Tweedanzug, ein frisches weißes Hemd und eine Krawatte. In der Hand hielt er die karierte Mütze, die einst seinem alten Freund Skittles gehört hatte, und über dem Arm trug er einen wollenen Mantel. Joanna begriff augenblicklich, daß er für eine Reise gekleidet war. Auch ohne seine Kleidung hätte sie es in seinen Augen und seinem Verhalten gelesen, daß er gekommen war, um sich zu verabschieden.

»Ich hoffe, ich störe nicht, Lady Joanna«, begann er formell.

»Nicht im geringsten«, antwortete Joanna. »Möchtest du dich nicht setzen?«

»Ich möchte lieber stehenbleiben, wenn es dir nichts ausmacht.« Er stockte, nahm die Mütze in die andere Hand und holte tief Atem, bevor er weitersprach. »Ich wollte nicht fortgehen, ohne dich noch einmal zu sehen.«

»Dann gehst du also fort?«

»Ja. Es tut mir leid.« Er hielt inne und hob den Blick einen Augenblick lang zu der hochgewölbten Decke. Joanna erkannte, daß er sich nur noch mühsam beherrschte und verzweifelt bemüht war, seine Gefühle unter Kontrolle zu halten.

»Es klappt nicht zwischen uns«, fuhr er fort. Die Worte platzten aus ihm heraus, er vergaß auf einmal alle Formalitäten. »Ich bin zu dir gekommen, weil ich möchte, daß du verstehst, daß ich Allison unter keinen Umständen verletzen möchte. Es fällt mir nicht leicht – «

Er hielt inne, unfähig, weiterzusprechen. Joanna spürte seinen inneren Aufruhr. Sie erhob sich und trat an ihn heran. Sie ergriff seinen Arm und führte ihn sanft zum Sofa. Dort drängte sie ihn, sich niederzusetzen. Sie nahm neben ihm Platz und legte ihre Hände auf die seinen, die eiskalt waren und zitterten.

»Du hast vor, nicht mehr zurückzukommen, nicht wahr, Logan?« sagte sie schließlich.

»Ich weiß es nicht.« Er schloß die Augen, um die Tränen zurückzudrängen. »Ich habe mich bemüht, mich zu ändern, der Ehemann zu sein, den sie sich wünscht. Aber sie verdient etwas Besseres, und es wäre besser gewesen, ich hätte sie gar nicht erst geheiratet.«

»Aber du hast sie geheiratet, Logan«, sagte Joanna. »Ich möchte dir keine harten Worte sagen, ich sehe, wie verletzt du bist. Glaube mir, ich fühle mit dir den Schmerz, den du durchleidest. Und es ist nicht meine Art, andere zu kritisieren. Aber es sieht so aus, als wäre ich als einzige übriggeblieben, also muß ich doch wohl ein ernstes Wort mit dir reden.«

»Was immer du mir zu sagen hast, ich habe es verdient«, antwortete Logan zerknirscht, »Ich kann nichts dafür, wenn ich nicht für das Leben geschaffen bin, das Allison sich ersehnt. Ich habe einen Fehler gemacht, und nun sind wir beide elend und unglücklich.«

»Gott macht keine Fehler. Die Ehe ist eine Einheit, Logan, ein Symbol der Einheit, die zwischen den Gläubigen und ihrem Gott bestehen soll. Weißt du, was Einheit ist? Nicht ›Gleich und gleich gesellt sich gern‹. Einheit ist die Verbindung von Gegensätzen. Es gibt keine Einheit, es sei denn, daß Unterschiedliches sich miteinander verbindet. Das ist es, was eine Ehe sein soll – Unterschiedliches, Andersartiges, das sich begegnet und zu einer Einheit verbindet.«

»Es hat keinen Sinn, Joanna. Was du da sagst, mag wohl richtig sein. Aber wir beide sind eben keine Einheit.«

»Das stimmt, aber nicht deshalb, weil eure Ehe ein Fehler gewesen wäre, sondern weil ihr beide nicht alles daransetzt, die Einheit zu erreichen, die Gott euren unterschiedlichen Persönlichkeiten bestimmt hat.«

»Ich kann mir nicht vorstellen, daß Gott von uns erwartet, daß wir den Rest unseres Lebens in Jammer und Elend verbringen, weil wir den Fehler gemacht haben zu heiraten.«

»Ich sagte dir bereits, Gott macht keine Fehler. Ihr beide habt Ihm eure Zukunft übergeben, und eure Ehe war das Ergebnis. Aber selbst wenn sie ein Fehler gewesen wäre, nachdem ihr geheiratet habt, wurde eure Ehe ein Teil von Gottes vollkommenem Plan für euch beide. Ihr könnt nicht umkehren und sie ungeschehen machen. Er hat eure Ehe bereits in seine Pläne miteinbezogen. Macht nicht den Fehler, Gottes Geboten ungehorsam zu sein, um ein wenig zeitliches Glück zu gewinnen.«

»Dann meinst du also, Gott erwartet von den Menschen, sie müßten ein Leben lang unglücklich sein, nur um zusammenzusein, obwohl sie einander längst nicht mehr lieben?«

»Ich weiß nicht, was Gott erwartet«, antwortete Joanna, »Aber ich weiß, daß es Seinem Volk nicht freigestellt ist, sich das Leben zu wählen, das ihnen selbst am besten gefällt. Dein Leben gehört nicht mehr dir selbst. Als Christ hast du keine Entscheidungen mehr zu treffen. Du mußt Gottes Anweisungen vor allem anderen gehorchen. Der nächste Schritt ist, daß wir andere höher achten als uns selbst. Das ist Gottes Weg. Ich würde Allison dasselbe sagen. Das Leben des Christen ist ein Leben der Selbstverleugnung – ohne das gibt es keine wahre Glückseligkeit.«

»Nun, dann bin ich wohl nicht der Typ dafür«, antwortete Logan. »Du magst recht haben. Aber vielleicht fehlt es mir an allem, was nötig ist, um ein Ehemann und ein Christ zu sein. Ich weiß nur, daß ich nicht glücklich sein kann, bevor ich nicht herausgefunden habe, wo Logan McIntyres Platz ist!«

»Aber begreifst du denn nicht? Du wirst niemals glücklich sein, solange du vor allem an dich selbst denkst.«

»Und was ist mit Allison? Auch sie ist unglücklich. Ich denke dabei ebenso sehr an sie wie an mich selbst.«

»Ach, Logan! Halte dich doch nicht selbst zum Narren. Es gibt nur eines für ein Ehepaar, und das ist, daß einer sein Leben für den anderen hingibt.«

»Okay! Es ist selbstsüchtig von mir. Aber ich habe mich entschieden. Ich hasse mich selbst dafür, aber im Augenblick kann ich keinen anderen Weg erkennen!« Noch während er sprach, stand er vom Sofa auf.

Joanna wußte: Das Gespräch war beendet. Nach einer kurzen unbehaglichen Pause erhob sie sich ebenfalls, dann zog sie ihn in einer liebevollen, mütterlichen Umarmung an sich.

»Logan, ich werde dich immer lieben wie einen Sohn. Aber gerade deshalb, weil ich dich liebe, muß ich dir offen sagen, daß

Gott dich damit nicht davonkommen lassen wird. Seine Liebe ist zu groß dafür. Du kannst ihr jetzt den Rücken kehren, aber in Seiner liebenden Gnade wird er dich eines Tages zwingen, dich all dem wieder zu stellen.«

Tränen standen in Logans Augen, aber er schritt schweigend zur Türe und gestattete nicht, daß die Tränen ihn überwältigten. An der Türe hielt er noch einmal inne und wandte sich zu seiner Schwiegermutter um.

»Leb wohl, Joanna.«

Sie konnte sehen, wie er mit sich kämpfte. Er wandte sich um und eilte aus der Türe, als fürchtete er, seinen Entschluß wieder umzustoßen, falls er noch ein wenig zögerte. Aber als die Türe ins Schloß fiel, schien das Geräusch anzukündigen, daß im Augenblick jedenfalls die Gelegenheit zur Besinnung und zur Buße ungenutzt verstrichen war.

AUSBILDUNG

Das eben noch dunkle Zimmer war plötzlich von gleißendem Lichtschein erfüllt.
Logan hatte tief und fest geschlafen, und im ersten Augenblick schien es, als könnte er nur im Zeitlupentempo reagieren. Er hob den Kopf vom Polster. Männer drängten in den Raum. Für seine halbbetäubten Sinne hörten sie sich an wie eine ganze Armee. So gut bewaffnet aber die Eindringlinge auch waren, so waren es doch nur drei Mann.
»Aufstehen!« brüllte einer von ihnen.
Logan schwang mit linkischen Bewegungen die Beine aus dem Bett.
»Qu'est-ce que c'est? Was ist los?« fragte er auf französisch. Seine Stimme war schwer vom Schlaf.
»Wer sind Sie?« wollte der Mann wissen, der ihn zuvor angesprochen hatte, wobei er Logans Frage herausfordernd ignorierte.
Logan stützte die Ellbogen auf die Knie und rieb sich mit zitternden Händen das Gesicht. »Maurice Baudot ...« stammelte er mit schwerer Zunge. »Je m'appelle Maurice Baudot«, wiederholte er, als fühlte er sich jetzt etwas sicherer.
»D'où venez-vous?«
»Avignon ... ich komme aus Avignon.« Logan rieb sich die Augen und versuchte den Schlaf abzuschütteln.
»Was machen Sie hier?«
»Ich bin Weinhändler ...«
Plötzlich erschien ein Lächeln auf dem grausamen Gesicht des Mannes, der ihn verhört hatte. Er reichte sein Gewehr einem seiner Gefährten und zog einen Stuhl heran, auf dem er sich bequem rittlings niedersetzte.
»Sie haben vergessen, daß wir Ihren Beruf erst gestern geändert haben«, sagte der Mann, dessen Stimme nun freundlich klang. »Im übrigen haben Sie keine schlechte Show abgezogen. Sie haben sogar dran gedacht, auf französisch zu antworten. Das ist gar nicht so leicht für einen Engländer, den man unvermutet aus dem tiefsten Schlaf reißt.«
»Danke«, sagte Logan gleichgültig. »Kann ich mich jetzt wieder schlafenlegen?« Er hatte sich schon halb und halb wieder in die Kissen gekuschelt.
»Es hat mir gefallen, wie schwer angeschlagen Sie sich gestellt

haben«, schmunzelte der Mann. »Manchmal verrät sich einer gerade dadurch, daß er allzu schnell die Antworten herunterrasselt.«

»Ich hätte mich schwer angeschlagen *gestellt*, meinen Sie?« sagte Logan. »Nachdem Sie mich gestern fünfundzwanzig Meilen weit über die Berge gejagt haben und mich nachher noch vier Stunden lang Meldungen dechiffrieren ließen?«

Der Eindringling, der da am frühen Morgen ins Zimmer gestürmt war, war einer der Ausbilder der SOE, und was soeben stattgefunden hatte, war eine ihrer vielen Übungen. Vor drei Monaten hatte Logan seine Ausbildung beim Geheimdienst begonnen. Er wußte nie, aus welcher Ecke der nächste Angriff erfolgen würde. Der Kurs ging bereits seinem Ende zu, und er hatte es zur Meisterschaft in zahlreichen Kunstfertigkeiten gebracht, ob es nun darum ging, eine Brücke zu sprengen oder so unauffällig wie nur möglich eine Straße entlangzuschlendern. Er war fast so weit, daß er die ersten Schritte auf dem Weg tun konnte, den er sich gewählt hatte.

Als er eine Woche später seine Ausbildung abgeschlossen hatte, hatte er Anrecht auf Urlaub, bevor er seinen Dienst antrat. Er lehnte jedoch ab und bat, daß man ihm augenblicklich einen Auftrag zuteilen möge. So kam es, daß er noch vor Ablauf einer Woche auf dem Gelände eines geheimen Stützpunktes der Royal Air Force vor Major Rayburn Atkinson stand.

Atkinson hatte in der Armee Karriere gemacht und war von Kopf bis Fuß Militär. Während des Ersten Weltkrieges war er dreimal befördert und nach der Zweiten Marne-Schlacht im Jahre 1918 mit dem Viktoria-Kreuz ausgezeichnet worden. Dann jedoch hatte es ausgesehen, als sollte der zweite »Krieg, der allen Kriegen ein Ende machen sollte« seine Abschiedsvorstellung werden, denn gleich zu Beginn war Atkinson bei Dünkirchen so schwer verwundet worden, daß ihm ein Arm amputiert werden mußte und er auf dem linken Auge erblindete. Aber er war kein Mann, den man irgendwohin in einen unbeachteten Winkel abschieben konnte. Er nahm den Kampf mit der Armeebürokratie so furchtlos auf wie den Kampf mit den Deutschen, und nicht lange nach seiner Genesung begann er in einer überaus wichtigen Abteilung des Geheimdienstes zu arbeiten. Er hatte die Aufgabe, Agenten mit ihren Einsätzen vertraut zu machen und dafür zu sorgen, daß sie für ihre Aufträge ausreichend vorbereitet waren. Kurz gesagt: Das Leben zahlreicher Agenten, die gefährliche Missionen ausführten, lag in den Händen von Major Atkinson.

Er saß steif aufgerichtet hinter seinem Schreibtisch. Den leeren Ärmel trug er wie ein Ehrenzeichen. Die schwarze Klappe über dem linken Auge sprach ebenso wie das stahlgraue rechte Auge von Kühnheit, Mut und nicht wenig Trotz.

»Ich sehe, Sie haben Ihre Ausbildung erst vor einer Woche beendet«, sagte er mit einer Stimme, deren Befehlston unverkennbar war, so leise er auch sprach.

»Ja, Sir«, antwortete Logan, der vor dem Schreibtisch Haltung angenommen hatte.

Atkinson lehnte sich in seinem Drehstuhl zurück und ließ sein Auge eine ganze Weile lang prüfend über den zukünftigen Agenten wandern, der da vor ihm stand.

»Ich werde offen mit Ihnen sprechen, junger Mann«, sagte er und hielt dann inne. Er beugte sich vor, sein Auge fixierte Logan immer noch, doch ruhte es jetzt auf Logans Gesicht und prüfte durchdringend seinen Blick. Logan wich nicht zurück, obwohl er sich verzweifelt danach sehnte, den Blick abzuwenden. Er wollte sich nichts davon anmerken lassen, welcher Zorn in ihm aufzusteigen begann.

»Ich habe meine Zweifel, was Sie betrifft, MacIntyre«, fuhr der Major fort. »Um es ganz klar zu formulieren: Ich glaube nicht, daß Sie der Mann für diesen Job sind. Es fehlt Ihnen an Disziplin. Und es fehlt Ihnen an Durchhaltevermögen. Wie ich Ihren Unterlagen entnehme, war das einzige, was Sie jemals länger als ein Jahr durchgehalten haben, Ihre Ehe – und nun sieht es aus, als ginge die ebenfalls in die Brüche. Woher wollen wir wissen, daß Sie nicht auskneifen, wenn es hart auf hart geht, und beschließen, es sei Ihnen doch zu viel geworden? Oder noch schlimmer – was ist, wenn Sie gefangengenommen werden? Wie lange würden Sie auf der Folter aushalten?«

»Kann man diese Fragen wirklich im voraus beantworten, Major?« fragte Logan.

Atkinson schlug eine Aktenmappe auf, die vor ihm auf dem Tisch lag, und blätterte flüchtig die Seiten durch. »Ich sehe, Sie wurden zum Scharfschützen ausgebildet.« Er öffnete die Schublade seines Schreibtischs und nahm eine kleine automatische Pistole heraus. Bevor Logan noch einen Gedanken fassen konnte, was jetzt wohl käme, warf der Major ihm die Waffe zu. Logan reagierte blitzschnell und fing sie mit einer geschmeidigen Bewegung auf.

»Sagen Sie mir eines, MacIntyre – haben Sie schon jemals einen Menschen *getötet*?«

Logan erstarrte einen Augenblick lang, als er den Blick senkte und die Pistole des Majors anblickte. Er dachte an den Tag, an dem er eine ähnliche Waffe in der Hand gehalten hatte. Er hatte in einer verlassenen Hütte gesessen und hatte die Pistole auf einen von Chase Morgans Spießgesellen gerichtet. Er hatte den Mann lange genug festhalten müssen, um Allison die Flucht zu ermöglichen. Das einzige Problem dabei war gewesen, daß er selbst ernstlich verwundet war und seine Kräfte merklich schwanden. Aber er hatte Lombardo gedroht, er würde ihn töten, wenn er irgendwelche Tricks versuchte. Logan hatte niemals herausgefunden, ob er die Drohung wahrgemacht hätte, denn er war ohnmächtig geworden und der Schurke war entkommen, glücklicherweise zu spät, um Allison noch zu erreichen. Vorher und nachher hatte Logan niemals eine Waffe in der Hand gehalten. Er hatte nie im Leben einen anderen Menschen verletzt. Er hatte sich nicht einmal auf simple Raufereien eingelassen. Seine einzige Waffe war seine flinke Zunge, die ihm schon aus so mancher bösen Klemme herausgeholfen hatte. Während seiner Ausbildung hatte er natürlich Nahkampftechniken gelernt, aber das war etwas anderes, und der Major wußte es.

Er gab den Blick des Mannes ruhig zurück, dann sagte er: »Nein, ich habe niemals jemand getötet.«

»Sie halten mich wahrscheinlich für einen harten Knochen, was, MacIntyre?«

Logan gab demonstrativ keine Antwort.

»Ich habe meine Gründe dafür«, fuhr der Major fort. »Ich bin für die Männer verantwortlich, die ich ins Feld schicke. Ich will keinen von ihnen verlieren, nicht einmal einen aufgeblasenen kleinen Gauner. Es ist schon schlimm genug, daß ich Männer verliere, weil der Job an und für sich gefährlich ist. So sehr ich mich auch bemühe, für ihre Sicherheit zu sorgen – es fällt mir oft schwer, nachts einzuschlafen. Ich bringe es nicht fertig, einen unfähigen Mann ins Feuer zu schicken.«

»Darf *ich* jetzt ein ehrliches Wort mit Ihnen reden, Major?« fragte Logan ruhig.

Atkinson nickte feierlich.

»Ich habe gut die Hälfte meines Lebens damit verbracht, das Gesetz zu übertreten«, begann Logan entschlossen, »und ich war öfter im Gefängnis, als ich laut sagen möchte. In meiner Familie gab es ein oder zwei ehrenhafte Menschen. Ich habe einen Vorfahren, den ein paar sehr vornehme Leute hoch in Ehren hielten. Aber ich habe in weniger als einem halben Leben Schande über meine ganze Familie gebracht. Und als ich dann versucht habe, ein ehrliches Leben zu führen, habe ich alles von Grund auf verpatzt. Jetzt sehe ich eine Chance, das alles in Ordnung zu bringen. Nun, Major, Sie hatten recht, als Sie sagten, ich hätte mich mit Leichtigkeit durch die Ausbildung schwindeln können. Aber da gibt es eine Sache, bei der ich nicht schwindle.«

Einen Augenblick lang wurde Logans Blick hart und ernst. »Ich habe nicht die Absicht, noch einmal Schande über meine Familie zu bringen. Ich möchte dem Namen MacIntyre Ehre machen oder – «

»Bei dem Versuch zugrundegehen?« fiel Atkinson ein.

»Wenn es so sein muß – ja.«

Eine lange, schwere Stille folgte seinen Worten.

Logan konnte nicht weitersprechen. Jetzt war der Major an der Reihe. Wenn er nur in diesem stahlgrauen Auge lesen könnte!

Schließlich nahm der Major ein dickes braunes Papierpäckchen vom Schreibtisch. Er wog es ein paar Sekunden lang in der Hand, tief in Gedanken, wie es schien, dann reichte er es Logan.

»Hier ist Ihr Auftrag«, sagte er.

Logan streckte die Hand über den Tisch und nahm das Päckchen. Er begann es zu öffnen.

»Sie werden den Inhalt auswendig lernen«, sagte Atkinson. »Wir schicken Sie mit einer Million Francs los, die verschiedenen Kontaktleuten übergeben werden sollen – nähere Einzelheiten finden Sie in den Papieren, die Sie in der Hand halten. Man wird Sie mit dem Fallschirm etwa vierzig Meilen nördlich von Paris absetzen. Ihr Kontaktmann ist Henri Renouvin in der Stadt. Seine Adresse und die Losungsworte, mit denen Sie sich ihm zu erkennen geben, sind in diesem Umschlag enthalten.« Er neigte den Kopf und deutete auf das Päckchen. »Renouvins Widerstandsgruppe hat kürzlich ihren Funker verloren, also wird es Ihre Aufgabe sein – nachdem Sie sich bei der Ausbildung auf diesem Gebiet als sehr tüchtig erwiesen haben –, einen neuen Funker einzuschulen. Ihr Funker wurde gefangengenommen, daher schicken wir auch neue Chiffren – es sind zu viele, um sie im Gedächtnis zu behalten; Sie werden sie bei sich tragen müssen. Lassen Sie sich lieber nicht mit ihnen erwischen! Die Widerstandsgruppe hat einige schwere Schläge hinnehmen müssen, also erwarten wir, daß Sie sie wieder auf Vordermann bringen.«

Atkinson unterbrach sich und reichte Logan einen zweiten, kleineren Briefumschlag. »Hier drinnen finden Sie Ihren französischen Personalausweis, Ihren Führerschein und hunderttausend Francs für Ihren persönlichen Gebrauch. Ihr Deckname ist Michel Tanant. Von jetzt an müssen Sie Logan MacIntyre aus Ihrem Gedächtnis streichen. Er existiert nicht mehr. Sie sind jetzt ein Buchhändler aus Lyon. Ihre Tarnung ist insofern sehr nützlich, als Renouvin einen Buchladen in Paris betreibt und Ihr Kontakt mit ihm daher keinen Verdacht erregen wird. Sie haben ein bis zwei Tage Zeit, sich mit Tanants Hintergrund völlig vertraut zu machen. Ich habe Ihren Ausbilder angewiesen, einige Härtetests für Sie auszuarbeiten, damit Sie im kritischen Augenblick Ihre neue Identität tiefer im Herzen tragen als Ihre eigene. Von jetzt an müssen Sie Ihr Abschlußtraining mit äußerstem Ernst absolvieren. Keine Tricks mehr, MacIntyre. Die Sache ist todernst. Habe ich mich deutlich ausgedrückt?«

Logan nickte.

»In dem Briefumschlag befindet sich noch ein Gegenstand, auf den ich Ihre Aufmerksamkeit lenken möchte – eine Zyankalikapsel. Ich nehme an, Sie wissen, wozu sie dient, obwohl ich bete, daß Sie es niemals notwendig haben werden, davon Gebrauch zu machen. Oh – das hier ist auch noch für Sie.«

Er nahm etwas aus seiner Schreibtischschublade, und als er die Hand ausstreckte, sah Logan das Rangabzeichen eines Leutnants darin. »Sie können das natürlich nicht tragen oder auch nur mitnehmen, aber der Titel ist Ihnen dennoch offiziell verliehen worden. Sie gehören ja nicht zur regulären Armee, aber Sie werden zweifellos von Zeit zu Zeit mit entflohenen Kriegsgefangenen oder anderem Militärpersonal zu tun haben, und wir hatten das Gefühl, ein gewisser Rang würde Ihnen von Nutzen sein – gar nicht davon zu reden, daß er sich auch im Fall einer Gefangennahme als sehr nützlich erweisen würde.«

Logan starrte wortlos den goldenen Stern an, bevor er die Hand ausstreckte und ihn ergriff. Bis zu diesem Augenblick hatte er nicht einmal glauben können, daß er offiziell in die Armee aufgenommen worden war. Plötzlich war er ein Offizier!

»Haben Sie noch Fragen?« fragte der Major.

»Dutzende«, antwortete Logan, »aber vermutlich keine, die Sie beantworten könnten oder wollten.«

»Nun, dann lesen Sie erst einmal das Material da durch und prägen Sie es sich ins Gedächtnis ein. Übermorgen melden Sie sich wieder hier. Ich fürchte, mehr Zeit kann ich Ihnen nicht zur Verfügung stellen. Wir werden dann eine letzte Besprechung abhalten. Abends wartet ein Whitley-Bomber startbereit auf Sie.«

»Ich werde bereit sein.«

Atkinson richtete den Blick von neuem auf Logan. »Ja ... das mag sein.« Er schwieg einen Augenblick lang, sein Auge blickte immer noch starr geradeaus.

»Ich weiß nicht recht, ob Sie mir sympathisch sind oder nicht, MacIntyre«, fügte er schließlich hinzu. »Aber wie dem auch sei, ich wünsche Ihnen alles Gute. Vielleicht schaffen Sie es tatsächlich.«

ABSPRUNG MIT DEM FALLSCHIRM

Der Nachthimmel war besät mit strahlend hellen Sternen. Man konnte sich keine bessere Nacht für einen Flug vorstellen, aber Logan wünschte insgeheim, ein wenig mehr Wolken zu sehen, die dem einsamen Fallschirm, der in Kürze vom Himmel zur Erde schweben würde, Deckung geben konnten. Nicht wenige Agenten, die weitaus mehr Erfahrung hatten als er selbst, waren in dem Augenblick gefangengenommen worden, in dem sie die Füße auf den Erdboden setzten. Logan wollte kein ähnliches Schicksal erleiden.

Er kauerte an der Öffnung im Rumpf der Whitley, sechshundert Fuß hoch in der Luft. Nur mit Mühe konnte er die Landschaft unten ausmachen. Ein kleines Empfangskomitee sollte ihn erwarten und ihm helfen, sicher nach Paris zu kommen.

»Wir landen da unten bei dem Wäldchen, damit du rasch in Deckung gehen kannst«, meldete sich die Stimme des Navigators hinter seinem Rücken.

»Ich hoffe, wir kommen den Bäumen nicht zu nahe«, antwortete Logan. Er konnte nicht verhindern, daß seine Knie ein wenig zitterten, wenn er an den Sprung dachte, der ihm bevorstand.

Dann kam der Zuruf des Piloten: »Fertigmachen!«

Logan hatte in der Zeit seiner Ausbildung vier Fallschirmabsprünge absolviert. Aber sie waren ihm immer gleich schwer gefallen. Das panische Entsetzen jenes Augenblicks, in dem er in die leere Luft hinausspringen mußte – jedesmal fest überzeugt, daß der Tod ihn erwartete –, war schlimmer als jeder Schrecken, den er jemals auf dem Erdboden erlebt hatte.

»Los!« schrie der Pilot aus dem Cockpit.

Logan durfte jetzt keinen Moment mehr zögern, denn selbst eine Verzögerung von nur zwei oder drei Sekunden konnte ihn weit vom Ziel abbringen und dazu führen, daß er mitten in den Baumwipfeln landete.

»Ich hasse das ...«, hauchte er, während er sich durch die Öffnung gleiten ließ.

»Gott segne dich, Junge!« schrie der Navigator, aber Logan hörte die Worte nur noch aus der Ferne, wie in einem Traum.

Der Luftstrom schleuderte ihn gewaltsam rückwärts, und diesem heftigen Ruck folgte fast augenblicklich ein scharfes Zerren unter den Achselhöhlen. Der Fallschirm hatte sich sicher geöffnet – wie er es in der Regel immer tat.

Der Sprung aus dem Flugzeug war schrecklich gewesen, aber die nächsten paar Sekunden entschädigten Logan ein wenig. Während der ohrenbetäubende Lärm der Flugzeugmotoren rasch in der Ferne verklang, fühlte Logan sich plötzlich von tiefer, himmlischer Stille umgeben. Das überwältigende Gefühl von Frieden und Wohlbehagen war so mächtig, daß es ihn den Schrecken des Sprunges vergessen ließ. Unglücklicherweise dauerte alles viel zu kurz.

Unter ihm war alles tiefschwarz, aber es schien ihm, als sähe er eine tiefere Schwärze, die der Erdboden sein mußte. Er kam näher und näher, schien auf ihn zuzustürmen wie ein riesenhafter Zug in voller Geschwindigkeit. Er zog die Knie ein wenig an und spannte alle Sinne an, um sich für den Augenblick vorzubereiten, in dem er auf dem Boden auftreffen würde.

Plötzlich krachten seine Füße gegen den festen Grund.

Er knickte in den Knien ein, um den Stoß abzufangen, und rollte gleichzeitig seitlich ab.

Sein Körper überschlug sich, so daß sich die Welt vor seinen Augen drehte, und im nächsten Augenblick fühlte er, wie die Seide des Fallschirms auf ihn herabschwebte. Statt weicher Erde jedoch traf seine Schulter auf einen Stein, und er stieß einen Schmerzensschrei aus. Wenigstens, dachte er mit unbestimmter Dankbarkeit im Herzen, bin ich nicht mit dem Kopf aufgeknallt.

Ein paar Sekunden lag er ganz still und versuchte, seine verwirrten Sinne zu ordnen. Aber noch bevor es ihm gelang, oben und unten zu unterscheiden, hörte er Rufe.

»Lieber Gott«, murmelte er, »bitte steh mir bei.« Es war das erste Gebet, das er seit langem gesprochen hatte, und obwohl es ohne Überlegung aus ihm herausplatzte, hatte er noch niemals ein Gebet so ernst gemeint.

Die Stimmen, die sich von allen Seiten näherten, waren jetzt sehr nahe – und sie sprachen französisch.

Er spürte, wie Hände ihn aus den Gurten und Leinen befreiten.

»Bonsoir! Bonsoir, mon ami! Michel Tanant, n'est-ce pas? Du hast es geschafft!«

In seiner Erleichterung und seinem Entzücken, freundliche, lächelnde Gesichter um sich zu sehen, vergaß Logan ganz sein Losungswort. Er sprang auf die Füße, ergriff die Hände des Nächststehenden und schüttelte sie heftig.

»Oui, Monsieur!« antwortete er. »Ja, ich bin Michel Tanant!«
Er war sicher in Frankreich gelandet. Aber der größte Teil seiner Abenteuer lag noch vor ihm.

ALLISONS ENTSCHLUSS

In Stonewycke war der Frühling vorübergegangen, und allmählich ging auch der Sommer in den Herbst über. Und während Logan seine ersten Schritte auf französischer Erde tat, schlenderte Allison tief in Gedanken die von leuchtend rotem Heidekraut gesäumten Pfade entlang.

In den Monaten, seit sie und Logan sich getrennt hatten, hatte Allison ein breites Spektrum von Gefühlen durchlitten, von Selbstmitleid über Verständnis für Logan bis hin zu Zorn, zu Verzweiflung, zu neuerlicher Liebe für ihren Gatten. Die Gefühle kamen und gingen in keiner bestimmten Reihenfolge, eins folgte dem anderen auf ganz unvorhersehbare Weise.

In diesem speziellen Augenblick befand sich Allison, die von der sanften warmen Sommerbrise umweht dahinschlenderte, in einem Zustand düsterer Hoffnungslosigkeit. Seit vier Monaten hatte sie kein Wort von Logan gehört. Das mochte zum Teil ihre eigene Schuld sein, sagte sie sich, wenn sie in milderer Stimmung war. Denn anfangs hatte sie sich hartnäckig geweigert, auf irgendeine Weise Kontakt aufzunehmen. Er hatte sie verlassen. Sie dachte nicht daran, sich zu demütigen, indem sie ihn anbettelte, zu ihr zurückzukehren, und sie hatte den Eindruck, selbst ein Brief mit alltäglichen Mitteilungen könnte so ausgelegt werden.

Aber vor drei Wochen hatte sie, von einer verständnisvollen Stimmung erfaßt, beschlossen ihm zu schreiben, vorgeblich, um ihm mitzuteilen, daß ihre Tochter sich eine Erkältung zugezogen hatte und zwei Wochen lang krank gewesen war. Zorn ergriff sie, als sie nicht die leiseste Antwort von Logan erhielt. Eine Weile später folgte die Sorge: War ihm etwas zugestoßen?

Sie versuchte es mit einem zweiten Brief, in dem sie sorgfältig jede persönliche Mitteilung vermied.

Immer noch kam keine Antwort.

Eine Woche war vergangen, seit sie ihm einen dritten Brief geschrieben hatte, und sie wußte, sie würde auch auf diesen Brief keine Antwort bekommen.

Auf der Kuppe eines kleinen Hügels blieb sie stehen und ließ den Blick schweifen. Sie befand sich etwa eine Meile westlich des Schlosses. Sie war nicht auf der Straße gekommen, sondern querfeldein über die offene Heide voll Heidekraut und Stechginster gewandert. Sie war ein wenig talabwärts gegangen, aber sie stand immer noch hoch genug, um das Glitzern der See in der Ferne zu sehen. Allison mußte daran denken, wie sehr sie diesen Ort zu lieben begonnen hatte. Warum konnte Logan nicht dasselbe empfinden?

Plötzlich – noch mitten in ihren Gedanken – dämmerte es Allison, wie schnell ihre Verzweiflung sich in Zorn verwandelt hatte. Zum erstenmal hatte sie die Verwandlung so deutlich gesehen. Wie konnte sie ihn in einem Augenblick bemitleiden und im nächsten verachten?

Es war nicht recht von ihr, das zu tun. Selbst inmitten ihres Ärgers über Logans Verhalten begriff sie plötzlich, daß ihr eigenes Verhalten auch nicht über jeden Tadel erhaben war. Die ganze Zeit hatte sie Logan für alles und jedes die Schuld gegeben. War es möglich, daß sie ebenso viel Schuld trug wie er? Hatte sie in Wahrheit ebenso viel Anteil an ihrer beider Probleme wie er? Verstand sie wirklich so wenig davon, was eine Ehe bedeutete? Hatte Logan recht – gestattete sie sich selbst nicht, die Dinge zu sehen, wie sie wirklich waren?

Sie sehnte sich so sehr danach, daß alles ideal, perfekt, frei von Problemen sein möge. Vielleicht hatte sie zugelassen, daß sie den Realitäten gegenüber blind wurde. Wenn das stimmte, würde sie den Tatsachen ins Auge sehen müssen.

O Gott, betete sie im stillen, *hilf mir, klar zu sehen ... hilf mir zu verstehen. Zeig mir, was ich tun soll!*

Allison hielt mitten in ihrem sorgenvollen Gebet inne. Sie hatte schon früher oft gebetet. Sie hatte bei vielen Gelegenheiten im Lauf der letzten acht Jahre Gott ihr Herz ausgeschüttet. Und sie glaubte daran, daß Er sie gehört hatte. Aber in diesem Augenblick, der dem Aufschrei ihres Herzens folgte, geschah etwas mit Allison, was nie zuvor geschehen war.

Zum erstenmal hielt sie inne, um zu *hören* ... zu hören, was Gottes Stimme ihr antwortete. Anstatt mit ihren eigenen Bitten und Klagen fortzufahren, wartete sie, zwang ihr Herz, stille zu sein, schwieg und horchte. Die erste Antwort kam in den Worten von Allisons Mutter.

Allison, in einer Ehe geht es nicht ohne Selbstaufopferung ab, hatte sie gesagt. Damals hatte Allison mit ihr gestritten, hatte sich damit verteidigt, was sie alles aufgegeben hatte. Plötzlich begriff sie, daß sie die Worte ihrer Mutter vollkommen mißverstanden hatte. Joanna hatte gar nicht von äußeren Dingen gesprochen, sondern von einer inneren Haltung!

Wenn ihr beide euch hartnäckig an eure eigenen Wünsche

und Sehnsüchte klammert, kommt ihr nie zu Rande. Die Menschen mißverstehen so oft, worum es in einer Ehe wirklich geht.

Wie recht hatte ihre Mutter gehabt! Gerade so war es bei ihr gewesen. Sie hatte aus ihrer Beziehung das Beste für sich selbst herausholen wollen. Wie blind war sie gewesen! Aber nun antwortete Gott auf den Ruf ihres Herzens und begann ihr die Augen zu öffnen.

Da war noch etwas, was ihre Mutter zu ihr gesagt hatte – erst vor kurzem. Sie hatte damals kaum zugehört, hatte nicht zuhören wollen. Aber nun hallten die Worte in ihr wider:

»Du bist nur für dich selbst verantwortlich, für deine eigenen Reaktionen, deine eigenen Antworten. Du kannst nicht erwarten, daß Logan sein Teil tut. Dein Blick muß allein darauf gerichtet sein, daß du dich für ihn aufopferst, nicht er für dich.«

Allisons Augen füllten sich mit Tränen, als die Mahnungen und Belehrungen ihrer Mutter ihr wieder in den Sinn kamen. Was immer sie getan hatte, es war selbstsüchtig gewesen!

Nun – jetzt war der Zeitpunkt gekommen, wo sie umkehren mußte. Gott hatte zu ihr gesprochen. Nun zeigte er ihr, was sie tun sollte. Er hatte ihr keine einfache Antwort gegeben, aber sie hatte auch nicht um eine einfache Antwort gebeten.

Sie mußte nach London zurückkehren. Soweit war alles klar. Sie mußte Logan ausfindig machen, sie mußte mit ihm sprechen, sie mußte sich verletzlich zeigen, selbst auf die Gefahr hin, daß er sie zurückwies, und sie mußte ihm sagen, daß sie sich verpflichtet hatte, ihm in Zukunft eine Frau nach Gottes Willen zu sein.

Was er darauf sagen würde, was weiter geschehen sollte, wußte sie nicht. Zum erstenmal in ihrem Leben fühlte sie sich wirklich in Gottes Hand. Er würde ihre Schritte lenken. Sie war sicher, daß Er einen Weg finden würde, ihre Ehe zu retten.

Aber der erste Schritt mußte ihr Gehorsam sein.

RÜCKKEHR NACH LONDON

Im Juni 1941 konzentrierten sich Hitlers Angriffsschläge nicht länger auf England, sondern auf andere Ziele. Nach fast einem Jahr gnadenlosen Blitzkriegs war England eine Atempause vergönnt. Für Allison bedeutete das, daß sie im Herbst nach London zurückkehren und einen Versuch machen konnte, die Wunden ihrer Ehe zu heilen.

Während Allison vor dem Victoria-Bahnhof auf ein Taxi wartete, war sie voll Schrecken über den Anblick, der sich ihr bot.

Ja, die Schlacht um England war gewonnen worden, aber es war ein Sieg gewesen, für den das tapfere englische Volk teuer bezahlt hatte. Vielerorts lagen nur noch Trümmerhaufen, wo einst vertraute Gebäude gestanden hatten.

Sie fuhr mit dem Taxi zu ihrer Wohnung und wartete, bis der Taxifahrer außer Sicht war, ehe sie die Hand hob und anklopfte. Als keine Antwort kam, zog sie den Schlüssel heraus und warf einen Blick auf ihre Armbanduhr.

»Ist Papa da, Mami?« fragte ihre kleine Tochter.

»Ich weiß es selbst nicht, Schätzchen«, antwortete Allison. Sie hatte nicht unangemeldet in die Wohnung eindringen wollen. Aber es war erst vier Uhr dreißig am Nachmittag. Er war sicherlich noch an seiner Arbeitsstelle.

Sie schloß auf. Stickige Kälte schlug ihr entgegen, als sie über die Schwelle trat, und ein schimmliger Geruch schwebte in der Luft. Ein weniger voreingenommener Besucher hätte augenblicklich bemerkt, daß sie einen Ort betrat, der seit längerem nicht mehr bewohnt war – vielleicht schon seit Monaten. Niemand hatte die Heizung angedreht, um die Feuchtigkeit zu vertreiben, niemand hatte die Fenster geöffnet, um den schalen Dunst auszulüften. Aber Allison drehte das Licht an und ging eine ganze Weile in der Wohnung umher, bis ihr die Wahrheit dämmerte: Logan wohnte nicht mehr hier.

Er war weggegangen und hatte sich nicht einmal die Mühe gemacht, es ihr mitzuteilen.

Ausnahmsweise kümmerte sie sich diesmal nicht um sich selbst – es war ihr gleichgültig, wie er sie behandelte. Sie konnte damit fertigwerden, konnte ihn sogar trotz allem lieben. Aber er war Vater eines Kindes. Empfand er keinerlei Verantwortungsgefühl für ihre Tochter? Das war die schmerzliche Frage.

Sie hatte die ganze Zeit über regelmäßig Schecks von ihm erhalten – wenigstens hatte sie immer angenommen, sie seien von Logan, obwohl es immer Barschecks gewesen waren und ihnen keine Mitteilung beilag, nicht einmal eine kurze Notiz. Aber hatte er nicht noch mehr Pflichten, als nur Geld zu senden? Was war, wenn irgend etwas passierte – ein Notfall? Die Krankheit, die ihre Tochter kürzlich durchgemacht hatte, war eine Kleinigkeit gewesen. Aber wenn es nun etwas Schlimmeres gewesen wäre? War ihm denn *alles* gleichgültig geworden?

Ohne zu merken, was sie tat, war Allison in ihr altes Verhaltensmuster zurückgefallen, Logan an allem die Schuld zu geben. Plötzlich wurde ihr bewußt, was sie tat. Es würde nicht leicht sein, all ihre alten Gewohnheiten und Denkweisen zu ändern!

»Wo is' Papa?« unterbrach Joannas bittendes Stimmchen Allisons Gedanken. Sie ließ sich aufs Sofa sinken, dann blickte sie direkt in die süßen blauen Augen, die sie immer mehr an ihre Urgroßmutter Maggie erinnerten.

»Ach, mein kleiner Liebling«, sagte sie, »dein Papa liebt dich ... und mich auch. Aber im Moment ist er nicht – «

Sie mußte aufhören, denn die Tränen stiegen ihr in die Augen, und in ihrer Kehle steckte ein dicker Klumpen. »Ach, mein Liebstes, was sollen wir nur tun?«

Sie saß da, hielt das Kind auf dem Schoß und umarmte es innig, während sie leise vor sich hinweinte. Es dauerte nicht lange, bis ihr bewußt wurde, wieviel Selbstsucht in ihren Tränen lag. Niemand hätte ihr einen Vorwurf daraus gemacht, daß sie in diesem Augenblick weinte, aber sie hatte kein einziges Mal an Logan gedacht.

Wo war Logan? Was machte er jetzt durch? Er war kein kalter, gefühlloser Mann ohne menschliche Regungen und ohne Mitleid, wie ihr altes Selbst ihr einzureden versuchte. Er brauchte ihre Liebe, ihre Gebete, nicht ihre Anschuldigungen. Aber im selben Augenblick, in dem sie ihn im Gebet ihrem Vater im Himmel empfehlen wollte, hielt ein tiefer innerer Widerstand sie davor zurück, die Worte auszusprechen. Sie würde noch lange kämpfen müssen, ehe es ihr gelang, die Verletzungen der Vergangenheit völlig zu vergessen, die scheinbare Unfairneß. Sie wollte für ihn beten, aber die Gedanken und Worte wollten ihr nicht gehorchen.

Inmitten ihrer inneren Kämpfe weckte ein Geräusch vor der Türe des Appartments ihre Aufmerksamkeit.

Sie spitzte die Ohren. Sie sprang auf die Füße, in der Hoffnung, es möchte Logan sein, was immer die Vernunft ihr auch sagte. Der Türknauf ratterte, als steckte jemand einen Schlüssel ins Schloß. Ihr Herz machte einen wilden Sprung. Sie stand da und starrte die Türe an.

Im nächsten Moment schwang die Türe auf, und vor ihr stand die vom Alter gebeugte, verwelkte Gestalt Billy Cochrans. Er blieb mitten im Schritt stehen und sah nicht weniger überrascht drein als Allison selbst.

»Na, jetzt wirft's mich aber um!« rief er aus, als ihm die Stimme wieder gehorchte. »Ich wollt' Sie nicht so überfallen, Mrs. MacIntyre.« Sein üblicherweise gereizter Ton war merklich sanfter als sonst, fast ehrfürchtig.

»Schon recht, Mr. Cochran«, antwortete Allison freundlich. Sie hatte ihn immer als einen reizenden alten Mann betrachtet, obwohl diese Auffassung Logan stets erheitert hatte. »Kommen Sie doch herein«, fügte sie lächelnd hinzu und hoffte, ihre vom Weinen geröteten und geschwollenen Augen seien nicht allzu auffällig.

Billy schlurfte etwas linkisch ins Zimmer, zog den Hut und stand eine Weile da, bevor er zu sprechen begann. Seine Finger spielten nervös mit der Hutkrempe.

»Das is' aber nett, Sie mal wiederzusehn, Mrs. MacIntyre«, sagte er und brachte ein Lächeln zustande. »Ich ... ich seh' hier 'n bißchen nach dem Rechten ...«

»Das geht schon in Ordnung«, antwortete Allison. »Sagen Sie mir nur, Mr. Cochran, wie lange ist es schon her, daß Logan – «

Allison stockte. Es fiel ihr schwer, einem relativ Fremden gegenüber einzugestehen, daß sie nicht wußte, was ihr Ehemann in letzter Zeit getan hatte. Aber sie mußte es einfach wissen.

»– ich meine, daß Sie hier nach dem Rechten sehen?«

»Wollen mal sehen ...« Er kniff, tief in Gedanken, die Augen zusammen und zählte stumm an den Fingern ab. »'s muß wohl im April gewesen sein, daß ich das erstemal hier war. Das wären – «

»Vier Monate«, sagte Allison, die nun akzeptierte, daß die Situation Realität war. »Bitte nehmen Sie doch Platz, Mr. Cochran«, fuhr sie fort, »das heißt, wenn Sie einen Augenblick Zeit haben.«

»Aber gerne. Die Stiegen hier sind furchtbar steil.« Er setzte sich auf einen Stuhl neben Allison. »Mrs. MacIntyre, es ist doch nichts Schlimmes passiert, oder?«

Einen kurzen Augenblick lang versuchte Allison, ihre selbstsichere und unzugängliche Maske aufzusetzen. Aber da war etwas in den Augen des alten Mannes – ein tiefes, fast väterliches Mitgefühl – das sie bewog, plötzlich mit allen Ängsten ihres Herzens herauszuplatzen.

»Ach, Mr. Cochran, ich habe von Logan seit vier Monaten nichts mehr gehört oder gesehen! Können Sie mir nichts sagen? Was treibt er? Wo ist er?«

Billy runzelte die Stirn und kratzte gedankenvoll seine große Nase. »Er hat mir nicht viel erzählt. Sagte bloß, er ginge 'ne Weile weg, und ob ich wohl hin und wieder hier reingucken und die Post holen könnte. 's war aber nie auch nur'n Fetzchen Post im Kasten.«

»Gar nichts?«

Cochran schüttelte den Kopf.

»Aber ich habe ihm geschrieben«, fuhr Allison fort. »Meine Briefe müssen doch angekommen sein.«

»Ich hab nichts gesehn.«

Allison beugte sich vor, von Aufregung erfaßt, als ein neuer Gedanke sie überfiel. »Mr. Cochran, ist es möglich, daß Logan in der Stadt ist – und nur hierherkommt, um die Post abzuholen?«

Billy neigte langsam und ein wenig bedauernd den Kopf, um seinen Zweifeln Ausdruck zu verleihen. »Dürfte ich wohl mal ganz offen mit Ihnen reden?«

»Ja, natürlich.« Trotz ihrer zustimmenden Worte lag ein Zögern in Allisons Stimme, als ihr altes Selbst sich vor der Wahrheit zu verstecken suchte.

»Es ist nämlich so«, begann Billy. »Ich glaube, Sie tun sich bloß selber weh, wenn Sie sich weigern, die Dinge zu nehmen, wie sie nun mal sind, und damit mein' ich, er ist längst weg, wer weiß wo.«

»Wollen Sie damit sagen, ich soll ihn völlig aufgeben?«

»Nein, hab ich nicht gesagt. Der Junge kommt zurück. Darauf können Sie sich verlassen. Ich sag nur, niemand weiß, wie lange er noch weg sein wird. Inzwischen sollten Sie mit Ihrem eigenen Leben weitermachen. Sie müssen den Dingen ihren Lauf lassen.«

»Wahrscheinlich haben Sie recht, Mr. Cochran.«

»Aber Logan kommt zurück, darüber machen Sie sich mal keine Sorgen!«

»Wie können Sie das so sicher wissen?«

»Weil ich den Kerl *kenne*. Oh, klar, er hat seine Schwierigkeiten, wie wir alle. Aber 's gibt weit und breit keinen besseren und anständigeren Mann – der sein Leben für'n Freund hingeben würde, wenn's sein müßte – als Logan MacIntyre. Und Sie liebt er auch, da bin ich mir mal ganz sicher!«

Als er eine Stunde später die Wohnung verließ, umarmte Allison ihn herzlich. Es war noch nie vorgekommen, so lange der alte Mann sich zurückerinnern konnte, daß jemand ihm solche Gefühle entgegengebracht hatte, und dieser Beweis von Zuneigung erfreute und verwirrte den Alten mehr, als er sich anmerken lassen wollte. Er rang sich ein gestammeltes »Auf Wiedersehen« ab und bestand darauf, Allison sollte ihn anrufen, falls sie irgend etwas brauchte.

Er wäre noch viel verwirrter gewesen – und vielleicht auch erfreut –, hätte er gewußt, daß er als Antwort auf Allisons Gebete gekommen war.

RUE DE VARENNES

Der Wind, der in Stößen von der Seine herüberwehte, konnte die sommerliche Wärme in der Stadt nicht zerstreuen. Logan hatte längst sein Jackett ausgezogen und in seinem Seesack verstaut, den er, wie die Franzosen es taten, über die Schulter geschlungen hatte. Während er die Champs-Elysées entlangschlenderte, bemühte er sich vergebens, die tiefe Niedergeschlagenheit abzuschütteln, die nicht von der Hitze kam, sondern von der Szene, die sich seinen Augen darbot.

Auf der historischen Avenue zogen die deutschen Besatzungstruppen wie jeden Mittag ihr übliches militärisches Ritual ab. Die Garnison der Kommandantur von Groß-Paris marschierte mit fliegenden Fahnen und zu den triumphierenden Klängen der Militärkapellen, als wollten sie aller Welt ihre Herrschaft kundtun. Logan kehrte der Parade den Rücken und wandte seine Schritte dem Seine-Ufer zu.

124, Rue de Varennes. Die Adresse hatte sich seinem Gedächtnis unauslöschlich eingeprägt. Hinter jener unauffälligen Türe befand sich das Hauptquartier eines Ringes von Widerstandskämpfern, der vor etwa einem Jahr seine Aktivitäten aufgenommen hatte. Man wußte nicht, wieviele Aktivisten dazu gehörten, aber ihre Aktionen waren so wirkungsvoll gewesen, daß sie Anspruch auf einen beträchtlichen Teil des Geldes hatten, den Logan nun sicher verwahrt in einem Geldgürtel unter dem Hemd trug.

In letzter Zeit hatten mehrere harte Schläge die Widerstandsgruppe getroffen. Vor zwei Wochen war ihr Funker zusammen mit einigen anderen Männern verhaftet worden. Soviel Logan wußte, hatte keiner der Gefangenen etwas verraten, aber in kürzester Zeit konnte eine Menge Unheil angerichtet werden, wo deutsche Verhörspezialisten am Werk waren. Wenn auch nur der Schatten eines Verdachts auf den Buchladen in der Rue de Varennes gefallen war, war es gut möglich, daß Logan in eine sehr gefährliche Situation geriet. Allerdings bin ich nur ein Buchhändler aus Lyon, rief er sich selbst ins Gedächtnis. Woher sollte ich wissen, daß dieser Laden Beziehungen zur Résistance unterhält?

Als er dem Buchladen auf etwa zwei Gassen nahe gekommen war, erhöhte er seine Aufmerksamkeit. Die schmale Straße sah durchaus unauffällig aus; die vier oder fünf Passanten, die den Gehsteig entlangschlenderten und gelegentlich einen Blick in die

Schaufenster der verschiedenen Geschäfte warfen – ein Gemischtwarenladen, eine Apotheke, ein Café –, waren alle typisch Pariser. Logan konnte weit und breit nichts Verdächtiges entdecken. Langsam näherte er sich dem Buchladen, der zwischen dem Café und der Apotheke lag. Es gab kein Namensschild, nur die Worte La Librairie standen in einfachen lateinischen Buchstaben auf der Türe.

Logan öffnete die Türe und trat ein. Augenblicklich begann ein Glöckchen schrill zu klingeln. Als er ins Innere des Ladens trat, sah er er, daß niemand, nicht einmal der Besitzer, anwesend war. Er nahm sich einen Augenblick Zeit, seine Umgebung in sich aufzunehmen – ein winziger Raum, in dem höchstens fünf Personen gemütlich in den Hunderten von Büchern stöbern konnten, die die Regale füllten und zu Stapeln aufgetürmt lagen.

Logan hatte keine Zeit, weiter nachzudenken, denn einen Augenblick später trat der Besitzer des Ladens ein. Logan hatte sich den Namen Henri Renouvin gut gemerkt, obwohl man ihm keine Beschreibung des Mannes gegeben hatte und er nichts von seiner Geschichte wußte. Bei all seinen Versuchen, ihn sich im Geist vorzustellen, hatte er nie an einen Menschen wie diesen kleinen, vierschrötigen Buchhändler Mitte Vierzig gedacht, der nun vor ihm stand. Sein stark gelichtetes blondes Haar, das Kinn mit dem Grübchen und die Brille mit dem Drahtgestell, hinter der empfindsame blaue Augen hervorblickten, verliehen ihm das typische Aussehen eines Intellektuellen.

»Puis-je vous aider? Kann ich Ihnen helfen?« fragte er in freundlichem, beiläufigem Ton.

»Oui«, erwiderte Logan, »falls Sie Henri Renouvin sind?«
»Der bin ich.«
»Sie werden sich freuen, meine Botschaft zu hören«, fuhr Logan in perfektem Französisch fort und benutzte dann das Losungswort, das er im Hauptquartier gelernt hatte: »Meine Tante Emilie in Lyon läßt Sie wissen, daß sie sich von ihrer Krankheit erholt hat.«

»Ah, oui!« antwortete Renouvin, dessen unauffällige Züge plötzlich Leben bekamen. »Das ist eine erfreuliche Nachricht. Sie ist eine fabelhafte Frau, ebenso wie ihre Tochter Marie.«

»Marie sendet Grüße und bedauert, daß sie noch nicht geschrieben hat.«

Renouvin trat auf Logan zu und klopfte ihm zur Begrüßung auf die Schulter, während sie einander die Hände schüttelten.

»Wir waren nicht einmal sicher, ob unsere Botschaft durchgekommen war«, fuhr Renouvin fort. »Wir konnten mit dem

Funkgerät nicht viel anfangen, seit wir Jacques verloren haben, obwohl wir versuchen müssen, die Kommunikation aufrechtzuerhalten. Sie können sich nicht vorstellen, wie willkommen Sie uns sind! Aber kommen Sie doch ins Hinterzimmer, hier draußen sollten wir uns nicht unterhalten.«

»Ist keine Gefahr dabei, wenn ich hierbleibe?«

»Nein, keineswegs«, antwortete Renouvin, während er Logan durch einen Türbogen, in dem ein Vorhang hing, in einen schwach erhellten Raum führte, der ebenso mit Büchern vollgestopft war wie der Laden selbst. Zusätzlich zu den Büchern häuften sich Stapel von Kisten und Pappschachteln, ein Schreibtisch stand eingezwängt zwischen Bücherstapeln an der Wand. Rund um einen kleinen Tisch standen drei hölzerne Kisten, die offensichtlich anstelle von Stühlen Verwendung fanden.

Renouvin wies Logan an, auf einer dieser Kisten Platz zu nehmen, und während er selbst sich setzte, nahm der Buchhändler zwei dicke Porzellantassen von einem Regal an der Wand. »Möchten Sie Kaffee?« fragte er. »Leider ist es nur Ersatzkaffee, dieses scheußliche Gesöff, das wir trinken sollen, während der richtige Kaffee nach Berlin gebracht wird. Aber wenigstens ist er frisch aufgebrüht.«

»Merci«, antwortete Logan. »Sie scheinen sich ja sehr sicher zu sein, daß hier keine Gefahr droht.«

Renouvin saß auf einer Kiste, Logan gegenüber. »Heutzutage ist es überall in Paris gefährlich, mein Freund. Aber wir sind sehr vorsichtig, und es hilft uns, daß die Boche nicht allzu schlau sind. Das hört sich wohl lächerlich an, wenn man bedenkt, daß wir gerade vier wertvolle Mitarbeiter verloren haben.« Renouvin seufzte schwer. »Aber es lag nicht an ihrer Sorglosigkeit oder Dummheit, daß sie gefaßt wurden.«

»Dann wurden sie also verraten?«

»Die Möglichkeit besteht, ja. Aber glücklicherweise wußte nur Jacques Bescheid über La Librairie und andere konspirative Orte, an denen wir unsere Aktionen vorbereiten. Er starb, bevor die Boche irgend etwas aus ihm herausholen konnten.« Renouvin hielt nachdenklich inne. »Aber«, begann er dann von neuem, diesmal in leichterem Tonfall, »jetzt erzählen Sie mir doch ein wenig von sich selbst.«

»Ich bin Michel Tanant«, sagte Logan, »ein Buchhändler aus Lyon.«

»Kluge Idee! Verstehen Sie etwas vom Buchhandel?«

»Sehr wenig.«
»Macht nichts, solange Ihre Fähigkeiten auf, sagen wir, *anderen Gebieten* zufriedenstellend sind.«
»Das will ich hoffen«, sagte Logan. Aber sein Selbstvertrauen hatte immer noch Schwierigkeiten, mit der offenkundigen Bedeutung, die dieser Mann ihm zumaß, fertigzuwerden.
»Sie sind Engländer?«
»Ist mein Akzent so schlimm?«
»Nein, nein!« entschuldigte sich Renouvin. »Er ist sogar sehr gut. Die Deutschen werden Sie damit mühelos zum Narren halten, und viele Franzosen werden Sie auf Anhieb akzeptieren. Wer immer die Idee aufgebracht hat, Sie kämen aus Lyon, verstand sein Geschäft. Ihr Akzent hat Ähnlichkeit mit der Sprechweise der Leute in den Gebirgsregionen des Südens.«

Logan trank den letzten Schluck seines Ersatzkaffees und schnitt unwillkürlich eine Grimasse des Widerwillens.

»Verzeihen Sie mir, Michel, mein Freund, daß ich Ihnen ein so garstiges Gebräu vorsetzen mußte«, sagte Renouvin. »Wenn der Krieg vorbei ist und wir wieder frei sind, dann kommen Sie mich besuchen, und ich werde Ihnen den besten französischen Kaffee vorsetzen, den Sie jemals getrunken haben.«

Logan lächelte. Es würde ihm leichtfallen, diesen Mann gernzuhaben, der mit der gutmütigen Herzlichkeit eines völlig sorglosen Menschen mit ihm sprach. Wie konnte irgend jemand ahnen, daß er tagtäglich nur um Haaresbreite dem Tod entging, und daß sein Kopf genug Informationen enthielt, um Hunderte anderer Menschen zu Tode zu bringen?

Renouvin beugte sich vor und gab Logan einen kurzen Überblick über die Aktivitäten von La Librairie.

»Jetzt, wo der arme Jacques nicht mehr unter uns weilt«, begann er, »wissen nur fünf von uns über den Buchladen Bescheid. Jeder von uns hat einen Agentenring aufgebaut, bei dem größtenteils einer den anderen nicht kennt. Falls ein Aktivist gefangengenommen wird, kennt er höchstens ein oder zwei Namen, und nur wir fünf kennen einander. Mein Agentennetz beispielsweise kennt mich nur als L'Oiselet, das Vögelchen, und kann nur über ein Postfach Kontakt mit mir aufnehmen. Wir fünf, die von La Librairie aus unsere kleinen Agentenringe leiten, sind so etwas wie die Nabe eines Rades, von der mehrere Speichen ausgehen. Falls die Nazis etwas über L'Oiselet, das Vögelchen, in Erfahrung bringen – was ihnen übrigens noch nicht gelungen ist –, dann können sie noch längst keine Verbindung zu dem Buchhändler Henri Renouvin herstellen. Alle Teile sind säuberlich getrennt. Deshalb hat Jacques' Gefangennahme und Tod La Librairie auch nicht in Gefahr gebracht. Was mich selbst angeht, so ist meine Hauptaufgabe die, Informationen zu sammeln und an die richtigen Leute weiterzugeben. Meine vier Gefährten leisten mehr Basisarbeit und sind daher auch mehr gefährdet als ich. Sie werden sie alle zu gegebener Zeit kennenlernen. Aber fürs erste, mon ami, müssen wir Sie irgendwo unterbringen. Sie sind müde und hungrig, nicht wahr?«

Renouvin brachte Logan in einem Hotel unter, das nur ein paar Gassen von der Buchhandlung entfernt lag, wobei er einen Strom von Entschuldigungen hervorsprudelte, daß er ihn nicht in seiner eigenen kleinen Wohnung beherbergen konnte. Er sorgte dafür, daß Logan eine reichliche Mahlzeit bekam, während der er ihm Näheres über die Organisation erzählte. Sie saßen noch bis spät in die Nacht zusammen und sprachen miteinander.

DIE WIDERSTANDSKÄMPFER

Obwohl die helle Morgensonne draußen in ungewöhnlichem Glanz erstrahlte, blieb Henri Renouvins Hinterzimmer dunkel und trübe. Den Gestalten, die sich rund um den kleinen Tisch versammelt hatten, war es auch nur zu willkommen, wenn ihr Tun im Dunkel blieb.

»Das sieht Jean Pierre gar nicht ähnlich, zu spät zu kommen.« Die Stimme schien in dem kleinen Raum zu widerhallen. Es war eine Stimme voll Leben, voll Kraft und drängender Eile, in mittlerer Tonlage, obwohl die massige Gestalt des Besitzers dieser Stimme eher an einen *basso profundo* denken ließ.

»Sprich leiser, Antoine!« sagte Henri und warf ihm einen Blick zu. Er stand an der Spüle und füllte eben den Kaffeetopf mit Wasser.

Der Sprecher, Antoine, war ein Bär von einem Mann, mehr als ein Meter achtzig groß und gewiß über hundert Kilo schwer. Dennoch sprang er leichtfüßig von seinem Sitzplatz auf einer der wackligen Kisten auf, die nur mit Mühe sein Gewicht trug, und begann nervös auf und ab zu gehen, soweit es der beengte Raum dieses vollgestopften Zimmerchens zuließ. Der Mann schien förmlich elektrisch geladen mit Energie, ob er nun saß oder stand. Sein lebhaftes Wesen ließ ihn jünger wirken als seine fünfzig Jahre, und dasselbe galt für sein ungebärdiges, üppiges schwarzes Haupt- und Barthaar, in dem nirgends eine Spur von Grau zu entdecken war. Sogar seine Augen waren voll Leben, eine Lebenslust entströmte ihnen, die ganz unberührt schien von seiner gegenwärtigen Aufregung. Er schien ein Mann zu sein, der mit gleicher Leichtigkeit und ohne falsche Scham lachen und weinen konnte.

»Ich sage euch, mir gefällt das nicht«, sagte Antoine und machte eine gewaltige Anstrengung, das naturgegebene dröhnende Timbre seiner Stimme zu dämpfen. »Und wo ist Lise? Irgend etwas muß schiefgegangen sein! Claude, du hast sie als letzter gesehen. Sagte sie irgend etwas, daß sie heute später zum Treffen kommen würde?«

»Non«, antwortete der dritte Mann im Raum.

»Ist das alles, was dir dazu einfällt?« rief Antoine aus, als fühlte er sich durch Claudes kurz angebundene Antwort betrogen.

»Oui, Antoine«, antwortete Claude in aller Ruhe, offenbar unberührt von der sorgenvollen Unruhe seines Gefährten. Er war, wie Henri, ein sehr kleiner Mann. An diesem Punkt allerdings endete auch schon jede Ähnlichkeit. Mit dreißig Jahren war dieser Mann sehnig und muskulös und wäre gutaussehend gewesen, wären da nicht mehrere tiefe Narben in seinem Gesicht gewesen. Vor allem eine Narbe war es – sie saß über seinem linken Auge und verursachte ein hängendes Lid –, die ihm ein ausgesprochen unheimliches Aussehen verlieh. Dieser Eindruck lauernder Bosheit wurde noch verstärkt durch eine krumme Nase und dunkle Augen, die Haß versprühten, wie Antoines Augen vor Leben sprühten. Claude hatte seine Narben – und vermutlich auch seinen Haß – aus den Händen der Gestapo empfangen, als er gemeinsam mit Antoines Frau und Tochter gefangengenommen worden war. Er war grausam gefoltert worden, bevor es ihm schließlich gelang zu entfliehen. Antoines Tochter war auf der Flucht getötet worden.

»Du bist ein Schwätzer, Claude«, fuhr Antoine spöttisch auf. »Machst du dir überhaupt keine Sorgen um deine Kameraden?«

»Ich mache mir eher Sorgen wegen dieses *Anglais*, mit dem wir uns demnächst abgeben müssen«, antwortete Claude. Jedes Wort schien ihm nur mit Mühe über die Lippen zu kommen, als verschwende das Sprechen Energie, die er lieber für tödlichere Aufgaben einsetzen wollte.

»*Müssen!*« gab Antoine zurück. »Er bringt uns eine Million Francs! Die Füße würde ich ihm dafür küssen!«

»Du glaubst doch nicht, daß da kein Pferdefuß dabei ist?« antwortete Claude düster. »Als Gegengabe wird er fordern, daß er unsere Organisation in der Hand hat.«

»Den Eindruck hatte ich nicht«, warf Henri ein.

»Und wenn schon!« rief Antoine großzügig. »Mit so viel Geld können wir den Boche eine Menge Schaden zufügen. Sag bloß nicht, das mißfällt dir, Claude.«

Claude schüttelte zur Antwort nur grimmig den Kopf; kaum, daß der Schimmer eines Lächelns über seine Lippen huschte.

»Haha!« lachte Antoine. »Gib es doch zu, nichts macht dir mehr Spaß, als unsere Feinde zu töten, eh, mon ami?«

»Es macht ihm zuviel Spaß, scheint mir zuweilen«, murmelte Henri mit verhaltener Stimme.

Claude stellte prompt die Haare auf. »Was weißt du schon, Monsieur Maus!« grinste er hämisch. »Du sitzt hier warm und sicher in deinem kleinen Laden – «

»Claude!« rief Antoine vorwurfsvoll und verhielt drohend den Schritt.

»Laß nur!« antwortete Henri mit einer Handbewegung. »Vielleicht hat er recht. Wer kann das wissen?«

»Keiner von uns riskiert mehr oder weniger als die anderen«, antwortete Antoine mit fester Stimme und warf Claude einen beziehungsvollen Blick zu.

»Schon recht«, sagte Claude in einem Tonfall, dem nicht zu entnehmen war, ob seine Worte eine Entschuldigung oder eine herablassende Bemerkung darstellten. »Aber ich lasse mich nicht von dem Anglais herumkommandieren«, fuhr er entschlossen fort, »ganz gleich, wieviel Geld er uns bringt.«

Als hätte Claude das Timing seines letzten Wortes geplant, endete die Diskussion an dieser Stelle abrupt, weil die Ladenglocke mit lautem Klingeln anschlug. Die drei Männer fuhren zusammen, dann erstarrten sie. Eine ganze Weile lang bewegte sich keiner der drei, als fürchteten sie, ihre früher geäußerten Sorgen könnten nur zu begründet sein.

Schließlich riß Henri sich zusammen und bewegte sich. Als Besitzer des Ladens mußte er jeden begrüßen, der durch diese Tür trat. Er stellte den Kaffeetopf auf die heiße Herdplatte, dann eilte er durch den Vorhang in den vorderen Teil des Ladens.

Kaum eine Sekunde später kehrte er zurück. Sein Gesicht strahlte vor Erleichterung. Ein Priester folgte ihm. Man merkte ihm an, daß er es gewohnt war, in der großen Gesellschaft zu verkehren; er brachte das Flair weltmännischer Eleganz in den schäbigen Raum.

Antoine schnellte förmlich von seinem Sitz hoch und preßte den Neuankömmling in einer heftigen Umarmung an sich. »Jean Pierre!« rief er aus.

»Was für ein Empfang!« antwortete der Mann, dem Antoines begeisterte Begrüßung die Luft aus den Lungen gepreßt hatte. »Dabei bin ich nur eine halbe Stunde zu spät dran.«

»Was hat dich aufgehalten, mon père?« sagte Henri. »Du weißt, normalerweise stellen wir die Uhr nach dir.«

»Die Boche sind zuweilen auch pünktlich«, sagte der Priester. »Sie standen Punkt sieben Uhr vor meiner Tür.« Er trug kühle Gelassenheit zur Schau, obwohl die Neuigkeit, die er da mitteilte, ausgesprochen beunruhigend war.

»Mon Dieu!« rief Antoine aus. »Was ist passiert?«

Der Priester raffte seine schwarze Soutane um sich zusammen und ließ seinen durchtrainierten, gut gebauten Körper auf einer der Kisten nieder. Alles an dem Mann ließ eine vornehme Herkunft erkennen, ein *savoir-faire*, das in schroffem Gegensatz zu seiner geistlichen Berufung stand. Sogar seine wohlgeformten, patrizischen Züge waren glatt und ohne alle Falten. Nur sein Haar, das zwar üppig, aber grau war, verriet seine neunundvierzig Lebensjahre.

»Ah, merci«, sagte Jean Pierre, als Henri eine dampfende Tasse Ersatzkaffee vor ihn hinstellte. »Ihr müßt euch nicht so viel Sorgen um mich machen«, fügte er hinzu, als er Henris gequälten, sorgenvollen Gesichtsausdruck bemerkte. »Ein- oder zweimal im Monat versucht die Gestapo, mir das Leben schwerzumachen; sie holen mich zum Verhör, manchmal verhaften sie mich sogar. Es ist fast schon ein Ritual geworden. Sie setzen mich einem Sperrfeuer von Fragen aus, dann lassen sie mich wieder laufen, weil sie niemals genug Beweismaterial in der Hand haben, um mich festzuhalten. Ich nehme an, sie sind von Natur aus mißtrauisch gegen alle Leute, deren Geschäft es ist, auf Erden Gutes zu tun.«

»Sieh nur zu, daß sie nicht einmal einen Glückstag haben«, warnte Antoine.

»Aber über mich wacht eine höhere Macht als das Glück, oder nicht, mon ami? Ich habe einen himmlischen Beschützer, der mich niemals verlassen noch versäumen wird.«

»Und wie steht es um uns andere?« fragte Claude herausfordernd. Wie immer ärgerte er sich über Jean Pierres Gelassenheit – und nicht weniger über seine irritierende Gewohnheit, absurde Andeutungen über die Existenz einer höheren Macht zu machen.

»Er beschützt sogar dich, Claude«, antwortete der Priester lächelnd. Sein Ausdruck sprach viel mehr von Zuneigung als von Verachtung.

»Dennoch, Jean Pierre«, sagte Antoine, »frage ich mich – womit ich dir gegenüber nicht unhöflich sein will –, ob es wirklich klug war, direkt hierherzukommen? Wie kannst du wissen, ob dir nicht jemand gefolgt ist?«

»Ihr wißt genau, daß ich immer beschattet werde«, antwortete der Priester. »Aber das letzte, was den Verdacht der Gestapo erregt, ist der Besuch eines Priesters in seinem Lieblingsbuchladen.«

»Mon Dieu!« fuhr Claude auf und sprang von seinem Sitz auf. »Willst du damit sagen, du hast sie hierher geführt, und sie beobachten uns? Vielleicht haben sie uns andere gesehen und – «

»Entspann dich, mein Freund«, beruhigte ihn der Priester. Obwohl der andere so zornig aufgefahren war, hob er kaum die Stimme, als er antwortete. »Du kannst dich in der erfreulichen Gewißheit wiegen, daß ich zu Ehren dieses so bedeutsamen heutigen Tages meinem Verfolger längst entwischt war, bevor ich auch nur in die Nähe der Rue de Varennes kam.«

Er hielt inne und warf einen Blick in die Runde, als bemerkte er zum ersten Mal, daß etwas anders als sonst war. »Wo ist Lise?« fragte er.

Henri schüttelte nur den Kopf und seufzte. Antoine fuhr fort, auf und ab zu schreiten, und Claude, der sich widerwillig wieder gesetzt hatte, knurrte nur unfreundlich, als hätte die Frage des Priesters irgendwie seine Ansicht bestätigt.

Bevor aber noch irgend jemand Gelegenheit hatte zu antworten, schellte das Glöckchen von neuem. Wiederum erstarrten alle Bewegungen im Hinterzimmer, als Henri in den Laden hinaustrat, kaum weniger zitternd und zagend als zuvor.

ERSTE BEGEGNUNG

Logan hatte nach seiner ersten Nacht in Paris verschlafen. Er hatte gehofft, er würde genug Zeit haben, seinen Seesack auszupacken und sich mit dem Hotel vertraut zu machen, aber das mußte nun warten. Er war bereits zu spät dran für das vereinbarte Treffen mit Renouvin. Er zog sich hastig an, stellte fest, daß es zu spät war für das abgestandene Brötchen und den Kaffee, die den Hotelgästen zum Frühstück serviert wurden und aß ein hastiges Frühstück in einem Café, das dem Hotel gegenüber lag. Dann machte er sich auf zur Rue de Varennes. Er wußte, daß er gute dreißig Minuten zu spät dran war, und so war es der schwierigste Teil seiner Aufgabe, wie ein müßiger Spaziergänger zu wirken und einen hinreichend weiten Umweg zu machen. Zu rennen oder auch nur Eile an den Tag zu legen, konnte den Tod eines Agenten bedeuten.

Als er die Türe des Buchladens aufstieß und das Glöckchen oben in Bewegung setzte, mußte er nur einen Augenblick lang warten, bevor Renouvin auftauchte, um ihn zu begrüßen. Henris Gesicht war angespannt, das übliche liebenswürdige Lächeln fehlte.

»Es tut mir leid, daß ich mich verspätet habe, Henri«, sagte Logan. Er dachte, seine Verspätung sei die Ursache für die nervöse Unruhe des Mannes.

»Vergiß es«, antwortete Renouvin und bemühte sich, seinem Gast zuliebe ein Lächeln aufzusetzen. »Anscheinend ist heute jeder zu spät dran. Komm mit, du sollst meine Gefährten kennenlernen.«

An diesem Morgen lernte Logan in Henri Renouvins Hinterzimmer die absonderlichste Gesellschaft von Männern kennen, die er sich vorstellen konnte. Er betrachtete sie einen nach dem anderen eingehend, als er ihnen vorgestellt wurde und fragte sich, wie es wohl gekommen war, daß sie nun mit dem sanften Buchhändler Renouvin gemeinsame Sache machten – der glattzüngige, weltmännische Priester, der dunkle, gefährliche Claude und der lebensfrohe, lärmende Antoine.

Er spürte augenblicklich, welche Spannung in der Luft lag. Henri erzählte ihm, daß das fünfte Mitglied der Gruppe sich ebenfalls verspätet habe, und daß sie sich allmählich Sorgen machten. Henri schenkte ihnen Kaffee ein, und sie nahmen das Gespräch wieder auf, das sie bei Logans Ankunft unterbrochen hatten – ob sie wegen der Abwesenheit ihrer Kameradin irgend etwas unternehmen sollten.

»Wenn sie in zehn Minuten noch nicht hier ist«, erklärte Antoine, »dann mache ich mich auf die Suche nach ihr.«

»Lise kann schon für sich selber sorgen«, bemerkte Claude brüsk.

»Eure Organisation ist nicht viel wert, wenn ihr nicht einer für den anderen sorgt«, sagte Logan, aber er bedauerte die Worte, kaum daß sie ihm über die Lippen gekommen waren.

»Wie kommst du dazu, über uns zu richten, Anglais?« fragte Claude hämisch.

»Diesmal bin ich ausnahmsweise einer Meinung mit Claude«, dröhnte Antoine und vergaß ganz, daß Henri ihn eben erst ermahnt hatte, leiser zu sprechen. »Wir sorgen einer für den anderen, und wir sind eine gute Organisation!«

»Ich wollte nicht – « begann Logan, aber Claude schnitt ihm das Wort ab.

»Wir wissen schon, was du willst, Anglais!« zischte er zwischen den Zähnen. »Du meinst, dein englisches Geld gäbe dir das Recht, uns herumzukommandieren!«

»Da habt ihr völlig unrecht«, antwortete Logan. »Das ist das letzte, was ich vorhabe. Deshalb bin ich auch nicht hergeschickt worden. Ich möchte euch helfen – das ist alles.«

»C'est bien, Monsieur Tanant«, sagte der Priester diplomatisch. »Und Hilfe ist genau das, was wir im Augenblick dringend brauchen. Wir wären Narren, wollten wir sie nicht annehmen.«

Die gereizte Stimmung entspannte sich wieder, und Henri wollte gerade etwas sagen, als das Ladenglöckchen wieder ihre Aufmerksamkeit auf sich zog.

Henri sprang auf die Füße, aber bevor er noch den Laden betreten konnte, wurde der Vorhang beiseitegerissen. Aus den erleichterten Ausrufen der Männer im Hinterzimmer schloß Logan, daß die Frau, die in aller Eile eintrat, ihre Kameradin Lise war.

Sie war eine kleine Frau von etwa dreißig Jahren und wirkte im ersten Augenblick fast häßlich – ein Effekt, den sie durchaus beabsichtigte. Sie trug einen schlichten grauen Wollrock, eine Weste über einer weißen Baumwollbluse und klobige, praktische Schuhe an den Füßen. Ihr braunes Haar war glatt zurückgekämmt und zu einem Pferdeschwanz gebunden, der ihr über den halben Rücken hinabhing, und sie trug keinerlei Make-up, nicht einmal einen Hauch Lippenstift. Vor dem Krieg jedoch, bevor die Stadt von

Deutschen wimmelte, war sie eine Schönheit gewesen, wenn sie sich für einen Abend im Theater oder in der Oper zurechtmachte. Ihr besonderer Reiz lag aber nicht in ihren hohen Wangenknochen oder ihrer perfekt geformten Nase oder ihren Augen, so schwarz und schimmernd wie Onyx. Es war ihr sanfter, natürlicher Charme, der die Aufmerksamkeit auf sich zog, ihre Empfindsamkeit und vor allem die ungeheure Glut in ihrer Stimme, wenn sie über Dinge sprach, die ihr wirklich etwas bedeuteten.

Antoine umarmte sie, daß ihre kleine Gestalt beinahe zwischen seinen Pranken verschwand, während Jean Pierre ihre Hände ergriff und sie zärtlich drückte.

»Ma chèere«, sagte der Priester, als die anderen wieder ruhig waren, »du hast Schwierigkeiten, non?«

»Nicht ich persönlich, mon père«, antwortete sie, »aber es gibt Schwierigkeiten, das stimmt.«

»Setz dich doch«, sagte Henri, der aufmerksame Gastgeber. »Nimm dir noch etwas Kaffee und erzähl uns davon.«

Sie ließ zu, daß Henri sie zu einem Sitz führte, aber die ganze Zeit über hingen ihre Augen an Logan. Sie hatte gewußt, daß sie an diesem Morgen einen Fremden in ihrer Mitte vorfinden würde – das war der Zweck ihrer Versammlung. Dennoch betrachtete sie Logan, als müßte sie – allem zum Trotz, was ihr die anderen gesagt hatten – erst selbst herausfinden, ob er Verdienste aufzuweisen hatte. Logan wand sich unter ihrem forschenden Blick. Instinktiv wußte er, daß es wichtig sein würde, von ihr akzeptiert zu werden, weniger, weil sie irgendeine besondere Machtstellung in der Gruppe gehabt hätte, als weil er augenblicklich spürte, daß sie zu den Leuten gehörte, deren Meinung von Bedeutung war.

»Du kannst vor Monsieur Tanant offen sprechen, Lise«, drängte Henri.

Sie warf Logan einen letzten Blick zu, als wollte sie sagen: *Ich habe noch keinen endgültigen Entschluß gefaßt, aber ich muß wohl trotzdem sprechen.*

»Madame Guillaume steht unter Beobachtung«, begann sie, dann hielt sie inne und trank einen Schluck von Henris Kaffee. »Sie hat gestern zwei entflohene britische Flieger bei sich aufgenommen, und jetzt ist sie außer sich vor Sorge. Sie hat mich heute morgen angerufen, weil sie überzeugt war, daß die Gestapo ihre Nachbarschaft durchstreift.«

»Warum habt ihr die Flieger nicht sofort weggeschafft?« fragte Henri.

»Sie weigerten sich zu gehen.«

»Was!« schrie Antoine und sprang von seinem Sitz auf. »Die Idioten! Wissen sie nicht, daß sie ihr Leben in Gefahr bringen? Es war immer selbstverständlich, daß die Sicherheit der Eigentümer der Zufluchtsstätten Vorrang hat. Die Flieger können nur wiederum festgenommen werden – sie könnte aber erschossen werden!«

»Das verstehen sie wohl auch«, sagte Lise, »obwohl sie kein Wort Französisch sprechen, und Mme Guillaume kann kein Englisch. Mein eigenes Englisch ist so schlecht, daß ich nicht viel dazu tun konnte, die Sache in Ordnung zu bringen. Die beiden Männer sind krank und überaus verstört. Ich glaube, sie haben schwere Wochen hinter sich. Ihre Uniformen waren schmutzig und zerrissen, als sie ankamen, und Madame mußte sie verbrennen. Jetzt meinen sie, wenn sie in Zivilkleidern auf die Straße gehen, würden sie als Spione verhaftet. Es ist ganz offenkundig, daß sie Furchtbares mitgemacht haben. Ich nehme an, unter anderen Umständen wären sie wohl vernünftiger. Aber sie brauchen so dringend etwas Ruhe und sträuben sich so sehr dagegen, wieder auf der Flucht zu sein.«

»Das ist immer noch keine Entschuldigung«, beharrte Antoine.

»Ich hatte sie fast schon überzeugt, daß sie gehen müssen«, fuhr Lise fort, »aber ich weiß nicht mehr, wohin ich sie schicken soll. Ich habe keine Zufluchtsstätten mehr frei. Ich habe die ganze letzte Stunde damit verbracht, alle Leute anzurufen, die ich kenne, und niemand kann auch nur zwei Personen mehr unterbringen. Henri, ich hoffte, daß einer von euch weiterhelfen kann.«

Henri vergeudete keine Zeit damit, ihr zu antworten. Er hatte das Telefon auf seinem Schreibtisch zur Hand genommen, kaum daß sie ihre Bitte ausgesprochen hatte. Er nannte der Vermittlung verschiedene Nummern, während die anderen ihm erwartungsvoll zusahen.

»Allo!« rief er zuletzt in den Hörer. »Monsieur Leprous? Ich wollte Ihnen nur sagen, daß mein Freund M. L'Oiselet zwei Bücher für Sie gebracht hat. Soll ich sie bei Ihnen abgeben lassen?« Eine Pause entstand, während Henri horchte. Er nickte langsam, ein Lächeln überzog sein Gesicht. »Merci ... und au revoir«, sagte er. Er legte den Hörer auf und wandte sich zu der Gruppe. Ein zufriedenes Lächeln lag auf seinen Lippen. »Voilà!« sagte er. »Es klappt.«

Er kritzelte die Adresse auf einen Zettel und reichte ihn Lise.

Ihre dunklen Augen leuchteten auf. »Jetzt muß ich es nur noch schaffen, die Männer dorthin zu bringen«, fügte sie hinzu, als handelte es sich um eine Kleinigkeit.

»Warum nimmst du nicht M. Tanant mit?« schlug Jean Pierre beiläufig vor. »Er ist Engländer, vielleicht kann er dir nützlich sein.«

»Merci, aber ich schaffe es schon allein, mon père.«

Logan wußte nicht, ob in ihrer Stimme Trotz oder Mißtrauen mitschwang. Dann fügte sie hinzu: »Es ist nicht nötig, jemand Dritten in die Sache hineinzuziehen.«

»Er ist hier, um uns zu helfen, Lise«, antwortete Jean Pierre mit fester, aber sanfter Stimme. »Ich denke, wir sollten ihm Gelegenheit dazu geben, was meinst du?«

Sie zögerte einen Augenblick lang – obwohl es viel länger zu dauern schien – während alle im Raum schweigend warteten.

Währenddessen empfand Logan wachsenden Ärger über diese ganze Gesellschaft. Er hatte ihretwillen den Hals riskiert, um überhaupt hierherzukommen, und jetzt behandelten ihn drei von den fünfen, als wäre er der beste Freund der Deutschen. Er wußte noch nicht genau, welche Haltung der Priester einnahm – vielleicht war er dabei, ihn zu prüfen, wenn er es auch auf außergewöhnlich höfliche Weise tat. Logan lag es bereits auf der Zunge, dieser Frau, die ihn so hochmütig mit ihren kritischen Augen musterte, zu sagen, sie brauche ihm keinen Gefallen zu tun, als sie sprach.

»Wenn er dazu bereit ist ....«, sagte sie.

Es wäre eine Freude gewesen, von ihr zu hören: »Merci, es wäre sehr hilfreich, wenn er mitkäme«, statt der mürrischen Zustimmung, die sie da schlußendlich gab. Aber er war nicht hergekommen, um Dank oder Anerkennung zu finden. Wenn er nur helfen konnte, war das sicher der bestmögliche Weg, seine Vertrauenswürdigkeit und seine guten Absichten zu beweisen. So schluckte er seinen Ärger hinunter und begnügte sich damit, mit einem Nicken seine Zustimmung zu bekunden.

Ein paar Minuten später schritt er neben einer sehr schweigsamen Widerstandskämpferin die Rue de Varennes entlang.

ERSTER EINSATZ

Sie waren schon etwa zehn Minuten lang unterwegs, als Lise sich schließlich an Logan wandte und sagte: »Ich habe nichts gegen Sie, M. Tanant.«

»Sie haben also keine Angst, daß ich nur gekommen bin, um Ihrer Organisation meinen Willen aufzuzwingen?«

Sie zog mit amüsiertem Ausdruck einen Mundwinkel hoch. Es war nicht gerade ein Lächeln, kam aber doch sehr nahe heran.

»Ich sehe, Claude ist schon über Sie hergefallen«, sagte sie. »Er denkt immer, irgend jemand wolle unsere Organisation übernehmen. Er sieht überall Gespenster. Aber ich habe keine Angst in dieser Hinsicht. Selbst wenn Sie die Absicht hätten, würden Sie bei Antoine und Claude nicht weit kommen.«

»Wovor haben Sie dann Angst?« fragte Logan. »Ich meine, was befürchten Sie von mir?«

»Es hat mehr mit Vertrauen als mit Angst zu tun.«

»Dann vertrauen Sie mir also nicht?«

»Im letzten Jahr habe ich gelernt, mein Vertrauen sparsam zu dosieren.«

Zwanzig Minuten später hatten sie das Gebäude erreicht, in dem Mme Guillaume eine kleine Wohnung besaß. Während sie auf das Gebäude zugingen, sahen sie sich argwöhnisch nach allen Seiten um. Lise fürchtete, es könnte verdächtig wirken – falls die Gestapo die Umgebung wirklich beobachten ließ –, daß sie so kurz nach ihrem letzten Besuch schon wieder auftauchte. Aber eine gründliche Überprüfung ergab, daß entweder Mme Guillaume sich geirrt oder die Gestapo die Beschattung des Gebäudes aufgegeben hatte. Logan mußte wider Willen daran denken, daß es noch eine weitere Möglichkeit gab – daß die Nazis bereits eine Razzia durchgeführt hatten. Aber er sagte nichts.

Im Haus drinnen schien alles friedlich und alltäglich zu sein. Sie stiegen die Treppen in den zweiten Stock hinauf, und Lise ging voran zu einer Türe, an der sie anklopfte. Sie verwendete das abgesprochene Signal – zweimal klopfen, eine Pause von zwei Sekunden, und wieder zwei rasche Klopftöne. Kaum eine Minute war vergangen, bevor eine Antwort kam, aber Logan schien es ungebührlich lange zu dauern.

Schließlich wurde die Türe einen Spalt weit geöffnet. Die Frau warf einen Blick auf Lise und lächelte breit. Sie öffnete die Türe ganz und deutete ihnen hastig, einzutreten.

»Ach, Lise! Ich dachte schon, du würdest überhaupt nicht mehr zurückkommen«, sagte die Frau, während sie Lise einen molligen Arm um die Schulter legte und sie vor sich her ins Wohnzimmer schob.
»Hast du die Gestapo nochmal gesehen?«
»Nein, Gott sei's gedankt!« antwortete sie. »Ich glaube, es war ein Nachbar. Das Gerücht geht um, er sei ein Kollaborateur, aber ich wollte es niemals glauben. Er wohnt seit zwanzig Jahren neben mir. Wir haben letzte Nacht viel zuviel Lärm gemacht, als wir die Anglais hier hereinbrachten. Er muß mich denunziert haben.«
»Wo sind die Männer?« fragte Logan.
»Dies hier ist M. Tanant«, sagte Lise, als die Frau ihr einen fragenden Blick zuwarf. »Er wird uns helfen.«
»Willkommen in meinem Haus, Monsieur«, sagte die Frau. »Bitte kommen Sie weiter.«
Sie folgten ihr einen kurzen Flur entlang in ein schwach erhelltes Schlafzimmer. Zwei Betten standen darin, und in jedem lag ein Mann. Ein Junge von etwa achtzehn Jahren stand über eines der Betten gebeugt da und hielt dem Mann, der darinlag, eine Tasse an die Lippen.
»Das ist mein Neffe Paul«, erklärte Mme Guillaume und deutete auf den Jungen. »Ich hatte Angst, allein zu sein, falls die Boche hierher kämen, also habe ich ihn gebeten, mir Gesellschaft zu leisten.«
Logan bewunderte die Frau. Sie machte einen ängstlichen Eindruck; was konnte sie dazu getrieben haben, eine so nervenzermürbende Aufgabe zu übernehmen? Kein Zweifel, daß sie wie so viele ihrer tapferen Landsleute fremde Not sah und half, wo sie konnte, ohne lange zu fragen, ob sie auch mutig genug dafür war.
Logan hatte jedoch nicht lange Zeit, darüber nachzudenken, denn die Männer auf den Betten forderten seine Aufmerksamkeit. Einer der beiden hatte sich bereits aufgesetzt, als er den unerwarteten Eindringling sah. Seine Augen glitten nervös zu den Neuangekommenen hinüber und kamen erst zu Ruhe, als er vertraute Gesichter erkannte. Der andere hob nur den Kopf vom Polster und ließ ihn völlig erschöpft wieder sinken.
»'s sind doch nicht die Deutschen, oder, Bob?« fragte er mit einer Stimme, in der ein deutlich schottischer Akzent mitschwang.
»Ich bin gewiß kein Deutscher!« antwortete Logan auf Englisch und trat rasch an das Bett des Mannes heran. »Ich bin 'n Schotte wie du«, fügte er im breitesten schottischen Dialekt hinzu.

»Na so was!« rief der Mann aus. »Ich bin doch nicht gestorben und im Himmel, oder? Wo kommst du denn her? Ich bin MacGregor aus Balquhidder.« Als er das sagte, breitete sich über sein bleiches Gesicht ein Lächeln – vielleicht das erste seit vielen Wochen.

»Logan MacIntyre aus Glasgow«, sagte Logan. Es fiel ihm nicht einmal auf, daß er einen schwerwiegenden Fehler gemacht und seinen richtigen Namen enthüllt hatte.

Tränen standen MacGregor in den Augen, als er auf sein Kissen zurücksank. »Ich dachte schon, ich würde mein liebes Hochland im Leben nicht mehr wiedersehen!«

»Was für'n Unsinn, Mann!« erwiderte Logan. »Wir sind hier, um euch weiterzuhelfen. Schafft ihr's?«

MacGregor blickte zu seinem Gefährten hinüber. »Was meinst du, Bob?«

Der Mann setzte sich auf und streckte Logan die Hand entgegen. Er war so bleich und abgemagert wie sein Gefährte, und er trug dieselben groben Kleider, die Mme Guillaume besorgt hatte. Er hatte jedoch eine gewisse kühle und vornehme Art an sich, ganz anders als der Schotte.

»Ich bin Robert Wainborough«, sagte er. In seiner Stimme schwang der Akzent von Eton.

Logan kannte den Namen. Wainborough senior war Parlamentsabgeordneter und ein Baron. Aber Robert hatte dem glänzenden Namen der Familie die höchste Ehre gemacht: Er war ein Spitzenpilot der R.A.F. und hatte sich in der Luftschlacht um England unsterblichen Ruhm erworben.

»Nun, Wainborough«, sagte Logan, der viel zu nervös und zu sehr in Eile war, um sich von seinem berühmten Gegenüber sonderlich beeindruckt zu zeigen, »sollen wir uns auf den Weg machen?« Seine Worte waren halb eine Feststellung, halb eine Frage.

»Hör zu, mein Alter«, antwortete der Flieger, dann hielt er inne, während er sich auf das Bett zurücksinken ließ und die Hand nach einem Päckchen Zigaretten ausstreckte, »wir wollen diese Leute nicht in Gefahr bringen. Wir sind bereit zu gehen. Aber dies ist das erste richtige Dach, das wir über dem Kopf haben, seit wir vor zwei Monaten aus diesem deutschen Loch geflohen sind. Wir dachten, wir hätten einen Ort gefunden, wo wir uns ein wenig ausruhen und uns allmählich wieder als Menschen fühlen können. Wir sind Patrouillen entkommen, haben im Straßengraben gelebt und Essen gestohlen – Gott, es war ein einziges Elend!«

Er hielt inne und zündete mit zitternder Hand seine Zigarette an. »Als sie uns sagten, wir müßten wieder raus, bevor wir auch nur eine Nacht lang gründlich ausgeschlafen hatten – das war mehr, als wir ertragen konnten! – Würdest du das den Leuten hier bitte erklären? Ich hab mich in Eton um die Französischstunden gedrückt – war nie besonders gut, was Sprachen angeht.«

»Ich bin sicher, daß sie es bereits wissen, Wainborough«, antwortete Logan. Aber er wandte sich an Lise und wiederholte das Gespräch auf französisch. Dann sagte er zu seinem Landsmann: »Ich wünschte auch, ihr könntet hier bleiben und euch noch eine Weile erholen, aber wir müssen uns überlegen, wie wir von hier fortkommen.«

Logan wandte sich an Lise. Er hatte bereits einen Plan, den er nun im Detail mit Lise besprach.

DEJA VU

Am späten Vormittag verließen drei »Betrunkene«, reichlich mit dem Inhalt von Mme Guillaumes letzter Flasche Sherry benetzt, schwankenden Schrittes die Wohnung und traten auf die sonnenhelle Straße hinaus. Sie hätten nicht echter wirken können, hätten sie tatsächlich ein paar Flaschen Schnaps im Magen gehabt, anstatt sie nur über Haar und Kleider zu gießen. Sogar Wainborough schaffte es, seine Rolle so gut zu spielen, daß jedes Theater ihn vom Fleck weg engagiert hätte.

Kaum hatten sie das Gebäude verlassen und waren schmerzlich blinzelnd ins grelle Sonnenlicht getreten, als sich auch schon die mächtige Gestalt eines französischen Polizisten vor ihnen aufbaute. Logan verließ der Mut keinen Augenblick lang, aber er wagte nicht, einen Blick auf die Gesichter seiner Gefährten zu werfen und zu sehen, wie sie reagierten.

»Bonjour, Monsieur Le Gendarme!« sagte er und machte eine schwungvolle Verbeugung, bei der er dem Mann beinahe in die Arme gefallen wäre.

Der Polizist betrachtete sie voll Verachtung. »Es ist ein bißchen früh am Tage für solches Benehmen, oder etwa nicht?« fragte er streng.

»Oui ...«, antwortete Logan. »Aber für uns ist es gar nicht früh, für uns ist es spät – wir haben nämlich die ganze Nacht durchgemacht. Toll, was?« grinste er, in der Hoffnung, die natürliche Vorliebe der Franzosen fürs Vergnügen anzusprechen.

»Ihr habt Glück, daß ich heute gut gelaunt bin«, sagte der Polizist, »aber seht zu, daß ihr nach Hause kommt – die Deutschen sind weniger gutmütig.«

»Merci beaucoup! Vous êtes très bien ... Sie sind ein feiner Bursche, einfach super«, schwatzte Logan weiter. Dann streckte er dem Mann die Flasche Sherry entgegen, die er in der Hand hielt. »Sie müssen unbedingt einen mit uns trinken!«

»Verschwindet, bevor ich die Geduld verliere!«

Logan verbeugte sich mit betrunkenem Grinsen, dann taumelten er und seine Gefährten weiter.

»Du hast ja Nerven, mein Alter«, sagte Wainborough, der ihm jetzt offensichtlich weitaus mehr Hochachtung entgegenbrachte. »Ich bin soeben um zehn Jahre gealtert, aber du hast nicht einmal mit den Ohren gezuckt!«

»Ist doch klar!« rief MacGregor. »Schließlich ist er'n Schotte, nicht wahr?« Er sagte nichts davon, daß ihm beim Anblick des Gendarmen fast das Herz stehengeblieben war.

Logan warf einen Blick in ein Schaufenster und sah, daß Lise und Paul ihnen in einiger Entfernung folgten, falls sie in Schwierigkeiten gerieten und jemand für sie intervenieren mußte. Aber er machte sich keine Illusionen über die Größe der Gefahr. Er wußte, für sie stand zu viel auf dem Spiel; sie würden niemals ihre Organisation in Gefahr bringen, um sie drei zu retten.

Sie bogen in eine andere Straße ein, eine breite Avenue, auf der reichlich Verkehr herrschte – hauptsächlich Fahrräder und Fußgänger, aber auch einige Autos. Logan warf einen Blick auf ihre Umgebung und dachte eben daran, daß sie nicht mehr weit vom Ziel sein konnten, als er ein Stück weiter die Straße entlang plötzliche Unruhe bemerkte. Ein deutscher Lastwagen war mitten auf der Fahrbahn stehengeblieben. Sein Magen verkrampfte sich, als er sah, wie die SS-Männer eine Straßensperre bildeten.

»Das ist das Ende!« stöhnte Wainborough.

Als sie an einem Gäßchen vorbeikamen, deutete Logan seinen Gefährten, sie sollten dorthin verschwinden, obwohl er augenblicklich sah, daß es eine Sackgasse war.

»Wartet hier«, sagte er, dann trat er wieder auf den Gehsteig hinaus und eilte zu einem Schaufenster, vor dem er stehenblieb, als wollte er die Waren begutachten. Im nächsten Augenblick waren Lise und Paul an seiner Seite.

»Was ist los?« fragte Logan.

»Sieht nicht so aus, als hätte es etwas mit uns zu tun – einfach eine Routineüberprüfung. Ein scheußlicher Zufall.«

Logan wandte sich um. Er sah, daß eine ähnliche Barrikade am anderen Ende der Straße errichtet wurde. Sie waren zwischen zwei Trupps Soldaten gefangen. »Gründlich sind die Deutschen, das muß man ihnen lassen!« sagte er.

»Und unsere Freunde haben keine Papiere!«

»Ich weiß«, sagte Logan grimmig. Er rieb sich tief in Gedanken das Kinn. »Wir müssen sie ablenken«, sagte er schließlich.

»Was schlagen Sie vor?« fragte Lise.

Logan hatte erwartet, sie würde sich seinem Plan widersetzen oder zumindest zögern, dabei mitzumachen. Aber sie schien ganz willens, sich seiner Führung anzuvertrauen. Vielleicht war sie klug genug, um zu wissen, daß jetzt nicht der richtige Ort für eine Debatte war, oder ihr selbst fiel auch nichts Besseres ein.

Logan dachte noch einen Augenblick lang nach, dann sagte er: »Macht's Ihnen was aus, sich von einem Auto überfahren zu lassen?«

»Ich hab's noch nie probiert«, antwortete sie.

»Sie machen das schon. Ich würd's ja selber machen, aber ich weiß, wie das Ding gedreht wird; ich spiele den Augenzeugen.«

Er blickte neuerlich die Straße auf und ab. Nur wenige Autos waren zu sehen, also war es schwierig, den richtigen Zeitpunkt zu finden, und das Risiko, daß die Täuschung durchschaut wurde, war größer.

»Okay«, sagte er schließlich. »Wir alle schlendern ganz gemütlich auf die Straßensperre zu, als würden wir einander nicht kennen. Wenn ein passendes Auto auf die Barrikade zufährt, treten Sie einfach beiseite und lassen sich hinfallen. Aber passen Sie bitte gut auf! Sie müssen zusehen, daß Sie einen Moment erwischen, in dem die Soldaten beschäftigt sind und dem Wagen keine Aufmerksamkeit schenken.«

»Oui«, antwortete Lise. »Ich verstehe, worauf Sie hinauswollen. Es klingt verrückt, aber vielleicht klappt es.«

Dann wandte Logan sich an Paul. »Du mußt die Leute aufhetzen, Paul. Ein diskretes Wörtchen hier und da dürfte genügen, und bleib in Bewegung, damit niemand merkt, wer das Unheil stiftet. Schaffst du das?«

Der Junge nickte. Es schien ihm Spaß zu machen, die Boche zum Narren zu halten.

Logan eilte zurück zu der Sackgasse, erklärte seinen Landsleuten ihre Rolle im Komplott und nannte ihnen die Adresse der Zufluchtsstätte, falls sie doch noch getrennt wurden.

Paul schloß sich einer Gruppe von dreißig oder vierzig Fußgängern an. Logan schätzte, es würde nicht schwierig sein, sie in Aufruhr zu versetzen, denn sie waren jetzt schon ärgerlich und mißmutig über die Kontrolle. Bald darauf überquerte Lise die Straße, in der Hoffnung, so die Aufmerksamkeit von der Straßenseite abzulenken, auf der die Flieger ihren Fluchtversuch machen wollten.

Ein alter grauer Renault fuhr langsam auf die Sperre zu. Logan hielt den Atem an. Lise machte einen Schritt vom Gehsteig weg.

Im nächsten Augenblick ging sie zu Boden – in einem solchen Wirbel kreischender Bremsen, gellender Schmerzensschreie und des Aufruhrs der Menge, daß Logan fürchtete, sie sei tatsächlich ernsthaft verletzt worden. Er verwünschte sich selber für den verrückten Plan, aber jetzt konnte er nicht mehr zurück. Wenn er und Skittles daheim in England das Ding gedreht hatten und dabei erwischt worden waren, hatten sie höchstens ein paar Tage im Loch riskiert. Aber jetzt hing das Schicksal von fünf Menschen davon ab, daß er Erfolg hatte, und er konnte nirgends hin fliehen, selbst wenn er es gewollt hätte.

»Sie ist tot!« stieg ein Schrei aus der Menge auf. Logan schien es, als erkannte er Pauls helle Knabenstimme.

»Mon Dieu! Sie ist überfahren worden!«

»Da, das Blut! Zu Hilfe! Das Mädchen ist tot!«

»Nein, sie atmet! Holt einen Arzt!«

Die Stimmen kamen nun aus verschiedenen Richtungen, als die Menge sich um die Unfallstelle drängte.

»Daran sind nur die Deutschen schuld!«

»Was schubsen Sie so – he, mir hat einer die Brieftasche geklaut!«

Flüche und Anschuldigungen hallten, der Aufruhr nahm zu, die Wut richtete sich vor allem gegen die Deutschen, aber auch die jähzornigen Franzosen stritten untereinander. Es sah aus, als sollte es gleich zu einer Massenschlägerei kommen. Zwei der SS-Männer verließen ihre Posten und eilten auf die wütende Menge zu. Ein dritter trat von der Barrikade beiseite, um den Aufruhr genauer zu sehen. Ein rascher Seitenblick zeigte Logan, daß Wainborough und MacGregor sich Zentimeter um Zentimeter an die Barrikade heranschoben. Logan wollte sich schon in Bewegung setzen, da fiel ihm der Schnapsgeruch ein, der in seinem Jackett hing. Hastig zog er es aus und ließ es zu Boden fallen, bevor er auf den vierten Soldaten zustürmte, der eisern auf Posten geblieben war,

»Bitte«, rief er flehentlich, »ich bin Arzt. Ich muß zu dem Mädchen, aber ich komme nicht durch die Menge! Helfen Sie mir!«

»Folgen Sie ihm!«« knurrte der Soldat auf deutsch und deutete auf den dritten SS-Mann.

Logan schüttelte den Kopf, tat, als verstehe er kein Wort und packte den Mann am Arm. »Sie müssen mir helfen!« rief er, und schaffte es, ihn ein paar Schritte beiseitezuzerren.

»Hans!« rief der Deutsche seinem Kameraden zu. Aber der dritte Soldat hörte nichts, so laut lärmte der Aufruhr rundum.

»Dämliche Franzmänner!« schrie der Soldat, stieß einen wütenden Fluch aus und rannte auf den Soldaten zu, den er Hans genannt hatte. »Da! Nimm diesen Doktor mit, er soll sich um das Mädel kümmern.«

Ein hastiger Seitenblick zeigte Logan, daß er seinen Fliegern bereits genug Zeit verschafft hatte, hinter die Barrikade zu kommen, aber sie hatten immer noch ein Stückchen bis zur nächsten Straßenecke vor sich. Wenn sie jetzt entdeckt wurden, würden die Deutschen sie abschießen wie die Tontauben. Aber Logan konnte nicht länger herumtrödeln. Der dritte Soldat hatte ihn am Arm gepackt und stieß ihn durch die Menschenmenge. Er konnte nicht einmal riskieren, einen Blick über die Schulter zu werfen. Er hauchte ein Stoßgebet, daß er seinen Kameraden genug Zeit verschafft haben. Als er keine Schüsse hinter sich hörte, wurde ihm klar, daß sein Gebet erhört worden war – die Jungs hatten es geschafft! Er sah, daß auch Paul dabei war, zu verschwinden; vielleicht konnte er den Anglais weiterhelfen.

Nun mußte Logan zusehen, daß er sich selbst und Lise aus dem Schlamassel befreite.

Als er sich mit Hilfe des SS-Soldaten durch die Menge kämpfte, sah er, daß Lise sich eben auf Hände und Knie aufrichtete. Sie schüttelte benommen den Kopf und rieb sich das Gesicht mit beiden Händen. Ihre Nase war voll Schmutzstreifen, und aus einer Schramme auf ihrer Wange sickerte echtes Blut. *Dilettantin ist sie keine*, dachte Logan bewundernd.

»Mademoiselle«, sagte er, während er neben ihr niederkniete, »ich bin Arzt. Sind Sie verletzt? Können Sie gehen?«

»Ja. Können Sie mir aufhelfen?« Sie stand mit zitternden Knien auf. »Ich bin noch ganz benommen!«

»Ich werde Sie in meiner Ordination untersuchen, sie liegt gleich hier ums Eck«, sagte Logan, der fürsorgliche Mediziner.

Lise lächelte tapfer, dann hinkte sie davon, während Logan sie stützte. Die Soldaten ließen sie durch, niemand interessierte sich für ihre Papiere.

Zwei Minuten später sackte Logan dankbar auf dem Sitzplatz einer Straßenbahn in sich zusammen. Im selben Wagen saßen, verstreut, als kennten sie einander nicht, MacGregor, Wainborough, Lise und Paul. Sie waren in Sicherheit.

NEUE GEFÄHRTEN

Logan rührte das Saccharin in seinen Kaffee. Das Abenteuer dieses Tages war erfolgreich zu Ende gegangen. MacGregor und Wainborough hatten in ihrem neuen Asyl sichere Zuflucht gefunden. Sie konnten sich nun auf einige Tage der Erholung freuen, bevor sie wieder eine neue Etappe ihrer Flucht zurücklegten – wahrscheinlich würde ihre nächste Station Marseille im unbesetzten Teil Frankreichs sein – und dann mit Hilfe eines Führers über die Pyrenäen nach Spanien gelangten. Sie hatten noch einen weiten Weg vor sich, aber wenn sie Glück hatten, würden sie zu Weihnachten zuhause sein. Der Schnee würde sich dann zu hohen Wächten türmen in den Schluchten von MacGregors Balquhidder, und eisiger Wind würde von den Bergen herunterwehen. Sein kleines Häuschen würde der warme, tröstliche Geruch des brennenden Torfs durchziehen, während seine Mutter in einem Topf fröhlich brodelnder Kartoffeln und Möhren rührte ...

»Sie sind tief in Gedanken versunken, M. Tanant«, sagte Lise, während sie einen Teller mit Brot und Käse vor ihm auf den Tisch stellte.

Sie hatten ihre Wohnung aufgesucht, nachdem sie die beiden Flieger verlassen hatten. Es war näher dorthin als zu der Buchhandlung, und Lise nahm an, Logan wolle das Funkgerät sehen, das hier verborgen war. Er hob geistesabwesend den Blick. Er hatte kaum bemerkt, wie weit seine Gedanken sich von der Gegenwart entfernt hatten.

»Ach – ich dachte gerade an zu Hause«, sagte er. »Schottland, wissen Sie«, fügte er mit einem leisen ironischen Lachen hinzu. »Ich nehme an, ich habe mehr an MacGregors Heim gedacht als an jedes Zuhause, das ich selbst je gehabt habe.«

»Wie war Ihr Zuhause?« fragte Lise.

»Ich bin ein Kind der Stadt – bin in Glasgow geboren und aufgewachsen. Aber ich will mich nicht beklagen. Die Stadt war gut zu mir, und ich lebte gerne dort.« Er hielt inne und hob den Blick, um Lise anzusehen, die mit großer Aufmerksamkeit zugehört hatte. »Und wie steht's mit Ihnen? Sind Sie Pariserin?«

»Ich bin auch ein Kind der Stadt«, antwortete sie, dann stockte sie. Sie sah aus, als hätte sie eigentlich mehr sagen wollen, aber statt dessen stand sie auf und füllte ihre Kaffeetassen von neuem.

»Und ...?« fragte Logan.

Sie nahm die Kaffeekanne vom Herd und begann einzuschenken, als hätte sie nicht gehört, was er sagte.

»Was soll ich schon sagen?« seufzte sie zuletzt. »Mein Leben ist nur allzu offensichtlich ... Intrigen und Tod, Mord, Täuschung ... eine Hölle der Ungewißheit. Was meine Vergangenheit angeht – was nützt es, sich an die Zeiten zu erinnern, als ich am Leben war und meine Tage voll Lachen? Diese Zeiten sind dahin, und es scheint, als wollten sie niemals zurückkehren.«

Sie hatte mit so viel Schmerz und Kummer gesprochen; Logan war nicht darauf gefaßt gewesen, welche Emotionen es in ihm aufrührte. Und doch war ihre Stimme voll Tapferkeit, die zu der harten Schale paßte, die sie sich zugelegt hatte.

»Sind Sie so sicher, daß die Vergangenheit niemals zurückkehren wird?«

»Das alte Frankreich ist tot, M. Tanant«, antwortete sie traurig. »Und ich starb vor einem Jahr, als die Deutschen meine Familie in ein Konzentrationslager brachten.«

»Es tut mir leid. Das wußte ich nicht. – Sie sind Jüdin?«

»Vielleicht mißfällt es Ihnen, uns zu helfen?«

»Warum?«

»Viele Leute mögen uns nicht, sogar unter den Franzosen.«

»Ich gehöre nicht zu ihnen.«

»Die jüdischen Erzieher waren unter den ersten, die ›gesäubert‹ wurden«, fuhr sie fort. »Die Nazis fürchten natürlich die Intellektuellen, denn die ihren Kopf gebrauchen können, durchschauen ihre abscheuliche Propaganda. Mein Vater war ein Talmudprofessor – ein höchst gefährlicher, subversiver Mensch, ha! Das einzige, was ihn interessierte, war seine Thora.«

Sie hielt inne und schüttelte den Kopf. »Meine armen Eltern – ich habe seit ihrem Tod nicht mehr den Sabbat gehalten, und irgendwie habe ich das Gefühl, das würde sie mehr kränken als alle die Abscheulichkeiten, die heutzutage in der Welt geschehen.« Sie stellte die Kaffeekanne nieder und setzte sich Logan gegenüber in einen Sessel. »Selbst als sie ihm verboten, weiter an der Universität zu lehren, sagte er, wir müßten uns in Geduld üben. Dann verschwanden zwei oder drei seiner Kollegen, Männer, die sich gegen das Reich ausgesprochen hatten. Er machte den Fehler, daß er für sie zu intervenieren versuchte. Er glaubte bis zuletzt, daß alle Menschen im Grunde gut seien, und er versuchte mit den Nazis zu reden, als wären sie vernunftbegabte Menschen. Ein Nachbar, der beobachtete, wie die Gestapo meinen Vater davonschleppte, sagte, er hätte einen Ausdruck grenzenloser Verblüffung auf dem Gesicht getragen.«

»Wie gelang es Ihnen, zu entkommen?«

»Reiner Zufall, nehme ich an. Ich war nicht zu Hause, als sie unser Heim überfielen. Als ich zurückkehrte, war alles vorbei – meine Eltern waren verschwunden. Ich hätte auf sie gewartet, aber der Nachbar erzählte mir, was geschehen war. Er sagte, die Gestapo würde sicher noch einmal zurückkommen, um auch mich zu holen. Ich rief Henri an – er und mein Vater waren zusammen aufgewachsen. Er stellte Nachforschungen an und fand heraus, daß meine Eltern und meine Schwester nach Drancy gebracht worden waren, ein Lager ganz in der Nähe von Paris. Danach hörten wir nichts mehr von ihnen, bis Henri einen Brief erhielt, in dem ihm mitgeteilt wurde, daß meine Eltern während einer ›Grippeepidemie‹ gestorben waren. Ich hörte kein Wort über meine Schwester. Ich weiß immer noch nicht, ob sie tot oder am Leben ist – «

Sie brach plötzlich ab. Ihre Stimme versagte, aber sie preßte die Lippen zusammen und gestattete ihren Gefühlen nicht, sie zu überwältigen.

»Ich möchte gerne das Thema wechseln«, sagte sie nach einer kurzen Pause.

»Dann erzählen Sie mir mehr über La Librairie«, sagte Logan in leichterem Ton. »Wie kamen so verschiedene Menschen dazu, gemeinsam unter einem Dach zu arbeiten?«

»Sie halten uns für eine sonderbare Gesellschaft? Nun, in Wirklichkeit ist alles ganz einfach. Von meiner Verbindung zu Henri wissen Sie ja schon. Antoine ist Henris Schwager, er war mit Henris Schwester verheiratet, bis sie von der Gestapo ermordet wurde. Sie sind nicht so verschieden, wie es auf den ersten Blick aussehen mag. Henri ist sanft und milde, Antoine ist ein lärmender Typ. Aber beide haben sanfte Herzen und stählerne Nerven. Ich würde jedem von ihnen mein Leben anvertrauen.«

»Das ist eine bemerkenswerte Feststellung von einer, die sonst niemand vertraut.«

Sie zog eine Augenbraue hoch, als sie seine freundliche Stichelei hörte. »In diesem Geschäft ändert sich alles jeden Augenblick«, sagte sie glattzüngig. »Das werden Sie auch noch lernen müssen.«

»Nachdem wir schon von Paradoxen sprechen, erzählen Sie mir mehr über Claude.«

»Er ist ein ungewöhnlicher Schatten, selbst noch in einer Welt der Schatten«, antwortete Lise. »Ich weiß nicht mehr über ihn, als daß er eines Tages mit Antoines Tochter auftauchte. Er war bei Antoines Frau und Tochter, als sie alle drei gefangengenommen wurden, und Claude war der einzige, der entkam. Ich denke, er ist der Typ, der immer überlebt, und er schafft es, indem er ganz für sich allein bleibt.«

»War er in das Mädchen verliebt?«

»Sie war verliebt in ihn, soviel ist sicher. Aber ich kann mir nicht recht vorstellen, daß ein Herz, wie Claude eines hat, eines Gefühls wie Liebe fähig ist. Aber wer weiß schon, was hinter diesen steinernen Mauern verborgen liegt? Und woher nehme gerade ich das Recht, so etwas über einen anderen zu sagen?«

»Zwischen seiner Mauer und der Ihren ist ein gewaltiger Unterschied«, sagte Logan. »So jedenfalls stellt es sich mir dar. Ich kann es noch nicht ganz in Worte fassen, aber fragen Sie mich wieder, wenn ich Sie beide besser kenne.«

»Machen Sie sich keine Hoffnungen, daß Sie Claude jemals besser kennenlernen werden – ausgerechnet Sie! Er verachtet die Briten. Claude ist Kommunist.«

»Das sind wilde und gefährliche Leute, vor allem jetzt, wo Hitler in Rußland einmarschiert ist. Warum duldet ihr ihn bei euch?«

»Antoine fühlt sich ihm verpflichtet, um seiner Tochter willen. Aber vielleicht ist es auch eine kluge Entscheidung, einen Mann wie Claude an einem Ort zu haben, wo man ihn im Auge behalten kann, meinen Sie nicht?«

»Ich hoffe, Sie haben recht«, sagte Logan mit einiger Skepsis. »Und wie steht es mit dem faszinierendsten Mitglied Ihres kleinen Geheimbundes?«

»Jean Pierre?« Als sie den Namen des Geistlichen aussprach, wurden Lises angespannte Züge einen Augenblick lang weich. »Ein unglaublicher Mann. Sein Vater war Baron Olivier de Beauvoir aus Belgien. Jean Pierre ist der einzige von uns, dessen Leben ein offenes Buch ist – ob das nun ein Vorteil oder ein Nachteil ist. Bevor er zum Priester geweiht wurde, sah man sein Gesicht in jedem Gesellschaftsmagazin in Europa. Er war bei allen wichtigen gesellschaftlichen Ereignissen anwesend und galt sogar als Schürzenjäger. Ich muß schon sagen«, fügte sie mit einem Lächeln voll Zuneigung hinzu, »er schafft es immer noch, so viele Parties wie nur möglich zu besuchen. ›Im Interesse der guten Sache‹, sagt er immer mit einem schlauen Lächeln. Seine Familie lebt seit zwei Generationen in Paris. Sie verdanken ihren gewaltigen Reichtum der Textilindustrie. Sein Bruder Arthur, der jetzt das Familienoberhaupt ist, ist eng befreundet mit von Stülpnagel, dem militärischen Oberkommandierenden von Paris.«

»Ist sein Bruder ein Kollaborateur?«

»Arthur de Beauvoir scheffelt Geld, seit die Deutschen Paris besetzt haben – er ist ein richtiger Krisengewinner. Armer Jean Pierre!«

»Die Deutschen haben ihn mehr als einmal verhaftet, nicht wahr?«

»Das ist alles nur Show«, antwortete Lise. »Sie hoffen, daß sie ihn schließlich doch weichkriegen, und daß sie ihn wie seinen Bruder auf ihre Seite ziehen können. Aber sie kennen Jean Pierre nicht! Er könnte niemals einer von ihnen sein, und er ist zu einflußreich, als daß sie ihn lange festhalten könnten. Er treibt die Deutschen zum Wahnsinn! Sie wissen, daß er mit den Fluchthelfern im Bunde ist, aber sie können nichts dagegen tun – es sei denn, sie ertappen ihn auf frischer Tat.«

»Da bin ich ja in eine wilde Gesellschaft geraten!« sagte Logan.

»Und egal, was Sie sagen, Sie müssen die Zügel in die Hand nehmen und uns führen.«

»Ich kam mit dem Auftrag, zu helfen, so gut ich kann – «

»Die Hilfe, die wir brauchen, Michel, ist ein Anführer.«

»Ich wußte nicht, daß der Posten frei ist.«

»Henri kommt einem Anführer am nächsten. Aber er wäre der erste, der offen zugibt, daß er nicht imstande ist, La Librairie zu einer wirklich weitreichenden und schlagkräftigen Waffe gegen die Nazis zu schmieden. Ihm fehlt die Kühnheit, der Elan, der dazu notwendig ist – Eigenschaften, die Sie anscheinend im Übermaß besitzen.«

»Wie steht es mit Jean Pierre?«

»Er steht zu sehr im Licht der Öffentlichkeit.«

»Claude und Antoine hätten gegen Ihren Vorschlag sicher Einspruch erhoben.«

»Claude würde sich niemand unterordnen, das stimmt. Aber ihm selber würde nicht einmal ein räudiger Hund folgen«, sagte Lise mit tiefer Überzeugung. »Und Antoine mag das Herz von hundert Patrioten haben, aber er weiß selbst, daß er kein Anführer ist.«

»So fühle ich selbst aber auch. Ich habe immer nur mit ein oder zwei anderen zusammengearbeitet. Ich bin nicht der Mann, den Sie brauchen.« Logan wußte: Die Rolle des Anführers, von der Lise sprach, hätte ihm mehr abverlangt, als er zu geben bereit war. Die Aufregung und der Nervenkitzel seiner Arbeit gefielen ihm, aber nicht die Verantwortung für andere. – Hätte er sich selbst genauer beobachtet, so hätte er vielleicht rasch den inneren Zusammenhang erkannt zwischen seiner Weigerung, in dieser Situation an Verantwortung zu denken, und seinem Versagen in seiner Ehe. Statt dessen machte er Lise einen anderen Vorschlag.

»Wie wäre es mit Ihnen?« fragte er.

»Sehen Sie den Dingen doch ins Gesicht, Michel. Ob hier oder unter anderen Umständen, Sie sind dazu bestimmt, andere zu führen. Selbst wenn Sie sich vor dem Unausweichlichen verstecken wollen, der Tag wird kommen, an dem es Sie findet.«

Die Worte klangen ihm seltsam vertraut. Ein Bruchstück des Gesprächs, das er mit Joanna geführt hatte, bevor er Stonewycke verlassen hatte, kam ihm in den Sinn.

Nun war er es, der das Thema wechselte.

»Ich werde lieber mal anfangen, Sie mit dem Funkgerät vertraut zu machen, solange Sie diejenige sind, die damit arbeiten wird.«

Als er an diesem Abend zu seinem Hotel zurückkehrte, fühlte Logan sich erschöpft. Er nahm unterwegs ein rasches Abendessen zu sich, dann rief er Henri vom Hotel aus an. Es war neun Uhr abends, als er müde die Stiegen zu seinem Zimmer hinaufschlurfte.

Er schleuderte die Schuhe von den Füßen und fiel buchstäblich ins Bett. Kaum hatte jedoch sein Kopf den Polster berührt, da schien es, als sei sein Verstand plötzlich hellwach geworden, obwohl sein Körper nach Schlaf schrie. Eine halbe Stunde lang kämpfte er mit sich, wälzte sich hierhin und dahin, dann sprang er schließlich aus dem Bett in der Hoffnung, ein wenig Bewegung im Zimmer würde ihm guttun. Er erreichte aber nichts weiter, als daß er sich im Finstern die Zehe an seinem Koffer stieß.

Um die Zeit totzuschlagen, schaltete er das Licht ein, schlug den Kofferdeckel auf und begann seine wenigen Habseligkeiten auszupacken. Er ergriff zwei Hemden und nahm sie heraus. Sie waren in Frankreich hergestellt, ebenso wie die Hosen und Taschentücher darunter. All das waren nicht *seine* Besitztümer. Rasierapparat, Seife, Socken – alles stammte aus Frankreich. Zusätzlich lagen da ein paar Bücherkataloge, die Henri ihm am Vortag überreicht hatte, um seine Lyoner Identität noch glaubwürdiger zu machen. Und als hätte all das noch nicht genügt, war seine Brieftasche vollgestopft mit zusätzlichen Indizien – Name und Nummer von Tanants Einheit in der französischen Armee waren auf seine Entlassungspapiere gestempelt. Seine Arbeitserlaubnis besagte, daß er von Beruf Buchhändler war und für *La Ecrit Nouvelle* in Lyon arbeitete. Dabei lag die Fahrkarte, mit der er angeblich von Lyon nach Paris gereist war, ordnungsgemäß abgestempelt. In London übersah man nicht das geringste Detail. Er hatte sogar ein abgegriffenes Foto von Tanants längst verstorbenen Eltern bei sich, deren Gräber die Gestapo auf einem Friedhof außerhalb von Lyon gefunden hätte – hätten sie so genau nachforschen wollen.

Logan lächelte beißend. Alles in allem stand Michel Tanants Leben auf einer weitaus solideren Basis als Logan Macintyres! Wie schön wäre es doch gewesen, sich so völlig in der Persönlichkeit dieses wackeren Franzosen zu verkriechen, daß er, wie Allison gesagt hatte, seinen eigenen Namen aus dem Gedächtnis löschen konnte.

Er dachte: *Oh, Allison, Allison! Dieser Krieg hat mir alles so leicht gemacht, so leicht, die Vergangenheit zu vergessen, so leicht, davonzulaufen. Ich frage mich, ob du jemals verstehen wirst, warum ich hier weitermachen muß, selbst wenn es uns auseinanderreißt. Vielleicht haßt du mich, wenn ich zurückkehre – ich würde dir nicht einmal einen Vorwurf machen, wenn du mich jetzt bereits verachtest. Aber ich versuche, diese Chance zu nutzen.*

EIN GESICHT IN DER MENGE

Allison blickte über den Tisch zu ihrer alten Freundin Sarah Bramford hinüber, die nun Sarah Fielding hieß und die Frau eines reichen Reeders war. Die Jahre waren fast spurlos an Sarah vorübergegangen, obwohl sie niemals ein besonders hübsches Mädchen gewesen war. Heute war sie hinreißend reizvoll in ihrem exquisiten Dior-Seidenkostüm und der üppigen Fuchsstola. Allison versuchte, nicht daran zu denken, daß ihr eigenes Kleid zwei Jahre alt und selbst damals nicht das Neueste vom Neuen gewesen war.

»Du hättest sehen sollen, wie mein Wally dreinguckte, als der Scheich mich für seinen Harem kaufen wollte!« Sarah hielt inne und kicherte. Sie war mitten in einer Geschichte über ihre Abenteuer auf einer Reise in den Nahen Osten, die sie mit ihrem Mann gemeinsam unternommen hatte. »Aber du hast noch kein Wort über mein Kleid gesagt, Allison – ist es nicht zum Verlieben?«

»Und ob«, antwortete Allison mit gebührender Begeisterung. »Wie schaffst du das bloß in Zeiten wie diesen?«

»Ach, Allison, nun sei doch nicht so naiv. Wenn du die richtigen Leute kennst, kannst du alles schaffen.«

In diesem Augenblick tauchte ein Kellner auf, um ihre Teekanne nachzufüllen. »Wünschen die Damen sonst noch etwas?« fragte er.

Sarah schüttelte den Kopf und der Mann verschwand.

»Ich habe das Kleid getragen, als ich letzte Woche bei den Fairgates zum Tee eingeladen war. Hast du übrigens gehört, daß Charles kürzlich verwundet wurde?«

»Nein. Wie ernst ist es?«

»Er wurde nach Hause geschickt, aber furchtbar schlimm ist es nicht. Natürlich wird er eine Auszeichnung bekommen, habe ich gehört.« Sarah trank ein Schlückchen von ihrem Tee. »Ich kann dir gar nicht sagen, wie froh ich bin, daß Wally wegen seines Rückenleidens nicht zum Militär mußte. Dir geht es mit Logan doch sicher genauso.«

Allison gab nicht sofort Antwort.

Es mußte einem scheinen, als hätte Sarah Bramford alles, was das Herz begehren mochte – Kleider, gesellschaftliches Ansehen, eine glückliche Ehe, und obendrein war sie eine einigermaßen nette Person, wenn man ignorierte, wie oberflächlich ihre Interessen waren und daß sie ein bißchen zu viel von sich hielt. Aber sie war eine reizende Gesellschafterin.

Sie hatten einander seit Jahren gekannt, waren sich aber niemals sonderlich nahe gekommen. Kleider und Parties und Schule und Männer und Mode – über diese Dinge hatten sie miteinander gesprochen, aber niemals über tiefgreifendere. War es möglich, daß mehr als nur eine oberflächliche Freundschaft zwischen ihnen entstand? *Sollte* es so sein?

Allison überlegte, ob sie am Ende tiefgründigen Freundschaften absichtlich aus dem Weg gegangen war, um nicht allzu tief in ihre eigene Seele blicken zu müssen. Wußte sie überhaupt, was es hieß, sich Sarah anzuvertrauen? Wie stand es mit ihrem Glauben an Gott? Konnten sie darüber miteinander reden?

Allison fand sich plötzlich ganz neuen Fragen gegenüber. Aber sie wollte die Antwort auf diese Fragen nicht länger hinausschieben. Es gab nur einen Weg, wie sie zu einer echten Beziehung gelangen konnten. Und plötzlich erschien es Allison entscheidend wichtig, daß sie eine *reale* Person war, mit realen Gefühlen, anstatt daß sie ständig darum kämpfte, ihre seelischen Verletzungen zu verbergen.

»Weißt du, Sarah«, sagte sie, »Logan und ich haben Probleme.«

»Was für Probleme?« fragte Sarah und runzelte vor Mitgefühl die Brauen.

»Es geht schon eine ganze Weile so, nehme ich an«, fuhr Allison fort. Sie zögerte noch, aber sie gewann mehr Selbstvertrauen, als sie echte Anteilnahme auf den Zügen ihrer Freundin sah. »Wir leben seit ein paar Monaten getrennt.«

Die Worte über die Lippen zu bringen fiel ihr schwerer als irgend etwas, was sie je zuvor im Leben getan hatte. Aber als es einmal ausgesprochen war, fühlte sie sich seltsam erleichtert. Vielleicht war die Frau, die ihr gegenübersaß, wirklich eine Freundin und würde ihr helfen, die Last zu tragen.

»Allison, das tut mir aber leid«, sagte Sarah. »Warum hast du mir das denn nicht schon früher gesagt?«

»Es fällt mir nicht leicht, so etwas einzugestehen. Ich glaube, ich möchte, daß die Leute eine gute Meinung von mir haben.«

»Ich glaube, ich weiß, was du meinst«, stimmte Sarah ihr mitfühlend zu. »Alle stehen herum und reden, aber keiner sagt, was er oder sie wirklich empfindet, was sie tief drinnen wirklich schmerzt.«

»Ich habe die längste Zeit versucht, niemand in mich hineinschauen zu lassen, aber in letzter Zeit habe ich mich so einsam gefühlt. Ich glaube, was ich brauche, ist einfach eine Freundin – jemand, dem ich mich anvertrauen kann. Wir kennen einander schon so lange – «

»Dann sollten wir uns allmählich auch wie Freundinnen benehmen«, beendete Sarah an Allisons Stelle den Satz. »Wenn ich ehrlich bin, brauche ich ebenfalls eine Freundin.«

»Du?«

»Ich nehme an, meine Ehe ist in Ordnung – die meiste Zeit jedenfalls«, sagte Sarah. »Aber glaub mir, die Schickeria von London ist das oberflächlichste Pack, das du je im Leben gesehen hast, und manchmal bin ich selbst um nichts besser. Du dagegen – du hast nie so richtig hineingepaßt. Vor allem in den letzten Jahren. Und das meine ich als Kompliment!« Sarah lächelte von neuem, dann fügte sie hinzu: »Ich dachte immer, es hätte irgend etwas mit Logan zu tun.«

»Anfangs nicht«, antwortete Allison. »Meine Lebenseinstellung änderte sich, als ich wirklich versuchte, mein Leben dem Herrn zu übergeben. Es geschah mit Logan und mir ungefähr zur gleichen Zeit, kurz bevor wir heirateten. Gott begann mich neue Prioritäten und neue Einstellungen zu lehren, und bevor ich wußte, wie mir geschah, fühlte ich mich nicht mehr wohl bei all dem Geschwätz und Gezänk und der kleinlichen Eifersucht und dem Geprotze mit Reichtum, das bei uns so gebräuchlich war.«

»Ich sah eine Änderung an dir, Allison, aber ich war wohl zu dumm, irgendwas drüber zu sagen. Du hast ja keine Ahnung, wie oft ich deine Familie fragen wollte, warum sie alle so ... ich weiß nicht ... so anders waren. Deine Urgroßmutter gab mir immer das Gefühl, etwas ganz Besonderes zu sein und geliebt zu werden. Ich wußte, daß sie eine fromme Dame war und ich fragte mich immer wieder, ob das vielleicht etwas damit zu tun hatte. Aber ich war immer zu verlegen, um Fragen zu stellen. Du weißt ja – es ist irgendwie peinlich, über geistliche Dinge zu reden. Aber ich wünschte immer, über meinem Leben läge derselbe Glanz wie über ihrem.«

»So ging es mir auch«, sagte Allison mit einem zärtlichen Lächeln, als sie daran zurückdachte, wie viele Kämpfe sie eben deswegen ausgefochten hatte und wie sie sich schließlich auf einer tieferen inneren Ebene mit ihrer Urgroßmutter versöhnt hatte. »Aber sie sagte immer, es gäbe keinen Grund, warum wir nicht dasselbe haben sollten wie sie. Sie hatte die Wahl getroffen, den Geist Christi ihr Leben erfüllen zu lassen und ihr jene Lebenseinstellung zu schenken, die sie zu der Frau machte, die sie war. Und dasselbe geschah vor neun Jahren mit mir. Auch ich übergab mein Leben Gott, und eine Zeitlang war alles anders. Unglücklicherweise ließ ich es zu, daß der Druck von außen mich in diesem ursprünglichen Entschluß wankend machte. Ich glaube, es ging so langsam vor sich, daß ich es nicht einmal bemerkte. Ich versuchte, den Herrn in mein Leben zurückzubringen, aber ich weiß nicht, was Er mit meiner Ehe vorhat – ich habe Logan seit fünf Monaten nicht mehr gesehen und auch nichts von ihm gehört.«

»Liebste, du mußt dich ja elend fühlen!«

»Es wäre gelogen, wollte ich nein sagen. Aber Gott schenkt mir die Kraft auszuhalten, Tag für Tag. Ich wünschte, ich könnte es besser beschreiben, damit du verstehst, was ich meine.«

»Ich würde gerne mehr darüber hören«, antwortete Sarah. »Wer würde nicht wünschen, die Zufriedenheit zu besitzen, die Lady Margaret besaß? Aber wir wollen uns unterwegs unterhalten.«

Sie waren erst ein paar Querstraßen weit gegangen, immer auf der Suche nach einem Taxi, das in diesen Tagen der Benzinrationierung ein seltener Luxus war, als Allison plötzlich stehenblieb. Ihr Blick heftete sich intensiv auf einen Zeitungskiosk auf der anderen Straßenseite.

»Allison, was ist?« fragte Sarah.

»Der Mann da drüben. Ich habe ihn einmal mit Logan zusammen gesehen.«

Vor dem Blitzkrieg hatte Allison über den kleinen Zwischenfall nicht lange nachgedacht. Die Sache hatte sich ereignet, bevor sie nach Stonewycke zurückgekehrt war, aber nun fiel ihr alles wieder ganz deutlich ein. Sie und Logan hatten sich verabredet, einander zum Essen in einem Restaurant im Westend zu treffen. Sie war einige Minuten zu früh gekommen und sprach eben mit dem *maître d'hôtel* über die Wahl des Tisches, als sie entdeckte, daß Logan bereits am entfernten Ende des Speisesaals saß. In seiner Gesellschaft befand sich ein Mann, dessen strenges, pockennarbiges Gesicht nicht leicht zu vergessen war. Aber auch ein weniger auffälliges Gesicht hätte Allison nicht so schnell wieder vergessen, so heftig reagierten die beiden Männer auf ihr Auftauchen. Der Fremde unterbrach sich mitten im Wort und eilte hinaus, nachdem er sich gerade nur kurz an den Hut getippt hatte. Als sie Logan nach ihm fragte, gab er unbestimmte und ausweichende Antworten. Sie hatte kaum mehr an die Sache gedacht, bis nun dieser selbe Mann aus der Vergangenheit auftauchte und die Erinnerung aufs lebhafteste zurückkehrte.

Ohne nachzudenken trat sie auf die Straße und eilte auf den Kiosk zu. Eine Anzahl Autos kamen mit kreischenden Bremsen zum Stehen. Sie nahm kaum Notiz davon und eilte über die Straße.

»Sir!« rief sie im Näherkommen.

Der Mann blickte auf, eine Wolke der Ungewißheit zog einen Augenblick lang über sein Gesicht. Allison konnte sehen, wie er den Bruchteil einer Sekunde mit sich selbst uneins war, was er tun sollte.

»Sir«, sagte sie, als ihre Blicke einander begegneten, »kann ich Sie bitte sprechen?«

Aber im nächsten Augenblick zog eine weitere Wolke über seine Züge, diesmal ein Ausdruck jähen Wiedererkennens. Die Zeitung, in der er geblättert hatte, fiel ihm aus der Hand, er drehte sich auf dem Absatz um und eilte hastig davon.

BILLY HILFT WEITER

»Sie reden aber wirres Zeug, Mrs. MacIntyre – wenn ich's mal offen sagen darf«, sagte Billy Cochran.

Der Zwischenfall beim Zeitungskiosk hatte Allison den ganzen Tag lang nicht mehr losgelassen; jetzt hielt sie es nicht länger aus. Bis zu diesem Nachmittag mit Sarah war sie es zufrieden gewesen, einfach die Zeit totzuschlagen, bis es Logan gefiel, mit ihr Kontakt aufzunehmen. Aber nun wurde ihr plötzlich bewußt, daß sie ja etwas unternehmen konnte, um ihn zu kontaktieren! Sie hatte einen Mann gesehen, der Logan kannte, und wahrscheinlich wußte der, welche Arbeit er tat. Wenn sie nur mit ihm reden könnte!

Billy war jedoch nicht sehr optimistisch gewesen und hatte sein Bestes getan, es ihr auszureden, als sie sich am nächsten Tag in seinen Buchmacherladen wagte.

»Er weiß, wo Logan ist«, flehte Allison. »Ich bin mir ganz sicher. Ich sah es ihm an den Augen an.«

Bevor Billy antworten konnte, klingelte das Telefon und lenkte ihn ein paar Augenblicke von ihr ab.

»Mrs. MacIntyre«, sagte er dann, »ich glaube, die Aufregungen der letzten Wochen war'n vielleicht 'n bißchen viel für Sie. Ihnen geht ja alles durcheinander!«

»Sie wissen mehr über die Halbwelt dieser Stadt als irgend ein anderer – jedenfalls als irgendwer, den ich kenne.«

Billy rieb den Stoppelbart an seinem Kinn. In seiner Vorstellung war Lady Allison MacNeil MacIntyre die süßeste und sanfteste – und unschuldigste – junge Dame, die ihm je begegnet war. Aber Logan hatte mehr als einmal angedeutet, welche Hartnäckigkeit in ihr steckte, die jeden Augenblick an die Oberfläche kommen konnte. Und jetzt sah Billy diese Hartnäckigkeit ganz deutlich in ihren großen blauen Augen. Ja, sie würde die Suche nach ihrem Gatten aufnehmen, ob er ihr nun half oder nicht. Vielleicht war er es Logan schuldig, daß er versuchte, sie vor Schwierigkeiten zu beschützen.

Billy nahm seine Brille ab, die er jetzt ständig trug, und wischte die Gläser an seinem Ärmel blank. Mit gleichmäßigen Bewegungen schmierte er den Schmutz darauf im Kreis, dann setzte er sie wieder auf die Nase und starrte die Frau seines Freundes an, als hätte diese kleine Verzögerung irgend etwas verändert. Keine Rede davon. Ihre Augen waren so entschlossen wie zuvor.

»Sie werden mir doch helfen, Billy, nicht wahr?«
»Ein alter Narr bin ich und nichts anderes«, antwortete er. Aber wie konnte er ihren flehenden Augen widerstehen? Und er würde Logan nie wieder ins Gesicht blicken können, wenn er sie sich selbst überließ und ihr irgend etwas Böses zustieß.

Sie begannen ihre Suche am Zeitungskiosk. Der Händler war Billy gegenüber jedoch um nichts offener als Allison gegenüber, die ihn schon am Vortag ausgefragt hatte. Aber wenigstens konnten sie annehmen, daß der Fremde – wenn er ein häufiger Kunde an diesem Kiosk war – sich oft in diesem Teil der Stadt aufhielt. Wenn sie Glück hatten, befand sich entweder sein Arbeitsplatz oder sein Wohnort ganz in der Nähe. Sie verbrachten den größten Teil des nächsten Tages damit, daß sie systematisch Geschäfte, Hotels und Kneipen in der Umgebung absuchten, immer in der Hoffnung, auf eine Spur zu stoßen.

Am Ende des zweitens Tages war Allison heiser vom ständigen Wiederholen der Beschreibung des Mannes, und die rheumatischen Glieder des armen Billy schmerzten mehr denn je. Um vier Uhr kamen sie zu einem Tabakladen. Billy erklärte, das wäre nun aber der letzte für diesen Tag, und Allison widersprach nicht. Ihr taten die Füße weh, sie war müde und mutlos und wünschte nichts mehr als heimzugehen, ein Fußbad zu nehmen und mit ihrem kleinen Mädchen zu spielen, das sie – wie sie befürchtete – in letzter Zeit sehr vernachlässigt hatte.

Der stechende Geruch starker Tabaksorten hing in der Luft im Inneren des Ladens, und zum hundertsten Mal quälte Allison sich eine Beschreibung des Mannes ab, den sie allmählich für ein Phantom ihrer Einbildung zu halten begann.

»Hochgewachsen, sagen Sie?« fragte der vierschrötige, kahlköpfige Besitzer. »Und sprach mit einem deutschen Akzent? – Ja, klar. Den hab ich angezeigt.«

»Angezeigt?«

»Sein Gesicht hat mir gar nicht gefallen, also hab ich ihn beim Kriegsministerium angezeigt«, sagte der Tabakhändler. »Die sagten, sie könnten nicht jeden Deutschen hoppsnehmen, der bloß komisch aussähe, weil da zehntausende Unschuldige auf der Flucht vor diesem Verrückten Hitler nach England gekommen wären – «

»Wie hieß der Mann?« fragte Allison, deren Kehle plötzlich ganz trocken geworden war.

»Smith hieß er, Mr. Hedley Smith.«

Allison warf Billy einen kummervollen Blick zu. Die Chancen, einen Mann ausfindig zu machen, der unter falschem Namen lebte, waren nicht gerade groß.
»Und haben Sie zufällig seine Adresse?« fragte Billy.
Der Mann schrieb sie auf einen Zettel.
Allisons Erschöpfung war wie weggeblasen, als sie den Laden verließen. »Wie weit ist es bis dorthin?« fragte sie aufgeregt.
»Die Adresse könnte genauso falsch sein wie der Name«, warnte Billy sie.
Bunker Street erwies sich als eine wenig vertrauenerweckende Straße, eine lange Reihe schäbiger Hotels und noch schäbigerer Kneipen, zwischen denen sich hier und da ein schmutziges Geschäft oder ungepflegtes Appartmenthaus drängte. Sie folgten den Straßennummern, bis sie zu derjenigen kamen, die der Tabakhändler ihnen aufgeschrieben hatte. Sie blieben stehen, dann warfen sie einander verblüffte Blicke zu. Die abgeschlagene, vom Alter zerfressene Nummer war auf die Ziegelwand über der Kneipe zur Blauen Krähe gemalt. Hatte der Händler sich geirrt, oder war die Adresse tatsächlich so falsch wie der Name des Mannes?
Allison warf einen Blick in die Runde. Auf der anderen Straßenseite grinsten ein paar Männer zu ihr herüber. Sie sahen so schäbig und verkommen aus wie die ganze Nachbarschaft.
Die Blaue Krähe war fast leer. Allison wußte, es war – zum mindesten – tollkühn, dem Wirt ihre Telefonnummer zu geben, und ebenso tollkühn, ihm zu erzählen, daß sie lebenswichtige Informationen für Mr. *Smith* hatte – den Namen sprach sie mit hinreichender Betonung aus, um den Wirt wissen zu lassen, daß sie beide mehr wußten, als sie sagten. Wenn der Mann ein Deutscher war – was sie nun mit gutem Grund annehmen konnte –, dann konnte sie hoffen, daß ihr Köder ihn aus seinem Versteck lockte.
Ihr kleiner Trick funktionierte. Am nächsten Abend klingelte das Telefon. Ein Mann mit einem ausgeprägt deutschen Akzent wollte sie um neun Uhr treffen. Sie konnte nicht mit ihm debattieren, also kritzelte sie hastig den Treffpunkt nieder. Ihr Herz dröhnte gegen die Rippen, als sie den Hörer auflegte. Zu ihrer Erleichterung sollte das Treffen nicht in der Bunker Street stattfinden. Statt dessen hatte der Mann ihr den Namen einer anderen Kneipe angegeben, das Silberne Pferd, beim Fluß unten – nicht weit von den Docks. Der Mann muß eine Vorliebe für seltsam gefärbte Tiere haben, dachte Allison bei sich. Ihr Versuch, witzig zu

sein, war freilich nur eine dünne Maske über der steigenden Angst, daß sie sich mehr eingebrockt hatte, als sie auslöffeln konnte.

Sie versuchte ein paarmal, Billy anzurufen, aber sie erreichte ihn nicht. Schließlich, als es schon auf acht Uhr zuging, blieb ihr nichts anderes übrig, als das Kind bei der Nachbarin zu lassen und sich allein auf den Weg zu machen.

NEBEL ÜBER DEM FLUSS

Die Nacht war dunkel und trübe, ein leichter Nebel hing in der Luft. Der Abendwind wehte von der Themsemündung herein und wirbelte den Nebel durch die verlassenen Straßen.

Allison verließ die U-Bahn bei der Station Tower Hill. Langsam stieg sie eine lange Treppe hinauf und trat in die dunkle Nacht hinaus. Sie erreichte den Fluß um acht Uhr dreißig. Zur Rechten erhob sich die London Bridge. Zu ihrer Linken, in der nebelverschleierten Ferne, konnte sie gerade noch die gewaltigen Türme und Zinnen der Tower Bridge ausmachen. Alles sah so still und unheimlich aus im Nebel und der Dunkelheit. Warum hatte der Mann ihr gesagt, sie solle hierher kommen? Warum hatte sie ihm zugesagt? Was für ein Narr war sie doch! Die ganze Idee war völlig verrückt. Sie hätte niemals alleine hierherkommen dürfen. Der Mann konnte gefährlich sein, ob er nun ein Freund Logans war oder nicht. Wenn nur Billy hier wäre!

»Lieber Gott«, betete sie. Sie merkte kaum, daß sie sich nicht mehr die Zeit genommen hatte zu beten, seit sie den Fremden zum ersten Mal gesehen hatte. »Vergib mir, daß ich so töricht bin. Aber bitte hilf mir, etwas über Logan zu erfahren. Beschütze mich, Herr.«

Langsam schritt sie weiter. In der Entfernung konnte sie nichts sehen als dunkle, schweigende, verwahrloste Häuser. Dort unten ist sicher keine Kneipe, dachte sie.

Langsam ging sie die Straße entlang, ihre Augen musterten die Gebäude durch den Nebel hindurch. Was war das da gerade vor ihr? Es sah aus wie ein Geschäftsschild. Sie trat näher. Ja – da war ein Schild über der Türe. Aber der Ort war dunkel, Fenster und Türen mit Brettern verschlagen. Sie griff nach der Türe. In der Dunkelheit konnte sie gerade nur ein paar Buchstaben auf dem alten und vermoderten Schild entziffern, das einst die Gäste zum Eintreten eingeladen hatte: »Sil – Pf – « war alles, was sie lesen konnte. Aber das genügte! Man hatte sie in die Falle gelockt! Sie mußte zusehen, daß sie hier wegkam!

Allison wandte sich um.

Sie hatte die dunkle Gestalt nicht einmal gesehen, die nun zwischen zwei Gebäuden hervortrat.

Im Augenblick, in dem sie zu laufen begann, schoß ein Arm

vor und packte sie mit einem Griff wie ein Schraubstock. Allison kreischte auf.

»Hier hört Sie keiner, Fräulein«, sagte eine unheimlich knirschende Stimme. Trotz seiner Worte preßte er die Hand nur noch fester auf ihren Mund. »Jetzt rede ich«, fuhr die Stimme fort, »und vergessen Sie nicht, daß ich eine Waffe gegen Ihren Rücken presse.«

Er stieß ihr den Pistolenlauf grob in den Rücken, um seinen Worten Nachdruck zu verleihen. »Also, wer sind Sie, und warum verfolgen Sie mich?«

»Ich bin Allison MacIntyre«, sagte Allison, als der Mann die Finger von ihrem Mund nahm. Mehr sagte sie nicht, nicht nur, weil ihre Lippen zitterten, sondern auch, weil sie hoffte, die Erwähnung ihres Namens würde dem Mann klarmachen, was sie von ihm wollte.

»Und was soll ich damit anfangen?« fuhr er sie an.

»Ich versuche nur, meinen Mann zu finden«, stieß sie mühsam hervor. »Ich habe Sie beide zusammen gesehen. Ich hoffte, Sie könnten mir sagen, wo er ist. Er heißt Logan MacIntyre.«

Ein schrecklicher Augenblick des Schweigens ging vorüber. Allison hatte keine Ahnung, ob der Mann versuchte, sich an das Treffen zu erinnern oder ob er sich überlegte, wie er sie am besten aus der Welt schaffte.

»Ach so, deshalb erkannte ich Sie am Kiosk wieder«, sagte er schließlich. »Trinity ist also Ihr Mann!«

»Trinity? Ich verstehe Sie nicht«, sagte Allison.

»Sie brauchen auch nichts zu verstehen. Sie brauchen bloß zu vergessen, daß Sie mich jemals gesehen haben. Die Zeiten sind gefährlich, und neugierige Narren machen sie noch gefährlicher.«

»Ich bin seine Frau!«

»Wenn Sie noch lange rumfragen und Ihr blödes Detektivspiel spielen«, sagte Gunther, »dann bringen Sie das Leben vieler Menschen in Gefahr, einschließlich das Ihres Mannes.«

»Dann will ich es bleibenlassen«, antwortete Allison. »Ich habe nur noch eine Frage: Ist mein Mann in Sicherheit?«

»Niemand ist *sicher* in dieser dunklen Welt«, antwortete Gunther kurz angebunden. »Und jetzt gehen Sie langsam davon«, sagte er, während er sie allmählich aus seinem Würgegriff freigab. »Sie gehen den Weg zurück, den Sie gekommen sind – ich behalte Sie im Auge. Drehen Sie sich nicht um. Es könnte Ihren Tod bedeuten, mir noch einmal ins Gesicht zu sehen.«

Sein Ton ließ keinen Zweifel daran, daß er sie auch weiterhin unter Beobachtung halten würde nachdem sie in dieser Nacht die Straße am Fluß verlassen hatte. »Sie werden mich vergessen, und Ihren Mann auch. Wir werden alle beträchtlich länger leben, wenn Sie sich daran halten.«

Allison pochte das Herz bis zum Hals und ihre Beine fühlten sich wie Watte an. Aber sie schaffte es, sich langsam von diesem schrecklichen verlassenen Ort fortzubewegen, fort von dem Mann, der Freund oder Feind sein mochte – sie konnte es nicht erraten. Nur in einer Sache war sie sich halbwegs sicher: daß er wirklich nicht mehr über Logans Tun und Treiben wußte, als er ihr gesagt hatte. Die ganze Qual dieser Suche hatte sie nur in eine gefährliche Sackgasse geführt. Sie war Logan nicht näher als am Anfang. Aber sie wußte jetzt, daß er in Geheimnisse verstrickt war, und daß die Gefahr nun auch nach ihr die Hand ausstrecken mochte.

SPÄHER JENSEITS DES MEERES

»Und Sie sind sicher, daß keiner von beiden Sie gesehen haben kann?«

»Wie oft muß ich's noch sagen, Kumpel? Wofür halten Sie mich, für'n blutigen Anfänger? Die Dame war käseweiß vor Schreck. Und der Kraut – «

»Paß auf, was du sagst, alter Narr! Wir sind hier nicht in England. Hier haben selbst die Wände Ohren. Ich bezahle Sie dafür, mich über alles auf dem laufenden zu halten, was die Familie angeht, und im übrigen halten Sie den Mund.«

»'tschuldigung«, sagte der alte Mietling. In seinem respektvollen Ton schwang gerade nur ein Hauch von Sarkasmus mit.

Der Mann, dem er Bericht erstattet hatte, war an die siebzig Jahre alt. Sein Benehmen strahlte jedoch eine so zwingende Autorität aus, und der bloße Klang seiner Stimme war so befehlend, daß nur wenige sich ihm zu widersetzen wagten. Er machte ganz den Eindruck eines Mannes, der sicher sein konnte, immer zu bekommen, was er wollte.

»Wie ich schon sagte«, fuhr der Spion fort, »ich habe ein Auge auf das Mädel gehabt, ganz wie Sie's angeordnet haben. Wußte immer noch nichts von ihrem Alten, aber sie wohnt jetzt in seiner Wohnung. Dann traf sie sich mit dem Deutschen.«

»Hmmm ... höchst interessant«, sagte der andere mit einer Handbewegung. Es klang, als spreche er mit sich selbst. Er lehnte sich an seinem Schreibtisch zurück und dachte ein oder zwei Minuten lang nach. Das war ja eine interessante Sache! Was konnte *sie* bloß mit einem Deutschen zu schaffen haben? Seit er in der Zeitung von ihrer Hochzeit gelesen hatte, war er neugierig gewesen, welche neue Möglichkeiten ihm das eröffnen mochte. Vielleicht gab es hier etwas, von dem er Gebrauch machen konnte? Als er so nachgrübelte, glühten seine durchdringenden schwarzen Augen in einem Feuer, das nichts Menschliches an sich hatte. *Ich werde mir Zeit lassen,* dachte er schließlich, *wie ich es immer tue.* Im Lauf der Jahre hatte er Tausende von Pfund ausgegeben, in der Hoffnung, den Dämon zu besänftigen, der ihn immer noch quälte und das Feuer schürte, das in seinen Augen flammte. Aber der letzte, endgültige Sieg war ihm noch nicht beschieden gewesen.

Schließlich stieß er scharf den Atem aus und blickte den

Mann an, der immer noch vor seinem Schreibtisch stand. Aus einer Schublade nahm er einen dicken Briefumschlag.

»Hier ist das Geld für Ihre Rückfahrt, und ein bißchen extra für Ihre Mühe«, sagte er. »Behalten Sie sie im Auge! Ich möchte sie jederzeit fassen können, sobald ich sie haben will. Verstanden?«

»Geht klar, Kumpel.«

»Und noch eines. Einmal nennen Sie mich noch ›Kumpel‹, und ich lasse Ihnen den Hals abschneiden. Haben Sie das auch verstanden?«

»Geht klar ... Sir.«

RETTUNG

Ein rauher Wind pfiff an diesem kalten Novembernachmittag gnadenlos durch die Straßen von Paris.
Der Lieferfahrer, der seinen Karren voll Rindfleisch die Avenue Foch entlangschob, zog seinen schäbigen Wollmantel enger um die Schultern. Das war jedoch das einzige Zugeständnis, das er der eisigen Kälte machte, und er schlurfte auf dieselbe träge, gleichmütige Art weiter, die anscheinend seine tägliche Gewohnheit war, wie immer das Wetter auch aussehen mochte. Er ließ alle Anzeichen erkennen, daß er gleichzeitig gelangweilt und erschöpft war, ob von den Bitternissen des Lebens oder von der deutschen Besatzung, war unmöglich zu sagen.

Aber warum hätte er sich auch beeilen sollen? Seine Fleischlieferung war für das Hauptquartier der SS bestimmt – wer außer den Deutschen bekam in diesen Tagen in Paris Fleisch zu essen? Und die Boche konnten ruhig noch ein Weilchen warten.

Ein besonders heftiger Windstoß packte ihn einen Augenblick lang und riß fast die Baskenmütze von seinem dichten grauen Haar. Er packte die Mütze schneller, als man nach seinen sonstigen Bewegungen erwartet hätte, und preßte sie fest auf den Kopf. Dann zog er die Schultern hoch und senkte den Kopf wie ein Widder gegen den Wind und trabte weiter.

Ein paar Minuten später kam er zum ersten Checkpoint vor dem Hauptgebäude, das sowohl eine Unterbringungsmöglichkeit für gewisse wichtige Gefangene wie auch die Verwaltungsbüros der deutschen SS beherbergte – der Schutzstaffel, der von Heinrich Himmler organisierten Elitetruppen.

»Bonjour, Monsieur Sergeant«, murmelte er kehlig, während er an seine Mütze tippte.

»Was hast du da, Alter?« fuhr ihn einer der Wachen an, der in der Nähe stand (und in Wirklichkeit nur Korporal war).

Der Lieferant hob seine buschigen Augenbrauen, als wüßte er nicht, was er mit einer Frage anfangen sollte, auf die es so offensichtlich nur eine Antwort gab, denn mächtige Fleischkeulen ragten deutlich sichtbar unter der Segeltuchplane hervor. Er starrte den Wächter ausdruckslos an. Schließlich breitete sich ein langsames Lächeln zwischen den Haarsträhnen seines verfilzten grauen Bartes aus, als er tief in der Kehle zu lachen begann.

Der Wachhabende trat mit einem brüsken Schritt vor. »Alter Trottel!« fuhr er ihn an. »Heb das hoch – laß mich drunter sehen!«

»Ah«, sagte der Lieferant. Sein Gesicht hellte sich auf, als er begriff, was von ihm verlangt wurde. Er zog das Segeltuch zurück und schob verschiedene Fleischstücke dahin und dorthin. »Eh bien?« fragte er, als die Prozedur vorüber war, und wischte sich die Hände an der schmutzigen, blutbefleckten Schürze ab, die unter seinem Mantel hing. »Schöne Stücke, was? Ganz mager!«

»Sieh zu, daß du weiterkommst!« befahl der Wachhabende. »Dummkopf, französischer!«

»Merci«, antwortete der Lieferant, raffte seine ganze Energie zusammen, um weiterzumachen und schob seine sperrige Bürde vor sich her.

Er überquerte den großen kopfsteingepflasterten Hof. Einmal hielt er inne, um eine Schar marschierender Soldaten vorbeizulassen. Dann schob er seinen Karren weiter und machte sich mit seiner Last auf den Weg zum Lieferanteneingang. Dort kontrollierte der Angestellte, ob die Ladung ordnungsgemäß bestellt worden war. Es kümmerte ihn nicht, daß die Lieferung eineinhalb Stunden zu spät kam. Er machte ein Häkchen neben der Bestellung und ließ den Lieferanten ins Gebäude.

»Kein Wunder, daß der alte Narr so viel später dran ist als der übliche Lieferant«, dachte der Wachhabende, während er zusah, wie die Türe sich hinter ihm schloß. »Hab noch nie einen Lieferanten so langsam daherschleichen gesehen!«

Der Lieferant schlurfte ein Stück den Korridor hinunter. Hin und wieder hielt er inne, um Soldaten vorbeizulassen, aber er begegnete nur wenigen. Offenbar war seine Information korrekt gewesen: Gerade zu dieser Zeit würde das Gebäude fast verlassen sein, denn zu dieser Zeit überschnitten sich die Dienstablösung eines Teils der Beschäftigten mit der Mittagsmahlzeit der anderen. Der Küchentrakt – und der Zellentrakt – im hinteren Teil des Gebäudes würden etwa zwanzig Minuten lang fast verlassen sein. Ein aufmerksamer Beobachter hätte sich wohl gefragt, warum der Alte sich allmählich von der Küche weg bewegte, wo die Fleischlieferung angenommen werden sollte.

Er bog um mehrere Ecken und gelangte bald zu einem völlig still daliegenden Flügel des Gebäudes und schließlich zu einer Kreuzung zweier Korridore. Dort blieb er stehen, warf einen verstohlenen Blick über die Schulter, dann nach links und rechts.

Offensichtlich beruhigt, daß er ganz allein war, schien er plötzlich zum Leben zu erwachen. Hastig schob er seinen Karren in eine dunkle Nische, lud etwa die Hälfte des Inhalts ab, den er in einem Winkel aufhäufte, dann zog er ein dickes Bündel heraus, das in einem Geheimfach unter dem Fleisch verborgen gewesen war.

Im Schutz der Nische begann er die äußeren Schichten seines Lieferantenkostüms abzulegen, einschließlich der grauen Perücke und des falschen Bartes.

Vor allem freute Logan sich, den unbehaglichen Bart loszuwerden, obwohl er ihn säuberlich zu den anderen Gegenständen legte, denn er würde ihn noch einmal brauchen. Aus dem Bündel nahm er die Uniform eines SS-Feldwebels, die er hastig anzog. Innerhalb weniger Augenblicke hatte sich der alte Lieferant in ein Mitglied von Hitlers Elitekorps der Bewahrer des Dritten Reiches verwandelt. Er stopfte die Sachen des Lieferanten in das Bündel und band alles sicher zusammen. Zuletzt legte er den Koppelriemen mit dem Pistolenhalfter um.

Er nahm das Bündel unter den Arm und atmete tief ein, dann trat er hinaus in den trüb erleuchteten Korridor. In steifer militärischer Haltung und mit entschlossenem Schritt – obwohl niemand in der Nähe war, der ihn beobachten konnte – ging er zu der Treppe vor, die in den Zellentrakt des Gebäudes hinunterführte. Am Fuß der Stufen befand sich eine versperrte Türe mit einem kleinen Gitterfenster in Augenhöhe und einem Klingelknopf am Türpfosten.

Logan legte das Bündel nieder, wo es nicht gesehen werden konnte, dann zog er ein Taschentuch und eine kleine Phiole aus der Tasche. Er tränkte das Tuch mit ein paar Tropfen aus der Phiole, dann trat er – wobei er das Taschentuch hinter dem Rücken hielt – an die Türe heran und drückte auf den Klingelknopf.

Einen Augenblick später erschien ein Gesicht in dem Fensterchen.

»Ja?« fragte der Wachhabende drinnen. »Was wollen Sie?«

»Ich hole den Gefangenen, der überstellt werden soll.«

»Davon weiß ich nichts.«

»Hier habe ich den schriftlichen Befehl.« Logan nahm ein gefaltetes Stück Papier aus der Brusttasche und hielt es vor das Fensterchen.

Der Wachhabende öffnete die Türe und Logan trat ein. Im nächsten Augenblick packte er den Mann mit einem Arm und preßte ihm mit dem anderen das Taschentuch auf Mund und Nase. Drei Sekunden später erschlaffte der Mann und fiel zu Boden.

Rasch zerrte Logan seinen bewußtlosen Körper außer Sichtweite, dann kehrte er zum Schreibtisch zurück, packte die Schlüssel und überflog die Seiten des Verzeichnisses. Als er die gesuchte Information gefunden hatte, holte er sein Bündel von draußen herein, schloß die äußere Türe fest zu und trat in den Zellentrakt.

Hier fand er den langen Korridor vor, den man ihm beschrieben hatte. Auf beiden Seiten befanden sich verschlossene Türen. Er widerstand der Versuchung, durch jedes der winzigen Fensterchen zu blicken; die Seufzer und das Stöhnen, das er hörte, sagten ihm, welcher Anblick sich ihm bieten würde. Was für ein Unglück, daß er nicht all diesen Elenden zur Flucht verhelfen konnte! Er war gekommen, um drei bestimmte Leute abzuholen, und so mußte er die Ohren vor den kläglichen Lauten verschließen und versuchen, sich selbst Mut zuzusprechen, daß er eines Tages sie alle in Freiheit wiedersehen würde.

Als er dreiviertel des Weges durch den Korridor zurückgelegt hatte, hielt er inne. Er trat an das Fensterchen heran und sah drinnen einen Mann auf seiner Pritsche sitzen. Er hatte die Beine bis zur Brust hochgezogen und eine Decke um seinen zitternden Körper gewickelt. Zum ersten Mal wurde Logan bewußt, wie eiskalt diese dunklen Verliese waren; er selbst war so aufgeregt, daß er beinahe schwitzte. Der Mann hörte das Geräusch an der Türe und blickte auf.

Er war Reuven Poletski, ein Jude, einer der führenden Köpfe der Warschauer Widerstandsbewegung. Er war mittelgroß und unscheinbar. Sein dunkles Haar und seine dicken braunen Brauen hoben sich lebhaft von der Kerkerblässe seiner Haut ab. Aber er sah gar nicht wie der todesmutige Anführer aus, dessen Nimbus ihn umgab – bis er aufblickte und in die Augen eines Mannes blickte, den er für einen SS-Mann hielt. Seine Augen waren so voll Verachtung und Trotz, daß Logan einen Augenblick lang fast vergaß, wer er war und zögerte, die Türe zu öffnen.

Aber der schweigende Blickwechsel dauerte nur eine Sekunde lang. Logan sperrte die Zellentüre auf und stieß sie auf.

»Reuven Poletski?« fragte er.

»Der bin ich«, antwortete der Gefangene auf polnisch.

»Ich gehöre zur Résistance«, sagte Logan auf französisch. »Ich hole Sie hier raus – und Ihre Frau und Ihren Sohn auch.«

Reuven Poletski und seine Familie waren aus Polen geflohen, nachdem eine ungeheuer hohe Belohnung auf Poletskis Kopf ausgesetzt worden war. Sie hatten es bis Paris geschafft und dort bei Freunden gewohnt, als ein mißtrauischer Nachbar, ein Kollaborateur, sie verraten hatte. Poletski mußte befreit werden, denn er wußte genug, um die gesamte Widerstandsbewegung in Warschau zusammenbrechen zu lassen. Da seine Familie ebenfalls verhaftet worden war, wußte niemand, wie lange er den Befragungen standhalten würde.

Es dauerte nicht lange, bis sie Poletskis Frau und seinen sechzehnjährigen Sohn gefunden hatten. Logan schloß die Zellentüre auf, Poletski erklärte in aller Eile, was vorging, und drei oder vier Minuten später war die kleine Gruppe im Wachzimmer versammelt. Logan zog hastig sein Lieferantenkostüm an, während die drei polnischen Flüchtlinge in Nazi-Uniformen schlüpften, die Logan ebenfalls in das Gebäude geschmuggelt hatte. Sie paßten nicht ganz, aber Logan sagte: »Macht euch keine Sorgen – ihr seht großartig aus. Bis ihr zum äußeren Tor kommt, werden sie an euch keinerlei Interesse haben. Sie werden hinter mir her sein.«

Als sie den Zellentrakt verließen, blieb Logan bei dem bewußtlosen Wachsoldaten stehen und verpaßte ihm eine zweite Dosis Chloroform. »Das sollte genügen, bis wir weit weg sind«, sagte er.

»Wir wären sicherer, wenn er tot wäre«, sagte Poletski.

»Das ist nicht meine Art«, antwortete Logan, während er vom Boden aufstand. Er öffnete die Türe und führte die drei Flüchtlinge aus dem Zellenblock, die Stiegen hinauf und zu der Nische, wo Logan sich seinen Fleischkarren zurückholte. Während sie weitereilten, informierte er Poletski, was er zu tun habe, wenn sie das äußere Tor erreichten. Poletski schüttelte zweifelnd den Kopf. »Wir kommen keinesfalls aus dem Gebäude hinaus. Es war schieres Glück, daß wir es bis hierher geschafft haben.«

»Vertrauen Sie mir, Monsieur Poletski.«

Zwei Minuten später blickten die Wachhabenden am Haupttor auf, als sie den alten Lieferanten wieder über den Hof schlurfen sahen, wobei er seinen jetzt leeren Karren mit seinem trägen, schwerfälligen Schritt vor sich herschob. Er blieb stehen und nickte dem Korporal zu.

»Wollen Sie wieder kontrollieren, non?« fragte er.

Der Wachsoldat blickte unter das Segeltuch, dann versetzte er dem Karren einen groben Stoß.

»Schau, daß du fortkommst, alter Narr!«

Logan sagte kein Wort, sondern trottete zum Tor hinaus.

Zum erstenmal wurde ihm jeder seiner langsamen, methodischen Schritte fast schmerzlich bewußt, während er angestrengt hinter sich lauschte. Er wußte, daß er um keinen Deut schneller werden durfte, wollte er nicht das Mißtrauen der Wachen erregen.

Er hatte fast schon die Ecke des anstoßenden Gebäudes erreicht, als sein Stichwort kam.

Aus dem Hof hörte er den Lärm scharfer Befehle und hastig laufender Stiefel.

Logan begann schneller zu gehen, wagte aber nicht, sich umzudrehen. Hätte er es getan, so hätte er einen hochgewachsenen SS-Offizier gesehen, dem zwei kleinere folgten. Der Große stürzte atemlos zum Torposten hin und fragte in überstürztem Deutsch: »Ist hier soeben ein Lieferant vorbeigekommen – mit einem Fleischkarren?«

»Ja, mein Herr«, antwortete der Korporal.

Logan war außer Sicht und begann zu rennen.

»Und ihr habt ihn durchgelassen? Tölpel!« brüllte Poletski. »Er ist ein Agent der Résistance! Wir versuchen ihn einzuholen.«

»Und was sollen wir tun?«

»Ihr habt schon genug Mist gebaut! Ruft drinnen an und laßt den Zellentrakt durchsuchen. Wir kommen gleich zurück. Vorwärts, Männer!«

Die beiden anderen gehorchten ihm schweigend, und alle drei stürmten aus dem Gebäude und die Straße hinunter in die Richtung, in der Logan verschwunden war.

Als der Korporal aus dem Wachzimmer auftauchte, nachdem er seinen Anruf getätigt hatte, war der Abend wiederum still. Nirgends war eine Spur von dem Lieferanten zu sehen oder von den drei Offizieren, die ihn verfolgt hatten.

ARNAUD SOUSTELLE

Die letzten Monate des Jahres 1941 brachten Paris viel Unruhe. Als ein deutscher Soldat in einer Hintergasse erschossen wurde – offenbar von einem Kommunisten –, reagierten die Nazis darauf, indem sie eine große Anzahl Geiseln nahmen. Als aber ein zweiter Soldat ermordet wurde, antwortete die SS mit brutalen Vergeltungsmaßnahmen, zu denen auch die Erschießung eines guten Dutzend dieser unschuldigen französischen Geiseln gehörte. Den ganzen Herbst und Winter hindurch kam es zu Gewalttaten der einen oder anderen Seite. Zwistigkeiten und Streit schwelten überall. Die Patrioten wußten nicht, wen sie mehr haßten – die Nazis oder ihre Kollaborateure.

Arnaud Soustelle war einer der schlimmsten dieses ruchlosen Packs.

Schon vor dem Krieg hatte er den Ruf eines völlig skrupellosen Polizeiinspektors gehabt. Als die Deutschen 1940 einmarschierten, stellte Soustelle fest, daß die deutschen Besatzer ihn mit offenen Armen willkommen hießen. Bald darauf diente er im Sicherheitsdienst, kurz SD genannt.

Als er an diesem Tag die Avenue Foch entlangeilte, während leichter Schneefall die Schultern seines Mantels bestäubte, fühlte Soustelle einen Hauch eines für ihn ganz uncharakteristischen Gefühls: Furcht. Der zähe 45jährige Franzose hatte dieses Gefühl bislang kaum kennengelernt, und es gefiel ihm nicht. Für gewöhnlich war er – mehr als 1,80 groß, mit breiter Brust, eisgrauen Augen und einer Nase wie der Schnabel eines Raubvogels – derjenige, der andere das Fürchten lehrte.

Aber es war keine Kleinigkeit, ins Hauptquartier der SS vorgeladen zu werden, vor allem, da ihm deutlich vor Augen stand, daß er in letzter Zeit einige Mißerfolge gehabt hatte. Diese Nazis waren nicht die Leute, die einen Fehler verziehen.

Nachdenklich schob er eine Hand in die Tasche, nahm ein Stück schwarze Lakritze heraus und schob es in den Mund. Es war eine Gewohnheit, die er vor vielen Jahren angenommen hatte, und nun hatte er fast beständig einen dicken Klumpen des Zeugs zwischen den Zähnen. Wie andere Männer nach Tabakrauch rochen, roch Soustelle beständig nach dem bittersüßen Duft der Lakritze.

Er fragte sich, was ihm wohl bevorstand. Er passierte das Haupttor ungehindert, überquerte den Hof und betrat das Gebäude. Wenige Augenblicke später stand er vor einer schweren Eichentüre.

»Herein!« rief eine weibliche Stimme von drinnen.

»Ich habe eine Verabredung mit dem General«, sagte Soustelle, als er eintrat.

»Ja, Herr Soustelle«, sagte die Sekretärin. »General von Graff erwartet Sie. Gehen Sie nur weiter.«

Soustelle zögerte nicht. Er öffnete die innere Türe zum Büro und trat forsch in den weitläufigen Raum. Er schlug die Hacken scharf zusammen, während er die Rechte steif in die Luft hob.

»Heil Hitler!«

»Heil Hitler«, antwortete von Graff im beiläufigen Tonfall eines Mannes, der seine Loyalität nicht erst krampfhaft beweisen muß.

Er lehnte sich in seinem Stuhl zurück und richtete seinen kalten, unnachgiebigen Blick auf den skrupellosen französischen Kollaborateur vor sich.

»Nun, Herr Soustelle«, sagte von Graff, »ich hoffe, Sie bringen mir diesmal *gute* Nachrichten.«

»Diese Dinge brauchen ihre Zeit, mon General«, bemerkte Soustelle vorsichtig.

»Zeit, Soustelle ...?« Von Graff ließ seine Worte bedrohlich versanden. »Seit wir Sie vom SD ausgeborgt haben, haben wir drei wichtige Gefangene verloren, und dabei ist noch nicht einmal eingerechnet, daß wir gestern diesen Juden Poletski und seine Familie verloren haben. Das macht sechs in zwei Monaten, Herr Soustelle. Ich brauche Ihnen nicht zu sagen, wie schlecht das aussieht.«

»Ich versichere Ihnen, mon General, ich habe meine besten Leute auf die Sache angesetzt«, antwortete Soustelle. »Ich habe einen zuverlässigen Informanten in der Résistance sitzen, der fast sicher ist, daß alle diese gelungenen Fluchtversuche ihren Ursprung in einem einzigen Agentenring haben und von einem einzigen einfallsreichen Hirn gesteuert werden.«

»Genau das haben wir vermutet!« platzte von Graff heraus – ob aus Freude oder Frustration, war schwer zu sagen. Er erhob sich aus seinem Sessel und ging zum Fenster hinter seinem Schreibtisch. Der Schnee begann sich in den Gassen zu häufen; der dichte Spätnachmittagsverkehr, vor allem Radfahrer und Fußgänger, eilte dem heimatlichen Herd oder einem Café entgegen, wo man etwas Wärme zu finden hoffte.

»Sie wissen nichts über diesen Mann?« fragte der General schließlich. Es ärgerte ihn, daß jeder beliebige, sogar jeder aus der

Menschenmenge da unten, der Schuldige sein konnte, ihn vielleicht sogar in diesem Augenblick ausspionierte, und dennoch konnte er ihn so wenig ausfindig machen, als wäre er auf einem anderen Planeten.

»Er macht sich lustig über uns!« schrie von Graff und schlug mit der flachen Hand auf den Tisch.

»Er wird uns zu gegebener Zeit in die Hände fallen, das versichere ich Ihnen.«

»Zu gegebener Zeit! In der Zwischenzeit befreit er unsere Gefangenen, und wir stehen da wie die Narren!«

»Wir stellen diesem Verräter, den die Leute als Volkshelden betrachten, bereits eine Falle. Seine eigene Klugheit wird sein Untergang sein.«

»Volksheld! Pah!«

»Ich habe den Decknamen *L'Escroc* gehört – der Schwindler. Sie sagen, er betrügt die Deutschen um ihre kostbarsten Gefangenen.«

Von Graff starrte aus dem Fenster auf die Passanten unten hinunter, dann fuhr er herum und blitzte den Franzosen aus durchdringenden Augen an. »Ich will ihn haben, Soustelle, haben Sie das verstanden?«

»Ich verstehe vollkommen. Und Sie werden ihn haben. Ich will ihn ebenfalls haben.«

»Ich freue mich, daß wir da einer Meinung sind«, sagte der General mit einer Spur Sarkasmus in der Stimme. »Ich höre, man braucht Soldaten an der Ostfront – vielleicht wird man sogar in Paris Männer ausheben müssen.«

»Das habe ich auch schon gehört«, antwortete Soustelle, während er den stechenden Blick des Generals zurückgab. Er konnte den Nervenkrieg dieses Mannes aushalten. Er hatte keine Angst.

Sobald er wieder draußen war, eilte Soustelle grimmig entschlossen die Avenue hinunter, mit großen entschiedenen Schritten, seine Arme schwangen wie Dreschflegel. Seine Wangen waren geschwollen von schwarzer Lakritze.

Er würde L'Escroc finden! Er würde ihn aus seinem Loch jagen. Er würde ihn finden, oder –

Es gab kein *oder*! Er würde ihn finden! Dieser Narr war zu weit gegangen, als er damit begonnen hatte, das Wohlbefinden und den Fortschritt Arnaud Soustelles in Gefahr zu bringen.

L'ESCROC

Logan warf Henri, der gedankenvoll eine Schnitte Brot butterte, quer über den Tisch einen Blick zu.

Sie genossen ein leichtes Mittagessen im Chez Lorraine, dem Café gegenüber von Logans Hotel, wo er in letzter Zeit eine Art Stammgast geworden war. Das Gespräch zwischen den beiden Männern jedoch war längst nicht so leicht wie die Mahlzeit. Sie hatte ihre erste ernsthafte Auseinandersetzung, seit sie sich vor vier Monaten zusammengetan hatten.

»Ganz gleich, was geschehen ist, Michel«, sagte Henri, »er ist einer von uns und wir müssen ihm helfen.«

»Da bin ich nicht deiner Meinung, Henri«, antwortete Logan kurz angebunden. »Diese Arbeit in der Résistance bringt alle möglichen schrägen Vögel zusammen. Aber wir müssen irgendwo eine Grenze ziehen. Und ich ziehe diese Grenze dort, wo wir einem kaltblütigen und unbarmherzigen Killer helfen sollen.«

»Viele von uns würden dir widersprechen. Im Krieg ist Blutvergießen unvermeidbar.«

»Gehörst du zu ihnen, mon ami?«

Henri seufzte und starrte das Brot auf seinem Teller an, als könnte das Essen ihn trösten. Aber statt dessen richtete er den Blick auf Logan.

»Boche sind Boche«, sagte er. »Was macht es für einen Unterschied, ob sie so oder so sterben? Letzte Woche haben wir einen Zug mit deutschen Soldaten in die Luft gesprengt. Was ist der Unterschied, wenn einer in der Metro erstochen wird?«

Logan lehnte sich schwer an die harte hölzerne Lehne der Nische, in der er saß. Er beobachtete Henri einen Augenblick lang aufmerksam. Er dachte: *Da ist ein empfindsamer Mensch, ein gefühlvoller und mitleidiger Mensch, im häßlichen Netz des Krieges gefangen, gezwungen, Dinge zu sagen und zu tun, die er unter anderen Umständen niemals sagen oder tun würde.* In Friedenszeiten würde er wohl nicht einmal einem Hund ein böses Wort sagen. Vermutlich gehörte Henri zu den Menschen, die im letzten Moment einen Schritt beiseite tun, um einen Käfer auf dem Gehsteig nicht zu zertreten. Er war ein sanftmütiger Mensch ... ein guter Mensch. Aber hier saß er und sprach darüber, eine Zugladung voll Menschen zu töten, als ginge es um nichts weiter als einen Nachmittagsspaziergang zum Markt hinunter.

»Sabotage ... Mord ... alles geht so durcheinander, Michel. Und um die Wahrheit zu sagen«, fuhr Henri mit ferner Stimme fort, die beinahe klang, als hätte er dasselbe gerne auch von sich selbst gesagt, »will ich nicht behaupten, daß du Unrecht hast, solche Dinge in Frage zu stellen.«

»Es hat etwas von Grund auf unmenschliches und abscheuliches an sich, einem Mann von hinten ein Messer in den Rücken zu stoßen, einem Mann, der keine Ahnung hat, was ihm bevorsteht, und der vermutlich nichts Schlimmeres tut, als ein paar Urlaubstage in Paris zu genießen. Das ist Mord, und damit will ich nichts zu tun haben. Das ist Meilen entfernt von der Aufgabe, zum Tode verurteilten Männern und Frauen zur Flucht zu verhelfen.«

Logan hatte keine Lust, den grimmigsten Widersprüchlichkeiten seiner gegenwärtigen Berufung ins Auge zu blicken. Er hätte es wissen müssen, daß er sich irgendwann einem solchen Dilemma gegenübersehen würde, vor allem, wenn er es mit einem so bösartigen Charakter wie Claude zu tun hatte. In vier Monaten waren sie einander nicht einen Schritt nähergekommen und hatten einen heftigen Zusammenstoß nur deshalb vermieden, weil sie einander aufs sorgsamste aus dem Wege gingen. Aber der unbehagliche Frieden konnte nicht ewig dauern, vor allem, weil Logan Verdacht geschöpft hatte, Claude habe etwas mit den Morden an deutschen Soldaten auf offener Straße zu tun. Er hatte vorsichtige Andeutungen gemacht, man sollte versuchen, ihn loszuwerden, sich aber niemals energisch dafür eingesetzt, denn im tiefsten Herzen wußte Logan, daß Claude im Agentenring von La Librairie eine lebenswichtige Funktion erfüllte. Er war der Sabotage-Experte, und wenn er nicht zur Hand war, um die Bomben zu legen, die Züge in die Luft jagten, dann würden sie vielleicht versuchen, Logan diesen Job aufzuhalsen.

»Bien entendu«, gab Logan schließlich mit einem gequälten Seufzer nach. »Erzähl mir mehr über Claudes Gefährten.«

»Er nennt sich Louis«, sagte Henri. »Er war Offizier in der französischen Armee und kämpfte 1940 tapfer in den Reihen der Verteidiger der Maginot-Linie. Es gelang ihm, der Gefangenahme zu entkommen, als die Verteidigungslinien zusammenbrachen, und er entkam in die Berge, wo er mit den Marquis vor sechs Monaten im Kampf stand, dann kam er nach Paris, um sich den Guerillas anzuschließen.«

»Warum helfen seine kommunistischen Freunde ihm nicht?«

»Einer seiner kommunistischen Freunde hilft ihm ja gerade«,

erwiderte Henri spitz. »Er wandte sich an Claude, und Claude wandte sich an uns.«

»Was will Louis?«

»Eine neue Identität und alle die gefälschten Dokumente, die er dafür braucht. Er möchte in die unbesetzten Gebiete, wo ihm die Jäger nicht so dicht auf den Fersen sind. – Sieh es einmal so an, mon ami«, sagte Henri, und in seine stille Stimme schlich sich ein zugleich listiger und väterlicher Ton. »Louis ist ein Gezeichneter, und wenn er in Paris bleibt, wird er früher oder später gefaßt. Er weiß viel, sogar viel mehr über La Librairie, als unserer Sicherheit dienlich ist. Wenn L'Escroc also nicht bereit ist, ihm eine Kugel durch den Kopf zu jagen, dann bleibt dir nichts anderes übrig, als ihn hier rauszuschaffen.«

»Gut formuliert! Hinter deiner vornehmen Fassade bist du ein geriebener alter Fuchs, Henri.« Logan schüttelte den Kopf, als er sich geschlagen geben mußte, aber er ließ zu, daß seine Lippen sich zu einem Lächeln voll Zuneigung verzogen. »Aber sei vorsichtig – selbst ein Tisch im Winkel eines verlassenen Cafés ist ein gefährlicher Ort, um über solche Dinge zu sprechen. Über L'Escroc wird mehr geredet, als gut ist.«

»Für die meisten Leute«, sagte Henri, »ist er ein Symbol. Ich glaube, viele von ihnen würden ihre Zungen sorgfältiger hüten, wenn sie überzeugt wären, daß er eine wirkliche Person ist.«

»Es wäre nicht so schlimm, ein Symbol zu sein, wenn etwas Gutes dabei herauskäme, zum Beispiel Versöhnung zwischen den verschiedenen Fraktionen der Résistance.«

Henri blickte nachdenklich auf sein Essen nieder, dann hob er den Blick. »Ja«, sagte er langsam, fast bedauernd. »Aber glaub mir, ein Symbol ist tatsächlich ein Segen für eine Arbeit wie die unsere. Ich will nicht behaupten, es könnte alle Wunden heilen und das französische Volk einigen. Aber es sorgt für einen Sammelpunkt, für ein Symbol der Hoffnung. Und das ist das letzte, was die Deutschen hier in Paris wünschen. Sie werden tun, was in ihrer Macht steht, um dieses Symbol zu zerstören.«

Logan sagte nichts, er hob nur den Blick, als die volle Bedeutung von Henris Worten ihm aufging.

»Was uns aufrechterhalten kann«, sagte Henri, »kann uns zugleich auch zerstören. ›Hoffnung zu hegen, heißt, die Furcht anzuerkennen‹«, fügte er hinzu, dann hielt er inne und lächelte, als sei eine freundliche Erinnerung in ihm aufgestiegen. »Meine Frau ist eine begeisterte Anhängerin des Dichters Browning, der das geschrieben hat.«

»Ich wußte nicht, daß du verheiratet bist«, sagte Logan, einigermaßen überrascht.

»Das ist vielleicht das Schlimmste an diesem Leben – daß wir nicht zusammen sein können. Jeden Tag bete ich, daß ich lange genug lebe, um sie noch einmal wiederzusehen. Kurz bevor die Boche kamen, gelang es mir, Marcelle und die Kinder in den Süden zu schaffen, wo ein Freund von mir ein Fischerboot besitzt. Er brachte sie von Cannes aus nach England.«

»Warum bist du nicht mitgegangen?«

»Nachdem meine Familie in Sicherheit war«, sagte Henri, »wie konnte ich da meinem Land den Rücken kehren? Ich war zu alt für die Armee, aber ich wußte, es würde noch vieles andere zu tun geben und ein Schlachtfeld mitten in Paris, auf dem ich Dienst tun konnte.«

»Deine Frau muß dich sehr lieben. Ich nehme an, du liebst sie ebenfalls.«

»Natürlich! Natürlich! Wir lieben einander, weil wir gelernt haben, uns einer für den anderen aufzuopfern. Wir haben gelernt zu dienen, unser Leben hinzugeben, einander die Füße zu waschen – um es so zu sagen. So etwas tut man nicht Jahr für Jahr, es sei denn, man ist entschlossen, einander zu lieben. Nicht verliebt, sondern entschlossen, zu lieben.«

»Mhmm«, grübelte Logan. »Ich dachte immer, die Liebe müßte in einer Ehe zuerst kommen.«

»Non, mon ami. Liebe – die kommt als zweites. Zuerst kommt Verpflichtung, Opfer. Dann erst, und nur dann, kommt wahre und dauerhafte Liebe. Deshalb lieben meine Frau und ich einander.«

Logan sagte nichts weiter. Es gab eine Menge, worüber er nachdenken mußte.

EIN STILLES ABENDESSEN

Nachdem Henri und Logan sich getrennt hatten, machte Logan sich auf seinem Fahrrad auf den Weg, um alles Nötige für Louis zu arrangieren. Als erstes suchte er eine Druckerei auf. Der Drucker war nicht so tüchtig wie Jean Pierres Mann, aber seine Arbeit würde zufriedenstellend sein, und Logan hatte darauf bestanden, den Priester nicht in die Sache hineinzuziehen. Er hatte die moralischen Probleme dieser Angelegenheiten niemals mit ihm besprochen, aber er fand, es sei nicht fair, einen Priester in eine so kompromittierende Lage zu bringen. Er fühlte sich nicht hundertprozentig wohl bei der Entscheidung, die er eben getroffen hatte, was den flüchtigen Louis anging, aber da er seinen Entschluß nun einmal gefaßt hatte, wollte er alles alleine erledigen.

Der Druck der gefälschten Dokumente würde drei Tage dauern, und so machte sich Logan als nächstes auf die Suche nach einer sicheren Zuflucht für Claudes Freund. Es war fünf Uhr nachmittags, als er sich schließlich die Stufen von Lises Wohnhaus hinaufschleppte – die letzte Aufgabe, die er an diesem Tag zu erledigen hatte. Er hatte eine Tasche voll Botschaften, die an diesem Abend noch nach London gefunkt werden mußten.

Sie blickte bestürzt auf den Packen Papiere, den Logan ihr hinhielt, kaum daß er ihre Wohnung betreten hatte.

»Tut mir leid«, entschuldigte er sich. Er wußte Bescheid: Je länger das Funkgerät sendete, desto größer war das Risiko, daß es entdeckt wurde.

»Das ist es nicht«, sagte Lise. »Aber letzte Nacht waren Funkpeilwagen unterwegs, und ich mußte die Sendung unterbrechen. Ich habe noch ziemlich viel von gestern übrig, das ich noch aussenden muß. Es dauert auch noch eine Weile, bis ich anfangen kann.«

»Warum gehen wir nicht aus und essen gemeinsam zu Abend, während wir warten? Ich bin halb verhungert.«

Sie lächelte. »Es ist schon lange her, seit ich zum Vergnügen in einem Restaurant gegessen habe, ohne daß ich irgendein Treffen für die Résistance hatte.«

Sie gingen die Stiegen hinunter und in ein Café, das einige Querstraßen weit entfernt lag. Es war Freitag, das Lokal war überfüllt, und Logan stellte fest, daß er das festliche Gewühl um sich genoß. In den Monaten, seit er nach Paris gekommen war, hatten er und Lise häufig zusammengearbeitet. Sie hatten endlose Stunden am Funkgerät verbracht, gar nicht zu reden von ihren zahlreichen anderen Einsätzen. Lise war eine überaus vielschichtige Frau, und Logan fühlte sich fasziniert von ihr.

Das Geheimnis, das diese junge Französin umgab, zwang ihn, intensiver nachzuforschen. Er hätte gerne gewußt, welche Gedanken sich hinter diesen scharfen, empfindsamen dunklen Augen verbargen. Was hielt sie von L'Escroc? Welche tieferen Motive bewegten sie, sich in der Résistance zu engagieren? War sie jemals verliebt gewesen? Was hatte sie für politische Ansichten? Was hielt sie von *ihm*?

Intuitiv fühlte Logan, daß ihre Art, die Dinge zu sehen, weise und wertvoll – und obendrein interessant sein würde. Wenn man sie nur dazu bringen konnte, freier über sich selbst zu sprechen!

Als die Mahlzeit vorbei war und der Kaffee serviert wurde, lehnte Logan sich zufrieden zurück und schlürfte das Ersatz-Gebräu, dessen widerlichen Geschmack er kaum mehr bemerkte.

»Sag mir, Lise«, begann er, »was hast du eigentlich vor dem Krieg gemacht?«

»Ich war Lehrerin. Ich unterrichtete ein Dutzend acht- und neunjähriger Mädchen. Überrascht dich das?«

Logan stellte seine Tasse ab und bedachte die Frage einen Augenblick lang, bevor er antwortete. »Nein«, sagte er schließlich, »eigentlich nicht, wenn ich es mir recht überlege. Ich kann mir sogar sehr gut vorstellen, wie sie auf dem Place du Trocadéro um dich herumsitzen – alle mit frisch geschrubbten Gesichtern und lächelnden Lippen – und dich voll offener Bewunderung anstarren.«

»Wie kommst du darauf, daß sie mich bewundern?«

»Ach, das weiß ich einfach«, antwortete Logan. »Du hast so viel Selbstsicherheit an dir, und sie müssen dir wohl bei jedem Wort, das du sagtest, an den Lippen gehängt sein. Ich habe selbst eine Tochter, und ich weiß, sie würde dich mögen.«

Diese Feststellung erweckte einen Ausdruck jäher Überraschung auf ihren normalerweise so beherrschten Zügen. Logan hatte nicht vorgehabt, seine Tochter zu erwähnen und hatte es schließlich fast unbewußt getan.

»Ich dachte, jetzt wäre einmal ich an der Reihe, dich zu überraschen«, sagte er leichthin.

»Ja, das ist dir gelungen«, antwortete sie. »Aber komm, es ist an der Zeit, daß wir zurückkehren.«

Sie bezahlten ihre Rechnung und traten hinaus in die eisige

Winternacht. Erst nachdem sie einige Gassen weit in tiefem Schweigen gegangen waren, versuchte Lise, den Faden des früheren Gesprächs wieder aufzunehmen.

»Ich habe mir dich nie als Familienvater vorgestellt«, sagte sie, während sie nebeneinander einherschritten.

»Das bin ich wohl auch nicht.«

»Deine Tochter muß sehr stolz auf dich sein – oder jedenfalls wird sie einmal stolz sein, wenn sie von deinem großen Mut erfährt und davon, wie du all den Leuten geholfen hast.«

»Sie ist noch viel zu jung, zu verstehen, was vorgeht. Aber ich hoffe, daß sie eines Tages herausfindet, was ich im Krieg getan habe, und ein wenig Ursache hat, stolz auf mich zu sein. Gott weiß, es gibt sonst nicht viel, worauf sie bei mir stolz sein könnte.«

»Sie wird stolz sein, Michel«, sagte Lise voll Überzeugung. »Eines Tages wird sie dich mit denselben bewundernden Augen anblicken, die du dir bei meinen Schülerinnen vorstellst.«

»Ich weiß nicht ... Was kümmern ein Kind die Nazis und Tyrannei und Krieg?« Logan stockte. Zum erstenmal dachte er darüber nach, wie hochherzig seine Motive, nach Frankreich zu gehen, wohl in Wirklichkeit gewesen waren.

»Und deine Frau?« fragte Lise. »Sie weiß, was du tust ... sie ist sicherlich stolz auf dich?«

Logan gab keine Antwort. Statt dessen seufzte er tief.

»Es tut mir leid ... Ich dachte nur, die Frau eines L'Escroc müßte allen Grund zum Stolz haben.«

»Sie weiß nichts von L'Escroc«, platzte Logan schließlich heraus. »Sie weiß nicht einmal, daß ich in Paris bin.«

»Ich verstehe«, sagte Lise. Nun war sie diejenige, die nicht weitersprach. Sie kannten einander noch nicht gut genug, um intimere Fragen zu stellen. Schließlich versuchte sie, das Gespräch noch einmal auf Logans Tochter zu lenken; sie hoffte, das würde die Schwere vertreiben, die sich zwischen sie gesenkt hatte.

»Aber dein kleines Mädchen ... es scheint, du denkst, sie würde nicht verstehen, warum du jetzt nicht bei ihr sein kannst. Aber wenn du es ihr erklärst – «

»Warum sollte sie es verstehen? Ich weiß nicht einmal, ob ich selbst es verstehe.«

Logan schwieg wieder. Seit Wochen hatte er kaum an seine Familie gedacht. Er hatte wohl gehofft, wenn er das Problem ignorierte, würde es sich irgendwie von selbst lösen, aber das hatte sich als Irrtum erwiesen. Er war immer noch genauso desorientiert wie an dem Tag, an dem er Stonewycke verlassen hatte – vielleicht noch mehr als damals.

»Wahrscheinlich halte ich mich nur selber zum Narren mit all diesen Ideen, daß sie einmal stolz sein soll auf mich«, fügte er schließlich frustriert hinzu. »Ich denke bloß, es ist viel leichter, hier zu sein, als drüben zu sein, das ist alles. Worauf soll ich da stolz sein?«

»Erfordert es mehr Mut, ein Vater zu sein, als ein Soldat?« fragte Lise nachdenklich.

Sie erwartete im Grunde keine Antwort. Aber Logan blieb stehen, dann streckte er die Hand aus und berührte ihren Arm, damit auch sie stehenblieb. Sie wandte sich um und blickte ihn an. Sie hätte nicht sagen können, ob er zornig oder verletzt von ihren Worten war oder den Eindruck hatte, sie wollte ihm Vorwürfe machen. Sie hatte nicht vorgehabt, irgendeine dieser Reaktionen zu erwecken. Die Frage war philosophischer Natur gewesen, aber nun fragte sie sich, ob es klug gewesen war, sie zu stellen.

Ein Vielzahl von Gefühlsregungen durchtobte Logan, obwohl Zorn nicht dazu gehörte. Seine erste instinktive Reaktion war, den ganzen Gedankengang heftig zurückzuweisen. Aber das brachte er nicht fertig, denn er hatte soeben zugeben müssen, daß er stimmte. Statt dessen versuchte er das Gespräch auf ein anderes Thema zu lenken.

»Woher hast du all die Weisheit?« fragte er.

Lise war keine Frau, die nachbohrte, wo Fragen nicht erwünscht waren; sie gestattete ihm die Ablenkung. »Zweifellos aus dem Talmud«, antwortete sie. »Mein Vater hatte keine Söhne, denen er seine große Weisheit weitergeben konnte. Aber das machte ihm nicht viel aus. Er war zufrieden damit, sie seinen Töchtern weiterzugeben. Ich habe nie eine Jeschiwa besucht, aber ich kenne den Talmud so gut wie ein Mann.«

Sie schwiegen, während sie den Rest des Weges zu Lises Wohnung zurücklegten. Leichter Schnee begann zu fallen, und sie beschleunigten ihre Schritte. Sie kamen gerade zur rechten Zeit an, um die verabredete Verbindung mit London aufzunehmen.

GEFANGEN

Die Übermittlung von Funkbotschaften nach London begann an diesem Abend mühelos, trotz der Tatsache, daß in London ein neues Mädchen am Empfangsgerät eingeschult wurde und die Botschaften mit entnervender Langsamkeit aufgenommen wurden.

Logan schritt vor dem Fenster auf und ab und blieb nur hin und wieder stehen, um unter dem Verdunkelungsvorhang hinauszuspähen. In den frostigen, verdunkelten Straßen unten war nur wenig Aktivität zu sehen. Die Ausgangssperre ab Mitternacht würde in wenig mehr als einer Stunde beginnen, und die meisten der vorsichtigen Pariser hatten sich lange vorher in ihre Häuser zurückgezogen. Nur eine Handvoll Radfahrer und Fußgänger war übriggeblieben, die sich beeilten, die letzten Züge – die um elf Uhr fuhren – zu erreichen.

Logan warf einen Blick auf seine Armbanduhr. Er hätte den Funkverkehr gerne schon früher abgebrochen, aber Lise war überzeugt gewesen, das Auftauchen der Funkpeilwagen am Vortag hätte nichts mit ihnen zu tun gehabt. Außerdem lagen die Botschaften zuhauf auf ihrem Tisch. Die meisten davon waren dringend und konnten nicht warten. Und bei all den Gefahren, die tagtäglich ihre Arbeit begleiteten, schien es ihnen kaum notwendig, sich von einer solchen Kleinigkeit zu einer Änderung ihrer Pläne zwingen zu lassen.

Plötzlich zog Logan den Vorhang zu. »Hör auf zu funken! Da ist ein Wagen!«

Im selben Augenblick hatte Lise auch schon das Gerät abgeschaltet, mitten in einer der mühsam hervorgestotterten Antworten der armen unerfahrenen Funkerin drüben in London. Sie sprang auf und trat neben Logan ans Fenster. Sie drehte das Licht im Zimmer ab. Sie spähten durch einen winzigen Schlitz im Verdunkelungsvorhang und konnten den Funkpeilwagen sehen, der am entfernten Ende der Straße stand. Hinter ihm kam ein zweiter um die Ecke gefahren.

Sie sahen hinaus und hielten den Atem an. Hatten die Peilwagen nur ganz allgemein den Bereich festgestellt, aus dem die Funksignale kamen, oder würden sie mit kreischenden Bremsen unmittelbar vor Lises Wohnung anhalten?

Beide Wagen hielten am Ende der Straße. Es sei denn, daß ein anderes Funkgerät aus demselben Häuserblock sendete – was nicht sehr wahrscheinlich war –, so hatten die Deutschen nur die Straße ausfindig machen können. Sie würden sofort beginnen, sie Haus für Haus zu durchsuchen.

»Wir müssen raus hier!« sagte Logan. Er griff bereits nach ihren Mänteln und stopfte hastig die Londoner Botschaften, die er noch nicht gelesen hatte, in die Tasche, während er den Rest in den Ofen warf.

»Michel, wir können das Funkgerät nicht hierlassen.«

Logan hielt inne und warf einen Blick auf das kostbare Gerät.

Ja, es war unverzichtbar für ihre Arbeit, und wer wußte, wann London ihnen ein neues zuschicken konnte? Aber war es wertvoll genug, daß sie ihr Leben dafür riskierten? Er warf von neuem einen Blick aufs Fenster. Wie er schon erraten hatte, zog die deutsche Truppe nun von einem Gebäude zum anderen, und wenn sie ihre Suche mit der für die Nazis typischen Gründlichkeit durchführten, dann hatten sie vielleicht noch ein paar Sekunden Zeit, um das Funkgerät zu retten.

»Gibt es einen Hinterausgang?« fragte er nach einer sekundenlangen Pause.

»Eine alte Feuertreppe, die zum Dach hinauf und hinunter zur Straße führt.«

Logan dachte einen Augenblick lang nach. »Das Dach könnte uns helfen«, sagte er, »aber wir könnten genausogut in der Falle sitzen.« Er zögerte, dann fuhr er fort. »Nein, wir riskieren es lieber, auf die Straße hinunter zu fliehen. Hol eine Schachtel für das Funkgerät.«

In weniger als zwei Minuten war das Funkgerät in die Pappschachtel gepackt, und die beiden hasteten aus der Türe und den Flur entlang zu einem großen Fenster. Als er es aufstieß, schien ihnen das Kreischen der Angeln ohrenzerreißend laut in der stillen Nacht, und Logan betete im stillen, die Nazis möchten nicht genug Männer haben, jeden Hinterausgang zu bewachen, während ihre Wagen im Schrittempo die Straße entlangfuhren.

Das Fenster ging auf eine metallene Feuertreppe hinaus, wie Lise ihm gesagt hatte. Vorsichtig traten sie hinaus auf den eisernen Rost, auf Zehenspitzen laufend, um ihre Anwesenheit nicht zu verraten.

Langsam – sehr langsam – schlichen sie die beiden Stockwerke hinunter und in die von Unrat übersäte, dunkle Hintergasse. Auf einer Seite führte sie zu der Straße vor Lises Wohnhaus, auf der die Deutschen jetzt ihre Razzia durchführten. Dicht an der schmutzigen Ziegelmauer entlang schlichen sie in entgegengesetzter Richtung zur nächsten Quergasse.

Als sie dieses Ende des Gäßchens erreichten, blieb Logan abrupt stehen und sprang in die dunkle Nische der Mauer zurück, wobei er Lise mit sich zog.

»Gestapo«, flüsterte er.

Sie saßen in der Falle! Die Gestapo beobachtete die Straße an einem Ende, und am anderen schwärmten die deutschen Soldaten aus den beiden Funkpeilwagen aus. Es konnte nur mehr Minuten dauern, bis auch die Hintergasse durchsucht und das Funkgerät entdeckt wurde.

Plötzlich leuchteten Logans Augen auf.

Er stellte die Schachtel auf den Boden, nahm das Funkgerät heraus und versteckte es hinter einem Mülleimer. Dann reichte er Lise den leeren Karton. Sie sah ihn verblüfft an, aber in den Monaten ihrer Zusammenarbeit hatte sie gelernt, sein gelegentlich absonderliches Benehmen ohne Fragen zu akzeptieren.

»Halt diese Schachtel offen«, sagte er, »und bleib neben mir.«

Dann wandte er seine Aufmerksamkeit einem alten Straßenkater zu, der auf einem Sims genau über dem Mülleimer lag und all die merkwürdigen Vorgänge unten gelassen betrachtete.

»Komm, komm, Kätzchen«, flüsterte Logan, so laut er es gerade noch wagte. »Komm, Kätzchen – ich hab was Feines für dich.« Er versuchte, seiner Stimme einen einladenden Ton zu verleihen, aber die Katze – mager und räudig und ebenso hungrig wie obdachlos – machte keine Bewegung und wusch nur ihr Gesicht.

»Komm, Monsieur le matou«, fiel Lise ein. Auch ihre Stimme war süß, und diesmal blickte das Tier mit einem gewissen Interesse auf.

Langsam stand die Katze auf, betrachtete die offene Schachtel und schien sich versucht zu fühlen, den unbekannten Inhalt näher zu untersuchen. Logans Hand schoß vor und packte das Tier. Der Kater zischte und spuckte, sein Hinterbein zerkratzte Logans Handgelenk und seine Vorderpfote zog eine bösartige Schramme über seine Wange. Aber Logan ließ ihn nicht los und zerrte das kratzende, vor Wut fauchende Tier zu sich her, stopfte es in die Schachtel und schlug den Deckel zu.

»Und was machen wir jetzt?« fragte Lise. Sie reichte Logan die Schachtel, in der das gefangene Tier tobte und tiefe schmerzliche Schreie ausstieß.

»Jetzt können wir uns auf den Weg machen«, sagte Logan.

»Aber ich bitte dich, mach ein bekümmertes Gesicht – du bist besorgt um deinen armen kranken *matou*, deinen kleinen Liebling, der plötzlich krank geworden ist.«

Kühnen Mutes führte Logan sie aus dem Hintergäßchen auf die Straße hinaus, wo sie augenblicklich von den wachsamen Gestapomännern aufgehalten wurden.

»Arrêtez!« schrie einer der drei, die in der Nähe standen, und im nächsten Augenblick lief er mit schußbereitem Gewehr auf sie zu.

Logan und Lise blieben mitten im Schritt stehen.

»Was ist in der Schachtel?« fragte der Mann in sehr schlechtem Französisch.

»Da drin?« antwortete Logan unschuldig. »Unsere kranke Katze, die wir zum Tierarzt bringen. Wir wollten bis morgen früh warten, aber meine Frau konnte nicht schlafen, weil das arme Tier vor Schmerzen schrie.«

»Aufmachen.«

»Bitte, Monsieur Offizier, das Tier ist fast verrückt, seit ich es in die Schachtel gepackt habe! Es war schwer genug, es da rein zu kriegen. Sehen Sie nur, wie es mich zugerichtet hat.« Logan wies auf das Blut auf seiner Wange und hielt dem Mann sein Handgelenk hin.

»Ich sagte: Aufmachen!« wiederholte der Mann.

Logan öffnete den Deckel, und mit einem mürrischen Grunzen beugte sich der Agent über die Schachtel, um den Inhalt zu inspizieren. Der Kater, der plötzlich die Chance zur Flucht erkannte, sprang auf die Öffnung zu. Logans Hand glitt vom Deckel, und die Katze fuhr kreischend aus ihrem Gefängnis, dem Deutschen ins Gesicht. Er sprang mit einem zornigen Fluch zurück und die Katze floh in ihr Hintergäßchen zurück.

»Quel dommage!« rief Logan aus, halb als Entschuldigung dem Deutschen gegenüber, und halb, als beklagte er sein eigenes Unglück. »Jetzt muß ich das Vieh von neuem einfangen!«

»Sehen Sie bloß zu, daß Sie's noch vor der Ausgangssperre schaffen«, knurrte der wütende Agent, der verzweifelt versuchte, seine verlorene Würde zurückzugewinnen. »Blödsinnige tiernärrische Franzosen!« murmelte er.

»Merci«, sagte Logan überaus ernsthaft. »Sie sind ein guter Mensch!«

Er und Lise eilten in das Gäßchen zurück, um die Katze einzufangen. Kaum waren sie im Schutz der Dunkelheit verschwunden, holte Logan das Funkgerät wieder hervor, packte es in die Schachtel und wartete ein paar Minuten, als seien sie immer noch auf der Suche nach der Katze.

»Ich hoffe, diese Deutschen lassen sich so leicht reinlegen wie die Zöllner, die die Seeleute mit diesem Trick leimen«, sagte Logan.

»Meinst du, sie lassen uns wirklich einfach vorbei?«

»Wir wollen es hoffen«, antwortete Logan. »Aber warum gehst du nicht zurück? Sie werden dich befragen, aber dich dann laufen lassen. Hat doch keinen Sinn, daß wir beide riskieren, mit diesem Ding hier erwischt zu werden. Wir müssen dieses Radio noch vor Mitternacht irgendwo unterbringen.«

»Erinnerst du dich an das Café, wo wir zu Abend gegessen haben?« sagte Lise. »Der Concierge ist ein Sympathisant.«

»Meinst du, er würde unser Päckchen eine Zeitlang aufbewahren?«

»Versuchen wir's.«

Die Deutschen warfen nur einen Blick flüchtiger Neugier auf das Paar, als sie mit ihrer Schachtel aus der Hintergasse auftauchten. Niemand schien sich zu wundern, daß sie die wilde Katze so schnell wieder eingefangen hatten.

In weniger als zehn Minuten hatten Logan und Lise das Café erreicht. Der Concierge war eben beim Aufräumen und wollte schließen, sobald seine zwei oder drei letzten Gäste verschwunden waren. Er schien nicht besonders erfreut über die beiden Neuankömmlinge und ihr Ansinnen. Sobald die letzten Gäste verschwunden waren, nahm er das Funkgerät mit in seine Wohnung im Untergeschoß, wo er es an einem sicheren Ort versteckte. Logan und Lise dankten ihm tausendmal, wünschten ihm Gute Nacht und verließen das Café.

Draußen angekommen, blickte Logan auf seine Armbanduhr. Er hatte nur noch zwanzig Minuten Zeit, sein Hotel zu erreichen. Sie eilten zurück zu Lises Apartment, schlüpften an den beiden Funkpeilwagen vorbei, die jetzt weiter unten in der Straße standen. Er holte sein Fahrrad und machte sich auf den Weg.

Der eisige Wind peitschte ihm wie Finger aus Eis ins Gesicht. Es hatte längst aufgehört zu schneien, aber die Temperatur war seit dem Abend um zehn Grad gefallen. Logans behandschuhte Finger froren fast an den Griffen fest, und selbst die Anstrengung, mit zwanzig Meilen pro Stunde dahinzustrampeln, konnte die Kälte nicht vertreiben. Er versuchte sich auf die Ereignisse des Tages zu konzentrieren, um sein körperliches Unbehagen zu vergessen.

Er warf einen Blick auf seine Armbanduhr. Die Zeiger bewegten sich unerbittlich auf Mitternacht zu.

»Halt!« rief eine scharfe deutsche Stimme hinter seinem Rücken.

Den Bruchteil einer Sekunde schossen zahllose Gedanken durch Logans Kopf. Wenn er in die Pedale trat und sich bückte, hatte er eine Chance, der Kugel zu entkommen, die dem Zuruf unweigerlich folgen würde? Welche Strafe erwartete jene, die die Ausgangssperre übertraten? Wenn ich Glück habe, schicken sie mich nur in ein Zwangsarbeiterlager in Deutschland, dachte er düster.

Seine Tarnung war zuverlässig, seine Papiere tadellos in Ordnung, so gefälscht sie auch waren. Würde er Glück haben und mit einer bloßen Verwarnung davonkommen?

Plötzlich stockte ihm das Herz. Er hatte immer noch die Funkbotschaften in der Tasche! Die bedeuteten das Erschießungskommando, soviel stand fest.

Er wollte eben zu fliehen versuchen, als der Deutsche ihm ein zweites »Halt!« nachschrie.

Ohne noch einmal nachzudenken, kam er plötzlich zur Vernunft und stieg auf die Bremse. Es hatte keinen Sinn, den Tod jetzt herauszufordern. Was hatte sein alter Freund Skittles ihn gelehrt? *Gib niemals auf, bevor du nicht alle deine Karten ausgespielt hast!*

VERHÖR

Logan blickte sich wohl zum zwanzigsten Mal in dem kleinen Raum um.

Man hatte ihn direkt ins Hauptquartier der SS in der Avenue Foch gebracht, und er war sich der Ironie durchaus bewußt, daß er vor weniger als einer Woche drei Gefangene aus diesem selben Ort befreit hatte. Jetzt war er selbst der Gefangene, und sollte er in dieser Zelle bleiben müssen, die nur ein Bett und einen Sessel enthielt, so würde es zweifellos für lange Zeit sein. Auf dem Bett lagen nicht einmal Leintücher – nur eine kleine Decke. Offenbar war die Unterbringung hier schon mit der Absicht geplant worden zu verhindern, daß irgend jemand durchs Fenster entkam oder, wenn das mißlang, sich an dem einsamen Lampenhaken an der Decke erhängte.

Logan war noch nicht so weit, daß er zu so extremen Mitteln gegriffen hätte.

Soviel er wußte, hatte er bislang nichts weiter begangen als eine Übertretung der Ausgangssperre. Man hatte ihn oberflächlich nach Waffen abgetastet, aber nicht weiter durchsucht.

Seine Botschaften waren nicht entdeckt worden, und sobald man ihn allein gelassen hatte, hatte er sich daran gemacht, sie zu zerstören. Er zerriß jede einzelne in winzige Stückchen, dann stieß er das Fenster einen Spalt weit auf, indem er die Hand zwischen den Gitterstäben hindurchzwängte, und warf sie hinaus, wo die Fetzchen zu Boden schwebten und sich unauffällig mit dem fallenden Schnee mischten.

Um sechs Uhr abends hörte er, wie ein Schlüssel im Schloß gedreht wurde.

Er begann nervös im Raum auf und ab zu laufen, ganz der aufgeregte, unschuldige Bürger, dessen Rolle er spielte. Aber als der SS-Hauptmann eintrat, in seiner adretten schwarzen Uniform, war Logan völlig gefaßt. Der Deutsche war jung für einen Offizier, einige Jahre jünger als Logan selbst, und seine zarte Haut und sein blondes Haar ließen ihn noch viel jünger aussehen. Aber trotz seines jugendlichen Aussehens war sein gutgeschnittener Kiefer so fest, als sei er aus Stein gemeißelt, und seine blauen arischen Augen erinnerten eher an Eis als an den Himmel oder die See.

»Vous êtes Michel Tanant?« fragte er im geschliffenen Französisch eines gebildeten Mannes.

»Oui«, erwiderte Logan, dann fügte er mit verängstigter Stimme hinzu: »Bitte, man hat mich die ganze Nacht lang hier festgehalten. Ich verstehe nicht – «

»Sie haben die Ausgangssperre übertreten.«

»Ja, aber – «

»Hinsetzen!« befahl der Hauptmann.

Logan zögerte, dann gehorchte er wie ein geprügelter Hund. Er ließ sich schwer auf den Rand des Bettes fallen. Der Hauptmann setzte sich auf den einzigen Sessel im Raum und blätterte einen Packen Dokumente durch, die Logan als seine Papiere erkannte, die ihm bei der Verhaftung abgenommen worden waren. »Haben sie irgendeinen Fehler darin entdeckt?« fragte er sich. Selbst die besten Fälschungen waren niemals perfekt.

»Ich bin Hauptmann Neumann«, sagte der Mann. »Ihre Papiere scheinen in Ordnung zu sein. Ich sehe keinen Grund, Sie noch länger festzuhalten. Ich habe Ihnen allerdings einige Fragen zu stellen. Danach können Sie vielleicht gehen. – Sie stammen aus Lyon?«

»Oui.«

»Wie heißt Ihre Mutter mit Vornamen?«

»Marie.«

»Wie heißen ihre Schwestern?«

»Nun, Tante Suzanne und Tante Yvonne ...«

So ging es weiter. Logan rasselte die Antworten herunter, als wären sie immer Teil seines Lebens gewesen. Schließlich sagte der Hauptmann brüsk: »Sie kommen mit mir.«

»Aber wohin – «

»Rasch!« fuhr ihn der Hauptmann an.

Sie verließen die winzige Zelle. Das jedenfalls war eine kleine Erleichterung. Logan hatte keine Ahnung, was aus ihm werden sollte. Sie bogen um eine Ecke, und Logan sah die Haupttreppe genau vor sich. Er begann wieder Hoffnung zu schöpfen.

Drei Offiziere kamen die Stufen herauf und hatten soeben den Treppenabsatz erreicht. Logans eben erblühte Hoffnung welkte dahin. Da oben an der Treppe stand der letzte, den Logan jemals wiederzusehen erwartet hatte – Oberst Martin von Graff!

Nur daß Logan jetzt deutlich sehen können, daß er nun *General* von Graff war, und er trug die Uniform und die Insignien der SS statt der Abwehr. Logan fühlte, wie ihm das Blut aus den Wangen wich. Seine ganze Disziplin hatte es nicht verhindern können. Verzweifelt bemühte er sich, Fassung zu bewahren. Es gab immer einen Ausweg – einen Trick! Er mußte sich sofort etwas einfallen lassen!

Neumann drehte sich scharf um und blickte seinen Vorgesetzten an. »Ja, mein General?« sagte er.

»Warum ist dieser Mann hier?« fragte er, während er Logan von oben bis unten betrachtete.

»Er wurde festgenommen, weil er die Ausgangssperre übertrat«, antwortete Neumann. »Er wurde letzte Nacht zur Befragung hierhergebracht.«

»Ich verstehe ...«

Von Graff hielt inne, offenbar in Gedanken, vermutlich versuchte er sich zu erinnern, wo er dieses Gesicht schon einmal gesehen hatte.

»Bringen Sie ihn in mein Büro«, entschied von Graff schließlich. »Ich muß nur noch eine Kleinigkeit erledigen, dann komme ich selbst. Es wird höchstens zehn Minuten dauern – bleiben Sie die ganze Zeit zur Bewachung bei ihm!«

»Ja, mein Herr!«

Logan verstand genug Deutsch, um zu wissen, was vorging. Er wußte nur noch nicht, ob es ein Glücksfall oder eine Katastrophe war.

Von Graff setzte seinen Weg fort, und Neumann führte seinen Gefangenen – nun viel entschlossener als zuvor – zurück, den Korridor entlang, den sie gekommen waren. Anscheinend steckte hinter diesem Michel Tanant mehr, als man auf den ersten Blick sah. Und der junge Hauptmann Neumann mußte ein paarmal schlucken, um seine Nervosität in den Griff zu bekommen – er war nämlich drauf und dran gewesen, ihn laufenzulassen!

EIN UNERWÜNSCHTES WIEDERSEHEN

»Das ist eine unerwartete Überraschung«, sagte von Graff mit kühler Ironie. Zum erstenmal wandte er sich direkt an Logan.

Als er den Raum kurz zuvor betreten hatte, war er direkt zu Neumann gegangen und hatte ein paar Worte mit ihm gewechselt. Der Hauptmann berichtete seinem Vorgesetzten, unter welchen Umständen Logan verhaftet worden war. Dann entließ von Graff den Hauptmann, und Neumann wandte sich scharf um und verließ den Raum. Logan hatte Mühe, in seinen beherrschten Zügen zu lesen.

»Für mich ebenfalls«, antwortete Logan.

Das Gespräch wurde auf Englisch geführt, und Logan beschloß, es dabei zu belassen. Zweifellos wußte von Graff, daß Logan fließend französisch sprach. Aber er hielt es für günstiger, wenn er seine ohnehin beschränkte Kenntnis des Deutschen noch weiter herunterspielte – es mochte sich irgendwann zu seinem Vorteil auswirken. In den zehn Minuten, in denen er allein mit Neumann dagesessen und die Rückkehr des Generals erwartet hatte, hatte er in aller Eile versucht, seinen Verstand zusammenzunehmen und irgendeinen Ausweg aus seiner verzweifelten Situation zu finden. War seine Tarnung aufgeflogen? Oder konnte er vielleicht seine frühere Identität als »Trinity« wieder hervorholen, unter der von Graff ihn gekannt hatte, und das Spiel noch ein wenig weiter treiben? Konnte es einen plausiblen Grund geben, warum Trinity in Paris war – und immer noch im Bunde mit den Nazis? Konnte er von Graff dazu bringen, einen solchen Köder zu schlucken? Oder hatte die SS bereits Kenntnis von seinen Verbindungen zur Untergrundbewegung?

»Sie werden mir natürlich einiges zu erklären haben«, sagte von Graff.

»Natürlich.«

Der General sog scharf den Atem ein. Die Muskeln in seinem Nacken verspannten sich. Dann schritt er um seinen Schreibtisch herum und setzte sich nieder. Schließlich blickte er auf; seine Augen glitzerten.

»Nun kommen Sie schon, Herr MacVey«, sagte er mit schmalen Lippen. »Versuchen Sie nicht, Katz und Maus mit mir zu spielen. Sie haben nichts von uns zu befürchten – wenn Sie nichts zu verbergen haben.«

»Glauben Sie, dieser Zinnsoldat da draußen hätte mir Glauben geschenkt, hätte ich ihm gesagt, daß ich Engländer bin und für die Abwehr arbeite?« fragte Logan zynisch. »Die Kerle hätten sich erst schiefgelacht und mich dann ins Gefängnis von Fresnes geschickt, und dann vor die Gewehrmündungen eines Erschießungskommandos. Ich dachte, ich bleibe am besten bei meiner französischen Tarnung, dann würde ich am ehesten entlassen. Und dann hätte ich mit meinem ursprünglichen Plan weitermachen können.«

»Und der wäre?«

»Ich wollte eben nach Berlin aufbrechen – um Sie aufzusuchen.«

»Und was veranlaßte Sie zu diesem plötzlichen Anfall von Kameraderie?«

»Ich mußte aus England abhauen. M15 führte eine Razzia in meiner Wohnung durch und ich hatte fast schon die Schlinge um den Hals. Aber ich hatte Glück und entwischte ihnen. Das war vor zwei Tagen.«

»Und so beschlossen Sie, nach Berlin zu fahren, ohne zuerst mit uns Kontakt aufzunehmen?«

»Was konnte ich sonst tun? Sie hatten mein Funkgerät beschlagnahmt, und ich hörte die Kerle von M15, die mich verhafteten, sagen, Gunther würde es auch nicht mehr lange machen.«

»Sie haben Gunther gefangengenommen?« Von Graff war ehrlich überrascht über diese Enthüllung.

»Sie nannten keine Namen, aber er ist der einzige Agent, mit dem ich in Verbindung stehe.«

»Kennen Sie die simpelsten Verhörtricks nicht?« fragte von Graff verächtlich. »Sie erzählen Ihnen, sie hätten einen Ihrer Kameraden, und er hätte gesungen – in der Hoffnung, daß das auch Ihnen die Zunge lösen wird.«

Logan kannte den Trick nur zu gut, aber das brauchte von Graff nicht zu wissen. Stattdessen sagte er: »Die Lumpen!« und schüttelte den Kopf, als machte er sich selbst Vorwürfe. »Sie ließen mich laufen – wahrscheinlich in der Hoffnung, ich würde sie zu wichtigeren Leuten führen. Sie hefteten mir ein paar von ihren Clowns an die Fersen, aber ich hängte sie binnen einer Stunde ab. Dann engagierte ich ein paar Sympathisanten, mich über den Kanal nach Frankreich zu bringen.«

»Woher haben Sie diese Papiere? Exzellente Fälschungen, möchte ich hinzufügen.«

»Ich hab noch ein paar Freunde aus alter Zeit in London«, sagte Logan. »Sie wissen ja, ich habe vor ein paar Jahren wegen

Fälschung im Gefängnis gesessen. Ich kenne einen Typen, der ist ein Künstler auf dem Gebiet.«

Logan konnte selbst kaum glauben, wie mühelos ihm die Antworten zu von Graffs bohrenden Fragen von den Lippen flossen. Er war so benommen vor Müdigkeit, daß ihm zumute war, als verbrauchte er eben die letzten Tropfen aus einem fast leeren Reservetank. Hin und wieder verschwamm ihm die Umgebung vor den Augen, und er mußte sich gewaltsam zusammenreißen, um nicht im Stehen einzuschlafen. Er versuchte aufmerksam zu wirken, aber es hatte keinen Sinn, seine Erschöpfung vor von Graff zu verbergen – der General merkte es ganz offensichtlich und nutzte sie weidlich für seine Zwecke aus.

»Sie scheinen auf alles eine Antwort zu haben, Herr Mac-Vey«, sagte er.

»Weil es auf alles eine Antwort gibt.«

»Falls Ihre Geschichte der Wahrheit entspricht.«

Logan sprang auf, trat zwei Schritte auf von Graffs Schreibtisch zu und hieb die Faust zornig auf die polierte Platte.

»Wenn Sie mir nicht glauben wollen, auch recht!« schrie er. »Ist mir doch egal! Ich will nichts weiter als ein Bett und ein paar Minuten Schlaf – dann können Sie mich meinetwegen erschießen lassen. Ich frag mich bloß, ob Sie alle Agenten so behandeln, die den Kopf hinhalten für euer dämliches Reich!«

»Es wäre einfacher, nach London zu funken«, sagte der General ruhig.

»Na, dann machen Sie schon, lassen Sie sich nicht aufhalten!« schrie Logan, jetzt in hellem Zorn. »Warum haben Sie's nicht gleich getan, statt Spielchen mit mir zu spielen? Ich wäre Ihretwegen beinahe gehenkt worden – aber bekomme ich Dank dafür? Keine Rede davon! Sie behandeln mich wie einen Verräter!«

»Ich will Ihnen gegenüber offen sein«, sagte von Graff. Seine Augen fixierten Logan einen Moment lang aufs eindringlichste. Logan gab den Blick zurück, aber es dauerte nicht lange. Von Graff entspannte sich und fuhr fort. »Ich glaube Ihnen«, sagte er. »Niemand hat die Nerven, eine solche Geschichte zusammenzulügen, wenn Sie genau wissen, daß jeder einzelne Punkt überprüft werden kann und wird. Trotzdem mußte ich mich überzeugen, bevor ich meine Vorgesetzten überzeugen kann.«

»Schon gut«, sagte Logan zerknirscht. »Mein Ausbruch war wohl nicht angebracht – aber ich hatte eine nervenzermürbende Woche, und ich bin vollkommen fertig.«

»Ich verstehe«, antwortete von Graff, »und Sie können dieses Gespräch als beendet betrachten. Ich werde veranlassen, daß Hauptmann Neumann Sie in ein überaus komfortables Quartier bringt. Dort können Sie sich ausruhen, während ich die nötigen Arrangements treffe, Sie in einem Hotel unterzubringen.«

Neumann wurde gerufen und Logan folgte ihm in einen weiteren Raum, der tatsächlich sehr vornehm ausgestattet war. Vermutlich diente er als zeitweiliges Quartier für Offiziere, die zu Besuch kamen. Man gab ihm frische Bettwäsche und ein Frühstück, wie es die meisten Pariser seit zwei Jahren nicht mehr gesehen hatten, und sogar neue Kleider. Plötzlich behandelte man ihn wie eine VIP. Aber er ließ es sich nicht zu Kopf steigen, denn als Neumann schließlich ging, hörte Logan, wie draußen der Schlüssel kräftig im Schloß herumgedreht wurde.

GEDANKENGÄNGE

Zuweilen sehnte sich Arnie Kramer nach den klaren Verhältnissen der Front. Wenn zwei feindliche Bataillone aufeinandertrafen und einander unter Feuer nahmen, dachte er, dann wußte man immer genau, wer die Sieger und wer die Verlierer waren. Und man wußte auch immer, wer der Feind war: Das war der Kerl, den man vor der Gewehrmündung hatte.

Aber im I-Corps war es niemals so einfach.

Kramer hob seinen Scotch mit Soda an die Lippen und trank einen weiteren Schluck, dann blickte er über den Rand des Glases zu seinem Gefährten hinüber. Wie würde Atkinson diese Sache sehen? Aber es war schwer, in diesen granitenen Augen zu lesen.

»Es war ein derart fürchterliches Durcheinander, daß ich am Telefon nichts weiter erklären konnte«, sagte Kramer und nahm einen weiteren Schluck von seinem Drink.

»Fangen Sie einfach am Anfang an, und erzählen Sie mir die ganze Geschichte«, sagte Atkinson. »Und vergessen Sie nichts.«

Kramer starrte ein paar Sekunden lang tief in Gedanken in sein Glas, dann begann er zu sprechen.

»Ich habe einen Agenten – einen Doppelagenten – namens Gunther. Vor einigen Monaten verlangten seine Kontaktleute in der Abwehr, daß er sein Netzwerk erweitert und ihnen einen seiner Unteragenten vorstellt. Wir bauten einen imaginären Agenten mit dem Decknamen Trinity auf und suchten uns einen Kerl, den wir den Jerrys unterjubeln konnten. Ich schlug vor, ein bißchen frisches Fleisch in die Sache zu bringen, denn damals waren wir nicht sicher, ob Gunther wirklich auf unserer Seite war, und ich wollte keinen von meinen eigenen Jungs in Gefahr bringen. Das Ganze ging ein bißchen zu gut. Die Abwehr war so beeindruckt von unserem Trinity, daß sie ihm sein eigenes Funkgerät und einen Fragebogen in die Hand drückten. Seit der Zeit nutzen wir die Tarnung Trinity.«

»Und?«

»Nun«, fuhr Kramer zögernd fort. Er mochte Atkinson und wußte, daß er ein guter Mann war, aber er hatte den Ruf, ein unbarmherziger Perfektionist zu sein, der einen doch sehr einschüchtern konnte. Kramer gefiel es nicht, ihm einen Fehler eingestehen zu müssen.

Er goß den Rest seines Drinks hinunter und fuhr mit einem tiefen Seufzer fort. »Der Junge, den wir engagiert hatten, war gut.

Er spielte sein Spiel eine Zeitlang und lieferte den Deutschen gefälschte Informationen. Aber ich dachte, warum sollen wir nicht etwas Größeres und Besseres für ihn finden? Wir erfuhren nämlich, daß er fließend französisch spricht. Die französische Abteilung wollte ihn sofort haben, und ich sah keinen Grund, ihn bei uns zu behalten. Also hab ich das Hauptquartier gebeten, jemand anderen an Trinitys Funkgerät zu setzen.«

»Und was wurde aus Trinity selbst?«

»Tja, Ray, das ist nun das Problem.«

Kramer kicherte trocken, aber er wußte, sein Versuch, witzig zu sein, würde nichts nützen. Major Atkinson lehnte sich in seinen Stuhl zurück und starrte Arnie an. Seine Augen glühten.

»Willst du mir sagen, ich hätte einen Mann im besetzten Gebiet, der eine M15-Vergangenheit hat?« knirschte Atkinson. Sein eigener Deckname war »Glucke«, und nicht ohne guten Grund. Seine Agenten zu beschützen war dem Major das Wichtigste überhaupt, und es zerriß ihm das Herz, wenn einer von ihnen in Schwierigkeiten geriet.

Kramer nickte widerstrebend. »Und jetzt hat ihn diese Vergangenheit eingeholt.«

»Sprich Klartext, Arnie«, sagte Atkinson. Seine Stimme klang beherrscht, trotz seines Kummers. »Wer ist Trinity? Und warum zum Kuckuck habe ich nicht früher davon erfahren?«

»Trinity war eine Goldmine für uns«, antwortete Kramer. »Es erschien uns ganz unmöglich, daß es jemals zu Konflikten zwischen den beiden Abteilungen kommen könnte.«

»Du hast meine Frage noch nicht beantwortet. Wer ist Trinity?«

»Logan MacIntyre.«

»Mein Gott!« hauchte Atkinson. »Und in welcher Gefahr befindet er sich?«

»Das weiß ich eben nicht mit Sicherheit.«

Kramer zog ein gefaltetes Stück Papier aus seiner Manteltasche. »Gunther hat das hier vor etwa drei Stunden erhalten.« Er reichte Atkinson das Papier.

Der Major las ungläubig die dechiffrierten Worte.

TRINITY SICHER IN FRANKREICH ANGEKOMMEN STOP BESTÄTIGEN SIE NÄHERE UMSTÄNDE BETREFFS ABREISE AUS ENGLAND STOP SIND SIE ZUR ZEIT IN SICHERHEIT ENDE

»Was hat Ihr Agent Gunther getan?« fragte Atkinson.

»Er täuschte schlechten Empfang vor, was bei diesem stürmischen Wetter glücklicherweise ganz plausibel ist. Er sagte ihnen, sie sollten später noch einmal Kontakt aufnehmen. Sie verabredeten, in vierundzwanzig Stunden noch einmal zu funken. Das ist morgend abend.«

»Was wollen Sie jetzt tun?« fragte Atkinson.

»Bevor ich diese Entscheidung treffe, wüßte ich gerne, was Trinity – das heißt, Logan MacIntyre – eigentlich treibt. Ich möchte Gunther keine Information geben, die ihn kompromittieren könnte.« Kramer starrte sein leeres Glas an und fragte sich, ob Atkinson noch einmal die Flasche hervorholen würde. »Standen Sie in regelmäßigem Kontakt mit ihm? Gab es irgendwelche Unregelmäßigkeiten?«

»Unsere letzte Verbindung hatten wir gestern Nacht – wie verabredet. Aber sie wurde vorzeitig unterbrochen.«

»Dann ist es möglich, daß die Nazis ihn geschnappt haben?«

»Im Untergrund ist alles möglich«, sagte Atkinson. »Wir haben seither nichts von ihm gehört. Um ehrlich zu sein, ich bin sehr besorgt.«

»Wenn sie ihn geschnappt haben«, sann Kramer, »ist es nicht möglich, daß er die Tarnung Trinity zu seinem Schutz wieder angenommen hat?«

Atkinson öffnete seine Schreibtischlade, nahm die Flasche mit dem Scotch heraus und ging hinüber zu Kramers Sessel, um sein Glas von neuem zu füllen. Kramer stürzte seinen Drink hinunter. »Irgend etwas geht dort drüben vor, und ich weiß nicht, was, und Sie wissen auch nicht, was. Macht Sie das nicht auch ein wenig nervös, Ray?«

Atkinson gab nicht sofort Antwort. Stattdessen blätterte er in einem Stapel Papiere auf seinem Schreibtisch. Schließlich zog er eines hervor und reichte es Kramer.

»Sehen Sie sich das an, Arnie«, sagte er. »Es ist die Empfehlung, MacIntyre das George-Kreuz zu verleihen.«

Kramers buschige Augenbrauen hoben sich vor Verblüffung und sein Mund klaffte auf.

»Es ist alles noch ›streng geheim‹ im Augenblick, was die Details seiner Aktivitäten angeht«, fuhr Atkinson fort. »Der Bursche ist einer der wichtigsten Agenten im Untergrund geworden, das Zentrum Dutzender Aktivitäten. Irgend etwas geht in Paris vor, da haben Sie recht. Und wir sollten MacIntyre lieber alle Unterstützung bieten, derer wir fähig sind.«

»Nun«, sagte Kramer, der ziemlich überrascht war, so hohes Lob von einem Mann wie Atkinson zu hören, und zugleich nicht wenig stolz auf seinen Schützling (als den er Logan betrachtete), »auf jeden Fall war es recht töricht von ihm, die Tarnung Trinity wieder anzunehmen, nachdem er vier Monate nichts hatte von sich hören lassen.«

Atkinson kicherte kurz und trocken. »Klingt ganz nach MacIntyre.«

»Was schlagen Sie also jetzt vor?« fragte Kramer. »Wie können wir ihm helfen?« Er war durchaus bereit, Atkinson die Entscheidung zu überlassen.

»Wenn die Abwehr Gunther kontaktiert«, sagte der Major ohne Zögern, »dann soll er MacIntyres Geschichte bestätigen.«

»Aber wir haben doch keine Ahnung, welche Geschichte er ihnen aufgetischt hat!«

»Ja, da haben Sie recht.« Atkinson hielt inne und dachte einen Augenblick lang nach, bevor er weitersprach. »Dann müssen wir uns einfach in seine Lage versetzen und herauszufinden versuchen, welches Alibi er den Deutschen anbieten würde«, fuhr er fort. »Sie haben sich offenbar überzeugen lassen, was immer er ihnen erzählt hat, sonst hätten sie Gunther gar nicht erst kontaktiert. Ich würde sagen, wenn er verhaftet wurde, dann vermutlich aus irgendeinem Grund, der nicht das Geringste mit seiner Spionagetätigkeit zu tun hat. Er ist zu vorsichtig, um sich beim Funken überraschen zu lassen. Aber irgendetwas ist schiefgegangen ... und dann sah er, daß es nur eine Möglichkeit gab, seine Spuren zu verwischen, nämlich seine alte Identität als Trinity wieder anzunehmen.«

»Nun«, sagte Kramer, und ein schlaues Glitzern machte sich in seinen Augen bemerkbar, »wenn wir das durchziehen können, könnte es uns durchaus zum Vorteil gereichen. Einen unserer Männer in Paris sitzen zu haben, das käme uns gelegen!«

»Sie sind ein Opportunist«, knurrte Atkinson angewidert. »Was Sie da verlangen, ist ein höchst gefährlicher Drahtseilakt. Wenn wir es überhaupt schaffen, ihn vor den Deutschen reinzuwaschen, dann lasse ich ihn bei erster Gelegenheit aus Paris rausholen.«

»Aber natürlich, Ray, aber natürlich.«

Aber als er diese Worte sprach, klang Kramer keineswegs überzeugend. Das Glitzern hing immer noch in seinen Augen. »Ich wußte doch«, dachte er bei sich, »daß Logan für diesen Job wie geschaffen ist!«

EINE SOIREE DER HIGH SOCIETY

Logan las bereits die dritte Ausgabe des »Le Signal«, der Zeitung der französischen Kollaborateure. Es war widerwärtiges Geschmiere, aber nachdem er nun einmal den Nazi spielen mußte, konnte es nicht schaden, sich in puncto Propaganda auf dem laufenden zu halten.

Neumann hatte die Zeitungen beschafft, damit es Logan während seines erzwungenen Aufenthalts im Hauptquartier der SS nicht langweilig wurde. Technisch gesehen war Logan kein Gefangener. Der Raum blieb trotzdem sorgsam verschlossen. Er hatte von Graff nicht mehr gesehen, seit sie sich am Vortrag getrennt hatten. Er wußte nicht, ob man mit Gunther Kontakt aufgenommen hatte, aber da sein Status sich nicht verändert hatte, waren die Dinge offenbar immer noch in der Schwebe. Die Chancen standen gut, daß man ihn noch nicht erreicht hatte, aber wenn doch, dann konnte Logan nur hoffen, daß Gunther rechtzeitig begriff, was da lief.

Es war natürlich nur eine Frage der Zeit, bis die Seifenblase platzte, wenn es ihm nicht gelang, irgend jemand draußen zu kontaktieren. Aber wie konnte er Henri eine Botschaft senden? Vermutlich nahmen sie an, daß er gefangengenommen worden war, und hatten bereits begonnen, den Agentenring aufzulösen. Die Grundregel für jeden Agenten hieß: Wer verhaftet wurde, mußte mindestens versuchen, seinen Kameraden 48 Stunden Zeit zu geben, um ihre Spuren zu verwischen, bevor er zusammenbrach. Inzwischen waren mehr als dreißig Stunden vergangen. Funktionierte La Librairie noch? Und selbst wenn, wie konnte er sie aus seinem Gefängnis erreichen?

Die Unsicherheit des Wartens zu ertragen, fiel ihm am schwersten. Wenn er nur wüßte, wie es um ihn stand! Dann hätte er auch gewußt, was er zu tun hatte. Wenn seine Tarnung aufgeflogen war, mußte er an Flucht denken. Wenn sie durch irgendein Wunder seine Geschichte tatsächlich geschluckt hatten, dann mußte er darüber nachdenken, welchen Nutzen er daraus ziehen konnte.

Was hätte er nicht alles für die Résistance tun können, wenn es ihm gelang, sich einen Platz in der SS zu eringen! Er grinste vor sich hin. Das wäre vielleicht ein Husarenstückchen!

»Herr«, betete er, unbekümmert darum, daß er seit Monaten

nicht mehr gebetet hatte, »hilf mir bitte, hier lebend rauszukommen. Gewähre mir diesen Sieg. Ich würde alles tun, wenn ich nur mithelfen kann, diese üblen Nazis zu besiegen!«

Im selben Augenblick unterbrach ein Pochen an der Türe seine Gedanken.

Hauptmann Neumann trat ein. Sein höfliches Betragen ließ den Schluß zu, daß Logans Tarnung noch nicht aufgeflogen war.

»Heil Hitler!« sagte der Hauptmann mit dem üblichen Gruß mit erhobener Hand.

Logan, dem das völlig überraschend kam, gaffte ihn einen Moment lang verdattert an, bis ihm klar wurde, daß er den gotteslästerlichen Gruß erwidern mußte. Er tat so, als hätte er eben ein Weilchen geschlafen, und Neumann war zufrieden damit. Er sprach Logan auf französisch an. Entweder konnte er selbst kein Englisch, oder von Graff hatte ihm die wahre Nationalität des »Gastes« nicht enthüllt.

»Der General wünscht, daß Sie ihn zu einem offiziellen Termin heute abend begleiten. Es handelt sich um das Geburtstagsfest einer bedeutenden Persönlichkeit.« Neumann streckte den Arm aus, über den verschiedene Kleidungsstüke drapiert waren. »Der General sendet Ihnen diesen Abendanzug. Er hofft, er paßt Ihnen. Ich werde Sie in einer Stunde wieder abholen.«

Logan nickte.

Neumann verschwand und schloß die Türe gehorsam hinter sich ab. Logan trat ins nebenan liegende Badezimmer, um sich zu waschen, dann schlüpfte er in den schwarzen Smoking.

Als Neumann zurückkam, um ihn abzuholen, war Logan innerlich bereit, dieses neue Spiel mitzuspielen. Er gestattete sich nicht, lange und tiefgründig über seine Motive nachzudenken. Ob er nun eigensüchtig oder edel war – was hatte das zu besagen? Ihm blieb nichts anderes übrig, als mitzuspielen.

Man fuhr Logan zu einem vornehmen Herrenhaus einige Meilen außerhalb von Paris, in der eleganten Vorstadt Neuilly. Im Augenblick, in dem er die Villa betrat, überwältigte ihn der ringsum zur Schau gestellte Reichtum – ein schroffer Kontrast zu den letzten vier Monaten, die er inmitten des Elends und der Armut des vom Krieg hart getroffenen Paris verlebt hatte. Die Männer trugen alle Abendanzug, die deutschen Soldaten waren in ihren Ausgehuniformen angetreten, die Offiziere waren beladen mit Auszeichnungen aus dem jetzigen und dem vorhergehenden Krieg.

Die Frauen trugen die neuesten Pariser Moden und strotzten von Nerz und Juwelen. Die Wirkung war überwältigend, vor allem im Licht der drei großen kristallenen Leuchter an der Decke.

Am meisten jedoch faszinierte Logan das Buffet, auf dem sich Platten mit gebratenem Fasan, Ente und Rindfleisch drängten, Schüsseln mit Kaviar und Dutzende anderer erlesener Speisen, und dazu der feinste französische Champagner. Wenn er daran dachte, daß einige seiner Freunde in den armen Bezirken von Paris von Brot, Käse und gekochten Rüben lebten!

»Ich hoffe, Sie haben gut geruht«, sagte General von Graff, der plötzlich von hinten an ihn herantrat und ihn begrüßte.

Logan blickte sich um. »Die Deutschen wissen, wie man eine Soirée wirkungsvoll gestaltet!«

Von Graff lachte trocken, als sei Logans Bemerkung ein Witz gewesen. »Ihr Gastgeber – der übrigens auch der Ehrengast ist –, Baron de Beauvoir, ist Franzose.«

Logan vermied es, auf den Namen zu reagieren. Er wußte, das mußte Jean Pierres Bruder sein. Aber da sprach von Graff auch schon weiter.

»Ich werde Sie ihm vorstellen, wenn Sie es wünschen. Im Moment allerdings möchte ich Ihre britische Nationalität nicht erwähnen. Ich dachte, ich stelle Sie als einen Kaufmann aus Casablanca vor, Monsieur Dansette.«

Logan nickte zustimmend, obwohl er sich innerlich bei der Vorstellung krümmte, noch eine weitere Identität im Kopf behalten zu müssen.

Sie näherten sich einer kleinen Gruppe von Leuten, und von Graff stellte Logan vor. Die üblichen Höflichkeiten wurden ausgetauscht, und bald wandte sich die Konversation dem unvermeidlichen Thema der Kriegsneuigkeiten zu. Aber Logan war nicht bei der Sache. Seine Aufmerksamkeit galt einem vertrauten Gesicht am anderen Ende des Raumes. Der Mann, den er anstarrte, hielt ein Glas Champagner in der Hand und war tief in ein lebhaftes Gespräch mit einem uniformierten Deutschen und zwei Damen versunken. Abgesehen von seinem geistlichen Kleid paßte er nahtlos in die festliche Atmosphäre und fühlte sich offenbar vollkommen zu Hause in dieser Gesellschaft der High Society. Logan erkannte an seiner schlanken, eleganten Gestalt und den wohlgeformten, vornehmen Zügen noch deutlich, was er einmal gewesen war – ein Playboy. Er fragte sich, was ihn wohl bewogen hatte, Priester zu werden. Aber seine Gedanken wurden plötzlich unterbrochen.

»Ich sehe, Sie haben unseren Hausgeistlichen bereits bemerkt«, sagte von Graff mit zynischer Schärfe in der Stimme. »Unser frommer Vater hier ist ein Mitglied der Résistance, müssen Sie wissen.«

»Nein, nicht möglich! Sie scherzen!« rief Logan aus. »Ist es denn Ihre Angewohnheit, die Untergrundbewegung zu Ihren Soiréen einzuladen?«

»Es ist nur noch eine Frage der Zeit, bis Monsieur de Beauvoir eine Zelle in unserem Gefängnis bezieht. Er ist übrigens der Bruder unseres Gastgebers.«

»Und sein Bruder? Ist er auch ein Patriot?«

»Baron de Beauvoir ist ein praktisch denkender Mensch, der für solche Narreteien nichts übrig hat – er verdient viel zu gut an den Deutschen, als daß er sich den Luxus der Vaterlandsliebe leisten könnte. Trotzdem mag er nicht zusehen, wie sein Bruder erschossen wird.«

»Mon General, ich bin hingerissen. Können Sie mich dem Mann vorstellen?«

»Natürlich.«

Als sie näherkamen, war Logan der einzige, der das winzige Flackern der Bestürzung auf den Zügen des Priesters wahrnahm, als er ihn an der Seite von Graffs sah. Aber er ließ sich seine Überraschung nicht anmerken, seinen früheren Kameraden in dieser Umgebung zu sehen.

»Enchanté, Monsieur Dansette«, sagte er liebenswürdig, während er Logan seine schlanke, kultivierte Hand entgegenstreckte. »Wie sieht Casablanca jetzt aus? Es ist Jahre her, seit ich dort zu Besuch war.«

»Schmutzig und übervölkert wie eh und je«, antwortete Logan. »Paris ist ein erfrischender Atemzug im Vergleich.«

»Ja, sogar trotz unserer teutonischen Gäste.«

Von Graff sah verärgert aus über die Spitze, aber Logan lächelte nur.

»Sie sind kühn, Monsieur«, sagte er.

»Priester und alte Leute können sich alles erlauben«, lachte Jean Pierre.

»Aber nicht ewig, de Beauvoir«, knirschte von Graff. »Nicht ewig – «

»Oh, General«, antwortete der Priester vergnügt. »Ich hoffe, Ihr Kontakt mit den Franzosen wird Ihnen zumindest dazu verhelfen – wenn schon zu nichts anderem –, Ihren säuerlichen deutschen Sinn für Humor etwas aufzulockern. Oder sollte ich sagen: Ihren *Mangel* an Humor?« Er zögerte, atmete tief durch und begann dann in verändertem Tonfall von neuem zu sprechen. »Und Ihre Manieren! Sehen Sie, da steht der arme Monsieur Dansette, zu Gast in unserem Land und im Hause meines Bruders, und hat nicht einmal ein Glas Champagner in der Hand! Und vermutlich«, fügte er hinzu, wobei er sich direkt an Logan wandte, »haben Sie auch noch nicht von dem exzellenten Buffet gekostet, das er angerichtet hat?«

»Sie haben recht, das habe ich nicht«, antwortete Logan.

»Dann kommen Sie, ich werde Ihr Führer sein.«

Er zog Logan rasch mit sich und plauderte im Konversationston weiter, bis sie den Tisch mit den Erfrischungen erreichten. Niemand war in der Nähe, aber als er weitersprach, behielt er den leichten Plauderton bei, obwohl er die Stimme dämpfte, und lächelte und lachte gelegentlich leise. Logan antwortete in gleicher Weise, als unterhielten sie sich immer noch über das Wetter oder das Essen.

»Du hast keine Ahnung, wie froh ich bin, dich hier anzutreffen«, sagte Logan.

»Du hast keine Ahnung, wie *überrascht* ich bin, dich hier anzutreffen«, erwiderte Jean Pierre. »Wir dachten, du wärst verhaftet worden, und hier sehe ich dich an der Seite eines SS-Offiziers, noch dazu eines Generals – und du siehst bemerkenswert gut und zufrieden aus, darf ich hinzufügen.«

»Ich wurde tatsächlich verhaftet«, sagte Logan. Trotz mischte sich in seine Stimme. »Jean Pierre, du mußt eine Botschaft für mich nach London senden.«

»Wie kannst du das von mir verlangen?«

»Was willst du damit sagen?«

»Was soll ich von alledem halten?« sagte der Priester. Seine Stimme klang plötzlich traurig. »Du stehst offenbar auf sehr vertrautem Fuß mit den Nazis. Es ist offenkundig, daß du schon früher mit ihnen zu tun hattest. Vielleicht sogar in den letzten vier Monaten.«

»Jean Pierre!« Logans Stimme wurde gefährlich laut. Er mußte die Zähne zusammenbeißen, um seine Selbstbeherrschung zu wahren. Er hielt inne, bis er imstande war, weiterzusprechen, ohne die allgemeine Aufmerksamkeit auf sich zu ziehen. »Du mußt mir glauben! Du *mußt* diese Botschaft senden! Ich bin ein toter Mann, wenn du es nicht tust.«

Das Gespräch wurde jedoch unterbrochen, denn in diesem Augenblick gesellte sich von Graff wieder zu ihnen.

»Ach«, sagte er, »ich wußte nicht, daß man sich so lange über Erfrischungen unterhalten kann.«

In seinem Ton schwang etwas Merkwürdiges mit. Hatte er Verdacht geschöpft, oder war es einfach sein üblicher Argwohn gegen alles Ungewöhnliche?

»Ich fürchte«, bemerkte Jean Pierre beiläufig, »daß ich Monsieur Dansette allzu sehr mit Beschlag belegt habe. Wir diskutierten über die Vorzüge echten russischen Kaviars vor denen kontinentaler Sorten. Im übrigen versuche ich schon die ganze Zeit, unseren Gast zu überreden, daß er mir morgen im Pfarrhaus die Ehre gibt, eine wirklich ausgezeichnete Mahlzeit bei mir zu genießen. Selbst der Papst war entzückt von meinen leckeren Crêpes.«

»Ich mußte ihm leider sagen, das sei unmöglich«, sagte Logan. »Ich werde zur Zeit von so vielem *festgehalten.*«

Aber von Graffs Aufmerksamkeit wurde abgelenkt, denn in diesem Augenblick näherte sich sein Adjutant, der ziemlich aufgeregt aussah.

»General, dies ist soeben angelangt«, sagte er und streckte ihm zwei Blatt Papier entgegen. »Ich dachte, Sie würden sie sofort sehen wollen.«

Logan war überzeugt, daß er enttarnt worden war. Sein Blick schweifte hastig in die Runde, auf der Suche nach einem Loch im Netz, aber zugleich begriff er, wie vergeblich jeder Fluchtversuch sein mußte.

Inzwischen hatte von Graff die Botschaften hastig überflogen. Sein Gesicht wurde merklich bleicher, obwohl er rasch seine militärische Haltung wiedererlangte.

»Schlechte Nachrichten?« fragte Jean Pierre.

»Nein«, antwortete er kühl. »Nur ziemlich schockierend. Japan hat soeben Pearl Harbour auf Hawaii bombardiert. Es scheint, als sollte nun auch Amerika in den Krieg eintreten.«

»Ist das unausweichlich?« fragte Logan.

»Es ist unausweichlich, daß Amerika den Japanern den Krieg erklärt. Vermutlich hat es das bereits getan«, antwortete von Graff. »Ich bezweifle nicht, daß der Führer den Beistandspakt des Reiches mit Japan einhält und seinerseits den Vereinigten Staaten den Krieg erklärt.«

Logan war so beschäftigt mit dieser letzten Entwicklung, daß er um ein Haar seine eigenen Schwierigkeiten vergessen hätte.

Aber bei von Graffs nächsten Worten fielen sie ihm augenblicklich wieder ein.

»Übrigens, Monsieur«, sagte er zu Logan, »werde ich veranlassen, daß man Ihnen ein Hotelzimmer besorgt. Neumann kann Sie heute nacht mit dem Wagen hinfahren.«

»Ich danke Ihnen, General«, antwortete Logan ruhig, als hätte er nichts anderes erwartet.

Innerlich jubelte er vor Entzücken. Er wußte freilich, daß ein Wermutstropfen in seine Siegesfreude fiel. Sie hatten ihn in der Hand, und zweifellos hielten sie ihn auch unter Beobachtung. Hatte man ihn wirklich in Freiheit gesetzt, oder hatte man nur den Käfig, in dem er gefangensaß, ein wenig größer gemacht?

EIN IMBISS IM PFARRHAUS

Logan fuhr in seinem Bett hoch. Der Schweiß troff ihm von der Stirn. Er schwang die Füße aus dem Bett, dann saß er auf dem Bettrand, den Kopf in den zitternden Händen, und versuchte wieder zu Atem zu kommen.

Es war nur ein Alptraum gewesen – nur ein Traum. Aber wie sehr hatte er ihn erschreckt!

Er war so wirklichkeitsnah gewesen! Er keuchte immer noch, wie der Mann, der durch die Straßen der Stadt gerannt war. Seit seiner Kindheit hatte er keinen solchen Alptraum mehr gehabt.

Er warf einen Blick auf die Uhr neben dem Bett und sah, daß es sieben Uhr morgens war. Er stand auf, ging langsam zum Fenster hinüber und zog die Verdunkelung hoch. Kein Wunder, daß es viel früher am Tage zu sein schien als sieben Uhr! Draußen war der Himmel dunkel und dräuend. Die Wolken waren schwer von winterlichen Stürmen, und die eisigen Windstöße waren fast spürbar, obwohl Logan im warmen Zimmer stand.

Allmählich wachte er völlig auf. Er warf den Bademantel um, den von Graff ihm besorgt hatte, dann rief er unten in der Rezeption an und bestellte eine Kanne Kaffee aufs Zimmer. Allmählich beruhigte er sich, und es dauerte nicht lange, da hatte er die verstörende Unterbrechung seines Schlafes fast völlig vergessen.

Ein paar Minuten später kam der Kellner mit dem Kaffee. Er schenkte sich eine Tasse des dampfenden Gebräus ein und hob sie an die Lippen. Seit Monaten hatte er keinen echten Kaffee mehr getrunken. Von Graff ließ sich nicht lumpen, was das Wohlergehen seines britischen Doppelagenten anging. Was hatte dieser schurkische Nazi wohl mit ihm vor?

Die Szenen, die er bei de Beauvoirs Geburtstagsparty erlebt hatte, gingen Logan durch den Kopf. Er erinnerte sich, was Jean Pierre zu ihm gesagt hatte: »... ich versuchte eben, unseren Gast aus Casablanca dazu zu überreden, daß er morgen mit mir im Pfarrhaus eine exzellente Mahlzeit genießt ...«

Das war es! Das war genau, was er brauchte. Was konnte man ihm vorwerfen? Nicht mehr, als daß er die freundliche Einladung dieses faszinierenden Priesters angenommen hatte!

Das Velo-Taxi setzte Logan unmittelbar vor der Türe des Pfarrhauses ab. Als er auf die altertümliche Eichentüre zuging, sah er einen schwarzen Renault Sedan die Straße entlangfahren. Der Wagen war ihm gefolgt – und zwar keineswegs diskret – seit er das Hotel verlassen hatte. Aber er hatte nichts zu befürchten; er wußte, wie er sich verantworten konnte.

Jean Pierre hieß ihn herzlich willkommen. Logan fragte sich, ob der Geistliche seine Meinung geändert hatte oder ob diese Begrüßung nur die Haushälterin täuschen sollte, die ihn in den Salon geführt hatte. Als sie die beiden Männer einließ, blieb der Priester weiterhin freundlich, obwohl sein Gehaben feierlicher als üblich war.

»Ich hoffte, du würdest meinen diskreten Hinweis richtig verstehen«, sagte er und führte Logan zu einem Sessel. Er selbst setzte sich neben ihn.

»Um ehrlich zu sein«, antwortete Logan, »war das zuerst gar nicht der Fall. Ich fragte mich schon, ob ich dich nach unserem Gespräch gestern nacht jemals wiedersehen würde.«

»Es wäre nicht fair gewesen, hätte ich unter diesen Umständen schon ein Urteil gefällt – ich wollte es nicht tun, bevor ich nicht wenigstens deine ganze Geschichte gehört hatte. Ich kann dir freilich nichts weiter versprechen, als daß ich mir alles anhören werde, was du zu sagen hast.«

»Auch dafür bin ich dir dankbar«, sagte Logan. »Ich weiß allerdings nicht, was ich sagen könnte, um dich von meiner Zuverlässigkeit zu überzeugen.«

»Vielleicht ist es das beste, du erzählst mir alles von Anfang an«, schlug der Priester vor.

Logan begann seine Erzählung mit seiner Arbeit für M15 in London und berichtete alles, von seiner ersten Begegnung mit Gunther bis zu seinem unglückseligen Zusammentreffen mit von Graff, als er vor zwei Tagen verhaftet worden war. Als er zum Ende gekommen war, rieb sich Jean Pierre ein paar Minuten lang das Kinn, bevor er Antwort gab. Zuletzt stand er auf und schritt langsam zum Fenster hinüber.

»Ich sehe, du bist nicht allein gekommen«, sagte er.

»Ich konnte es nicht verhindern«, antwortete Logan. »Von Graff würde nicht einmal seiner eigenen Mutter vertrauen. Wenigstens habe ich das Hauptquartier der SS verlassen können. Aber es ist wohl nichts Belastendes daran, wenn ich heute hierher komme.«

»Das nicht, nein ... aber du kannst sicher sein, es wird von Graffs Argwohn erwecken.« Jean Pierre starrte immer noch geistesabwesend aus dem Fenster. »Sieh mal dort drüben«, sagte er einen Augenblick später. Logan trat neben ihn an das Fenster. Der Priester deutete mit einer Kopfbewegung zu der Straßenecke gegenüber der Stelle, wo der schwarze Sedan parkte. Ein Mann, der sogar ohne die dicken Schichten Winterkleidung fett gewesen wäre, lehnte an einer Straßenlaterne und rauchte eine dünne Zigarre. »Das dort ist *mein* Schatten«, sagte er mit einem schelmischen Grinsen. »Meistens habe ich keine Schwierigkeiten, ihn loszuwerden, aber lästig ist er mir doch. Aber komm mit.«

Er komplimentierte Logan in die Küche, wo die Haushälterin eben eifrig damit beschäftigt war, für den Priester und Logan Kaffee zu kochen.

»Ah, Madame Borrel«, sagte Jean Pierre, »das ist überaus freundlich von Ihnen. Aber ich habe meinem Gast versprochen, ich würde eine meiner Spezialitäten für ihn kochen. Wenn Sie sich gerne den Vormittag freinehmen möchten, bin ich einverstanden.«

»Merci, mon Père«, antwortete Mme Borrel entzückt. Sie hastete davon und ließ die beiden Männer allein.

»Sie ist eine ganz reizende alte Dame«, sagte Jean Pierre, »und absolut zuverlässig. Aber wir wollen nichts riskieren.« Während er sprach, holte er Schüsseln, Küchengeräte und alle notwendigen Zutaten und begann auf der Stelle damit, zu rühren und zu mischen.

»Du verblüffst mich, Jean Pierre«, sagte Logan schließlich. »Wie du dich zu betragen weißt – gestern nacht, und heute – ich finde es bemerkenswert.«

»Weil ich Priester bin?«

»Ja, vermutlich. All die Täuschung und Tarnung, all die List und Tücke. Du hast es doch sicher nicht im Priesterseminar gelernt, dieses Doppelleben so mühelos zu führen.«

»Hier, nimm das und bestreiche es gründlich mit Öl«, sagte der Priester, während er Logan eine schwere Bratpfanne reichte. Während Logan sich an die Arbeit machte, fuhr Jean Pierre fort.

»Nein, nichts von dem, was ich tue, habe ich dort gelernt, das kannst du mir glauben«, sagte er. »Ich glaube, ich tue einfach, was getan werden muß.«

»Warum tust du es überhaupt?« fragte Logan. »Niemand sagt, daß gerade du es tun mußt. Bei deiner Stellung würde dir niemand Vorwürfe machen, wenn du dich aus alledem heraushältst.«

»Vermutlich nicht.« Er wandte seine Aufmerksamkeit kurzfristig darauf, das Ei in der Schüssel zu Schnee zu schlagen, aber Logan fragte sich, ob der nachdenkliche Ausdruck in seinen Augen nicht bedeutete, daß er die kurze Ablenkung nutzte, um die vielen Seitenwege seiner Stellung im Leben zu bedenken. Er hoffte sehr, daß er nicht über irgendeine Ausflucht nachdachte, weil er Logan noch immer nicht traute. Als der Priester schließlich sprach, klang seine Stimme sehr nachdenklich. »Thomas Jefferson sagte einmal ›Widerstand gegen Tyrannen ist Gehorsam gegen Gott‹. Ich habe oft darüber nachgedacht, seit der Krieg begann. Es ist ein bedeutender Gedanke.«

»Ich habe nie auf diese Weise darüber nachgedacht«, sagte Logan. »Ich nehme an, wenn man mich wirklich beim Wort nähme, dann müßte ich wohl zugeben, daß Gehorsam gegen Gott das letzte ist, woran ich zur Zeit denke.«

»Bezweifelst du die moralische Integrität unserer Vorgehensweise?«

»Ich versuche, es nicht zu tun, aber manchmal bezweifle ich sie tatsächlich. Aber es ist mehr eine persönliche Reaktion, wovon ich jetzt spreche. In mir ist alles ein wenig unsicher.«

»Der Krieg bringt uns allen Unsicherheit.«

»Es ist *eine* Sache, Menschen zur Flucht zu verhelfen. Mit Mördern gemeinsame Sache zu machen, ist eine andere. Ich weiß einfach nicht, was recht und richtig ist.«

»Du denkst sehr viel über die Moral der Résistance nach.«

»Vor einigen Jahren habe ich versucht, mein Leben Gott zu übergeben. Nicht auf dieselbe Weise wie du, nehme ich an – aber ich meinte es ernst. Ich wollte mich wirklich ändern. Ja, es war mir sehr wichtig.« Er hielt inne und schüttelte den Kopf. »Ich weiß nicht, was geschehen ist.«

»Der Krieg, Michel ... er verändert uns. Er verändert alles.«

»Das mag schon wahr sein. Aber was mit mir geschieht, begann schon lange vor dem Krieg.«

Logan wandte sich um und blickte Jean Pierre eindringlich an. »Und nun fürchte ich, der Krieg wird diese Veränderungen in mir unverrückbar machen – ich fürchte, irgendwie werde ich nie mehr zurück können.« Er hielt inne und versuchte, einen leichteren Tonfall anzuschlagen. »Tut mir leid, daß ich dich mit all dem belaste. Ich weiß nicht, was in mich gefahren ist.«

Jean Pierre klopfte mit einem mehlbestäubten Finger gegen seinen steifen weißen Kragen. »Das hier lockert den Leuten die Zunge.« Er begann, den dünnflüssigen Teig in die heiße Pfanne zu löffeln, während Logan ihn schweigend beobachtete. Schließlich begann er von neuem zu sprechen. Er kannte Jean Pierre nicht bis ins Herz, aber plötzlich wußte er, daß er unbedingt mit jemand sprechen mußte. Vielleicht waren es nicht nur die Angelegenheiten der Untergrundbewegung gewesen, die ihn dazu getrieben hatten, an diesem Morgen den Priester aufzusuchen.

»Letzte Nacht hatte ich einen Traum«, begann er langsam. »Um genauer zu sein, es war schon eher ein Alptraum. Ich erwachte in hellem Entsetzen.«

»Möchtest du mir davon erzählen?« fragte Jean Pierre, während er zwei Marmeladentöpfchen aus dem Schrank nahm und sie Logan reichte. Dann ging er mit dem Teller voll Crêpes zum Küchentisch hinüber.

»Die Sache war eigentlich ganz einfach«, begann Logan, dann trank er nachdenklich einen Schluck von dem Kaffee, den sein Gastgeber ihm eingeschenkt hatte, und biß in die köstlichen Crêpes. Er nickte Jean Pierre zu, um sein Lob für dessen Kochkunst auszudrücken. »Einfach, aber auch irgendwie gespenstig. Es war einerseits zu wirklich und andererseits zu bizarr. Ich rannte – oder jedenfalls rannte ein Mann, der mich darstellte, obwohl er mir nicht einmal ähnlich sah. Ich sah zu, als sei ich ein Zuschauer im Kino. Aber die äußere Erscheinung des Mannes wechselte, je nachdem, wer ihn verfolgte. Immer war ihm irgend jemand auf den Fersen – da war von Graff, Gunther, Arnie, Henri, du einen Augenblick lang, und sogar mein Vater! Das war wohl der seltsamste Teil des Traumes. Mein Vater starb, als ich zehn Jahre alt war. Davor saß er die meiste Zeit im Gefängnis. Ich kannte ihn kaum. Ich habe nicht mehr als ein halbes dutzendmal an ihn gedacht, und ganz sicher nicht in letzter Zeit. Und jetzt taucht er plötzlich in meinen Träumen auf! Ich glaube, Freud hätte seinen Spaß daran.

Auf jeden Fall verfolgten mich all diese Leute. Sagen wir besser: Sie verfolgten die Erscheinung, die mich darstellen sollte. Ich rannte. Es war ganz anders als in diesen kindischen Alpträumen, wo einen das Entsetzen packt, weil man gerade nur kriechen kann. Der Himmel war dunkel. Ich nehme an, es war Nacht. Und wir rannten durch die Straßen einer Stadt, eng und schmal. Die Gebäude bestanden aus schmutzigem Stein und Ziegel, wie die rußigen Gebäude in Glasgow. Ich war todmüde. Ich wünschte mir verzweifelt, ich könnte stehenbleiben, aber es gelang mir nicht. Also rannte ich weiter. Die Leere und Dunkelheit waren so bedrückend. Ich dachte, ich müßte sterben, wenn ich ewig so weitermachte.

Plötzlich setzte ich den Fuß in leere Luft. Jetzt war tatsächlich *ich* es, der rannte, aber ich fühlte mich leicht und frei. Die Bedrückung der finsteren Stadt war verschwunden. Die Luft war klar und erfrischend, die Sonne hell und warm. Ich rannte auf weichem, reinem, schneeweißem Sand, und ein glitzernder Ozean breitete sich zu meiner Rechten aus. Es war die großartige Küste daheim – «

Ohne es zu bemerken, hatte Logan das unwahrscheinliche Wort »daheim« gebraucht, um Port Strathy zu beschreiben, einen Ort, an dem er sich schon lange nicht mehr zu Hause gefühlt hatte. Aber er redete einfach weiter.

»Ich wußte, ich war schließlich gerettet. Aber aus irgendeinem Grund konnte ich nicht aufhören zu rennen. Der Sand erstreckte sich endlos vor mir. Bald schon kam eine Frau über den Strand gelaufen und auch sie begann, mich zu verfolgen. Die Männer in der Stadt waren aus dem Traum verschwunden, als der Sonnenschein und der Strand auftauchten. Sie begann meinen Namen zu rufen. Sie rief und rief.

Plötzlich wurde mir bewußt, wem die Stimme gehörte – es war Allison, meine Frau. Ich freute mich so, ihre Stimme zu hören. Aber ich konnte immer noch nicht aufhören zu rennen. Ich konnte einfach nicht aufhören. Als sie mich schließlich einholte, ergriff sie meinen Arm, und endlich blieb ich stehen. Aber als ich herumfuhr, um ihr ins Gesicht zu blicken, verschwand ich.

Wiederum sah ich den Traum gewissermaßen als unbeteiligter Zuschauer, anstatt eine Rolle darin zu spielen. Ich sah meinen Körper verblassen, und meine Kleider fielen wie leere schlaffe Lumpen zu ihren Füßen nieder. Ich begann die Welt des Traums zu verlassen und wachte langsam auf. Aber zuvor sah ich Allisons Gesicht, diesmal ganz aus der Nähe. Große Tränen tropften aus ihren Augen, während sie auf die Knie fiel und über den Kleidern weinte, die im Sand lagen.

Dann wachte ich auf.«

Logan kicherte nervös. »Ganz schön blödsinnig, nicht wahr?« sagte er. Plötzlich kam er sich wie ein Narr vor.

»Träume sind die einzige Art, wie ein vernünftiger Mann seinen Wahnsinn ausdrücken kann«, bemerkte Jean Pierre. »Wenn ich bedenke, was für ein Leben du in den letzten Monaten geführt hast, wundere ich mich, daß dein Traum nicht ärger war! Ich kann jedoch deine Bestürzung verstehen. Ich glaube aber nicht, daß ich mich an eine Deutung heranwagen möchte.«

Logan sagte nichts. Er fürchtete, daß die Deutung nur allzu klar auf der Hand lag. Er aß seine Crêpes auf. Sie waren so köstlich, wie er erwartet hatte, und er war erleichtert, daß er sich eine Weile auf sie konzentrieren konnte. Zuletzt aber ergriff er wieder das Wort.

»Ich bin nach Frankreich gekommen, um mich selbst zu vergessen.«

»Und nun fürchtest du vielleicht, du wärest allzu erfolgreich gewesen?« Die vornehmen, klugen Augen des Priesters hielten Logans Blick einen Augenblick lang fest. In ihrer Tiefe erkannte Logan ein freundliches Verständnis, ein Mitgefühl, das er von diesem Schickeria-Priester nicht erwartet hätte.

Schließlich wandte Logan den Blick ab und seufzte tief.

»Du magst recht haben«, sagte er, nicht allzu überzeugt. »Ich bin zufrieden mit dem, was ich tue. Zum erstenmal in meinem Leben habe ich das Gefühl, daß ich an etwas wirklich Bedeutungsvollem mitarbeite ... etwas Wertvollem. Aber ich war zufriedener und selbstbewußter, als ich noch davon lebte, die Leute beim Kartenspiel zu betrügen und ihnen ihr Geld abzuknöpfen. Wenn ich etwas Gutes tue, warum fühle ich mich so verwirrt?«

»Vielleicht, weil da ein größeres Gut zu bedenken ist, Michel«, sagte Jean Pierre nach kurzer Überlegung.

»Ich verstehe nicht.«

»Du sagtest zuvor, ich hätte die ideale Entschuldigung, der Résistance fernzubleiben«, fuhr Jean Pierre fort. »Aber Priester zu sein sollte meiner Meinung nach niemals eine Entschuldigung sein, sich von irgend etwas fernzuhalten, sondern eher eine offene Türe, sich tiefer einzulassen auf die Wunden und Kümmernisse der Welt und der Menschen. Glaube mir, meine geistlichen Vorgesetzten haben mich oft gedrängt, mich neutraler zu verhalten. Sie halten mir vor, bei Gott sei kein Ansehen der Person, seine Liebe und seine Gerechtigkeit würden den Gerechten und den Ungerechten gleichermaßen zuteil. Ich sollte mich daher nicht auf die Seite einer Partei stellen, sondern es Gott überlassen, Gerechtigkeit zu üben. Sie haben natürlich recht; bei Gott ist tatsächlich kein Ansehen der Person. Die Bibel lehrt uns, dem Bösen nicht zu widerstehen, sondern die andere Wange hinzuhalten. Aber auch mein Standpunkt kann aus der Schrift belegt werden; denn der Jakobusbrief sagt: ›Widersteht dem Teufel, so flieht er vor euch.‹ Ich weiß, jede dieser Textstellen kann verschieden interpretiert werden. Aber vielleicht ist gerade das zuweilen die Ursache unserer Verwirrung, denn

Gott überläßt es uns, Seine Stimme im Herzen zu hören. Ich habe nicht den geringsten Zweifel daran, daß Gott mich zu diesem Werk berufen hat. Man macht mir Vorwürfe, ich vergäße meine heilige Berufung, ich aber weiß, daß *für mich* jeder andere Weg bedeuten würde, Gottes Absichten nicht gerecht zu werden. Ich will nicht über meine Brüder richten, die es vorziehen, dem Herrn oder ihren Brüdern auf neutralem Boden zu dienen. Und ich will auch nicht über dich richten, Michel. Ich sage das alles nur, weil du davon gesprochen hast, daß du – wie soll ich es ausdrüken? – einen Versuch gemacht hast, ein gottgefälligeres Leben zu leben.«

Logan nickte. »So kann man es auch ausdrücken.«

»Sehnst du dich immer noch danach?«

»Ja«, antwortete Logan ohne viel innere Beteiligung. »Ich wollte Ihm immer näher sein. Aber es schien mir niemals zu gelingen. Ich hatte einmal ein Paar Krokodillederschuhe; ich liebte sie heiß, und sie hatten mich eine schöne Stange Geld gekostet. Sie taten mir an den Füßen weh, aber ich trug sie einen Monat lang jeden Tag, bis ich es einfach nicht mehr aushielt und sie schließlich wegwerfen mußte. Ich denke, mit meinem Christenleben lief es so ähnlich.«

»Den Glauben wegzuwerfen, kostet mehr als ein Paar Schuhe.«

Logan starrte trübselig auf seinen Teller nieder. Bislang hatte er noch nie daran gedacht, daß er tatsächlich seinen Glauben aufgegeben hätte. Hatte er ihn zum Müll geworfen wie seine Krokodillederschuhe? Das Ganze hatte sich so allmählich angelassen, daß er nie daran gedacht hatte, sein Glaube könnte ihm tatsächlich abhanden gekommen sein. Aber jetzt sah er, daß er ihm vielleicht wirklich den Rücken gekehrt hatte.

»Aber was hat das mit dem größeren Gut zu tun, von dem du sprachst?« fragte er. Fast unabsichtlich versuchte er, das Gespräch vom Persönlichen abzulenken.

»Es ist so«, antwortete Jean Pierre, »wenn dein *Herz* Gott zugewandt ist – ganz gleichgültig, wo dein Verstand und dein Gefühl sein mögen – hast du schon jemals bedacht, daß du vielleicht, ohne es zu bemerken, einen anderen Weg eingeschlagen hast? Ja, was du tust, ist gut, und für mich ist es meine Berufung, mein größeres Gut. Für dich ist es vielleicht etwas anderes. Etwas, das du bislang übersehen hast, und das beginnt zweifellos damit, daß du wiederfindest, was du weggeworfen hast. Das heißt, wenn du es wirklich noch begehrst.«

»Aber dann stellt sich die Frage, was tue ich? Was ist mein größeres Gut? Was ist meine Berufung?«

»Das kann ich nicht an deiner Stelle beantworten, Michel. Aber ich bin mir sicher, daß es auf dich wartet. – Es ist uns bestimmt, daß wir uns verändern«, fuhr Jean Pierre fort. »Es ist uns bestimmt, in ein immer tieferes Verständnis dessen hineinzuwachsen, was Gottes Wille für uns ist. Vielleicht hast du versucht, die Schuhe zu tragen – um noch einmal dein Bild zu verwenden –, ohne eine Wandlung deines Herzens und deiner Seele zuzulassen. Deshalb hat dir das geistliche Leben, das du ersehnt hast, niemals richtig gepaßt.«

»So habe ich es noch nie bedacht«, sagte Logan. »Ich bin mir nicht sicher, ob ich es richtig verstehe.«

»Dann hast du ja etwas zum Nachdenken«, sagte Jean Pierre. »Gott wird dir zur rechten Zeit Verständnis schenken.«

»Und in der Zwischenzeit?« seufzte Logan.

»Es war unser Herr selbst, der uns die Worte der Weisheit schenkte, daß jeder Tag seine eigene Plage hat.«

Logan nickte. Er hatte tatsächlich viel zu bedenken, und er war froh, daß er das Thema wechseln konnte. »Ich habe fast das Wichtigste vergessen! Deshalb mußte ich dich unbedingt sehen. Du mußt für mich eine Botschaft nach London senden. Von Graff deutete an, man hätte ihn kontaktiert und meine Geschichte bestätigt. Aber London weiß nicht, was ich den Deutschen erzählt habe, als ich gefangengenommen wurde! Ich muß sichergehen, daß sie daheim wissen, was geschehen ist und was ich gesagt habe. Wie ich auch jetzt stehe, von Graff wird es nicht ewig angehen lassen, ohne eine absolut zuverlässige Bestätigung meiner Geschichte zu haben.«

»Was soll ich tun?«

»Schick eine Botschaft an ›Glucke‹, daß ich gezwungen war, wieder als ›Trinity‹ aufzutreten. Er soll das Gerücht ausstreuen, Trinity sei von den Engländern letzten Mittwoch enttarnt worden und nach Frankreich geflohen, um von dort nach Deutschland zu gelangen. Sie müssen dafür sorgen, daß von Trinity keine weiteren Botschaften kommen. Wenn mein Ersatzmann, der jetzt als Trinity operiert, die Deutschen noch einmal kontaktiert, ist das mein Ende. Hast du alles vermerkt?«

Jean Pierre wiederholte Wort für Wort, was Logan ihm gesagt hatte.

Beide Männer schwiegen minutenlang, beide tief in ihre eigenen Gedanken versunken. Die Zeiten waren tatsächlich gefährlich.

EINE NEUE ROLLE

»Wie gefiel es Ihnen denn so in Paris, Herr MacVey?« fragte General von Graff, als Logan ihn später am selben Nachmittag wiedersah.

Seine Stimme klang ganz unschuldig, nicht anders als die Stimme eines aufmerksamen Gastgebers, als er sich in seinem Sessel zurücklehnte und quer durchs Zimmer zu Logan hinüberblickte.

»Vielleicht sollten Sie das Ihre Bluthunde fragen«, antwortete Logan mit einer Spitze in der Stimme. »Ich dachte, Sie hätten sich meiner Loyalität vergewissert.«

»Aber, Herr MacVey! Kaum setze ich Sie auf freien Fuß, was tun Sie? Sie strapazieren mein Vertrauen bis zum Äußersten.«

Logan runzelte verwundert die Stirn. Dann, als beginne er allmählich zu begreifen, nickte er verstehend.

»Sie sprechen von meinem Besuch bei diesem Priester?«

»Was soll ich davon halten?«

»Daß ich mich langweilte und dachte, ein so faszinierender Geistlicher würde eine aufregende Abwechslung bieten, also beschloß ich, die Einladung anzunehmen, die er mir auf der Geburtstagsparty seines Bruders zukommen ließ.«

»Eine plausible Erklärung.«

»Sie können mir glauben, General, hätte ich etwas zu verbergen gehabt, so hätte ich es meinen Beschattern nicht so leicht gemacht.«

»Warum haben Sie nicht zuerst mit mir gesprochen?«

»Ich dachte, ich sei ein *freier* Mann.«

Von Graff seufzte. »Niemand ist heutzutage ein freier Mann«, fuhr er nach einem Augenblick fort. Seine kultivierte Stimme enthielt nur die zarteste Andeutung von Bedauern, aber er sprach in verändertem Ton weiter. »Also – hatten Sie einen vergnüglichen Vormittag?«

»Der Priester ist tatsächlich so bemerkenswert, wie man allgemein erzählt«, antwortete Logan, und er meinte es ehrlich.

»Haben Sie sich über politische Fragen unterhalten?«

»Er hat mich nicht ins Vertrauen gezogen, was seine Aktivitäten für die Résistance angeht«, antwortete Logan. »Es würde mich aber nicht überraschen, wenn es noch dazu käme.«

»Oh –?«

»Ich dachte, Sie würden wünschen, daß ich soviel wie möglich aus der Bekanntschaft heraushole, also deutete ich an, daß meine Sympathien nicht unbedingt auf seiten der Nazis lägen.«
Von Graff beugte sich vor. In seinen Augen stand die Forderung nach einer Erklärung.
»Mein Gesicht ist neu in der Stadt«, erklärte Logan. »Ich hatte das Gefühl, ich könnte vielleicht erfolgreich sein, wo andere Mißerfolg hatten.«
»Keine schlechte Idee.«
»Aber ich will nicht, daß Sie mir weiterhin Ihre Bluthunde an die Fersen hängen«, erklärte Logan entschieden.
»Warum mißfällt Ihnen das so sehr, Herr MacVey?«
»Ich bin als freier Mann aufgewachsen, und es macht mich nervös, ständig unter Beobachtung zu stehen. Aber was noch wichtiger ist: de Beauvoir ist kein Dummkopf. Er würde es sofort merken, wenn ihm eine Falle gestellt wird. Er weiß genau, daß die Gestapo ihn beschattet. *Ich* könnte vielleicht in die Untergrundbewegung eindringen, aber sie riechen die Gestapo hundert Meter gegen den Wind. Und wenn sie das tun, bin ich ein toter Mann.«
»Sie wollen also, wie die Franzosen sagen, *carte blanche*?«
»Anders bin ich nicht dafür zu haben«, sagte Logan. Er hoffte insgeheim darauf, daß der General jemand schätzen würde, der alles auf eine Karte setzte – wie die Deutschen selbst es taten. Er spielte seinen Bluff in lässiger Haltung und mit einer gehörigen Portion Frechheit aus, wie Skittles es ihn gelehrt hatte. »Sie wollen doch nicht ein paar Kuriere oder Funker zu fassen bekommen, General«, fuhr er fort, »Sie wollen das ganze Nest ausräuchern. Sie schnappen die führenden Köpfe, und der Rest fällt in sich zusammen.«
Von Graff rieb sich nachdenklich das glattrasierte Kinn. Er überlegte sich Logans kühnen Vorschlag gründlich. Die erfolgreichen Fluchtversuche in letzter Zeit hatten ihn in den Augen seiner Vorgesetzten in ein schlechtes Licht gerückt, und er wußte, er mußte Resultate vorweisen können – und zwar bald. Hier ergab sich eine Gelegenheit, seinen Oberen seinen Wert vor Augen zu führen. Er kannte diesen MacVey zwar kaum und wußte nicht recht, was er von ihm halten sollte. Gunthers Meldungen waren zu unbestimmt gewesen, um seinen Argwohn völlig zu beschwichtigen. Und MacVey selbst war ein wenig zu unabhängig für seinen Geschmack. Aber von Graffs Instinkt riet ihm, einen Versuch mit ihm zu machen.
Bevor er jedoch noch ein Wort sagen konnte, wurde an der Türe geklopft.

Der General blickte auf, verwirrt und ärgerlich über die unzeitige Störung.

»Herein!« rief er.

Arnaud Soustelle trat ins Büro. Auf seinem Gesicht lag ein um Entschuldigung bittender, aber zugleich selbstbewußter Ausdruck. »Pardonnez-moi, Monsieur General, aber Ihre Sekretärin war nicht im Zimmer und ich dachte, es würde Ihnen nichts ausmachen, wenn ich unangemeldet hereinkäme.«

»Was gibt es, Soustelle?« sagte von Graff. »Sie sehen doch, daß ich jemand hier habe.«

Soustelle drehte sich um. Jetzt erst bemerkte er Logan. Er warf einen Blick in seine Richtung und betrachtete ihn flüchtig, nahm aber jedes Detail mit dem Blick des Polizisten wahr.

»Oh, dann entschuldigen Sie bitte vielmals«, sagte der Franzose. »Ich werde zu einem günstigeren Zeitpunkt zurückkommen.«

»Sie können genausogut hierbleiben«, sagte von Graff. »Herr MacVey arbeitet für mich.«

»MacVey? ... Ein Anglais?« Soustelles Stimme war schwer von unausgesprochenen Fragen.

Logan stand auf und streckte mit einer fast übertriebenen Bemühung, herzlich zu wirken, die Hand aus. »Enchanté, Monsieur Soustelle.«

Soustelle ergriff die Hand, die Logan ihm hinstreckte, mit offenkundiger Zurückhaltung und betrachtete ihn nun mit intensiverer und unbehaglicherer Neugier.

»Also, was wollen Sie?« fragte von Graff.

»Es geht um den Auftrag, den ich bearbeite«, antwortete Soustelle.

»Diese Affäre mit L'Escroc?«

Zum Glück galt die ganze Aufmerksamkeit des Generals Soustelle, und so blieb ihm verborgen, daß Logan kaum merklich den Atem einsog. Ihm jedenfalls blieb es verborgen. Soustelle hatte Logans Reaktion bemerkt, obwohl sein Blick an dem General hing.

»Ja, mon General«, erwiderte der Franzose. Jetzt blickte er Logan direkt ins Gesicht. »Ich habe soeben entdeckt, daß die große Wahrscheinlichkeit besteht, daß L'Escroc ein britischer Agent ist. Der Chauffeur einer bekannten französischen Familie gab mir diese Information. Diese Familie hat einen Sohn, der aus dem Gefängnis Fresnes befreit wurde – mit Hilfe von L'Escroc, wie wir annehmen. Der Chauffeur hörte seine Arbeitgeber von der Sache reden und dabei die Nationalität dieses Mannes erwähnen.«

»Nun, Soustelle«, sagte von Graff, »das ist ja eine interessante Information.«

»Ich dachte, wenn ich diese französische Familie zum Verhör bringe – «

»Nur zu!« befahl der General. »Und holen Sie aus ihnen raus, was sie wissen.«

Logans Bewegung zog seine Aufmerksamkeit auf sich.

»Wollten Sie etwas fragen, Herr MacVey?«

»L'Escroc«, sinnierte Logan. »Der Schwindler ... ein interessanter Deckname. Der Bursche scheint ja für einigen Aufruhr gesorgt zu haben. Was hat er getan?«

»Unsere Gefangenen schlüpfen uns einer nach dem anderen durch die Finger«, antwortete von Graff. »Und der Name hängt in der Luft, uns zum Spott.«

»Sind Sie sicher, daß der Mann tatsächlich existiert?« bohrte Logan. »Sie wissen doch, wie gerne die Untergrundbewegung Legenden auf Luft baut, um die Leute bei der Stange zu halten.«

»Was haben Sie schon wieder vor in Ihrem listigen Kopf, Herr MacVey?« fragte von Graff.

»Niemals würde ich mich in Monsieur Soustelles Angelegenheiten mischen«, sagte Logan.

»Lassen Sie mich versuchen, Ihre Gedanken zu lesen, Herr MacVey«, sagte von Graff. »Man sagt doch: ›Man braucht einen Dieb, um einen Dieb zu fangen.‹ Vielleicht braucht man einen Engländer, um einen Engländer zu fangen. – Aber was Sie angeht, Soustelle, Sie können weitermachen wie bisher. Herr MacVey kann Sie von seiner Einflußsphäre aus unterstützen.«

»Seine Sphäre?« fragte Soustelle argwöhnisch.

»Ich habe vor, MacVey *innerhalb* der Résistance einzusetzen«, antwortete der General. »Vielleicht gelingt es ihm sogar, L'Escroc selbst zu kontaktieren.«

Logan kicherte, aber nur er selbst wußte, was ihn amüsierte.

»Wir wollen nichts überstürzen, General«, sagte er. »Erst muß ich mich einschleusen. Dann können wir darüber nachdenken, wie wir einen so großen Fisch fangen wollen.«

ZWEIFEL

An diesem Nachmittag – zur selben Zeit, als Logan in von Graffs Büro saß – eilte Jean Pierre die Rue de Varennes entlang, um La Librairie aufzusuchen. So sehr er sich geneigt fühlte, Tanants Geschichte zu glauben, galt seine Loyalität doch vor allem La Librairie. Er mochte Michel, aber wie gut kannte er ihn wirklich? Die anderen hatten jeder sein Leben für die anderen riskiert; er wußte, wo sie standen. Er war es ihnen schuldig, ihnen alles zu enthüllen, was sich ereignet hatte.

Die anderen warteten bereits alle auf ihn, als er in Henris Hinterzimmer trat.

»Nun, was hast du für Neuigkeiten von unserem vermißten Monsieur Tanant?« fragte Claude etwas zynisch. »Hast du ihn gesehen?«

»Ich danke euch allen, daß ihr so rasch gekommen seid«, sagte Jean Pierre, während er sich hinsetzte und die Kaffeetasse von Henri entgegennahm. »Vielleicht sind meine Sorgen unbegründet und alles verhält sich tatsächlich so, wie es auf den ersten Blick aussieht. Aber ich schulde euch allen eine Erklärung, was ich in Erfahrung gebracht habe. Falls wir in Gefahr sind, müssen wir alle sofort Bescheid wissen.«

»Sorgen? Gefahr? Welches Unheil bedeuten solche Worte, Jean Pierre?« fragte Henri mit ernster Sorge in der Stimme.

»Unsere Vermutungen, was Michel angeht, haben sich bestätigt. Letzten Freitag wurde er auf dem Heimweg von der SS verhaftet – wegen Übertretung der Ausgangssperre.«

»Haben sie ihn ins Gefängnis gebracht?« fragte Antoine.

»Ja«, antwortete Jean Pierre. »Aber nur für kurze Zeit.«

»Dann ist er also frei?« fragte Lise.

»Es sieht so aus. Aber hier wird die ganze Geschichte undurchschaubar. Ich sah ihn nämlich zufällig auf der Geburtstagsparty meines Bruders.«

»Was hatte er denn dort zu suchen?« fragte Claude. Sein argwöhnischer Ton sprach deutlicher als seine Worte.

»Das ist es eben, was mir Sorgen macht«, gab Jean Pierre zu. »Es war ein überaus festliches Ereignis und fast nur Deutsche und Kollaborateure waren eingeladen. Und wen sehe ich da, im Abendanzug und putzmunter und in Gesellschaft eines deutschen Generals? Unseren lieben Michel Tanant.«

»Mon Dieu!« rief Henri aus. »Das sieht ihm gar nicht ähnlich.«

»Ich hab's euch die ganze Zeit gesagt«, sagte Claude zornig, »daß wir gar nichts über diesen sogenannten *Monsieur* Tanant wissen« – er spuckte das Wort giftig hervor, als er es aussprach – »aber keiner von euch hat mir zugehört! Jetzt paktiert er mit den Boche, und La Librairie ist in Gefahr!«

»Das wissen wir noch nicht, Claude«, fiel Antoine ein, der bereit war, sich nicht nur Anklagen gegen Logan anzuhöre, sondern auch, was *für* ihn sprach. »Was mich angeht, möchte ich Jean Pierre gern zu Ende reden hören.«

»Ich war natürlich sehr vorsichtig«, sagte der Priester. »Wie dir, Claude, gefiel mir die Sache überhaupt nicht. Bei der Party hatten wir kaum einen Augenblick Zeit, miteinander zu sprechen. Aber kaum waren wir allein, drang er in mich, eine Botschaft nach London zu senden. Er sagte, er sei in Gefahr, und daß er mit den Deutschen nur zum Schein im Bunde sei.«

»Das fiel ihm in dem Moment ein, in dem er dich sah!« sagte Claude.

»Vielleicht, mon ami. Vielleicht. Aber wenn er tatsächlich die Wahrheit sagt? Wenn wir ihn nicht unterstützen und seine Botschaft nach London schicken, dann bedeutet das nicht nur Michels Tod, sondern verdoppelte Gefahr für uns alle. Also lud ich ihn vor dem General ganz offen ein, mich heute zu besuchen. Er kam tatsächlich.«

»Allein?«

»Jeder von uns wurde aus einiger Entfernung von Gestapo-Agenten beobachtet.«

»Nun, das ist ein gutes Zeichen, daß er unter Beobachtung steht«, sagte Henri. »Das heißt, daß sie ihm nicht völlig vertrauen.«

»Wenn die Beschattung nicht mit zum Spiel gehörte«, sagte Claude. »Und jetzt laß mich raten, Jean Pierre! Er sagte zu dir, er tue so, als ob er mit den Boche sympathisiere. Wahrscheinlich sagte er auch, er würde so tun, als ließe er sich umdrehen, damit er sich für sie in die Résistance einschleusen ließe und für sie Informationen beschaffen könne. Habe ich ins Schwarze getroffen, mon père?«

Jean Pierre schwieg einen Augenblick lang. Die anderen warteten alle auf seine Antwort, aber sein Schweigen sagte ihnen, daß Claude die Sache richtig erfaßt hatte.

»Ich möchte wissen, was du für ihn nach London funken solltest«, sagte Henri zuletzt.

»Ich fürchte, das macht alles nur noch verwirrender«, antwortete Jean Pierre. »Es ist eine ziemlich unglaubwürdige Geschichte.« Der Priester erzählte seinen Kameraden dann alles, was Logan ihm über seine Tarnexistenz Trinity berichtet hatte und was er von Graff hatte sagen müsssen.

»Es klingt so unglaubwürdig, daß ich es gerade deshalb glaube«, sagte Antoine.

»Bah!« gab Claude zornig zurück. »Du bist doch ein leichtgläubiger Narr! Wenn wir ihn wieder bei uns aufnehmen, stehen wir alle im Handumdrehen vor einem Erschießungskommando! Das einzig Sichere ist, ihn zu liquidieren, und das wißt ihr so gut wie ich! Womit hat euch der Anglais behext, daß ihr alle blind für Dinge seid, die ganz klar vor Augen stehen?«

»Niemand wird hier ohne Beweis liquidiert«, sagte Jean Pierre. »Wir alle werden auf der Hut sein. Aber wir wollen niemanden vorschnell verurteilen.«

»Jean Pierre hat recht«, sagte Henri. »Wir haben einer der wichtigsten Punkte dieser letzten Ereignisse nämlich bislang übersehen! Stellt euch nur vor, welchen Vorteil es für *uns* bedeuten würde, wenn unser L'Escroc im Hauptquartier der SS ungehindert ein und aus gehen kann! Das wäre das beste, was der Résistance in Paris je passiert ist.«

»Nun, ich jedenfalls werde seine Botschaft an ›Glucke‹ senden, wie er es gewünscht hat«, sagte Lise. »Er hat viel für unsere Sache getan, und wir schulden es ihm, wenigstens das für ihn zu tun. Wollte er sonst noch irgend etwas, Jean Pierre?«

»Ja, eines noch«, sagte der Priester. »Er wollte sich mit euch treffen, sobald es nur irgend möglich wäre.«

SAAT DER RACHE

Als Logan an diesem Montagnachmittag am 8. Dezember 1941 von Graffs Büro verließ, war er so zufrieden mit sich selbst wie selten zuvor. Das Unglück, am vergangenen Freitag erwischt worden zu sein, hatte sich plötzlich zu seinen Gunsten gekehrt; es sah aus, als sei das Glück L'Escroc von neuem hold.

Er schritt tief in Gedanken die Rue Leroux entlang. Eigentlich hatte er die Straßenbahn nehmen wollen, aber die klare, frische Winterluft tat ihm gut. Die Sonne war hervorgekommen und erwärmte die eisige Atmosphäre, stellenweise begann der Schnee zu schmelzen. Er konnte sich Zeit lassen. Er hatte noch zwei Stunden bis zu seinem nächsten Treffen. Das gab ihm Zeit genug, reichlich Umwege zu machen und darauf zu achten, daß keine unerwünschten Augen ihn beobachteten.

Er hoffte, daß es Jean Pierre gelungen war, mit Lise alles so zu arrangieren, wie sie es bei seinem Besuch im Pfarrhaus abgesprochen hatten. Er wollte sie wiedersehen. Er wußte, es würde weitaus leichter sein, ein Zusammentreffen mit ihr zu erklären – falls er doch entdeckt wurde – als ein Treffen mit Henri.

Bei einem Zeitungskiosk hielt er an, um eine Zeitung zu kaufen. Er würde sie für sein Treffen mit Lise brauchen. Während er auf sein Wechselgeld wartete, spähte er nach allen Seiten und spürte, daß er beobachtet wurde. Er hielt inne, bevor er weiterging, warf einen beiläufigen Blick auf die Schlagzeilen, während er versuchte, aus dem Augenwinkel heraus die Gesichter der Umstehenden zu durchforschen, ob sein Verdacht gerechtfertigt war.

Er konnte niemand sehen, den er kannte. Aber als er weiterging, wurde das Gefühl zusehends stärker. Wer immer ihm auf den Fersen war, machte seine Arbeit gut. Und er war sicher, daß *irgend jemand* hinter ihm her war!

Dann entdeckte er mit einem Mal eine schattenhafte Gestalt, die hastig im Halbdunkel zwischen zwei Gebäuden verschwand. Alles geschah zu rasch, als daß er das Gesicht oder irgendwelche Einzelheiten hätte erkennen können. Aber die Größe und das Verhalten des Mannes hatten eine unbehagliche Ähnlichkeit mit jemand, den er kaum kannte, von dem er aber wußte, daß er ihn verabscheute.

Arnaud Soustelle!

Logan ging weiter. Er überquerte die stark frequentierte Straße genau vor einer vorüberfahrenden Straßenbahn. Im Augenblick, in dem das lange Fahrzeug die Sicht auf ihn verdeckte, begann er zu laufen und duckte sich in ein Hintergäßchen auf der anderen Straßenseite. Als er um die Ecke spähte, sah er den verdutzten Franzosen die Straße auf und ab blicken, um zu sehen, wohin seine Beute verschwunden war. Dann wandte er sich in Logans Richtung. Logan zog sich zurück, suchte sich eine günstige Stelle und wartete.

Im Augenblick, in dem der Ex-Detektiv die Mündung des Gäßchens betrat, sprang Logan vor, packte ihn am Jackett und zerrte ihn in die dunkle Tiefe des Hintergäßchens. Es war eine riskante Sache im hellen Tageslicht, aber in diesen Tagen hatte in Paris niemand Lust, in kleine Straßenräubereien verwickelt zu werden, die einen in unerwünscht engen Kontakt mit der Besatzungsmacht der Nazis bringen konnten.

»Okay, Soustelle! Was soll das heißen, daß Sie mir nachschleichen?« fragte Logan, während er den Franzosen mit einer einzigen schnellen Bewegung gegen die Wand schmetterte und seine Nase gegen die rauhen Ziegelsteine stieß.

»Allez au diable!« spie Soustelle keuchend hervor.

»Nicht bevor ich herausgefunden habe, welches Spiel Sie spielen, Monsieur Soustelle«, gab Logan zurück. »Was haben Sie vor? Und bedenken Sie die Folgen gut, bevor Sie antworten. Ich weiß, daß es nicht von Graff war, der Sie auf meine Fersen gesetzt hat.«

Soustelle stöhnte, Schweißtropfen rannen über seine Stirn. »Was wissen *Sie* denn!« ächzte er. »Und was weiß von Graff!«

»Sie denken, ich wollte mich auf Ihrem Gebiet breitmachen, ist es das?« fragte Logan.

Soustelle schwieg störrisch.

»Nun, vielleicht tue ich das wirklich«, fuhr Logan fort. »Oder – wir arbeiten zusammen. Sie haben die Wahl. Aber wenn ich Sie – oder einen von Ihren Leuten – noch einmal dabei erwische, wie Sie mir nachschleichen, dann wird Ihnen das sehr leid tun, Monsieur. Sie bekommen es dann nicht nur mit mir zu tun, Sie werden auch von Graff und der SS erklären müssen, warum Sie sich nicht an ihre Anordnungen halten. Und Sie wissen genau, wenn Sie einmal bei den Deutschen in Ungnade gefallen sind, dann werden Sie wünschen, ich hätte Ihnen hier an Ort und Stelle das Genick gebrochen. Ich möchte Sie nicht noch einmal hinter mir herschnüffeln sehen!«

Er unterstrich diese letzten Worte, indem er grob an Soustelles verdrehtem Arm riß. Der Franzose krümmte sich vor Schmerz, schwieg aber stolz, trotz seiner augenblicklichen Niederlage. Logan riß noch einmal an.

»In Ordnung! In Ordnung! Ich mache ja, was Sie wollen!« knurrte Soustelle. Seine Stimme brodelte vor Haß.

Logan ließ ihn augenblicklich los.

»Sie werden noch bezahlen für Ihre Arroganz, Monsieur MacVey!« sagte der Franzose. »Sie werden diesen Tag Ihr Leben lang bedauern – und er könnte Ihr Tod sein!«

Noch während er sprach, begann er jedoch, sich von Logan zu entfernen und wandte sich nicht um. Er schlurfte den Bürgersteig entlang, bleich vor Scham und Wut. Logan beobachtete ihn, bis er außer Sicht war.

Soustelle trabte weiter die Straße entlang. Sein Stolz ließ es nicht zu, daß er eine sichtbare Reaktion auf seine Niederlage zeigte; aber in seinem Inneren pulsierte sein ganzes Wesen vor Empörung, die bald zu einem brodelnden Hexenkessel von Haß wurde.

Er stopfte ein Stück Lakritze in den Mund und zermalmte es unbarmherzig zwischen den Zähnen, die seine Gewohnheit unauslöschlich geschwärzt hatte.

Der arrogante Anglais würde bald für seine Unverschämtheit bezahlen!

EINE FREUNDSCHAFT WIRD ERNEUERT

Logan bestellte einen *café au lait* beim Kellner des kleinen Cafés, in dem er sich mit Lise treffen wollte.

Etwa fünf Minuten später trat Lise ein. Sie nahm an einem etwas entfernten Tisch Platz und schenkte Logan keinerlei Beachtung. Als der Garçon kam, bestellte sie, während sie den Blick wie zufällig in die Runde schweifen ließ. Ihre Augen blieben an der Zeitung hängen, die auf Logans Tisch lag. Sie stand auf und ging zu ihm hinüber.

»Pardon, Monsieur«, sagte sie, »aber ich habe schon zwei Tage lang keine Zeitung mehr gelesen. Würde es Ihnen etwas ausmachen, wenn ich mir Ihre ausborge, während ich auf meine Bestellung warte?«

»Nicht im geringsten«, sagte Logan, während er ihr das Blatt reichte. »Aber vielleicht hätten Sie Lust auf nette Gesellschaft?« Er lächelte sie an, wie es jeder Franzose bei einem so hübschen Mädchen getan hätte. »Sie sind herzlich eingeladen, sich zu mir zu setzen.«

Sie stimmte zu, und die nächsten fünfzehn Minuten plauderten sie miteinander, als hätten sie einander eben erst kennengelernt.

Sie verließen das Café gemeinsam. Selbst von Graff hätte nur vermuten können, daß Logan sich weibliche Gesellschaft gesucht hatte, um seinen Aufenthalt in Paris amüsanter zu gestalten.

Als sie den Gehsteig entlanggingen, fiel Logan auf, daß Lise unter der Maske ihrer Selbstbeherrschung angespannt und noch viel zurückhaltender als gewöhnlich war. Er wartete, bis sie sich ein beträchtliches Stück vom Kaffeehaus entfernt hatten und er sicher sein konnte, daß sie nicht beschattet wurden, dann sagte er: »Lise, was stimmt nicht?«

»Wir haben über die ganze Situation gesprochen«, antwortete sie, »und darüber, was ... mit dir geschehen sollte.«

»Und was habt ihr beschlossen?« fragte Logan sarkastisch.

»Nun komm schon, Michel, was sollten wir tun?« sagte Lise. »Wir hatten dir unser Vertrauen geschenkt, wir glaubten dich gut zu kennen. Und nun das!«

»Und daher«, fragte Logan kalt, »werdet ihr die Botschaft nicht absenden, die ich Jean Pierre gegeben habe? Wollt ihr England im dunkeln lassen, was mit mir geschehen ist, und mich hangen und bangen sehen? Behandelt ihr so eure Kameraden?«

»Wir riskieren unser Leben für unsere Kameraden«, erwiderte Lise scharf. »Das weißt du! Die Frage ist, ob du ein Kamerad bist. Der Untergrund ist ein gefährliches Geschäft. Man bezahlt mit dem Tod für kleine Fehler. Wir müssen jede nur erdenkliche Vorsichtsmaßnahme treffen. Du würdest an unserer Stelle dasselbe tun.«

Logan schwieg. Sie hatte recht, und er wußte es. Es tat dennoch weh.

»Und du?« sagte er schließlich. »Vertraust *du* mir? Oder meinst du auch, ich gehörte zu den Boche?«

»Ich sagte schon: Ich weiß nicht, was ich glauben soll. Das bedeutet nicht, daß ich dir automatisch nicht glaube. Ich möchte dir gerne glauben, und werde für dich tun, was ich kann, bis du mir einen Grund gibst, mein Verhalten zu ändern.«

»Das ist sehr großmütig von dir, das muß ich schon sagen«, erwiderte Logan beißend.

Lise seufzte. »Es tut mir leid. Ich weiß, du willst mehr von mir – «

»Wirst du meine Botschaft senden?« fragte Logan resigniert.

»Ja. Aber darum hast du schon Jean Pierre gebeten. Warum wolltest du *mich* sehen?«

»Weil ich dachte, du – und Henri – ihr würdet mir am ehesten glauben. Ich nehme an, ich mußte einfach wissen, wie ihr zu mir steht. Und ich wußte natürlich, daß es viel weniger Verdacht erregen würde, wenn ich mit dir gesehen werde – ein Mann und eine Frau in Paris, du weißt schon – als mit Henri. Ich wollte ihn nicht in Gefahr bringen ... oder die Gruppe.«

»Ist das alles?« fragte Lise.

»Nein, seither ist noch etwas dazugekommen. Ich war heute nachmittag wieder beim General und hörte von Leuten, die in schrecklicher Gefahr schweben. Du mußt sie benachrichtigen – und zwar bald.«

»Wer sind sie?«

»Hast du von der Familie Gregoire gehört?«

»Ja, natürlich.«

»Du mußt ihnen eine Warnung zukommen lassen, daß die Gestapo sie heimsuchen wird. – Kennst du einen Franzosen, einen Kollaborateur, namens Soustelle?«

»Ich habe den Namen gehört. Ein bösartiger Mensch. Aber ich bin ihm noch nie begegnet.«

»Er ist mit von Graff im Bunde.«

Logan und Lise waren auf einen kleinen Park zugeschlendert. Es war zu kalt und eisig, um sich hinzusetzen und auszuruhen, obwohl stellenweise das Gras aus dem Schnee guckte.

Plötzlich trat ihnen ein junger Mann in den Weg, der Lise freundlich begrüßte.

»Bonjour, Paul«, antwortete Lise. Dann stellte sie Logan – unter dem Namen Michel Tanant – vor.

Logan erkannte den Jungen augenblicklich wieder. Es war Mme Guillaumes Neffe, der ihnen geholfen hatte, die beiden britischen Piloten zu retten, als Logan eben in Paris angekommen war.

»Ich hielt es für besser«, erklärte Lise, »wenn es so aussähe, als begegnet ihr beide euch zum ersten Mal.«

»Ja, da hast du wohl recht«, stimmte Logan ihr zu. »Die letzten vier Monate müssen ausgelöscht werden. Von jetzt an muß ich mich benehmen, als wäre ich eben diese Woche in Paris angekommen. Aber hast du dieses Treffen heute aus einem bestimmten Grund arrangiert?«

»Henri dachte, du müßtest deine Kontakte mit La Librairie ab jetzt einschränken«, sagte Lise, »und ein Kurier würde dir nützlich sein. Paul ist bereit, uns zu helfen, und hat viel weniger Verbindungen zum Untergrund. Er wird keinen Verdacht erregen.«

»Ich wünschte, ich könnte Henri sprechen«, sagte Logan.

»Du weißt, daß das im Augenblick unmöglich ist. Zu viel steht auf dem Spiel. Zu viele Leben hängen von ihm ab. Nun erzähl mir aber mehr über diesen Soustelle.«

Logan wiederholte kurz, was er in von Graffs Büro gehört hatte – über die Eltern des französischen Soldaten, dem er zur Flucht verholfen hatte. Seit er das Büro des Generals verlassen hatte, hatte er sich den Kopf zerbrochen, wie er sie noch vor Soustelle erreichen konnte. Nun schien sich eine ausgezeichnete Gelegenheit anzubieten.

»Weißt du, wo die Gregoires wohnen?« sagte er zu Paul. »Kannst du zu ihnen gehen und sie warnen? Ihr Leben mag davon abhängen, wie schnell du sie erreichst. Ruf sie nicht an – ihr Telefon ist sicher bereits angezapft. Du mußt dir rasch irgendeine Verkleidung zulegen; es genügt, wenn du als Lieferant auftauchst.«

»Oui, Monsieur!« rief der Junge eifrig. »Genau wie L'Escroc, eh?«

Logan erstarrte. War es möglich, daß Paul L'Escrocs Identität kannte? Er warf Lise einen Blick zu und bemerkte, daß sie ebenfalls bestürzt schien. Nein, er konnte es nicht wissen. Zweifellos erlebten sie nur ein weiteres Beispiel dafür, wie der Ruf des »Betrügers« die Phantasie vieler Patrioten in Paris entflammte. Logan vergaß die ganze Sache und kümmerte sich um das naheliegendste Problem.

»Sei vorsichtig und mach dich nicht verdächtig«, warnte er. »Die Lage ist sehr gefährlich!«

Der Junge wandte sich um und schoß auf seinem Fahrrad davon.

Weder Logan noch Lise wußten, daß es längst zu spät war, die Gregoires noch vor dem schurkischen Franzosen zu erreichen.

DER ALTE GENTLEMAN

Während Logan und Lise sich noch im Café unterhielten, hatte Soustelle bereits alle nötigen Maßnahmen getroffen. Er und seine Soldaten stürmten das Palais der Gregoires, während Paul noch in höchster Eile auf seinem Fahrrad durch die Stadt strampelte. Und zu dem Zeitpunkt, als Paul vergeblich an das reichgeschmückte Tor klopfte, bereitete sich Soustelle bereits darauf vor, Monsieur Gregoire im Verhörzimmer eines kleinen Gebäudes neben dem Hauptquartier der SS gegenüberzutreten. Der SD tat dort oft seine schmutzige Arbeit.

Von der Verhaftung selbst abgesehen, wollte Soustelle die ganze Angelegenheit persönlich in die Hand nehmen. Er würde von Graff benachrichtigen, wenn er sie erfolgreich abgeschlossen hatte. Daher hatte er die SD-Agenten angewiesen, den Gefangenen in die Kammer zu schleppen, und sie dann weggeschickt. Er war nun allein mit dem wohlhabenden Franzosen, der mit der Produktion von Parfüm ein Vermögen gemacht hatte.

Gregoire war um die Siebzig, hatte weißes Haar und ein glattrasiertes Gesicht mit beinahe durchscheinender Haut, obwohl es von vielen Runzeln durchfurcht war. Sein Nacken war ein wenig schief – er litt an Arthritis im Rückgrat –, und eine milde Form der Parkinson'schen Krankheit ließ seinen Kopf unablässig leicht hin und her zittern. Er hätte einen jämmerlichen Eindruck gemacht, wären da nicht seine stolzen, lebhaften Augen und sein festes, entschlossenes Kinn gewesen. Er war ein Mann, der im Leben wenig Schlimmes erlebt hatte. Er hatte eine bereits erfolgreiche Firma von seinem Vater geerbt. Er hatte mit seiner Familie das Leben eines vornehmen Mannes genossen und den Ruf eines Gentleman gehabt, so unnachgiebig er sich auch als Geschäftsmann am Verhandlungstisch zeigte. Als die Stadt besetzt und sein einziger Sohn ins Gefängnis gebracht wurde, hatte Gregoire die Bitternis des Lebens kennengelernt. Und es sollte bald noch viel bitterer werden.

»Wir wissen, daß Sie Verbindungen zum Untergrund haben«, sagte Soustelle und richtete seinen kalten Blick auf den Gefangenen.

»Das ist nicht wahr!« rief der stolze Gregoire aus.

Soustelle fleischige Hand schoß plötzlich vor und versetzte dem bleichen Gesicht des alten Mannes einen brutalen Schlag. Gregoire wurde fast vom Sessel gerissen, fing sich aber wieder, bevor er zu Boden gefallen wäre, und nahm mit verbissenem Ausdruck seinen Platz wieder ein.

»Erzählen Sie mir von Ihrem Sohn«, verlangte Soustelle.

»Ich habe nur getan, was jeder Vater tun würde. Sie sind Franzose; Sie sollten es verstehen.«

Soustelle spuckte auf Gregoires teure italienische Schuhe.

»Ich verstehe, was meine Pflicht ist! Nun sagen Sie mir – wer verhalf ihm zur Flucht?«

»Ich weiß es nicht. Alles wurde per Post arrangiert.«

Soustelle versetzte ihm zur Strafe einen weiteren Schlag, der den alten Mann so hart aufs Ohr traf, daß er blutete.

»Lüge!« schnauzte der Naziknecht ihn an. »Geben Sie mir Namen!«

»Ich kenne keine Namen.«

»Was ist mit L'Escroc?«

Gregoire schwieg.

»Sie werden sprechen!« sagte Soustelle mit eisiger Drohung in der Stimme.

Er schlenderte wie beiläufig zu einem Tisch, von dem er den Knüppel eines Polizisten nahm. Er schlug sich damit bedeutungsvoll in die offene Hand, während er vor dem alten Mann einige Male auf und ab schritt. In seinen Augen glänzte innige Befriedigung, und ausnahmsweise kaute er nicht auf einem Stückchen Lakritze herum.

»Sie werden mir Namen nennen«, sagte er.

Gregoire schwieg immer noch.

Verärgert über die hartnäckige Entschlossenheit des Mannes, sich nicht einschüchtern zu lassen, machte Soustelle sich mit seinem Knüppel an die Arbeit. Innerhalb kürzester Zeit war das sanfte alte Gesicht unkenntlich geworden, blutverschmiert und blutunterlaufen von den Hieben des Franzosen. Als der alte Mann zu Boden fiel, versetzte Soustelle ihm einige weitere Schläge in die Nieren. Aber Gregoire war jetzt mehr denn je entschlossen, diesem bösen Menschen, den einige Leute seinen Landsmann genannt hätten, kein Wort zu sagen.

»Mir soll's recht sein!« zischte Soustelle. »Es gibt noch andere Mittel und Wege, verstockte Zungen zu lösen!«

Gregoire wälzte sich herum und starrte entsetzt seinen Kerkermeister an.

»Ja, Gregoire«, lachte Soustelle. »Ihre Frau ist im Nebenzimmer. Vielleicht werden ihre Schreie Sie zum Reden bringen, eh?«

»Bitte, nein!« flehte Gregoire mit kläglichem Winseln. Sein

Entschluß, sich zu widersetzen, wurde von plötzlicher Panik abgelöst. »Nicht meine Frau ... sie ist kränklich.«

»Dann nennen Sie mir Namen! Sagen Sie mir, wer L'Escroc ist!«

»Ich sagte Ihnen doch, ich weiß nichts. Glauben Sie nicht, ich würde jetzt reden, wenn ich etwas wüßte?«

»Wie's beliebt.«

Soustelle schritt aus dem Raum. Das unheimliche Leuchten stand immer noch in seinen Augen.

Gregoire kroch von dem kalten harten Boden hoch und auf die Türe zu, durch die Soustelle soeben verschwunden war.

Er mühte sich ab, aufzustehen, es gelang ihm aber nur, sich auf die Knie aufzurichten. Umsonst versuchte er die Klinke niederzudrücken. Die Türe war versperrt.

Plötzlich hörte er von der anderen Seite her einen verzweifelten Schrei. Er wußte sofort, daß seine Frau ihn ausgestoßen hatte.

»Nein! Lieber Gott ...!« jammerte er und hämmerte mit einer kraftlosen Faust an die Tür. »Nein ...!«

Aber die Schreie gingen weiter. Fast übertönten sie das dumpfe Klatschen von Soustelles Hieben.

Das letzte, was er hörte, bevor er in gnädiger Ohnmacht auf dem Boden zusammenbrach, war ein gräßliches Auflachen von Soustelle, in das sich ein hysterischer Aufschrei seiner geliebten Frau mischte.

Logan verbarg das Gesicht in den Händen. Er konnte nicht glauben, was Lise ihm gesagt hatte.

»Sie sind tot, Michel ...«

Trotz seiner spannungsgeladenen Beziehung zu Lise und La Librairie hatte Logan bereits zu denken begonnen, alles würde wieder in Ordnung kommen. Er hatte es bereits geschafft, die Realität möglicher Katastrophen zu vergessen.

»....tot, Michel. Hörst du?«

Paul hatte keinen Erfolg mehr gehabt. Logans Warnung, Pauls Versuch, diese Warnung zu überbringen – alles war zu spät gekommen. Und Logan wußte, es war seine Schuld.

Er erinnerte sich, wie der Sohn der Gregoires – der nun außerhalb Frankreichs in Sicherheit war – seine Eltern beschrieben hatte. »Sie sind wie Kinder in einer runzligen Haut ... unglaublich unschuldig«, hatte er gesagt. »Nicht etwa dumm oder naiv! Oh nein!« Er hatte leise gelacht, als er sich vorstellte, seinen Vater

»naiv« zu nennen. »Aber sie haben es irgendwie geschafft, sich von dieser grausamen Welt nicht verderben zu lassen.«

»Michel«, drang Lises Stimme in seine Gedanken, »du darfst nicht dir selbst die Schuld geben.«

Logan hob den Kopf, so daß ihre Blicke einander begegneten. »Wessen Schuld ist es denn, Lise?« fragte er. »Wann muß man innehalten und die Verantwortung für seine eigenen Handlungen übernehmen, selbst mitten ineinem Krieg?«

»Du hast bei erster Gelegenheit versucht, sie zu retten.«

»Trotzdem. Ich hätte mehr für sie tun müssen.«

»Hättest du mehr getan – dich selbst geopfert –, so hättest du vielleicht nur noch mehr andere in Gefahr gebracht.«

Seine Stimme wurde weicher, als er die Hand ausstreckte und die ihre ergriff. »Lise, ich bin schuld daran, daß zwei unschuldige Menschen sterben mußten. Wie kann ich das jemals vergessen? Und das hat nicht der fiktive Michel Tanant getan, das ist nichts, das man aus dem Gedächtnis löschen könnte wie einen erfundenen Namen. Ich habe es getan, verstehst du? Ich – Logan MacIntyre! Und ich werde es niemals vergessen. Wenn dieser Krieg schon längst vorbei ist, werde ich mich immer noch damit herumschlagen müssen.«

»Ist das der Grund, warum du niemals eine Waffe trägst und so sorgfältig aller Gewalt aus dem Wege gehst?«

»Ha! Heute folgte mir Soustelle. Ich packte ihn und stieß ihn gegen eine Ziegelmauer. Ich attackierte ihn! Wahrscheinlich wäre ich nie imstande gewesen, ihm wirklich das Genick zu brechen, wie ich es ihm angedroht hatte. Ich bin immer damit durchgekommen, daß ich ein ganz guter Schauspieler bin. Aber was ist, wenn ich mich noch einmal in einer solchen Lage befinde und ein Gewehr in der Hand habe? Was ist, wenn ich töten *muß*?«

»Ich wollte, ich könnte dir irgendwie helfen, *Logan*.« Sie nannte ihn zum erstenmal bei seinem richtigen Namen. Sie tat es leise, eindringlich, vielleicht ohne zu wissen, daß das allein genügte, um ihm noch eine Weile den Mut zum Durchhalten zu geben.

»Danke«, war alles, was er ihr antwortete.

NATHANIEL

Allison fühlte sich so glücklich wie schon seit Monaten nicht.
Nathaniel war auf Heimaturlaub, nachdem er mehr als ein Jahr lang fortgewesen war. Genaugenommen war er nicht wirklich *zu Hause*, denn er hatte nicht Zeit genug, den ganzen langen Weg nach Norden bis nach Stonewycke zurückzulegen. Aber da Allison ohnehin in London war, machte es kaum einen Unterschied. Es war ihm gelungen, einen Flug für Joanna zu arrangieren, damit sie sich mit ihnen treffen konnte. Die vom Krieg auseinandergerissene Familie würde wieder vereint sein, so gut es unter den Umständen nur möglich war.

Allison und Nathaniel waren in einem Wagen der Armee zum Flughafen hinausgefahren, um Joanna vom Flugzeug abzuholen. Sie hörten jedoch, daß es eine Stunde Verspätung hatte. Allison machte die Verzögerung nichts aus, denn so hatten Bruder und Schwester Zeit füreinander, wie es ihnen nur selten vergönnt gewesen war, selbst vor dem Krieg.

»Es ist schon merkwürdig«, sagte Allison, als sie sich auf einer der hölzernen Bänke in dem betriebsamen Flughafen niedersetzten. »So lange warst du immer mein ›kleiner Bruder‹. Aber jetzt haben wir einander eingeholt.«

»Du meinst, ich habe dich eingeholt!« sagte der rothaarige Nathaniel. Sein sommersprossiges Gesicht verzog sich zu einem Lächeln, das dem seines Vaters sehr ähnlich war.

»Ich weiß nicht«, sagte Allison nachdenklich. »Ich mag älter sein, aber du warst mir in vielen Dingen weit voraus. Du hast immer gewußt, wer du bist und was wirklich wichtig ist im Leben. Es scheint mir, als hätte ich immer noch mit Dingen zu kämpfen, die du längst gemeistert hast.«

»Aber ich weiß jetzt schon, Ali«, antwortete Nat, »daß du deine Füße wieder auf den Felsen gestellt hast, wie Großmutter gesagt hätte.«

Allison mußte lächeln. »Ich hoffe, du hast recht, Nat«, antwortete sie. »Und ich glaube, ich bin Gott nahe, näher als zuvor. Ich war allein, und der Wind wehte mir eine Zeitlang ins Gesicht, und das zwang mich, Bereiche meines Lebens anzusehen, die ich nie zuvor betrachtet hatte. Ich glaube, Logan und ich gingen an unsere Ehe genauso heran, wie wir ans Christsein herangingen –

wir dachten, wir müßten nur einmal Ja sagen und alles wäre in Ordnung. Ich glaube, ich finde heraus – auf beiden Gebieten – daß eine tiefergehende Entscheidung nötig ist, etwas Starkes und Dauerhaftes, das uns hindurchträgt – jahrelang ... für immer. Allein und auf mich selbst angewiesen zu sein, hat mir für einige dieser Dinge die Augen geöffnet, insbesondere dafür, wie oberflächlich ich immer war. Es ist kein Wunder, daß Logan mich schließlich satt gehabt hat.«

»Du bekommst sicher Gelegenheit, alles wieder in Ordnung zu bringen.«

»Oh, das hoffe ich sehr!«

»Wie lange ist es schon her?«

»Einige Monate.« Aber noch während Allison sprach, wurde ihr plötzlich klar, daß es ein ganzes Jahr gewesen war, denn jetzt war es Frühling, und zum letzten Mal hatte sie Logan im vergangenen Frühling gesehen. In wenigen Monaten wären sie neun Jahre verheiratet gewesen. Und doch wußte sie nicht einmal, wo ihr Gatte sich aufhielt. Jeden Monat erhielt sie den anonymen Scheck mit der Post. Sie vermutete, das hatte zu bedeuten, daß es ihm gut ging – natürlich nahm sie an, das Geld käme von ihm.

Nat streckte die Hand aus und ergriff Allisons Hand. Wie groß und warm seine Hände waren, dachte sie. Sie ähnelten so sehr den Händen ihres Vaters – tröstend und vertrauenerweckend.

»Vor einer Weile dachte ich, ich könnte ihn ausfindig machen«, sagte Allison. Sie erzählte ihm von ihren Versuchen, gemeinsam mit Billy Detektiv zu spielen, und von ihrer unheimlichen Begegnung mit Gunther. »Aber seit diesem Erlebnis habe ich fast Angst davor, Logan wiederzusehen. Wer weiß, worauf er sich eingelassen hat!«

»Warum sagst du das?« fragte Nat.

»Der Mann hörte sich an wie ein Deutscher«, antwortete Allison, »und es gibt so viele unbeantwortete Fragen – «

»Was in aller Welt willst du damit sagen, Allison?«

»Ich hasse mich selbst, daß ich so etwas auch nur denke!«

»Das solltest du auch«, sagte Nat mit sanftem Vorwurf. »Ich kenne Logan ja nicht so gut, wie du als seine Frau ihn kennen solltest. Aber ich kenn' ihn genug, um mit Sicherheit zu sagen, er würde niemals mit dem Feind paktieren.«

Das Gespräch stockte ein paar Augenblicke lang, als Bruder und Schwester beide ihren eigenen Gedanken nachhingen. Aber die Zeit war zu kostbar, um sie mit Dingen zu verschwenden, die warten konnten, bis sie sich wieder getrennt hatten. Allison fühlte das Verlangen, diese Zeitspanne für sie beide so bedeutungsvoll wie möglich zu machen, die Bande zwischen ihnen zu festigen.

Sie warf einen raschen Blick zur Linken und betrachtete ihren Bruder voll Bewunderung. Er hatte die hohe Gestalt und das gute Aussehen seines Vaters geerbt, obwohl er nicht so vierschrötig wie Alec war. Kein Zweifel, so manchem Mädchen mochte das Herz höher schlagen bei seinem Anblick, aber er war so bescheiden, daß es ihm wohl nicht einmal auffiel. Er hatte einer Frau viel zu bieten; er würde eines Tages einen großartigen Ehemann abgeben.

Sie blickte verstohlen in sein Gesicht. Er wirkte immer noch knabenhaft. Und dennoch, trotz seiner erst zweiundzwanzig Jahre hatten sich feine Anzeichen um seine Augen eingegraben, Zeichen der inneren Härte, die der Krieg ihm aufgezwungen hatte.

»Wohin geht es jetzt, Nat?« fragte sie schließlich.

»Das ist geheim, das weißt du doch.«

»Geheimnisse!« rief Allison stirnrunzelnd und niedergeschlagen aus.

Nat zögerte einen Augenblick, dann machte er eine Bewegung, als wollte er sprechen, aber in diesem Augenblick unterbrach ihn der Lautsprecher.

»Flug Fünfzehn aus Glasgow landet in wenigen Minuten.«

Das Gespräch schien beendet, oder wenigstens unterbrochen, als Allison und Nat beide aufstanden und hinausgingen, um zuzusehen, wie das Flugzeug mit ihrer Mutter landete. Eine eisige, steife Brise blies ihnen entgegen, Allison mußte ihren Hut festhalten, um zu verhindern, daß er dem Flugzeug oben Gesellschaft leistete. Sie standen jenseits des Zaunes und sahen zu, wie das Flugzeug sein Laufwerk ausfuhr und sich näherte.

»Ich hoffe, Mutter hatte einen guten Flug«, sagte Allison. »Sie fliegt nur ungern und hat es nur um deinetwillen auf sich genommen.«

»Sie braucht nur einen Blick auf mich zu werfen, um zu sehen, wie sehr ich es zu schätzen weiß«, sagte Nat. »Ich weiß nicht, wann ich zurückkomme, ja, ob ich überhaupt – «

Er unterbrach sich mitten im Wort. Er schämte sich, seine eigenen Befürchtungen vor seiner Schwester lautwerden zu lassen, die so viel eigene Sorgen hatte. »Ihr beide wißt gar nicht, wieviel es mir bedeutet, euch jetzt bei mir zu haben.«

Allison streckte die Hand aus und legte den Arm um ihn. Sie preßte ihn zärtlich an sich.

»Oh, Nat«, sagte sie, »verzeih mir meinen selbstsüchtigen Ausbruch vorhin. Ich frage nicht mehr, wohin du gehst oder was du für Geheimnisse hast. Ich werde jeden Tag für dich beten.«

»Danke, liebe Schwester«, sagte er.

»Ich wollte, du müßtest nicht fort, Nat«, sagte Allison. »Ich wünschte, wir könnten die Zeit zurückdrehen und einfach wieder kleine Kinder sein – am Strand herumlaufen, den Dorminwald erforschen ... ach, ich weiß es nicht! Du solltest nicht fortmüssen nach – nach was weiß ich wo!«

Sie blickte zu ihm auf und berührte seine Wange mit der Hand. Er hatte noch kaum einen Bart. Aber tief in seinen Augen las sie, daß er ein erwachsener Mann war, der zu früh erwachsen geworden war.

»Es scheint mir so unfair, lieber, guter Nat – «

Ihre Stimme versagte und Tränen stiegen ihr in die Augen.

Nat beugte sich herab und küßte sie auf die Stirn. »Ich liebe dich, Allison. Du bist eine liebe Schwester. Es sieht jetzt vielleicht alles recht düster aus. Aber ich weiß, es wird besser, besonders für dich. Logan wird zurückkommen, und eines Tages wird der Krieg vorbei sein, und ihr beide werdet eine Ehe führen, wie eure wunderbaren Herzen sie verdient haben. – Und jetzt«, fuhr er fort, »sollten wir uns lieber die Augen trocknen, oder Mutter fragt sich, ob wir uns nicht freuen, sie zu sehen.«

Das Flugzeug setzte auf, und als Joanna ausstieg und den Ausgang passierte, folgte ein zärtliches Wiedersehen zwischen einer Mutter und ihren Kindern, von denen sie lange getrennt gewesen war.

Allison war nicht die einzige, deren Tränen flossen.

DAS KARTENHAUS

Es war eine nervenzermürbende Reise von Paris nach Reims gewesen – fünf Stunden hatten sie für die nur achtzig Meilen gebraucht.

Logan wußte, daß das französische Eisenbahnnetz seit 1939 immer schlechter geworden war – was zum Teil seinen eigenen Operationen in den letzten Monaten zu verdanken war. Aber er hatte nicht damit gerechnet, den halben Tag auf Reisen zu verbringen.

Dann hatte er in Reims einige Schwierigkeiten gehabt, die örtliche Résistance-Zelle zu kontaktieren, die ihnen ein Fahrzeug versprochen hatte. Damit sollten sie den letzten Teil ihrer Reise, die zwanzig Meilen nach Vouziers, zurücklegen. Sie hatten jetzt weniger als eine Stunde Zeit, ihr Ziel zu erreichen und ihre Funkgeräte rechtzeitig aufzustellen.

Als der alte Lieferwagen einer Bäckerei die löchrige Karrenstraße durch die bewaldete Gegend entlangholperte und -rumpelte, schrie Logan über den ohrenbetäubenden Lärm des uralten Motors hinweg: »Kannst du nicht wenigstens ein paar von diesen Schlaglöchern aus dem Wege gehen, Claude?«

»Nicht, wenn wir um sieben Uhr dort sein wollen!« gab der mürrische Claude scharf zurück.

Logan fragte sich, wie sie unter so ungünstigen Umständen die ganze Sache durchführen sollten. Der Auftrag hatte sich recht einfach angehört, als London ihn ihnen unterbreitet hatte: Sie sollten sich bereitmachen, ein Lysander-Flugzeug auf einem verlassenen Flugplatz fünf Meilen südöstlich der kleinen Stadt Vouziers zu erwarten. Es würde zwei wichtige Agenten abliefern, die sie eine Zeitlang in ihre Obhut nehmen sollten. Sie sollten jeden Abend um Punkt sieben Uhr den Kurzwellensender der BBC empfangen und auf die Botschaft warten: »On ne fait pas d'omelettes sans casser des oeufs. Man kann kein Omelett machen, ohne Eier zu zerbrechen.« Wenn diese Botschaft gesendet wurde, dann wußten sie, daß sie in derselben Nacht das Flugzeug erwarten mußten. Ihre Tarnung bestand darin, sich während der Wartezeit als Touristen auszugeben.

Anfang Juli war das Ganze durchaus plausibel. Das Dörfchen Vouziers, hinter dem der Fluß Aisne dahinfloß, würde so von Touristen überschwemmt sein, daß drei weitere nicht auffallen würden. Das heißt: Falls niemand sich die Mühe machte, zwei Männer und eine Frau zu befragen, die in einem abgewrackten alten Bäckerei-Lieferwagen unterwegs waren. Und wenn sie es fertigbrachten, einen Schleier über Claudes abschreckende Züge und seine von unheimlichen Absichten erfüllten Augen zu werfen.

Lise ertappte sich dabei, wie sie über die Ereignisse des vergangenen Dezember nachdachte. Michel war nur zwei Nächte vor dem Bombenangriff auf Pearl Harbour verhaftet worden. Als sie sich zu diesem ersten Treffen mit ihm aufgemacht hatte, hatte sie sich betrogen gefühlt – auf einer tiefen und persönlichen Ebene und viel intensiver, als sie ihn hatte merken lassen. Sie hatte immer noch an ihn glauben *wollen* und versucht, im Zweifel zu seinen Gunsten zu entscheiden. Sie würde seine Botschaft nach London senden, und sie würde alles Nötige tun, um ihn dabei zu unterstützen, die Deutschen zu düpieren.

Als sie von der Verhaftung und dem Tod der Gregoires gehört hatte, hatte sie sorgfältig in seinen Augen gelesen. Die Qual seiner unsichtbaren Tränen war echt, kein Nazi hätte sie vortäuschen können.

Die anderen auch zu überzeugen, erwies sich freilich als schwierig. Sie hatten seine Augen nicht gesehen. Claude war immer noch argwöhnisch auf der Hut und schien insgeheim die Absicht zu hegen, den verachteten Anglais in Schwierigkeiten zu bringen, die ihn ihm ein für allemal vom Hals schaffen würden.

Eine Woche innerer Spannung war vergangen. Michel hatte sich so sehr danach gesehnt, Henri zu sprechen. Aber der sanftmütige alte Buchhändler wollte das Risiko nicht eingehen – zum Schutz der Untergrundgruppe, wie er sagte. Dann, eine Woche vor Weihnachten, war eine Funkbotschaft von Michels Londoner Auftraggeber, »Glucke«, angelangt, die viel dazu beigetragen hatte, die Kluft zu überbrücken. Das Kommunique hatte La Librairie angewiesen, Tanants Wünschen zu entsprechen und nichts zu tun, das ihn bei den Nazis in Schwierigkeiten bringen konnte. Er hätte die volle Unterstützung des britischen Geheimdienstes, besagte die Meldung mit allem Nachdruck. Es konnte kaum einen Zweifel geben, daß die Botschaft echt war. Eine persönliche Mitteilung am Schluß hatte Michel die Warnung zukommen lassen: »Sei vernünftig – du mußt wissen, wann es Zeit ist, den Laden dichtzumachen! Wir können dich binnen 24 Stunden aus Frankreich herausholen, wenn es notwendig sein sollte.«

Daß Michel seinen festen Platz in La Librairie wieder einnahm, verdankte er jedoch letzten Endes einem unerwarten Zwischenfall. Es war Ende Dezember oder in der ersten Januarwoche gewesen, erinnerte Lise sich jetzt. Antoine, der massige Franzose, war in einem Café gesessen und hatte auf Michel gewartet. Plötzlich wimmelte es ohne jede Vorwarnung von französischen Polizisten, die dort im Auftrag der Deutschen eine Razzia durchführten. Antoine war mit Brachialgewalt gezwungen worden, sich neben anderen Verdächtigen an die Wand zu stellen, als Michel aufgetaucht war. Ohne eine Sekunde zu zögern schritt er auf den Inspektor zu, den er kürzlich in Verbindung mit seiner Arbeit für von Graff kennengelernt hatte.

»Was geht hier vor, Inspektor?« hatte er mit entschiedener Stimme gefragt.

»Sie wissen doch, wie es ist, Monsieur Dansette, wir müssen den Deutschen eine gewisse Anzahl von Verhafteten liefern – sie brauchen Arbeiter in ihren Zwangsarbeiterlagern.« Er kicherte nervös. Offenbar begegnete er Michel mit einem gewissen Respekt, wie Antoine später berichtete.

»Natürlich«, antwortete Michel. »Ich sprach erst gestern mit General von Graff über genau dieses Thema, und auch über Untergrundagenten – die fallen mehr in meine Kompetenz, wenn Sie mich recht verstehen, Inspektor«, fügte er augenzwinkernd hinzu. »Der Mann da« – dabei deutete er mit dem Kopf auf Antoine – »sieht jemand ähnlich, hinter dem ich her bin. Ein gefährlicher Franzose. Vermutlich kann er mir Hinweise geben. Lassen Sie ihn in ein Hinterzimmer bringen; ich würde ihn gerne persönlich befragen.«

»Aber natürlich, Monsieur!« Der Inspektor tat ihm ohne weitere Fragen den Willen.

Als sie miteinander im Hinterzimmer allein waren, wußte Antoine nicht, ob Michel nun das wahre Gesicht des Verräters gezeigt hatte oder ob er, Antoine, soeben vor der Deportation nach Deutschland gerettet worden war.

»Du mußt mich überwältigen und fliehen«, sagte Michel wie zur Antwort auf Antoines verwirrten Gesichtsausdruck. »Ich weiß, es war nicht gerade eine großartige List, aber die beste, die mir im Augenblick eingefallen ist.«

»Du meinst doch nicht – «

»Keine Diskussion jetzt! Wenn du nicht mitmachst, bist du unterwegs nach Deutschland. Mir wird schon eine Erklärung einfallen. Jetzt *mach schon*!« befahl er, während er der mächtigen Faust seines Kameraden den Kiefer hinhielt.

Antoine hatte keinen Spaß daran gehabt, Michel an diesem Nachmittag das Gesicht zu zerschlagen. Er wußte, als Michel ihm den Weg in die Freiheit eröffnete, war er das Risiko eingegangen, viel mehr zu verlieren, als er jemals gewinnen konnte.

Claude hatte seiner Interpretation der Ereignisse dieses Tages natürlich heftig widersprochen.

»Du bist doch ein sentimentaler Narr!« war er herausgeplatzt. »Siehst du denn nicht, daß er das ganze Theater inszeniert hat, nur um dein Vertrauen zu gewinnen, und damit auch unser Vertrauen!«

»Das würdest *du* vielleicht tun, Claude«, antwortete Antoine ruhig, aber leidenschaftlich. »Aber L'Escroc ist viel zu klug, um es mit einem so plumpen, offenkundigen Trick zu versuchen. Er war genauso schockiert wie ich, als er zur Türe hereinkam und die französische Polizei sah. *Wir müssen einig sein!* Von heute an wird Michel Tanant hier voll und ganz akzeptiert. Wenn du das nicht hinnehmen kannst, dann sag es laut heraus und hau ab!«

So überstand La Librairie den beträchtlichen Sturm, in dem Michel Tanants Zuverlässigkeit erprobt wurde. Er nahm seinen Platz in ihrer Mitte wieder ein. Allerdings wurde nun sehr viel mehr Wert auf Geheimhaltung gelegt. Und falls Claude bitter und verdrießlich blieb, so ließ er es sich nicht mehr als üblich anmerken.

Die ganze Zeit über nahmen die Gerüchte, die über L'Escroc im Umlauf waren, zu und wurden bald zu Legenden. Logan tat, als käme er dem Mann immer mehr auf die Schliche. Soustelles Haß gegen MacVey wurde immer glühender, und seine Entschlossenheit, »den Betrüger« zu vernichten, wurde zu einer Leidenschaft.

Lise hatte sich seither oft gefragt, wie Michel es schaffte, seinen Tanz auf dem Drahtseil zu absolvieren, ohne abzustürzen.

Als aus den Wochen Monate wurden, begann sie freilich zu sehen, wie die Anspannung feine Linien in sein Gesicht zeichnete. Kein Zweifel, er lebte in beständiger Furcht vor dem unvermeidlichen Augenblick, in dem sein Kartenhaus einstürzen würde. Er hatte ihr einmal erzählt, wie er in einem Londoner Pub gemeinsam mit einem Freund ein solches Kartenhaus gebaut hatte – einen Turm aus drei Kartenspielen, der fast zwei Fuß hoch war. Es hatte Stunden gedauert, bis sie damit fertig waren, aber in weniger als einer Sekunde hatte ein Windstoß, der durch die offene Türe blies, ihr Kunstwerk ins Nichts zerstreut.

Er mußte nichts weiter sagen. Sie wußte, es war jene Angst, die Tag und Nacht an ihm nagte – daß aus irgendeinem unbeachteten Winkel des Schicksals ein solcher Wind hervorwehen und die subtile Scharade, die er so sorgfältig aufgebaut hatte, zum Einsturz bringen würde.

Ja ... Lise sah, daß all dies schwer auf ihm lastete.

Als Michel zum ersten Mal nach Paris gekommen war, hatte sie gespürt, welchen Spaß er an allem hatte, was er dort tat. Sie erinnerte sich noch gut an das knabenhafte Glitzern in seinen Augen, als er und die beiden Piloten Mme. Guillaumes Wohnhaus verlassen hatten und geradewegs dem Gendarm in die Arme gelaufen waren. Wie hatte er die kleine Gaunerei genossen!

Lise warf ihm einen Seitenblick zu, während der Wagen die Straße nach Vouziers entlangratterte.

Er starrte unbeweglich geradeaus, als erwartete er Gefahr, selbst an diesem sonnigen Julinachmittag auf einer idyllischen Landstraße. Warum faszinierte er sie so sehr? Warum durchrann sie ein Schauder, wenn er in der Nähe war? Sie mußte auf Distanz bleiben. Sie durfte es sich nicht gestatten, so verletzlich zu werden – das tat unter den gegenwärtigen Umständen keinem von ihnen beiden gut. Aber es war vielleicht schon zu spät.

Plötzlich, während sie ihn noch anblickte, erbleichte Michels Gesicht, und sein ganzer Körper straffte sich.

»Was ist das!« stöhnte er auf.

Lise fuhr herum. Sie hätte sich keinen schlimmeren Anblick denken können.

Genau vor ihnen versperrte eine deutsche Straßensperre die Landstraße.

VOUZIERS

Als Logan vor zwei Wochen eine erste Überprüfung der Gegend vorgenommen hatte, hatte er dort nicht einmal einen Krautkopf gesehen. Das einzige, was einer Behörde nahekam, war ein feister Polizeiinspektor in mittleren Jahren, der zwar keineswegs patriotisch gesinnt war, aber auch als Kollaborateur keinerlei Eifer an den Tag legte. Er hatte nicht einmal nach Logans Papieren gefragt, und Logan hatte sich völliger Freiheit erfreut, als er den Ort besichtigte und den verlassenen Flugplatz aufsuchte, um sich zu vergewissern, ob ein Flugzeug der R.A.F. dort überhaupt noch landen konnte. Er hatte sogar mit der lokalen Untergrundbewegung – die aus einem alten Bauern und seiner freundlichen Frau bestand – Kontakt aufgenommen.

Jetzt wimmelte es in Vouziers von Deutschen.

War irgendetwas durchgesickert? War es möglich, daß er sich dem Waterloo des »Betrügers« L'Escroc näherte, wie er seit Wochen befürchtete?

Claude bremste den Lieferwagen hinter einem alten Lastwagen. Seine Züge waren verkrampft, aber mehr von Bosheit als von Furcht. Der Lastwagen entfernte sich ratternd, und Claude rückte nach.

»Qu'est-ce qui se passe? Was ist los?« sagte er.

Der Soldat hatte jedoch nicht die Absicht, Fragen zu beantworten, und antwortete statt dessen mit dem gefürchteten deutschen Befehl:

»Ausweis!«

Die Aufforderung, ihre Papiere vorzulegen, machte den dreien keine Sorgen. Die Furcht, die in ihnen aufstieg, hatte mehr damit zu tun, daß unter einem doppelten Boden hinten im Wagen drei Funkgeräte versteckt lagen.

Claude und Lise, die vorne saßen, reichten ihre Papier zum Fenster hinaus und der Soldat überprüfte sie mit einem flüchtigen Blick, dann gab er sie ihnen zurück. Claude griff bereits nach der Gangschaltung, aber der Soldat war noch nicht fertig.

»Was ist das da hinten im Wagen?«

Lise beugte sich sofort zum Fenster. »Wir haben uns den Lieferwagen von meinem Onkel in Reims geborgt«, sagte sie, »um einen Ausflug zu machen. Wir sind aus Paris und machen hier Urlaub.«

»Und dieses Segeltuch da – was ist darunter?«

Lise zögerte nur einen Augenblick lang. »Mein Freund«, sagte sie. »Er schläft. Er hat die ganze Nacht in der Fabrik gearbeitet. Er ist sehr müde.«

»Ich muß seine Papiere auch sehen. Weck ihn auf.«

Lise kletterte in den Fond des Wagens und tat, als weckte sie Logan, der benommen unter dem Segeltuch hervorkroch. Lise nahm seine Papiere und reichte sie nach vorne.

Der Soldat schien sie einen Augenblick länger als die der anderen zu überprüfen, dann gab er sie wieder zurück.

»Aussteigen und den Wagen aufmachen.«

Claude gehorchte mit einem kaum hörbaren, unterdrückten Stöhnen. Lise setzte sich wieder auf ihren Platz. Logan warf das Segeltuch beiseite, blieb aber sitzen. Er betete im stillen, niemand würde auf den Gedanken kommen, den Boden des Lieferwagens an der Stelle zu durchsuchen, auf der er saß.

Der Wachhabende öffnete die hintere Türe des Lieferwagens, stocherte herum, schob ein paar Kisten, die sie als Ablenkung hingestellt hatten, von einer Seite zur anderen, warf Logan einen letzten argwöhnischen Blick zu, dann schloß er die Türe und winkte Claude, weiterzufahren.

Claude schaltete in den ersten Gang zurück und der Wagen fuhr mit einem heftigen Ruck an, während die beiden Passagiere tief durchatmeten.

Eine Viertelmeile später erreichten sie das Dörfchen Vouziers. Es schien von deutschen Soldaten zu wimmeln, obwohl die Passanten ihnen wenig Aufmerksamkeit schenkten. Es war keine erfreuliche Aussicht, ihre Mission unter solchen Umständen durchführen zu müssen.

Nach dem Abendessen besprachen sie, was sie tun sollten. Unglücklicherweise waren die Funkgeräte, die sie jetzt in ihren Zimmern im Hotel versteckt hatten, nur Empfangsgeräte. Sie konnten nicht senden; also konnten sie London auch nicht benachrichtigen, daß ihre Pläne auf Schwierigkeiten stießen. Sie waren alle drei zu erschöpft, als daß sie nach Paris zurückgefahren wären, nur um wieder nach Vouziers hinauszumüssen. Sie schoben daher eine endgültige Entscheidung bis zum Morgen auf.

Als sie erwachten, sah es aus, als hätte ihr Problem sich von selbst gelöst. Die Deutschen waren noch vor Tagesanbruch abgezogen.

Die folgenden Tage waren friedlich, jedenfalls für Logan. Das Wetter war schön. Zuweilen vergaß er fast, warum er hier war und wie notwendig es für einen Mann in seiner Position war, immer auf der Hut zu sein.

Er bemerkte den jungen Mann zum ersten Mal, als er und Lise eines Tages nach einem Picknick und einem Bad im Fluß zum Hotel zurückkehrten. Lise ging auf ihr Zimmer, um sich auszuruhen, während Logan noch in der Halle herumlungerte und mit einem Angestellten plauderte. Der Junge, der die groben Kleider eines Landarbeiters trug, paßte nicht in die Hotelhalle, trotz seiner Bemühungen, so auszusehen, als sei er in eine Pariser Zeitung vertieft.

Logan war augenblicklich auf der Hut. Er verabschiedete sich von dem Angestellten und verließ das Hotel. Es schien ihm am besten, seinen Verdacht sofort zu bestätigen und oder zu entkräften.

Wie er erwartet hatte, folgte der Junge ihm auf den Fersen. Logan gelang es mühelos, ihn abzuhängen. Er umkreiste den Häuserblock und näherte sich dem Jungen von hinten, während der noch dastand und sich fragte, wohin seine Beute verschwunden war. In dem Augenblick, in dem Logan ihn hart von hinten anpackte, schrie er beinahe auf vor Entsetzen.

»Nur ruhig, junger Mann«, sagte Logan, während er ihn vor sich her in eine dunkle Nische zwischen zwei Gebäuden stieß, wo sie keine Aufmerksamkeit auf sich ziehen würden. »Ich möchte dir nicht wehtun, aber ich möchte gerne wissen, warum du mir nachläufst.«

»Ich ... ich kann das schwer erklären, und sie hatten keine gute Beschreibung von Ihnen«, stammelte der Junge, der höchstens sechzehn Jahre alt war, »und sie sagten, ich müßte ganz sicher sein. Und bei all den Nazis, die hier herumlaufen, wollte ich nicht – «

»Schon gut, Junge«, unterbrach ihn Logan. Er mußte sich zwingen, nicht über den armen Jungen zu lachen, der so schlimm in der Klemme steckte. »Ich glaube, wir beide kennen Monsieur Carrel.«

Carrel war der Bauer und Widerstandskämpfer, den Logan bei seinem letzten Besuch in Vouziers kennengelernt hatte.

Der junge Mann nickte heftig. »Oui!« sagte er, zutiefst erleichtert. »Sie sind Monsieur Tanant, non?«

»Der bin ich«, erwiderte Logan. »Nun? Warum hat dich Monsieur Carrel zu mir geschickt?«

Der Junge blickte ängstlich nach links und rechts, bevor er sprach. »Mein Vater hat jemand, den die Deutschen gesucht haben.«

»Einen Flüchtling?«
»Oui.«
»Und er braucht jemand, der ihm weiterhilft?«
»Oh ja – und zwar dringend.«

DER FLÜCHTLING

Das erste, was Logan auffiel, als er das Haus der Carrels betrat, war die warme, erdhafte Atmosphäre. Er hatte keinen solchen Ort betreten, seit er zum letztenmal in Port Strathy gewesen war und Jesse Camerons Häuschen besucht hatte. Madame Carrel stand in der Küche und backte Brot, während ein junges Mädchen von zehn oder elf Jahren eben ein Holzscheit in das Feuer des Kochherds warf. Im Winkel beim Herd leckte ein dreifarbiges Kätzchen Milch aus einer Schüssel.

Mme Carrel begrüßte Logan mit warmer Herzlichkeit. Sie war – und würde es immer sein – eine schlichte, offenherzige Bäuerin und hätte wohl General von Graff genauso begrüßt.

»Kommen Sie bitte hier herein, Monsieur Tanant«, sagte ihr Ehemann.

Logans Blick fiel auf die menschliche Gestalt, die im Hintergrund des Raumes in einem Schaukelstuhl saß, die Füße hochgelagert, das Gesicht dem aus Ziegeln erbauten Herd zugekehrt. Der Rücken des Mannes war Logan zugewandt, und sein erster Eindruck war der eines Kopfes voll leuchtendroter Locken.

»Monsieur le Lieutenant«, sagte Carrel in stockendem Englisch zu seinem Gast, »ich habe einen Besucher gebracht.«

»Wunderbar!« sagte der Mann, ebenfalls in seiner Muttersprach, und drehte seinen Stuhl herum. »Entschuldigen Sie, wenn ich nicht aufstehe – «

Logan erstarrte und riß den Mund auf.

»Nathaniel!« keuchte er.

»Der Herr sei gepriesen!« sagte Nat, der nun eine heftige Anstrengung machte, aufzustehen. »Verflixtes Bein«, murmelte er.

Aber da war Logan schon an seiner Seite und beugte sich über den Stuhl. Er umarmte seinen Schwager leidenschaftlich. Wie gut tat es, jemand so nahe zu sein, der zur Heimat gehörte – zur Familie!

»Was in aller Welt hat dich hierher verschlagen?« fragte Logan.

»Das wollte ich dich gerade fragen!« sagte Nat.

»Es ist eine lange Geschichte, Nat«, antwortete Logan. Plötzlich fühlte er sich unbehaglich, und sein Lächeln verblaßte. Er wandte den Blick ab und tat, als faszinierte ihn das Kaminfeuer.

»Laß mich rasch mal meine Geschichte erzählen«, sagte Nat, »und dann wollen wir uns deine anhören – die zweifellos die interessantere von beiden ist.«

Logan nickte zustimmend, obwohl er sich keineswegs sicher war, daß er seine Geschichte erzählte wollte. Aber Nat war bereits mitten im Reden.

»Ich war in Italien, wo ich Partisanen ausbildete – gar nicht so leicht, wenn man kein Wort Italienisch kann! Aber wir kamen recht gut zurecht, bis dieser Neue auftauchte. Es war alles meine Schuld, denn ich mochte ihn gern und war nicht so vorsichtig, wie ich hätte sein sollen. Zuletzt verriet der Kerl uns alle an die Deutschen. Ich saß eine Weile im Gefängnis San Remo; dann wollten sie mich nach Buchenwald bringen. Während der Zugfahrt spähte ich dauernd nach einer Gelegenheit zur Flucht aus. Aber wir kamen bis Deutschland, bevor sich eine Möglichkeit ergab. Dort entgleiste der Zug, und in dem Durcheinander machten sich fünf von uns davon. Wir waren einen Monat lang auf der Flucht, und als wir hierher kamen, waren wir nur noch zu dritt. Vor etwa einer Woche stießen wir auf eine deutsche Patrouille und flüchteten in verschiedene Richtungen. Damals bekam ich die Kugel ins Bein. Ich weiß nicht, was aus den anderen wurde – ein amerikanischer Pilot aus Texas und ein Bursche vom britischen Geheimdienst.«

»Ich hörte, die Boche verhafteten vorgestern zwei Flüchtlinge«, warf Logan ein.

»Was für eine Schande!« sagte Nat. »Sie waren brave Burschen, alle beide. Ich nehme an, sie werden wieder ganz von vorne anfangen müssen.« Er hielt inne, dann sagte er: »Und was ist mit dir, Logan? – Obwohl ich glaube, einen Teil deiner Geschichte kann ich erraten.«

»Nun«, sagte Logan, der zu dem Schluß kam, daß er irgendeine Geschichte erzählen mußte, »zum ersten solltest du lieber meinen Decknamen verwenden, vor allem, wenn Dritte anwesend sind. Meine Kameraden im Widerstand haben den Namen Logan MacIntyre noch nie gehört. Wenn du von Michel Tanant reden hörst, dann ist von mir die Rede.«

»Dann habe ich recht – du bist beim Geheimdienst.«

Logan nickte.

»Ich sollte dir nicht mehr als nur das erzählen«, fuhr er fort. Er stockte von neuem, unwillig, mehr über sich zu sagen. »Ich weiß nicht, Nat«, sprach er schließlich weiter. »Plötzlich scheint mir das alles nicht mehr so besonders wichtig. Was ich viel lieber wüßte, ist ... wie steht's daheim?«

»Du meinst natürlich Allison?«

»Ja.«

»Warum hast du ihr nichts davon gesagt, was du tust?«
»Du weißt doch, wie es ist ... Sicherheitsmaßnahmen.« Noch während er redete, merkte Logan an Nats bedeutungsvollen Blikken, daß er diese glatte Antwort niemals akzeptieren würde. »Schon recht«, fuhr er resigniert fort. »Ich sagte ihr nichts davon, weil ich wollte, daß sie an mich glaubt – einfach nur an *mich*. Irgendwie hatte ich den Eindruck, es gäbe nur einen einzigen Weg, meine Vergangenheit zu überwinden: Nämlich in dem Wissen, daß wenigstens ein Mensch – Allison – mir völlig vertraute, auch wenn sie nicht über jede Einzelheit Bescheid wußte. Vielleicht war das ein Fehler. Aber damals dachte ich so.«

»Ich sah sie kurz, bevor ich wieder an die Front ging«, sagte Nat.

»Was hat sie gesagt?«

»Daß sie dich liebt.«

»Daran habe ich nie gezweifelt.«

»Sie ändert sich, Logan – so wie man sich ändert, wenn Gott am Werk ist. Und dir geht es wohl genauso.«

»Ich hoffe nur, es kommt nicht zu spät«, seufzte Logan.

»Allison sagte genau dasselbe.«

»Tatsächlich?«

Es war nur eine Kleinigkeit – daß sie beide dasselbe gesagt hatten. War es töricht, darauf eine Hoffnung zu bauen? fragte sich Logan. Ist es soweit, daß ich mir selbst gestatten kann, wieder Hoffnung zu hegen, daß ich irgendwie in ein gemeinsames Leben mit Allison hineinpassen könnte? Ein Teil seiner selbst sehnte sich danach, mit »Ja« antworten zu können. Dieser selbe Teil sehnte sich nach ihr und nach allem, wofür sie in seinem Leben stand – alles, was er im Herzen von sich gewiesen hatte an dem Tag, an dem er Stonewycke verließ.

Er sprang auf, wandte sich ab und schritt zu dem steinernen Kamin hinüber, wobei er Nat den Rücken zuwandte.

»Hör zu«, fuhr er nach einem Augenblick fort, »es ist überaus unangenehm, daß dieser Krieg uns keine rechte Muße läßt, uns über die Komplexitäten des Lebens auszulassen. Wir sollten über wichtigere Dinge reden als meinen Seelenschmerz.«

Im selben Augenblick tat es ihm auch schon leid, daß er so hart geantwortet hatte. Er hatte gar nicht die Absicht gehabt, den lieben Nat so anzufahren. Irgendwie spürte er, daß sein Schwager dafür Verständnis hatte. Als Logan weitersprach, klang seine Stimme munterer, als wollte er seine Entschiedenheit deutlich machen, alles Vorangegangene zu vergessen. Aber Nat saß noch eine ganze Weile mit gerunzelter Stirn da, voll tiefen Mitgefühls für seinen Schwager.

»Nun«, sagte Logan, »sollten wir uns jetzt nicht vielleicht ein Weilchen darüber unterhalten, wie wir dich aus Frankreich 'rausschaffen sollen?«

ABKÜRZUNG

Zwei Nächte vergingen, ohne daß sie von BBC eine Nachricht erhalten hätten. Aber in der dritten Nacht nach Logans Besuch bei Nat kam schließlich die Botschaft:
»On ne fait pas d'omelettes sans casser des oeufs.«

Sie konnten das Lysander-Flugzeug irgendwann in dieser Nacht zwischen zweiundzwanzig Uhr und drei Uhr morgens erwarten.

Logan aß sein Abendessen mit Claude und Lise im Hotel, und irgendwie brachten die drei es fertig, die Zeit totzuschlagen, bis die Stunde kam, zu der sie zu ihrer seit langem erwarteten Mission aufbrechen sollten. Da das Gehöft der Carrels in entgegengesetzter Richtung zum Flugplatz lag, beschlossen sie, daß Claude und Lise unmittelbar zum Flugplatz fahren sollten, falls das Flugzeug früher ankam. Logan sollte Nat vom Bauernhof abholen und ihn mitnehmen, und sie sollten dann die anderen treffen. Sie hofften, ihn sicher an Bord des Flugzeugs und zurück nach England zu bringen.

Um neun Uhr abends kam Logan auf dem Bauernhof an.
»Bist du fertig zum Aufbruch, Nat?«
»Heute nacht also?«

Logan nickte, und ein Lächeln breitete sich über Nats bleiche Züge. Er rappelte sich mühsam aus dem Sessel hoch. Mit Logans Hilfe humpelte er zu der Ecke, in der sein Seesack fertig gepackt wartete.

»Es verwundert mich noch immer«, sagte er, »daß ich so genau zur rechten Zeit in Vouziers ankommen sollte – gerade rechtzeitig, um das Flugzeug nach Hause zu erwischen!«

Er versuchte leise zu lachen, aber das Lachen ging in ein Husten über. Kein Zweifel, die schwärende Wunde raubte seinem Körper die Kraft.

Als sie das Haus verließen, meldete sich Carrels Sohn René freiwillig, sie zu begleiten, und Logan nahm das Angebot erfreut an. Er konnte ein zweites Paar Hände gebrauchen, falls es irgendwelche Probleme mit Nat geben sollte.

Sie stiegen in den Lieferwagen und machten sich auf den Weg zum Flugplatz, der etwa sieben Meilen vom Hof entfernt lag. Der Vollmond schien. Es war eine klare Sommernacht, ideal für eine Landung. Logan war froh, daß sie den Jungen dabeihatten, denn wegen der Verdunkelung durften sie die Scheinwerfer des Lieferwagens nicht einschalten, und er hätte trotz des Mondlichts große Schwierigkeiten gehabt, den Weg über die fremden Straßen zu finden.

Nach zehn Minuten sagte Logan: »Ich dachte, es seien nur sieben Meilen von euerm Hof bis zum Flugplatz.« Er machte sich Sorgen, denn bislang hatte er noch keine vertrauten Landemarken entdecken können, die ihm gezeigt hätten, daß sie sich ihrem Ziel näherten.

»In der Luftlinie wahrscheinlich«, sagte der Junge. »Aber die Straße biegt ein Stück weit nach Norden ab, bevor sie auf die Straße zum Flughafen stößt.«

»Dann muß ich die Landkarte falsch gelesen haben«, sagte Logan. »Wir haben keine Zeit für Verzögerungen!« Es war kurz vor neun Uhr dreißig, aber Logan machte sich bereits Sorgen, daß die Zeit zu knapp würde. Obwohl es noch Stunden dauern konnte, bis das Flugzeug landete, wollte er nicht riskieren, daß Nat nicht rechtzeitig an Bord kam. »Gibt es keinen kürzeren Weg?« fragte er nach kurzer Überlegung.

»Es gibt eine alte Karrenstraße«, antwortete René. »Kaum mehr als eine Fahrspur. Sie führt durch den Wald und ist sehr holprig.«

»Wir werden es riskieren! Wo ist die Abzweigung?«

»Sie müßte gleich kommen ... da ist sie schon!«

Seine Hand wies zum offenen Fenster hinaus. Logan stieg auf die Bremsen und wandte den Wagen scharf nach rechts und in den dichten Wald hinein.

Die Straße entsprach haargenau Renés Beschreibung – ja sie war vielleicht noch schlechter, als er gesagt hatte. Logan wurde bald klar, daß sie vermutlich überhaupt keine Zeit gewinnen würden. Aber als er das begriff, war es bereits zu spät, umzukehren. Er fuhr deshalb so rasch wie möglich weiter, eisern entschlossen, so viel Zeit wie nur möglich zu gewinnen. Er wußte, er konnte niemand außer sich selbst die Schuld für die unglückliche Entscheidung geben.

Der alte Lieferwagen rumpelte und ratterte dahin. Im Wald war es beinahe stockfinster. Gelegentlich hörte Logan ein ersticktes Aufstöhnen von Nat. Er fuhr weiter, die Augen zu schmalen Schlitzen zusammengezogen, um die Straße in dem schwachen Mondlicht zu erkennen, das durch die Baumwipfel drang.

Plötzlich drang der Laut an sein Ohr, den er mehr als alles andere zu hören fürchtete, vom Knall einer Gestapo-Pistole einmal abgesehen – das übelkeiterregende Zischen eines Reifens, dem die Luft ausgeht. Angewidert trat er hart auf die Bremsen. Jetzt würden ihn die zehn Minuten, die er hatte einsparen wollen, zwanzig Minuten zum Reifenwechseln kosten! Er stieg aus dem Lieferwagen und trat an den Kofferraum heran, um den Reservereifen zu holen. Einen Augenblick später starrte er ungläubig in einen leeren Kofferraum.

Es erschien ihm ganz unglaublich, daß sich irgend jemand auf den Weg machen konnte, ohne einen Reservereifen mitzunehmen – bei Reifen, die so alt und abgefahren waren wie die Reifen dieses Wagens! Aber am meisten beunruhigte ihn, daß er selbst nicht daran gedacht hatte, dieses Detail rechtzeitig zu überprüfen. Was für ein Dummkopf war ich doch! dachte er.

Mürrisch teilte er seinen Gefährten mit, in welchem Schlamassel sie steckten.

»Es sind höchstens noch zwei oder drei Kilometer zu Fuß«, bemerkte René.

Logan stieg in den Wagen. Einen Moment lang schien er ein Zwiegespräch mit sich selbst zu halten, dann startete er den Motor von neuem.

»Wir können uns nicht drum kümmern, was aus dem Rad wird«, murmelte er. »Wir können genausogut versuchen, es auf den Felgen zu schaffen!«

Er legte den ersten Gang ein. Der Wagen machte einen Satz nach vorne.

Jetzt, wo sie auf einem Reifen ohne Schlauch fuhren, war es fast unmöglich, den tiefen Karrenspuren und Schlaglöchern in der Straße auszuweichen. Sie waren noch keine zweihundert Meter weit gefahren, als Logan vor Anstrengung schwitzte, das Lenkrad festzuhalten, das sich in seinen Händen bewegte, als hätte es einen eigenen Willen. In der Finsternis konnte er den Stein, der im Wege lag, nicht sehen, geschweige denn um ihn herumfahren. Plötzlich wurden Logans Hände vom Lenkrad gerissen, und der Lieferwagen rumpelte in den Straßengraben.

»Es ist meine Schuld«, ächzte Logan. »Tut mir leid, Kameraden.« Er warf einen Blick auf die Uhr und sah, daß sie es niemals bis zehn Uhr schaffen würden. Wenigstens hatten sie bislang noch keinen Flugzeugmotor gehört.

Langsam öffnete Logan die Türe und stieg aus. Die Nacht war totenstill.

»Wir müssen eben zu Fuß gehen«, sagte Nat fröhlich. »Es ist doch nur ein kleines Stück. Wenn ihr beide mir helft, schaffen wir es.«

Sie schleppten sich qualvoll langsam dahin, machten aber mit grimmiger Entschlossenheit weiter. Nat ging zwischen Logan und René, die ihn stützten, und Logan begann bereits wieder Mut zu fassen, als er plötzlich stehenblieb und den beiden deutete, sie sollten ganz still sein.

»Habt ihr das gehört?« flüsterte er.

Die anderen schüttelten den Kopf. Sie widersprachen jedoch nicht, als Logan sie lautlos von der Straße weg in die sichere Deckung des Fichtenwaldes führte. Sie kauerten sich hinter einem alten Baumstumpf nieder. Den Atem angehalten, warteten sie, was aus dem Geräusch würde, das Logan gehört hatte.

»Monsieur«, flüsterte René kaum hörbar, und dann reichte er Logan etwas hinüber.

»Was ist es?« fragte Logan, als er den Gegenstand entgegennahm. Aber kaum schlossen sich seine Finger darum, wußte er die Antwort auf seine eigene Frage.

»Mein Vater sah, daß Sie keine Waffe tragen«, erklärte René, »deshalb hat er mir das hier gegeben. Aber ich kann nicht damit umgehen.«

»Nun, ich glaube nicht, daß wir es brauchen werden«, antwortete Logan, während er den Webley-Revolver widerwillig in den Hosenbund schob. »Gehen wir weiter ... meine Fantasie spielt mir heute nacht Streiche, will mir scheinen.«

Sie erhoben sich aus ihrem Versteck und schlichen Zoll für Zoll auf die Karrenstraße zurück. Dann setzten sie ihren Weg fort. Zehn Minuten später hatten sie den Wald hinter sich gelassen. Dem armen Nat war der Fußmarsch schwergefallen, aber nun konnte Logan ihn kräftiger stützen und flüsterte ihm alle nur erdenklichen Ermutigungen zu, um ihn zu trösten. In der Ferne, so schien es ihm, konnte er bereits die undeutlichen Umrisse von Gebäuden sehen.

Der Flugplatz!

»Komm weiter, Nat!« sagte er. »Wir sind fast am Ziel!«

Im nächsten Augenblick brach das Unheil, das jeder Untergrundkämpfer fürchtet, ohne Vorwarnung über sie herein.

Als wären sie aus dem Boden gefahren, standen zwei deutsche Soldaten vor ihnen und versperrten die Straße. Im nächsten Augenblick blendete ein scharfer Lichtstrahl Logans Augen, und die scharfen Kommandos deutscher Stimmen drangen an sein Ohr.

TRAGÖDIE

Lise blickte zum zehnten Mal innerhalb einer halben Stunde zur Straße hinüber. Sie und Claude waren bereits seit dreißig Minuten da, und immer noch war keine Spur von dem Lieferwagen zu sehen.

Sie schritt zur Start- und Landebahn hinüber, wo Claude damit beschäftigt war, Unkraut und Steinbrocken vom Beton zu entfernen.

Er blickte auf, als sie näherkam. »Wir hätten schon vor Tagen herkommen sollen, um diese Arbeit zu tun«, knurrte er.

»Michel wollte nicht unnötig die Aufmerksamkeit auf uns lenken – weder auf uns noch auf diesen Ort hier.« Sie beugte sich vor, hob einen Ast auf und warf ihn beiseite. »So schlimm ist es nicht, und wir haben immer noch Zeit.« Sie konnte kaum glauben, daß Claude sich für nichts anderes interessierte als für den Zustand der Landebahn. »Machst du dir keine Sorgen?« fragte sie schließlich.

»Ja, mache ich«, antwortete er kalt. »Es wird nicht gerade einfach sein, zu zweit das Flugzeug herunterzulotsen.«

»Claude!« rief Lise ärgerlich. »Ist es dir ganz egal, was mit Michel passiert? Was ist, wenn er irgendwo tot im Straßengraben liegt? – Ich gehe und suche ihn«, fügte sie entschlossen hinzu.

Sie wandte sich ab und wollte gehen, aber Claude ließ den Armvoll Unkraut und Zweige fallen und rief ihr nach, sie sollte stehenbleiben.

»Du kannst inzwischen die Lampen aufstellen«, befahl er. »Ich gehe und suche deinen Anglais.« Er hob den Rucksack auf, der sein Sten-Maschinengewehr enthielt und eilte mit langen Schritten davon.

Lise sah ihm nach, wie er in dem Feld verschwand, das den alten Flugplatz von allen Seiten umgab. Dann wandte sie sich mit einem Seufzer ihrer Aufgabe zu. Vielleicht brauchten sie die Landelichter gar nicht, aber sie mußten sie auf jeden Fall bereitstellen. Sie hob den Blick zum sternbesäten Himmel, dann blickte sie zu den Wäldern hinüber, die das Feld in der Ferne begrenzten. Es hätte den Deutschen ähnlich gesehen, dachte sie, hier draußen zu patrouillieren – unsichtbar, gerade noch im Schutz der Bäume, würden sie warten und beobachten und versuchen, die Widerstandskämpfer dazu zu verlocken, daß sie von diesem lang vergessenen und unbenutzten Streifen Beton Gebrauch machten.

»Bitte«, flehte sie lautlos in ihrem Herzen, »bitte, laß alles gut enden!«

»Eure Waffen!« befahl einer der Soldaten.

Logan zog die kleine Pistole aus seinem Gürtel und warf sie in den Schmutz.

Der Soldat richtete sein Gewehr auf Nat und René. »Waffen!« wiederholte er.

»Sie sind unbewaffnet«, sagte Logan in seinem holprigen Deutsch.

Der Soldat nickte seinem Gefährten zu. Die Mündung seines Gewehrlaufs bewegte sich hin und her, seine Augen lauerten auf plötzliche Bewegungen.

Logan blinzelte ins Licht der Taschenlampe, die immer noch genau auf sein Gesicht gerichtet war. Er war geblendet. Einen Augenblick später fühlte er, wie Hände ihn nach Waffen abtasteten. Der zweite Soldat ging zu Nat und René weiter. Als er sich vergewissert hatte, daß sie nur mit der Pistole bewaffnet gewesen waren, trat er mit seinem Gewehr in der Hand zurück.

»Was habt ihr hier zu suchen?« fragte der erste Soldat.

Die Frage erschien Logan seltsam unpassend. Warum schleppten sie sie nicht einfach nach Vouziers oder zu ihrem Kommandanten und überließen es dem Geheimdienst, sie zu befragenb? Aber diese beiden hatten etwas Merkwürdiges an sich ... etwas Zögerndes.

War es möglich, daß sie sich verirrt hatten? dachte er insgeheim.

Dann standen sie jetzt mit drei Kriegsgefangenen da und wußten nicht, wie sie mit ihnen zu ihrer Einheit zurückgelangen sollten.

»Was ist mit deinem Freund da?« fragte der Nazi, wobei er auf Nat deutete. »Geht er im Wald spazieren, mit einer so schlimmen Wunde?« Aber bevor er noch weiterreden konnte, erlosch das blendende Licht plötzlich, das Logan ins Gesicht schien. Es war, als hätte der laute Krach des Gewehrs, der mit einem Mal durch die Nacht hallte, das Licht ausgelöscht.

Logan ließ sich zu Boden fallen. Gewehrfeuer explodierte rings um ihn. Stimmen schrien in mehreren Sprachen. In der Verwirrung verstand er kein Wort.

Er kroch hin und her und versuchte, seine Pistole wiederzufinden. »Nat!« rief er. »Nat, wo bist du?«

Die einzige Antwort waren weitere Schüsse, diesmal aus nächster Nähe. Die beiden Deutschen feuerten, aber ihre Schüsse galten nicht ihm. Neuerliche Salven krachten, diesmal aus einiger Entfernung, in der Nähe des Flugplatzes.

Logan hörte einen Aufschrei. Es klang nach René, aber er war sich nicht sicher. Er hatte noch keinen Laut von Nat gehört, aber schließlich war Nat schwach und verletzt und versuchte wahrscheinlich, seine Kräfte zu schonen.

Wieder knallten Schüsse, Mündungsfeuer blitzte in der Nacht auf, dem wiederum tiefe Schwärze folgte. Ein neuerlicher Schmerzensschrei, dann der kehlige Fluch einer deutschen Stimme.

Aus dem Augenwinkel sah Logan plötzlich eine Gestalt vorwärtsspringen. Es war Nat. Er stürzte sich auf einen der deutschen Soldaten, der die Mündung seines Gewehrs direkt auf Logans Kopf gerichtet hielt. Er hörte die rasche Folge von Schüssen kaum, die der Bewegung folgten.

Logan war sich der Gefahr, in der er schwebte, nur verschwommen bewußt. Er wälzte sich herum, seine Finger schlossen sich um die Webley. Eine Kugel fuhr Bruchteile von Zentimetern an seinem Kopf vorbei. Eine zweite folgte ihr fast sofort. Schmutz sprühte an seiner Schulter auf, als sie einschlug. Er fuhr herum, versuchte Nat zu erkennen, und während Schmutz und Gras ihm ins Gesicht flogen, als ein dritter Schuß krachte, feuerte er den Revolver fast blindlings in die Richtung ab, in der der zweite Soldat stand. Noch während er den Abzug drückte, erwartete sein verwirrtes Hirn, dem Schuß ins Dunkel müßte augenblicklich ein tödlicher Treffer von einem der beiden Nazis folgen, der diesen plötzlichen Alptraum beendete.

Aber kein Schuß wurde hörbar. Plötzlich versank alles in tiefer Stille.

Logan rappelte sich auf die Knie auf. Er packte die Pistole mit einer Hand und rieb sich mit der anderen den Sand aus den Augen.

Als er wieder klar sehen konnte und das Mondlicht das Schlachtfeld um ihn herum erhellte, verkrampfte sich sein ganzer Körper bei dem Anblick, der sich ihm bot.

Drei blutüberströmte Leichen lagen vor ihm auf dem Boden.

DIE LANDUNG

Lise lief auf und ab. Immer wieder blickte sie zum Himmel auf. Wenigstens war von dem Flugzeug noch nichts zu sehen. Sie machte sich Sorgen um Michels Freund. Eine solche Chance, Frankreich in Sicherheit zu verlassen, würde nicht so rasch wiederkommen. Seine Wunde machte jeden anderen Weg für ihn unmöglich, ja tödlich.

Plötzlich hörte Lise Geräusche. Instinktiv blickte sie zum Himmel auf. Aber augenblicklich wurde ihr klar, daß das, was sie hörte, nicht der Lärm eines Flugzeugs war.

Ohne sich einen Augenblick zu bedenken, rannte Lise auf den Lärm zu. Sie hatte Angst davor, was sie vorfinden mochte. Sie hörte neuerliche Gewehrschüsse und Schreie.

Wieder krachten Salven, dann war es still.

Lise blieb stehen. Sie warf einen Blick zurück zu der Landebahn, dann starrte sie wieder in die jetzt schweigende Dunkelheit.

Dann hörte sie plötzlich in der Ferne das Geräusch, das sie halb und halb zu hören gefürchtet hatte. Aus dem Himmel über ihr ertönte das ferne Jaulen der Triebwerke des kleinen Flugzeugs.

Logan kauerte halb betäubt auf dem Boden. Allmählich erwachte er aus seiner Erstarrung, seine Hände zitterten. Etwa einen halben Meter entfernt lag der Revolver, wo er ihm aus der Hand gefallen war.

Plötzlich erinnerte er sich. Ein junger deutscher Soldat lag tot vor ihm. Er konnte nicht erkennen, welcher Ausdruck auf seinem Gesicht gelegen war, als Logans ungezielte Kugel sein Leben ausgelöscht hatte. Er sah nichts weiter als den Blutfleck auf seiner Brust. Er wandte sich ab, krümmte sich zusammen und übergab sich.

Einen Augenblick später fühlte er eine sanfte Hand auf der Schulter. Er schrak zusammen, drehte sich um und wich beinahe zurück. Er blickte in Renés verstörtes Gesicht. Dem Jungen rannen Tränen über die schmutzigen Wangen. Logan selbst konnte nicht weinen. Die Verwüstung in seinem Hirn war zu gewaltig, als daß Tränen sie hätten wegwaschen können.

Weitere Leichen lagen in der Nähe, aber Logan wagte nicht, sie anzublicken. Er wußte, einer der Toten war Nat.

Er zwang sich, aufzustehen und schritt zu der hingestreckten Gestalt seines Schwagers hinüber. Er legte eine Hand auf die Brust des jungen Mannes. Spürte er da eine schwache Bewegung? Nat öffnete langsam die Augen.

»Logan«, wisperte er schwach, »du bist in Ordnung?«

»Nat ...!« schrie Logan auf, aber jedes weitere Wort blieb ihm in der Kehle stecken.

Er riß sich den Rock vom Leib und preßte ihn auf die Wunde in Nats Unterleib. Dann sackte er neben ihm zusammen und starrte ins Leere.

»Ihr Kamerad kommt«, rief René. Seine Stimme drang durch den Nebel in Logans Hirn.

»Was?«

»Ihr Kamerad«, sagte der Junge. »Er überraschte die Soldaten, die uns gefangengenommen hatten.«

Logan ging in die Richtung, in die der Junge wies. Claude hatte eine tiefe Schramme an der Stirn. Bald würde er seiner Sammlung eine weitere häßliche, zackige Narbe hinzufügen. Logan streckte eine Hand aus, um ihm aus dem Graben zu helfen, aber Claude schüttelte ihn ab.

»Ich komme allein zurecht«, knurrte er. »Was ist mit den Boche?«

»Du hast einen von ihnen getötet«, antwortete Logan. »Ich verdanke dir mein Leben.«

»Spar dir deine Dankbarkeit für einen, der sie braucht. Und der andere?«

»Ich habe ihn getötet«, sagte Logan.

»Du, Anglais?« rief Claude in spöttischem Unglauben aus. »Ich dachte nicht, daß du die Nerven dazu hättest!«

Logan gab keine Antwort.

»Sehen wir zu, daß wir von hier verschwinden«, sagte Claude.

Immer noch starrte Logan ins Leere. Wie konnte Claude nach allem, was soeben geschehen war, so klar denken? Aber für Claude war es schließlich nicht das erstemal, daß er einen Menschen getötet hatte. Wurde es tatsächlich mit jedem Mal leichter? Würde er selbst eines Tages auch in der Lage sein, seinen Feind niederzumachen, ohne einen Gedanken daran zu verschwenden? Die Aussicht erschien ihm noch erschreckender als die Tat selbst.

Es war der Gedanke an Nat, der Logan schließlich zum Handeln zwang. Er war noch am Leben! Wenn sie es nur bis zur Landebahn schaffen und ihn an Bord des Flugzeugs bringen konnten! Er mußte Nat heimschaffen – heim nach Stonewycke, zu seiner Mutter, zu Allison.

Sie kehrten zurück. René und Logan trugen Nat, Claude stolperte ihnen voraus. Ihre Schwierigkeiten hatten sich verzehnfacht. Nat hätte niemals bewegt werden dürfen, aber Logan wußte, daß seine einzige Chance das Flugzeug war. Glücklicherweise fühlte Nat keine Schmerzen mehr.

»Schneller«, drängte Claude, der ihnen bereits weit voraus war. »Es ist nicht mehr weit.«

Aber die Worte waren kaum ausgesprochen, als sie auch schon den Lärm des Flugzeugs hörten. Einen Augenblick später tauchte es im Mondlicht auf, obwohl es ohne Licht flog. Es surrte einmal über der Landebahn im Kreis, während der Pilot vermutlich die Koordinaten überprüfte, um sicherzugehen, daß dieses dunkle Feld wirklich der vorgesehene Landeplatz war. Es flog noch eine Schleife, wobei es tief genug ging, um Menschen auf der Landebahn ausmachen zu können.

Lise rannte jetzt zurück zur Landebahn. Plötzlich begann Logans betäubter Verstand wieder zu arbeiten. Dieses Flugzeug war Nats einzige Hoffnung auf Überleben! Es würde noch einmal kreisen, aber dann würde der Pilot das Schweigen und die Dunkelheit als Zeichen betrachten, daß das Unternehmen abgeblasen worden war. Sie mußten dem Piloten ein Signal geben.

»René«, sagte Logan hastig, »lauf voraus zur Landebahn und hilfe Lise, dem Flugzeug Zeichen zu geben.«

Logan hob Nat auf, den er nun auf beiden Armen trug, und schleppte ihn, schwankend unter seinem Gewicht, Schritt für Schritt weiter.

»Logan«, hauchte Nat. Seine Stimme war kaum noch verständlich. »Ich schaff's nicht bis zum Flugzeug – Logan – muß ausruhen – «

»Nein«, sagte Logan, »wir schaffen es!«

Er beschleunigte seine Schritte, stolperte aber über eine vorstehende Wurzel. Er brach in die Knie, ließ aber Nat so sanft er konnte zu Boden sinken. Augenblicklich schob er die Arme wieder unter Nats Schultern und Knie und versuchte von neuem aufzustehen, obwohl seine Kräfte fast erschöpft waren.

»Bitte, Logan ... ausruhen ...«

»Du bist fast schon zu Hause, Nat. Nur noch ein kleines Stückchen.«

»Ich bin unterwegs nach Hause, Logan, aber nicht nach Stonewycke.«

»Du darfst nicht sterben, Nat! Halt durch!«

»Ich liebe dich, Logan! Aber laß mich. Es ist schon in Ordnung, weißt du ... es macht mir nichts aus, wenn ich nur weiß, daß du und Allison wieder beisammensein werdet.«

»Das werden wir, ich verspreche es dir.«

»Du warst immer ein großer Bruder für mich ... ich bin froh, daß gerade du jetzt bei mir bist ... wo es zu Ende geht.« Er verkrampfte sich vor Schmerz, aber es gelang ihm unter Mühen, weiterzusprechen: »Weißt du noch, wie der alte Austin eine Panne hatte und – «

Aber das waren die letzten Worte des jungen Nathaniel MacNeil. In den Armen seines Schwagers glitt er davon in den Frieden, nach dem er sich sehnte, mit dem Lächeln einer glücklichen Erinnerung an ihr erstes Zusammentreffen auf den Lippen.

DOPPELTES SPIEL

Jetzt war das alles kein Spiel mehr für Logan MacIntyre. Er hatte immer die Kunst beherrscht, sich vom Tod zu distanzieren. Aber nun hatte er selbst die Blutschuld an den eigenen Händen geschmeckt. Es stimmte, er hatte die Pistole gepackt und aus purem Selbsterhaltungstrieb gefeuert, um sich selbst und Nat zu schützen. Aber solche Vernunftgründe konnten die vorwurfsvolle Stimme in seinem Herzen nicht zum Schweigen bringen. Niemals würden sie das grauenhafte Bild des deutschen Soldaten auslöschen, der blutbefleckt zu seinen Füßen lag.

Und ebensowenig würde er jemals die schreckliche Hilflosigkeit seines Schwagers vergessen können, der sterbend in seinen Armen lag.

Lise versuchte ihn zu überzeugen, daß es nicht seine Schuld gewesen sei. Und das stimmte natürlich. Aber Nat war einen wahrhaftigen Heldentod gestorben – ein verwundeter Soldat, der sich dem Feind entgegenwarf, der die Kugel mit der eigenen Brust auffing, um das Leben seines Schwagers zu schützen, seines Helden.

Was hatte er selbst jemals getan, das diesem Heldentum gleichgekommen wäre? Nichts! Sein Leben war gebrandmarkt von Lügen und doppeltem Spiel. Die Nacht in Vouziers war eine Nacht des Todes gewesen, und Logan würde niemals wieder derselbe sein.

Logan blickte sich in dem überfüllten Café um, in dem er soeben mit Paul zusammengetroffen war, um dem Jungen einige Botschaften für Henri zu übergeben. Paul war fort, und auch Logan hätte längst wieder unterwegs sein sollen. Er mußte in einer halben Stunde General von Graff treffen.

Müde erhob er sich. Er hätte gerne noch gewartet, aber er konnte das Treffen nicht länger hinausschieben.

Von Graff trug einen unglücklichen Ausdruck auf dem Gesicht, den man in letzter Zeit immer häufiger auf seinen aristokratischen Zügen sah.

»Sie waren eine ganze Woche lang weg von Paris!« tobte er.

»Meine Freundin wollte Urlaub machen«, antwortete Logan mit stoischer Ruhe.

»Sie haben es wohl nicht für notwendig gehalten, mich zu informieren?«

»Ich wüßte nicht, daß es Sie etwas anginge.«
»Alles, was Sie tun, geht mich etwas an.«
Logan zuckte die Achseln.
Von Graff erhob sich drohend aus seinem Sessel.
»Und überhaupt«, fuhr Logan trotzig fort, »dachte ich, wir hätten uns darauf geeinigt, daß Sie mir keine Schnüffler mehr nachschicken.«
»Und ich habe mich an diese Vereinbarung gehalten«, sagte der General und ließ sich etwas ruhiger in seinen Sessel zurücksinken. »*Das hier* ist der Grund, wieso ich es herausgefunden habe.«
Er hob eine Urkunde auf, in der Logan seinen Antrag auf Reisepapiere erkannte.
Er betrachtete sie gleichgültig.
Von Graff legte das Dokument hin, und nachdem er Logans Gesichtsausdruck eine Weile studiert hatte, sprach er von neuem.
»Was stimmt nicht, Herr MacVey?« sagte er in freundlicherem Ton als bisher. »Werden Sie allmählich des doppelten Spiels müde – ein Diener zweier Herren – ein Verräter an Ihren eigenen Landsleuten – und all das? Das kommt oft vor, glauben Sie mir.«
Logan ging auf das Stichwort ein. Es stimmte ja tatsächlich – zumindest teilweise.
»Ich glaube, die Woche in Reims hat mir geholfen«, antwortete er. »Zuweilen tut es einfach gut, alles vergessen zu können. Deshalb bin ich wohl auch fortgefahren, ohne Ihnen irgend etwas davon zu sagen.«
»Letzte Woche war die Widerstandsbewegung nur vierzig Kilometer von Reims entfernt am Werk.«
Logan hob den Blick und sah von Graff gerade in die Augen. »Nach all den Monaten«, sagte er, »dachte ich, ich wäre vor diesen ermüdenden Anschuldigungen sicher.«
»Niemand ist sicher«, sagte von Graff. »Nicht einmal ich selbst. Als der Leiter der Abteilung für Judenfragen, Herr Eichmann, kürzlich Paris besuchte, mußte ich meine ganze Kraft zusammennehmen, um den nötigen guten Eindruck auf ihn zu machen. Es wird eine Razzia nach Pariser Juden geben. Etwa dreißigtausend sollen verhaftet werden.«
»Dreißigtausend Juden!« schrie Logan in unverhohlenem Entsetzen auf.
»Sie werden Augen und Ohren offenhalten müssen«, antwortete von Graff. »Ein so bedeutendes Ereignis wird dazu führen, daß die Widerstandskämpfer aus ihren Löchern kommen. Wir

könnten ein paar der wichtigsten Leute ins Netz bekommen. Vielleicht zeigt sogar L'Escroc sein Gesicht.«

»Soll ich diese Information als Köder auslegen und sehen, ob irgend jemand anbeißt?« Logan wußte, er würde die Résistance vor der Razzia warnen müssen; er hoffte, daß von Graff ihm eine zustimmende Antwort gab – das hätte es ihm ermöglicht, gleichzeitig seine Tarnexistenz als Trinity aufrechtzuerhalten.

»Wir legen Wert auf größte Geheimhaltung«, antwortete von Graff. »Wir wissen jedoch, daß bereits einiges durchgesickert ist. Allerdings noch nicht genug, um das Unternehmen ernsthaft zu gefährden.«

»Es gibt also keinen Massenexodus von Juden?«

»Wohin sollten sie gehen? Die meisten sind durch ihre Fremdartigkeit und ihre Papiere gebrandmarkt. Alle Bahnhöfe, alle Ausfahrten aus der Stadt werden scharf bewacht. Und die Strafe dafür, mit gefälschten Papieren gefaßt zu werden, ist schlimmer als die Aussicht auf ein Arbeitslager.«

»Dort wird man sie hinbringen?«

»Das nehme ich an. Was sonst sollte man mit ihnen anfangen?«

»Aber ich kann mir nicht vorstellen, daß es irgendwo Lager gibt, die groß genug sind, um eine solche Armee von Gefangenen aufzunehmen.«

»Was weiß ich! Was nach der Razzia mit ihnen geschieht, ist nicht mehr unser Problem, nicht wahr?«

NOCH EINMAL VOUZIERS

Arnaud Soustelle schenkte dem herrlichen Sommertag, der sich über die Landschaft von Vouziers breitete, keinerlei Beachtung.

Er hatte einige seiner Verbindungen spielen lassen und war rasch auf eine gewisse Bäckerei gestoßen, die sich – was ihn keineswegs überraschte – als kleines Rädchen im Getriebe der Résistance erwies. Drei Widerstandskämpfer waren verhaftet und verhört worden. Niemand wußte, was man den dreien noch an kostbaren Informationen entreißen würde, bevor sie erschossen wurden, dachte Soustelle mit grimmigem Vergnügen. Er hatte den Verhören nicht länger beigewohnt, sondern den Rest der Befragung dem örtlichen Gestapo-Chef überlassen, sobald er die erste wichtige Information in Händen hatte: Der Lieferwagen einer Bäckerei war nach Vouziers gefahren.

Alle Stücke des Puzzles paßten ganz prächtig zusammen. MacVey fährt nach Reims, angeblich auf Urlaub. Und was passiert? Ein Lieferwagen der Résistance fährt nach Vouziers, nur einige Kilometer entfernt vom Schauplatz der Untergrundtätigkeit, die dort stattfindet. Soustelle wollte vor allem eines wissen: Wer hatte den Wagen gefahren? Er hätte in Reims herumlungern können, bis man die Information einem der gefangenen Agenten abgerungen hatte. Aber das konnte Tage dauern. Vouziers war ein kleiner Ort; es würde keine Schwierigkeiten bedeuten, MacVeys Steckbrief im Umlauf zu bringen.

Soustelle warf einen Blick auf seine Armbanduhr, während er in einem von der Gestapo zur Verfügung gestellten Automobil die holprige Straße entlangfuhr. Er würde nach Paris zurückkehren, sobald er seine geschäftlichen Angelegenheiten in Vouziers erledigt hatte; er würde irgendwann heute nacht dort eintreffen.

Er fuhr in das Städtchen. Als erstes würde er den französischen Polizeiinspektor aufsuchen. Er kannte ihn zufällig noch aus der Zeit, als er Gendarm gewesen war – ein fauler Fettkloß, der sich als Behörde aufspielte. Aber er war käuflich.

AUF DER SPUR

Es war schon nach zehn Uhr abends, als Soustelle nach seinen erfolgreichen Nachforschungen in Vouziers nach Paris zurückkehrte. Die Fahrt war ermüdend gewesen, aber er hatte die Jagd nicht unterbrochen – nicht jetzt, wo er so nahe am Ziel war.

Lawrence MayVey war tatsächlich in Vouziers gewesen, nicht nur in Gesellschaft einer Frau, sondern auch mit einem unheimlich aussehenden Mann – soviel hatte er in verschiedenen Gesprächen erfahren. Soweit es den Ex-Polizisten anging, war das schon genug, um ihn des doppelten Spiels zu beschuldigen. Aber er war vorbereitet, sollte von Graff noch weitere Beweismittel verlangen. Es gab ein paar zwielichtige Individuen in dem Städtchen, die er gut bezahlt hatte, damit sie beschwören sollten, sie hätten MacVey in der Umgebung des verlassenen Flugplatzes gesehen, auf dem, Berichten zufolge, ein englisches Flugzeug gelandet war. Soustelle wußte, daß der Anglais schuldig war, was der weichherzige General auch sagen mochte. Wenn er die Fakten ein wenig manipulieren mußte, um ihn zu überführen – nun, auch recht.

Unglücklicherweise war seine Glückssträhne in dem Augenblick abgerissen, in dem er nach Paris zurückgekehrt war. Er war unmittelbar zu MacVeys Wohnung gefahren, aber der Schurke war ausgeflogen. Stunden ermüdender Detektivarbeit waren gefolgt, als er den Versuch machte, dem Verräter auf die Spur zu kommen, aber seine Mühen waren vergeblich gewesen. Er hatte eine ganze Anzahl Leute aus dem Bett geholt, um sie zu befragen. Er hatte die Nachbarschaft beobachten lassen. Er war zu dem Café gegangen, von dem er wußte, daß Trinity dort verkehrte. Er kam zurück zu der Wohnung, öffnete das Schloß mit einem Nachschlüssel und durchsuchte die Räume, fand aber, daß der britische Agent überaus vorsichtig war – die Räume waren fleckenlos sauber, abgesehen von einem Briefchen Streichhölzer aus einem der vielen Cafés am Seineufer. Er versuchte es in diesem Café, lungerte dort herum, bis es schloß, befragte die Angestellte, erfuhr aber nicht mehr, als er bereits wußte: MacVey war zwei- oder dreimal in Gesellschaft derselben Frau gesehen worden.

Schließlich rief Soustelle, bevor er sich neuerlich auf die Suche machte, einige SD-Agenten zu sich, die ihm besonders treu ergeben waren und deren Stillschweigen er vertrauen konnte. Er nahm sie im Wagen mit, fuhr sie zu der Wohnung, postierte sie am gegenüberliegenden Straßenrand, wo sie das Gebäude im Auge behalten konnten; dann lief er hinein und noch einmal die Stiegen hinauf. Kurz darauf tauchte er wieder auf der Straße auf und ging langsam zu seinen Helfershelfern hinüber.

»Immer noch keine Spur von ihm«, sagte er. »Anscheinend kümmert ihn die Ausgangssperre nicht. Es ist beinahe zwei Uhr morgens.«

»Was sollen wir tun, wenn er kommt, Herr Soustelle?« fragte einer der Männer.

»Vergewissert euch, daß er drinnen bleibt. Schlagt erst zu, wenn er versucht, wieder fortzugehen. Wenn er hineingeht, haltet euch versteckt und wartet auf mich. Dieser Verräter gehört mir! Wenn er wieder gehen will, packt ihn. Aber krümmt kein Haar auf seinem Kopf! Auch dieses Vergnügen möchte ich mir persönlich vorbehalten.«

»Werden Sie bald zurückkommen?«

»Ich weiß es nicht. Beobachtet das Gebäude und wartet. Ich habe noch eine Spur, der ich nachgehen möchte.«

Damit wandte Soustelle sich um und ging die Straße hinunter, in die Pariser Nacht hinein.

Lise hatte Logan verlassen und war kurz vor Mitternacht in ihre Wohnung zurückgekehrt. Sie, Logan und Antoine hatten den ganzen Tag damit verbracht, die alarmierende Nachricht von der großen Razzia zu verbreiten, so schnell und zugleich so diskret sie nur konnten, um Logans Tarnung nicht zu gefährden.

Noch während sie über die Ereignisse des Tages nachdachte, sank Lise in tiefen Schlaf.

Wenige Stunden später wurde sie jählings von einem scharfen Geräusch aus dem Schlaf gerissen. Sie fuhr hoch, warf einen Blick in die Runde und versuchte sich zu sammeln.

Es war immer noch finster. Alles war still. Es mußte mitten in der Nacht sein.

Sie hatte unbestimmte Alpträume gehabt von Gendarmen, die an die Türen jüdischer Bürger trommelten und sie fortschleppten, um sie einem gewaltsamen Tod zu überantworten. Langsam legte sie sich wieder nieder. Sie atmete schwer und troff von Schweiß.

Da kam das Hämmern wieder! Diesmal war es kein Traum! Jemand hieb mit der Faust an *ihre* Türe, und die zornigen Rufe, die das Hämmern begleiteten, klangen alles andere als freundlich. Sie hatte alle nur erdenklichen Vorsichtsmaßnahmen getroffen – würde sie trotzdem überfallartig festgenommen und nach Deutschland verschleppt werden?

Zitternd vor Furcht sprang sie neuerlich auf und stieg aus dem Bett. Zu fliehen, wäre Wahnsinn gewesen. Sie mußte sich ihnen stellen, wer immer es war.

Sie warf einen Bademantel über und schlich zum Vorderzimmer. Sie drehte das Licht an, zog den Riegel zurück und öffnete schläfrig blinzelnd die Türe. »Was ist los?« fragte sie mit schlaftrunkener Stimme.

»Sind Sie Claire Giraud?«

»Ja, die bin ich«, antwortete sie. Es war ein Deckname, unter dem sie die Wohnung gemietet hatte.

Der Mann, der sie angeredet hatte, kam ihr vage bekannt vor. Er war zweifellos Franzose, seine Sprache hatte nicht den geringsten Akzent. Er war ein großer, breitschultriger Mann, den ein merkwürdiger Geruch umgab, den sie nicht sofort einordnen konnte. Zur Gestapo gehörte er nicht, aber er hatte etwas an sich ...

Dann fiel es ihr ein. Arnaud Soustelle.

»Sie sind eine Bekannte von Michel Tanant?« Es klang mehr wie eine Herausforderung als wie eine Frage.

»Ich ...« Sie rieb sich benommen die Augen. »Es ist so spät. Was ist los?«

»Versuchen Sie keine Spielchen mit mir, Mademoiselle! Ich weiß, daß Sie seine Freundin sind!«

»Geht es ihm gut?« fragte sie. Sie wußte, es hätte keinen Sinn gehabt, die Bekanntschaft abzustreiten.

»Sagen Sie mir, wo er ist!« bellte Soustelle.

»Ich weiß es nicht. Hat er einen Unfall gehabt?«

Ohne zu antworten, stieß Soustelle sie beiseite und eilte mit großen Schritten in das Appartment. Mit rohen Griffen riß er Vorhänge auseinander, zerrte die Überdecken vom Bett und riß die Schranktüren auf. So durchsuchte er hastig alle drei kleinen Räume. Dann fuhr er von neuem auf Lise los.

»Dieser Mann ist ein feindlicher Agent!« schnauzte er sie an. »Obwohl ich nicht annehme, daß Ihnen das neu ist! Und er wird gefangengenommen werden ... noch heute nacht! Wenn Sie ihm nicht Gesellschaft leisten wollen, dann sagen Sie mir lieber, wo ich ihn finden kann!«

»Ein Agent! Was wollen Sie damit sagen? Ich kann es nicht glauben. Er – «

»Wo ist er?« brüllte Soustelle, dem nun auch das letzte bißchen Geduld riß.

»Ich – ich nehme an, er liegt zuhause im Bett, wie alle vernünftigen Leute um diese Zeit, mitten in der Nacht.«

Soustelle beobachtete sie einen Moment lang nachdenklich.

»Ich frage mich ...« überlegte er. Dann packte er Lise mit einer jähen blitzschnellen Bewegung am Arm und riß sie herum, so daß er ihr den Arm schmerzhaft hinter dem Rücken verdrehte. Sie war völlig überrumpelt und schrie in echtem Schmerz auf.

»Ich könnte Ihnen die Information mit Gewalt entreißen, das wissen Sie ja!«

»Bi – bitte«, stotterte Lise, »wir sind ein paarmal zusammen ausgegangen – ich weiß überhaupt nichts über ihn. Ein paar Besuche im Café – weiter nichts. Sie müssen mir glauben.«

»Welche Cafés?« Sie nannte ihm zwei Namen. In keinem von beiden waren Michel oder sie jemals gewesen.

»Wer sind seine Freunde?«

»Ich kenne keinen von ihnen.«

Soustelle verdrehte ihr grausam den Arm.

»Glauben Sie nicht, daß ich es Ihnen sagen würde? Es waren immer nur wir beide – er und ich, allein. Ich dachte, er sei verheiratet und sei deswegen so diskret, was unsere Beziehung anging. Bitte! Ich sage die Wahrheit!« Echte Tränen rannen ihr aus den Augen. Aber das Schauspiel schien Soustelle nicht im geringsten zu rühren.

Einen Moment sann der Franzose über ihre Worte nach, dann lockerte er seinen Griff. Aber bevor er sie völlig losließ, gab er ihr einen groben Stoß, und sie sackte auf dem Boden zusammen.

»Du lügst!« grinste er hämisch. »Ich rieche die Täuschung in jedem Wort! Und glaub nicht, daß du mir entkommst! Ich komme zurück, sobald ich Zeit dazu habe, und dann werde ich mir mehr Zeit nehmen, um die Wahrheit aus dir herauszupressen!«

Soustelle wandte sich auf dem Absatz um und trampelte davon. Lise blieb noch einen Augenblick auf dem Boden sitzen, immer noch betäubt vor Verblüffung, daß er gegangen war, ohne sie zu verhaften.

Aber sie hatte keine Zeit, ihren augenblicklichen Triumph zu genießen.

Sie mußte Michel warnen!

Aber wie konnte sie das tun? Sie wußte ebensowenig wie Soustelle, wo er sich befand! Aber sie mußte irgend etwas tun!

Von einem plötzlichen Entschluß durchdrungen, sprang Lise vom Boden auf, zog sich an, holte ihren Revolver aus seinem Versteck, schob ihn in ihre Handtasche und rannte zur Türe. Wenn sie Michel schon nicht ausfindig machen konnte, um ihn zu warnen, mußte sie wenigstens Soustelle im Auge behalten. Wenn Michel entlarvt wurde, würde alles zusammenbrechen. Sie mußte den Franzosen von ihm fernhalten!

Als sie das Gebäude verließ, sah sie Soustelles schwarzen Renault soeben in der Ferne um eine Ecke verschwinden. Sie schwang sich auf ihr Fahrrad und nahm hastig die Verfolgung in diese Richtung auf. Es würde schwierig sein, ihn nicht aus den Augen zu verlieren. Sie würde sich im Schatten halten und auf jede Bewegung achthaben müssen. Nicht nur, daß die Polizeistunde längst vorbei war – in dieser Nacht war es für eine Jüdin auf den Straßen von Paris noch unsicherer als in allen anderen Nächten.

»LA GRANDE RAFLE«

Um drei Uhr nachmittags am 16. Juli 1942 wurden neuntausend französische Polizisten in Marsch gesetzt, um die Große Razzia durchzuführen.

Lastwagenladungen voll Polizisten fuhren dröhnend in die Rue Vieille du Temple und andere jüdische Bezirke von Paris. Sie ergossen sich durch die schmalen Gassen und stürmten die Gebäude, in denen sich ihre verstörten, hilflosen Opfer in Todesangst zusammenkauerten.

Tausende hatten die Warnung gehört, die der Untergrund unermüdlich verbreitete, aber viele hatten einfach nicht die Mittel oder die Kraft oder die Fähigkeit zu glauben, daß ein solches Schrecknis tatsächlich möglich sei.

Ein neues Terrorregime herrschte in Paris, und als Logan neben Antoine die dunkle Straße entlangeilte, fand er nicht viel Trost im Gedanken an die Tausende, die sich hatten retten können. Später, als er die Statistiken auf von Graffs Schreibtisch liegen sah, sollte er die nüchternen Zahlen erfahren: Fast dreizehntausend Juden sollten in dieser Aktion der Nazis verhaftet werden, mehr als viertausend davon Kinder.

Aber an diesem schwülen Sommerabend sahen seine Augen, was keine Statistik erzählen konnte. Hunderte von Menschen wurden wie Vieh die Straßen entlanggetrieben, einige mit Koffern oder Bündeln hastig zusammengeraffter Besitztümer in der Hand. Die traurige Schar zog vorbei. Weder Logan noch Antoine machten eine Bewegung, beide wußten, daß sie nichts ausrichten konnten. Sie wußten nicht, warum sie stehenblieben und immer noch den Menschenstrom betrachteten, obwohl die Ausgangssperre bereits in Kraft war. Vielleicht war es das Gefühl äußerster Hilflosigkeit, das es ihnen unmöglich machte, einen Fuß vor den anderen zu setzen.

Ein alter Rabbi humpelte vorbei, die Fransen des Gebetsschals sahen unter seinem schäbigen Mantel hervor, seine weißen Schläfenlocken waren verschwitzt von der Anstrengung dieser Qual zu später Nachtstunde. Auf der Vorderseite seines Mantels war der gelbe Stern aufgenäht, den alle französischen Juden seit kurzem tragen mußten. Aber über dem Stern hatte er trotzdem sein Croix de Guerre und die Medaille der Legion d'Honneur angesteckt – ein Held Frankreichs, der hier in Schande ging und auf einen Lastwagen getrieben wurde wie ein Schaf zum Schlächter.

Logan sah zu und empfand die Scham, die jeder fühlende Mensch empfinden mußte. Aber noch bevor er sah, was weiter mit dem alten Rabbi geschah, hörte er an seiner Seite einen erstickten Aufschrei. Er wandte den Blick und sah, daß Antoines Gesicht vor Qual verzerrt war. Tränen strömten ihm über die Wangen. Er trat einen Schritt aus den Schatten heraus. Logan versuchte ihn zurückzuzerren.

»Was tust du?« fragte Logan.

»Ich gehe mit meinem Volk«, antwortete Antoine.

»Dein Volk?«

»Ja. Mein Urgroßvater war Jude, obwohl wir es immer verbargen ... schließlich waren wir gute Katholiken.«

»Antoine, ich kann verstehen, wie schlimm das für dich sein muß. Aber du kannst das nicht tun.«

Die einzige Antwort des Franzosen war ein weiterer Schritt vorwärts.

»Wir brauchen dich, Antoine!« rief Logan verzweifelt aus.

Er wandte ihm seinen großen zottigen Kopf einen Augenblick lang zu. »Jetzt ist vielleicht die Zeit gekommen, wo *sie* mich noch mehr brauchen«, sagte er. »Wer weiß, vielleicht kann ich etwas für sie tun.« Er wandte sich ab und mischte sich unter die langsame Prozession.

Logan sagte nichts mehr.

Vielleicht hatte Antoine recht. Was konnte der kraftvolle, leidenschaftliche Patriot nicht unter diesen Juden bewirken – ihnen Mut zusprechen, vielleicht sogar dazu beitragen, sie zu befreien! Er sah zu, wie Antoine zwei Kinder, die sich mühsam dahinschleppten, in seinen starken Armen aufhob. Nein, Logan konnte ihn nicht aufhalten, trotz der inneren Leere, die er beim Verlust seines Freundes empfand.

Sobald die Gruppe verschwunden war und keine Gendarmen mehr in Sichtweite waren, kehrte Logan um und trat aus seinem Versteck. Er verschwand in entgegengesetzter Richtung in der Nacht.

Antoine, so schien es, hatte seinen Weg gefunden – seine besondere Berufung, wie Jean Pierre die seine gefunden hatte. Logan fragte sich, ob er jemals *seinen* Weg finden würde.

Sobald er die jüdischen Viertel der Stadt hinter sich gelassen hatte, eilte er ungehindert durch die tiefe, mondlose, schweigende Nacht. Um ihn war es still, ja friedlich. Und dennoch hatten die hohen Gebäude etwas Gespenstisches an sich. Die ganze Stadt machte einen unheimlichen Eindruck auf ihn, wenn er daran dachte, welches schreckliche und grausame Schicksal nur ein oder zwei Kilometer entfernt über so viele Menschen hereingebrochen war.

BEREIT ZUM TÖTEN

Atemlos vor Anstrengung verhielt Lise am Ende der Straße den Schritt.

Sie hatte es geschafft, Soustelle einzuholen, nachdem sie ihr Wohnhaus verlassen hatte, aber es war ihr nicht leichtgefallen, ihm in der Dunkelheit gleichzeitig auf den Fersen zu bleiben und nicht bemerkt zu werden. Es dauerte nicht lange, bis sie bemerkte, daß er geradewegs zu Michels Wohnung fuhr. Sie hätte buchstäblich Flügel haben müssen, um ihn zu überholen und Michel noch vor seiner Ankunft zu warnen, selbst wenn sie Wege genommen hätte, auf denen ihr sein Auto nicht folgen konnte. So mußte sie sich damit zufriedengeben, ihm so dicht wie möglich zu folgen. Sie konnte nur hoffen, daß von irgendwoher Hilfe kommen würde.

Nun hatten sie beinahe schon Michels Wohnung erreicht.

Soustelle bremste seinen Renault und stieg aus. Lise konnte nicht näher herankommen, denn ihre Beute ging nicht direkt auf das Gebäude zu. Stattdessen hatte er die Straße überquert und besprach sich nun mit zwei Agenten – entweder Gestapo oder SD, Näheres konnte sie von ihrem Standort aus nicht erkennen – die sich im Schatten unmittelbar hinter dem Gebäude verborgen hatten. Soustelle war also nicht allein am Werk; der Verdacht mußte bereits weite Kreise gezogen haben, wenn sie das ganze Gebäude unter Beobachtung hielten!

Während sie noch hin und her überlegte, was sie tun sollte, sah Lise plötzlich Logan vom entgegengesetzten Ende der Straße herankommen.

Sie mußte Michel vor der Falle warnen, die ihn erwartete!

Lise schoß quer über die Straße zu der Straßenseite hinüber, wo sich das Apartmenthaus befand. Sie schob sich näher heran, immer bemüht, außer Sicht zu bleiben. Logan hatte bereits das Gebäude betreten.

Lise eilte hastig um die Ecke des Gebäudes und auf ein Hintergäßchen zu. Sie konnte jetzt nur noch eines tun – sie mußte versuchen, im Inneren des Hauses an Michel heranzukommen, und zwar noch bevor Soustelle ihn zu fassen bekam. Wenn sie nur nicht zu spät kam!

Sobald sie von der Vorderseite des Hauses nicht mehr gesehen werden konnte, jagte Lise wie gehetzt das Gäßchen entlang und nahm einen Seiteneingang in das Gebäude, den Michel und sie schon früher zuweilen benutzt hatten. Sobald sie drinnen war, eilte sie den Korridor entlang zur Haupttreppe, bog um die Ecke und schlüpfte lautlos die Stiegen zu Michels Wohnung hinauf.

Logans scharfe Sinne hätten die Gefahr spüren müssen, selbst wenn seine Augen sie nicht sehen konnten.

Aber es war vier Uhr morgens, und er war vierundzwanzig Stunden lang nicht ins Bett gekommen. Er konnte an nichts anderes denken als an ein heißes Bad und ein paar Stunden Schlaf.

Er betrat sein Wohnhaus, ohne zu bemerken, wieviele Augen ihm folgten, und schleppte sich die Stiegen hinauf zu seiner Wohnung im zweiten Stock.

Er sperrte seine Türe auf, stieß sie auf und trat ein.

Plötzlich kam Leben in seine abgestumpften Sinne. Ein schwacher Geruch schwebte in der schalen, finsteren Luft ... ein sonderbarer Geruch, den er schon früher ein- oder zweimal bemerkt hatte. Wo war er gewesen, als er ihn zum erstenmal bemerkt hatte? War das nicht damals gewesen, als er und General von Graff –

Aber in dem Augenblick, in dem Logan sich erinnerte und die Gefahr erkannte, war es bereits zu spät.

Lakritzen!

Im selben Augenblick, in dem es ihm klar wurde, packten ihn die großen Hände Arnaud Soustelles plötzlich von hinten und schlossen sich wie Schraubstöcke um seine Schultern und seinen Nacken.

»So, Anglais!« knurrte er drohend. »Wir sehen uns also wieder! Aber diesmal habe ich die Trümpfe im Ärmel.«

Logan versuchte sich zu befreien, aber er war kein ebenbürtiger Gegner für die gewaltige Größe und die Kampftechnik des Franzosen. Soustelle lachte verächtlich über seine schwachen Versuche, sich loszuwinden, dann schleuderte er ihn krachend gegen eine Wand, während er Logans Arm gnadenlos hinter seinem Rücken verdrehte. Im nächsten Augenblick fühlte Logan den kalten Stahl einer Messerklinge an der Kehle. Er hörte auf, sich zu winden.

»Ich würde Sie ja gerne der Gestapo überlassen«, stieß Soustelle heiser hervor. Er keuchte von der Anstrengung, die Logans Gefangennahme ihn gekostet hatte. »Aber ich hätte nicht das Geringste dagegen, Ihnen hier und jetzt die Kehle abzuschneiden!«

»Was haben Sie gegen mich?« fragte Logan. Seine Stimme erstickte fast im Würgegriff von Soustelles muskulösen Armen.

»Schluß mit den Spielchen!« höhnte Soustelle. »Schluß damit, das können Sie mir glauben! Sie sind *immer noch* ein britischer Agent, durch und durch! Und ich kann wohl auch beweisen, daß Sie L'Escroc sind.«

Noch während er sprach, begann Soustelle, Logan zur Türe hinüber zu zerren und auf den Treppenabsatz hinaus. Als sie dort angelangt waren, war es ihm gleichgültig, ob der Anglais freiwillig mitkam oder ob er ihn die Stiegen hinunterstoßen mußte. Jetzt hatte er ihn in der Hand!

Plötzlich knallte ein Schuß durch den stillen Korridor.

Der erste Gedanke, der Logan durch den Kopf schoß, war, daß der Franzose einen Komplizen haben mußte. Dann erschlaffte der schwere Körper des Angreifers plötzlich und er fühlte, wie der Griff der Arme sich löste, bevor die gewichtige Gestalt des Ex-Detektivs leblos auf dem Boden zusammenbrach.

Im nächsten Augenblick, bevor er noch seinen Verstand zusammennehmen konnte, wurde die Türe unten aufgerissen und das Gebäude füllte sich mit den Schreien deutscher Stimmen.

»Der Schuß kam von dort oben!«

»Folgt mir!«

»Zwei Mann zum Hinterausgang!«

Logan blieb keine Zeit zum Nachdenken. Er reagierte instinktiv, als der Tritt schwerer Stiefel auf den Treppen erdröhnte und sich ihm näherte.

Er rannte hastig zurück in seine Wohnung und nahm sich gerade nur die Zeit, die Türe zu verriegeln. Dann rannte er zum Fenster und kletterte auf die Feuerleiter hinaus.

Er hörte Schreie und den Lärm der Versuche, seine Türe einzuschlagen, während er hinunterhastete. Einen Augenblick, bevor ein deutscher Agent das Hintergäßchen erreichte, sprang er auf das harte Kopfsteinpflaster hinunter.

Inzwischen beugten sich oben zwei andere Agenten über Soustelles Körper. Einer der beiden preßte zwei Finger auf die Halsschlagader. Er blickte auf und schüttelte den Kopf. »Hinter was war er eigentlich her?« fragte er neugierig.

»Mir hat er nichts gesagt. Wollte nur, daß wir das Gebäude im Auge behalten.«

Während die beiden Männer gingen und wieder auf die Straße hinaustraten, tauchte eine schlanke Gestalt aus einer dunklen Nische des oberen Korridors auf.

Immer noch zitternd, erhob Lise sich, schob den noch heißen Revolver in ihre Handtasche und schlüpfte aus ihrem Versteck. Sie schlich auf den nächsten Treppenabsatz hinunter, stieg über den fetten Leichnam und schlich auf Zehenspitzen die Treppe hinunter.

Sie versuchte, nicht daran zu denken, was soeben geschehen war. Wie Logan hatte sie noch nie zuvor einen Menschen getötet. Aber obwohl sie denselben Widerwillen dagegen empfand, einem anderen das Leben zu nehmen, quälte Lise sich nicht mit Selbstanklagen.

Sie kannte kein Bedauern. Was sie getan hatte, hatte sie um einer guten Sache willen getan. Und sie hatte das Leben des Mannes gerettet, der ihr, wie sie nun mit Sicherheit wußte, mehr bedeutete als je ein anderer zuvor.

GEFÜHLSAUSBRÜCHE

Um sechs Uhr morgens stürmte Logan in von Graffs Büro. Der General war bereits zu dieser frühen Stunde anwesend – er wartete auf die ersten Berichte über den Erfolg der Razzia.

»Was soll das bedeuten, MacVey?« sagte der General, nicht wenig erschrocken über dieses wütende Eindringen, von Logans wildem und aufgelöstem Äußeren gar nicht zu reden.

»Ich sagte Ihnen im voraus, was passieren würde, wenn Sie mich weiter beschatten ließen!« schrie Logan. »Ich wurde um ein Haar umgebracht!«

»Setzen Sie sich«, befahl der General. Dann nahm er selbst Platz, offenkundig erleichtert, daß sein Schreibtisch eine Barriere zwischen ihm und diesem wildgewordenen Burschen bildete.

Logan gehorchte seinem Befehl, setzte sich aber auf die äußerste Sesselkante. Er schäumte immer noch vor Zorn.

»Aber offenbar ist der einzige Tote Soustelle«, fuhr von Graff ruhig fort.

Der General, dachte Logan bei sich, wußte also bereits Bescheid. Es war eine gute Idee gewesen, daß er seinen theatralischen Wutausbruch inszeniert hatte, anstatt sich dumm zu stellen.

»Erzählen Sie mir, was Sie von der Sache wissen«, befahl von Graff.

»Ich bin mir selbst nicht sicher«, antwortete Logan und tat, als könnte er seinen Zorn nur mit Mühe bezwingen. »Soustelle überfiel mich an der Wohnungstür, zog ein Messer und begann wilde Beschuldigungen zu erheben. Dann wurde plötzlich wie aus dem Nichts heraus ein Schuß abgefeuert und Soustelle brach zusammen. Ich nehme an, irgend jemand aus der Résistance hat uns gesehen und versuchte mich umzulegen – oder vielleicht uns beide.«

»Haben Sie nachgesehen, wer den Schuß abfeuerte?«

»Machen Sie Scherze? Ich mußte zusehen, daß ich wegkam! Ich dachte, der Schütze würde jeden Augenblick einen zweiten Schuß abfeuern, um mich ebenfalls umzunieten. Und zwei Sekunden später wimmelte es im Haus von irgendwelchen Kerlen – Gestapo oder Widerstand, ich weiß es nicht. Ich bin nicht geblieben, um es herauszufinden.«

»Das Wichtigste ist, daß Sie am Leben sind«, sagte von Graff in optimistischem Ton. »Es hätte mir leid getan, wenn Ihr Tod mir einen im übrigen sehr erfreulichen Tag verdorben hätte. Drei konspirative Wohnungen der Untergrundbewegung wurden letzte Nacht ausgehoben.«

»Und alle verhaftet?«

»Ja. Außer den Juden, die dort versteckt waren, verhafteten wir acht Widerstandskämpfer – nicht die großen Fische, die ich gerne gehabt hätte, aber Verhaftungen sind Verhaftungen. Die Sache wird sich gut machen in meinem Bericht, und wer weiß, was unsere Verhörspezialisten aus ihnen herausholen. Vielleicht finden wir sogar eine Spur, die uns zu L'Escroc führt.«

»Sehr gut!« war alles, was Logan über die Lippen brachte. Im stillen tat ihm das Herz weh. Er fragte sich, wer wohl verhaftet worden war, und fürchtete um seine Freunde.

OPFER

La Librairie traf sich ein wenig später am selben Nachmittag.

»Wo ist Jean Pierre?« fragte Logan, den plötzlich nagende Furcht überfiel.

»Er ist verhaftet worden«, antwortete Henri düster. »Und von Antoine haben wir auch nichts gehört.«

»Er ist ebenfalls verhaftet worden«, sagte Logan. »Das heißt, er ist freiwillig mit den Juden gegangen. Er dachte, er könnte ihnen helfen ... wer weiß, vielleicht gelingt es ihm wirklich. – Was Jean Pierre angeht, so werde ich ihn herausholen.«

Stille senkte sich über die Gruppe, als sie alle versuchten, mit dem schweren Schlag fertigzuwerden, der sie getroffen hatte. Man mußte mit dergleichen rechnen, aber es war besonders schlimm, wenn es Männer wie den treuen Antoine und den lieben Jean Pierre traf.

Schließlich brach Claude das Schweigen. »Wenigstens haben wir auch einen gefährlichen Feind verloren«, sagte er. »Arnaud Soustelle wurde heute morgen getötet.« Dann richtete er seinen dunklen Blick auf Logan. »Aber vielleicht wolltest *du* uns das erzählen, Anglais?«

»Was ist geschehen, Michel?« fragte Henri.

Logan berichtete über seinen Zusammenstoß mit Soustelle. »Ich konnte nicht sehen, wer den Schuß abfeuerte – «

»Wen kümmert das!« fiel Lise ein, leidenschaftlicher als nötig, wie es schien. »Das Ungeziefer ist tot – ein weiterer Feind ist zerstört! Wir sind ihn los, das alleine zählt!«

Einen Augenblick lang schwiegen alle, niemand vermochte auf diesen ungewöhnlichen Gefühlsausbruch zu antworten. Dann konnte Henri sein Mitgefühl nicht länger verbergen. »Lise ... was ist los? Ist alles in Ordnung?«

»Nein! Nichts ist in Ordnung – nichts wird je wieder in Ordnung sein!«

Mit diesen Worten wandte sie sich ab und stürzte aus dem Zimmer.

Sie hatte beschlossen, Michel niemals wissen zu lassen, was geschehen war. Sie war jetzt eine Mörderin. Wenn sie jemals auf Liebe gehofft hatte, so wußte sie jetzt, daß es zwischen ihnen keine Liebe geben konnte.

ABSCHIED IN DER FAMILIE

Allison blickte aus dem Fenster auf die geschäftige Londoner Straße hinunter. Der Ort schien niemals zur Ruhe zu kommen. Eine Frau führte ihren Hund spazieren, Kinder spielten Ball, ein Junge verkaufte Zeitungen. Kein Zweifel, jeder von ihnen hatte in diesem wahnsinnigen Krieg irgendeinen Verlust erlitten.

Aber jeder lebte sein Leben weiter, wie Allison es auch getan hatte.

Der liebe Nat war dahin – in alle Ewigkeit. Ihr Bruder Ian und ihr Vater waren Tausende Meilen entfernt, und auch Logan war verschwunden – vielleicht für immer.

Und doch konnte Allison weiterleben. Sie wußte mehr denn je, daß Gott sie in Händen hielt. Er hatte ihr die Kraft gegeben, die herzzerreißenden Trennungen des vergangenen Jahres zu überstehen.

Ein Geräusch an der Türe riß sie aus ihren Gedanken. Sie blickte auf, als die Türe geöffnet wurde. Es war ihre Mutter, der fröhlich hüpfend ihre kleine Namensvetterin folgte.

»Hallo, Schätzchen!« lächelte Allison, als ihre Tochter sich ihr in die Arme warf.

»Mama!« rief das Mädchen, »Großmutter hat Blumen gekauft!« Sie streckte die Hand aus, und Allison sah, daß sie eine rosa Lilie in der Hand hielt.

»Ich habe einen ganzen Strauß gekauft«, sagte Joanna, während sie ihre Bündel auf den Tisch legte. Sie wickelte die Blumen aus dem Papier und begann sie in einer Vase zu arrangieren. »Die letzten Sommerblumen blühen jetzt in Stonewycke.«

»Hast du Heimweh, Mutter?«

»Vielleicht.« Joanna blickte traurig auf. »Ich mußte eine Weile weg sein von zu Hause ... selbst die glücklichen Augenblicke trieben mir Tränen in die Augen.« Joanna ließ die Blumen stehen, ging hinüber zum Sofa und setzte sich zu ihrer Tochter und ihrer Enkelin. Sie ergriff Allisons Hände.

»Liebe Allison ...« Sie lächelte, obwohl ihr die Tränen in die Augen sprangen. »Wenn ich nach Stonewycke zurückkehre, hätte ich so gerne, daß du mit mir kommst.«

Allison schwieg einen Augenblick, als ein Gedanke Gestalt anzunehmen begann. »Möchtest du nicht Klein-Joanna mit nach Stonewycke nehmen?«

»Ich könnte mir nichts Schöneres vorstellen! Aber bist du sicher?«

Allison hielt inne und blickte ihre Tochter an, die aufgeregt in die Hände klatschte. »Schau sie an! Sie kann es nicht erwarten. Das Blut von Stonewycke fließt auch in ihren Adern.«

»Dann ist die Entscheidung gefallen!« rief Joanna lachend aus.

BOMBARDEMENT

Langsam rollte der Zug aus London hinaus und begann seine Fahrt nach Norden.

Joanna blickte auf das Kind nieder, das sich tief schlafend auf ihrem Arm zusammengekuschelt hatte. Die Kleine war ein Teil ihrer Zukunft. Was würden ihr die kommenden Jahre bringen?

Als der Schaffner ein wenig später durchging und verkündete, im Speisewagen würde in einer Stunde das Abendessen serviert, konnte Joanna kaum glauben, daß sie bereits zwei Stunden lang unterwegs gewesen waren. Die Stadt war längst hinter ihnen verschwunden. Der Herbst übergoß die Landschaft von Middlesex mit seinen Farben. Plötzlich tauchte eine häßliche Dissonanz in der lieblichen Szenerie auf: Lange Zäune, zehn Fuß hoch, von drei oder vier Reihen Stacheldraht gekrönt. Vermutlich befand sich eine Munitionsfabrik dahinter.

Joanna seufzte. Welcher Gegensatz!

Sie hörte nur mit halbem Ohr das Jaulen von Flugzeugmotoren, das das monotone Rattern des Zuges übertönte, als ihre Aufmerksamkeit von dem unerfreulichen Anblick abgelenkt wurde. Eine freundliche Stimme ließ sich aus dem Mittelgang hören.

»Lady MacNeil! Was für eine Überraschung!«

Joanna wandte sich lächelnd um, als sie sah, wer sie begrüßt hatte. »Olivia Fairgate! Ist es möglich! Ich habe dich ja eine Ewigkeit nicht gesehen!«

»Ich habe inzwischen schon vier Kinder.« Sie begann in ihrer Handtasche zu suchen, hörte aber bald wieder auf. »Ich wollte dir ein Foto zeigen, aber ich habe keines dabei. Warum kommst du nicht einen Sprung mit und siehst sie dir an? Wir sitzen im nächsten Waggon.«

»Aber gerne«, antwortete Joanna. »Ich muß mir ohnehin ein wenig die Beine vertreten.«

Sanft ließ sie ihre Enkelin aus den Armen gleiten und legte sie in den Schoß des Kindermädchens Hannah. Das Kind, das immer noch tief und fest schlief, kuschelte sich in die Arme der Amme und seufzte zufrieden.

»Ich bin in ein paar Minuten wieder da«, sagte Joanna, dann folgte sie Olivia. Joanna achtete nicht auf das Dröhnen der näherkommenden Flugzeuge, das jetzt viel lauter klang.

Plötzlich erzitterte die Luft unter einer ohrenbetäubenden Explosion und stürzte die Welt um sie in Chaos und Verwüstung. Nur einen Augenblick lang registrierten Joannas Sinne Schock und Verblüffung. Sie hatte nicht einmal mehr die Zeit, an Hannah und ihre Enkelin zu denken, die sich nur zwei Waggons von ihr entfernt befanden.

Der Zug machte einen wilden Ruck. Sie stürzte und blieb bewußtlos liegen.

JOANNA

Joanna erwachte mit einem hörbaren Stöhnen. Die weißen, antiseptischen Bilder und Gerüche eines Spitals umgaben sie.

Sie versuchte sich aufzusetzen, aber eine kräftige Hand drückte sie nieder. Sie öffnete den Mund, aber keine Worte kamen ihr über die Lippen. Ihre Bettücher schienen mit Schweiß getränkt. Sie war völlig benommen, und alptraumhafte Bilder aus ihrem langen Schlaf bedrängten sie – die wilden, erschreckenden Donnerschläge ohrenbetäubender Explosionen, blendende Lichtblitze. Und die Schreie, vor allem der Schrei eines Kindes, der sich ihr immer wieder entzog.

Nun rollte man ihr Bett einen Korridor entlang. Sie hörte sanfte Stimmen reden, sah aber keine Gesichter. War das alles nur ein schrecklicher Alptraum?

Aber da drangen neuerlich Erinnerungen in ihr Bewußtsein. Der Alptraum war Wirklichkeit gewesen! Bruchstückhaft fielen ihr die Ereignisse ein. Da waren Szenen, die immer wieder in ihren Träumen auftauchen würden, im Schlaf wie im Wachen, Erinnerungen an einen grauenhaften Tag.

Plötzlich erinnerte sie sich daran, daß sie schon früher einmal erwacht war. Wie hatte sie es vergessen können? Ein Gepäckträger in zerrissener und blutbeschmierter Uniform hatte sich über sie gebeugt. Vor sich sah sie Waggons, in unlöschbare Flammen gehüllt. Einer lag auf der Seite, die Explosion hatte die eine Hälfte zerrissen.

»Nein!« schrie sie gellend. Sie begann auf die Flammen zuzulaufen, aber der Gepäckträger packte sie entschlossen am Arm.

»'s hat keinen Sinn«, sagte er müde. »Die Bomben fielen genau auf die beiden Waggons.«

Die schicksalhaften Worte des Gepäckträgers hallten noch in ihren Ohren wider. Sie mischten sich mit den unzusammenhängenden Stimmen von Krankenschwestern und Ärzten und dem verschwommenen Weiß einer fremden Zimmerdecke, die sich über ihr im Kreis zu drehen schien. Joanna fiel von neuem in Bewußtlosigkeit und erinnerte sich an nichts mehr.

DER EILZUG NACH PARIS

Sie nannten dieses Vehikel den Eilzug Berlin – Paris. Mit Geschwindigkeit konnte die Bezeichnung wohl kaum etwas zu tun haben, dachte Jason Channing mit einem grimmigen Lächeln.

Er fuhr nach Paris, um zahllose schwebende Geschäftsverhandlungen zum Ende zu bringen. Der Krieg hatte ihn zum Millionär gemacht. Deutschland hatte sich als Goldgrube für ihn erwiesen. Jetzt wußte er, daß der Stern des Dritten Reiches im Sinken begriffen war. Er sorgte dafür, daß er in der Lage sein würde, sich rechtzeitig abzusetzen, wenn der Zusammenbruch kam, irgendwo in einem ruhigen Winkel der Welt, wo ihn weder die Deutschen noch die Amerikaner oder die Engländer finden konnten.

Unter anderem wollte er in Paris seinen alten Bekannten Martin von Graff besuchen, der jetzt SS-General war. Denn abgesehen von Geld und Geschäften gab es ein noch viel stärkeres Motiv, das Channing antrieb: Macht. Um Macht über Menschen und Situationen und Umstände zu gewinnen, hatte Channing über Jahre hinweg ein feingewebtes Spinnennetz von Lauschern und Spähern gesponnen.

Eine Zielscheibe seiner Spionagetätigkeit waren seine alten Feinde in Stonewycke. Inzwischen galt Channings Rachsucht nicht mehr allein dem Mädchen, das ihm vor einunddreißig Jahren ins Gesicht gelacht hatte und dann davongelaufen war, um einen stumpfsinnigen, im Kuhmist watenden Tierarzt zu heiraten. Niemals würde er diese Beleidigung vergeben! Er würde an jedem Rache üben, der irgend etwas mit dem Ort zu tun hatte. Er hatte also seine Leute angewiesen, ihm jedes ungewöhnliche Ereignis zu melden.

Und was konnte ungewöhnlicher sein als eine nervöse junge Frau, die sich mitten in der Nacht mit einem zwielichtigen Deutschen in einem verlassenen Pub in der Nähe der Themse-Docks traf? Niemand geringerer als die Tochter des Hauses! Wenn er sie zu fassen bekam, würde das noch besser sein als ein direkter Schlag. Eltern waren ja so sentimental! Wenn man ihnen wirklich wehtun wollte, mußte man ihre Kinder packen.

Channing mußte einfach wissen, was da los war.

Der Deutsche, fanden seine Leute heraus, hieß Gunther. Das

war jedenfalls sein Deckname. Er war ein Doppelagent, ein schlüpfriger Bursche, nicht einmal Channing fand heraus, für wen er nun *wirklich* arbeitete. Wahrscheinlich für beide Seiten.

Und wen hatte Gunther wenig später kontaktiert? Keinen anderen als Martin von Graff, als dieser eben zur SS wechselte.

Channing ließ der Zwischenfall mit dem Macintyre-Mädchen keine Ruhe. Zuallererst wollte er von Graff ausfragen. Der General konnte ihm zweifellos einiges erzählen.

Die Lokomotive des Zuges stieß einen schrillen Pfiff aus. Channing sah den Fluß Marne glitzern. Er würde bald in Paris sein.

HENRI

Der Herbstwind wehte in heftigen Stößen, als Logan die Rue de Varennes entlangeilte. Immer noch spielte er sein doppeltes und dreifaches Spiel, immer noch half er Flüchtlingen, sicher nach England zu gelangen. Manchmal schien es ihm, als agierte er wie eine Marionette. Aber er bemühte sich, den Verpflichtungen treuzubleiben, die er eingegangen war.

Er erreichte die Buchhandlung und öffnete die Türe. Das vertraute Glöckchen klingelte. Er hatte sich auf diesen Besuch bei Henri gefreut – er hatte ihn so selten gesehen, seit er wieder die Rolle von Trinity spielte.

Sie zogen sich ins Hinterzimmer zurück.

»Wie freue ich mich, dich zu sehen, Michel!« sagte Henri, während er Logan voll Zuneigung in die Arme schloß.

»Dasselbe könnte ich sagen, Henri.«

»Nun hör zu ...« Henri zögerte einen Moment, bevor er weitersprach. »Ich habe eine Aufgabe für L'Escroc.«

»Ich dachte, den hätten wir begraben.«

»Wir bekommen vielleicht Gelegenheit, Jean Pierre zu befreien«, sagte Henri.

Logan erinnerte sich an sein selbstbewußtes Angebot, den Priester zu befreien, in der Nacht, in der dieser verhaftet worden war. Aber seine Worte waren bislang leeres Gerede geblieben. Jean Pierre saß in Einzelhaft unter Sonderbewachung. Er war seit etwa einem Monat in Cherche-Midi inhaftiert, und Logan hatte keine Möglichkeit gefunden, auch nur in die Nähe zu kommen.

Er schaffte es jedoch, die Information zu erlangen, daß Jean Pierre unter der Befragung nicht zusammengebrochen war – und zu seiner Erleichterung hörte er, daß die Nazis bei der Behandlung dieses besonderen Gefangenen Zurückhaltung übten, was vermutlich dem Einfluß seines Bruders zu verdanken war. Logan hatte ständig nach einer Lücke im Netz Ausschau gehalten. Er wußte, eine Überstellung des Gefangenen in ein anderes Gefängnis wäre der richtige Augenblick gewesen, aber als Jean Pierre dann nach Fresnes gebracht wurde, geschah es unter solcher Geheimhaltung, daß auch Logan nichts davon erfuhr.

»Sie wollen ihn wieder überstellen«, begann Henri. »Diese Gelegenheit müssen wir nutzen.« Er griff nach der Kaffeekanne und füllte ihre Tassen. »Ich sollte es vielleicht nicht so persönlich nehmen, aber Jean Pierre ist ein ungewöhnlicher Mensch und ein sehr lieber Freund. Ich kann es nicht ertragen, ihn in *ihren* Händen zu sehen.«

»Der Gedanke ist mir ebenfalls widerwärtig.«

»Du bist so bekümmert, mon ami. Würde es dir helfen, dich auszusprechen? Ich habe nicht Jean Pierres Weisheit, aber ich kann zuhören.« Er hielt inne, dann fügte er mit sanfter Stimme hinzu: »Manchmal, Michel, erstickt uns all diese Geheimhaltung. Aber jeder von uns erreicht einen Punkt, wo er zusammenbricht.«

»Ich glaube, so weit ist es noch nicht ... zur Zeit nicht«, antwortete Logan, dann hielt er inne. Er nahm einen Zettel aus der Tasche und reichte ihn Henri.

Henri las ihn, dann blickte er auf und sah Logan an. »Meinen Glückwunsch!« sagte er. »Aber du scheinst nicht gerade außer dir vor Begeisterung.«

Logan nahm das Papier zur Hand und warf einen neuerlichen Blick darauf. Es kam aus London, von Atkinson. Die Botschaft lautete:

HABE DEINE BEFÖRDERUNG ZUM HAUPTMANN STOP HIER IN DER SCHREIBTISCHSCHUBLADE LIEGEN STOP MACH WEITER WIE BISHER VIEL GLÜCK ENDE

»Nein«, sagte Logan langsam. »Ich bin nicht außer mir vor Freude, obwohl ich es eigentlich sein sollte. Ich dachte, ich würde nie am Krieg teilnehmen dürfen, und plötzlich bin ich Hauptmann! Aber ich denke, in letzter Zeit haben sich Veränderungen ergeben, was die Dinge angeht, die mich wirklich berühren.«

»Vielleicht brauchst du nur einen Urlaub. Du warst sehr unter Druck.«

»Wenn ich jetzt ginge, würde meine Tarnung auffliegen.«

»Mit Trinity kann es so und so nicht ewig weitergehen. Du solltest ihn eliminieren, bevor es die Boche tun. Verschwinde einfach, und von Graff soll sich in alle Ewigkeit wundern, wer du warst und was du vorhattest.«

»Daran habe ich auch schon gedacht«, sagte Logan. »Ich versuche nur, den richtigen Moment abzuwarten.«

Er hielt inne und trank einen Schluck von seinem jetzt lauwarmen Kaffee. »Siehst du, Henri, es gibt noch einen Grund, warum ich bleiben muß. Es hängt mit diesem Telegramm zusammen. Ich muß dem Mann, der es mir schickte, etwas beweisen. Und noch mehr, ich muß mir selbst etwas beweisen. Ich kann Frankreich nicht verlassen, bevor ich nicht mit Sicherheit weiß, daß meine Arbeit hier getan ist. Ich kann nicht einfach alles liegenlassen, wie ich es so oft im Leben getan habe. Ich kann nicht wieder auskneifen, sobald es ungemütlich wird. Ich muß durchhalten bis zum Ende. Und gleichzeitig bin ich mir überhaupt nicht sicher, ob ich etwas so Schwieriges wie Jean Pierres Flucht bewerkstelligen kann.«

»Du wirst es großartig schaffen, mon ami, da bin ich mir ganz sicher. Und du wirst nicht allein sein. Du wirst einer von vielen sein, und gemeinsam werdet ihr es schaffen!«

DIE BEFREIUNG DES PRIESTERS

Logan erhaschte einen kurzen Blick auf sein Spiegelbild im Fenster, als der Zug durch einen Tunnel schoß.

Die Verkleidung, die er trug, war zweifellos wirkungsvoll – er war Zoll für Zoll der ehrwürdige alte Lehrer, als den seine Papiere ihn auswiesen.

Zu seiner Linken, auf einem Sitz jenseits des Mittelganges, saß der junge Paul Guillaume, der völlig in die Morgenausgabe von »Le Matin« versunken schien. Logan spürte sein Unbehagen trotz seiner wackeren Versuche, sich nichts anmerken zu lassen. Und wer hätte dem Jungen einen Vorwurf daraus machen können? Außer dem Dutzend deutscher Soldaten, die sich auf den Waggon verteilten, waren da die drei überaus wachsamen SS-Männer, die Jean Pierre bewachten.

Es hatte Logan gutgetan, den Priester nach so langer Zeit wiederzusehen, auch wenn sie nur knapp zwei Sekunden Zeit gehabt hatten, einander verstohlene Blicke zuzuwerfen. Logan fragte sich, ob er die geheimnisvolle Botschaft verstanden hatte, die er ihm hatte zuschmuggeln können. Sie lautete: *WC fünf Minuten vor Coulommiers.*

Sie hatten es fertiggebracht, eine bewegliche Wand in das Klosett des Waggons einzubauen. Jean Pierre hatte nichts weiter zu tun, als sich dort hineinzubegeben – wo ihn selbst die SS alleinlassen würde. Ein paar Sekunden später würde er auf die Plattform des Waggons hinaustreten und von dort in den anschließenden Gepäckwagen klettern, wo er so gut wie frei war.

So weit war alles ganz einfach. Aber sie mußten darauf achten, die Zeit genau einzuhalten. Er durfte das WC erst fünf Minuten vor dem kurzen Aufenthalt des Zuges in dem kleinen Bahnhof betreten. Sie hatten etwa drei Minuten Zeit, Jean Pierre aus dem Klosett herauszuholen, bevor die Wachen Verdacht schöpften. Sobald er es in den Gepäckwagen geschafft hatte, würden sie ihn in eine Kiste packen, die mit allen anderen Gepäckstücken entladen werden sollte, die für diesen kleinen Ort siebzig Kilometer östlich von Paris bestimmt waren. Logan hoffte, daß der Alarm so viel Verwirrung stiften würde, daß sich niemand um eine schlichte Kiste kümmern würde.

Logan blickte auf die Uhr. Noch zehn Minuten bis Coulommiers.

Er stand auf und schlenderte den Gang entlang bis zur Plattform. Dort wartete er. In ein paar Minuten würde er selbst über dem ratternden Lärm der Räder auf den Schienen hören, wie Jean Pierre das winzige Abteil auf der anderen Seite der falschen Wand betrat. Von seinem Standplatz zwischen den Waggons aus konnte er nicht viel sehen, aber die kleine Station war sicher nicht mehr weit. Der kalte Novemberwind pfiff durch den dünnen Stoff seines Anzugs, und die Minuten zogen sich in die Länge.

Schließlich hörte er, wie die Türe geöffnet wurde. Geräusche wurden von innen hörbar. Kein Wächter war zu sehen.

Hastig öffnete Logan die Tricktüre. Jean Pierre starrte ihn fassungslos an. Aber er verschwendete seine kostbare Zeit nicht mit Reden. Er kletterte auf die Plattform hinaus. Logan befestigte die falsche Türe von neuem, dann eilten sie in den Gepäckwagen, als die Lokomotive eben einen schrillen Pfiff hören ließ und der Zug, der nun in Coulommiers einfuhr, langsamer wurde.

Logan öffnete eilig den Deckel einer großen hölzernen Kiste. Der Priester kletterte hinein. Zwei Männer schlossen den Deckel und nagelten ihn zu, während Logan seine Lehrerkleidung auszog und sich einen abgetragenen Overall überwarf, um wie ein Arbeiter auszusehen.

Im Augenblick, als der Zug hielt, stieß Logan die Türe des Gepäckwagens etwa einen Fuß weit auf und warf einen hastigen Blick auf das Frachtgelände. Seine beiden Männer waren nirgends zu sehen, vielleicht waren sie noch im Zug. Dann sah er Paul aus dem Zug steigen. Aber der Junge erstarrte in dem Augenblick, in dem sein Fuß den Boden berührte. Logan wandte alarmiert den Blick.

Gestapo! Er konnte sie im Frachtbahnhof sehen; einige von ihnen schienen die dort Anwesenden zu durchsuchen.

Er stöhnte innerlich auf. Sie waren in die Falle gegangen!

Er trat hastig zurück ins Innere des Gepäckwagens und schloß die Türe.

»Gestapo!« sagte er. »Holt den Priester raus, und dann sehen wir zu, daß wir durch die Hintertüre verschwinden. Vielleicht schaffen wir es, über die Felder dort hinten zu entkommen.«

Sie hatten keine Zeit zu verlieren! Sie sprangen auf der anderen Seite des Wagens von der Plattform und hasteten in alle Richtungen davon, in das große Feld hinein, das an den Bahnhof grenzte.

Plötzlich erklangen Schüsse und Schreie aus der Richtung, wo sich das Frachtgelände befand. In einiger Entfernung konnte

Logan einen seiner Kameraden laufen sehen. Er hatte dreiviertel des Weges durch das Feld bereits zurückgelegt und hastete auf die Wälder zu, die sich etwa einen halben Kilometer von den Gleisen entfernt erstreckten. Alle seine Kameraden waren in verschiedene Richtungen davongelaufen, und nun rannte auch Logan davon. Er hoffte, die Männer im Frachtbahnhof sowie Jean Pierre und Paul seien nicht verhaftet worden. Aber jetzt konnte er nur an eines denken: Wie er es bis zum Wald schaffte! Einer seiner Kameraden, der sich einige hundert Meter südlich befand, hatte soeben den Schutz der Bäume erreicht, und nun sah Logan auch einen anderen, der die Straße entlang geflohen war, Deckung suchen.

Plötzlich wurden Salven von Gewehrschüssen hinter ihm laut. Logan rannte wie gehetzt auf die Wälder zu, fast sicher, daß der nächste Schuß seiner verzweifelten Flucht ein Ende setzen würde.

Wie durch ein Wunder war er immer noch am Leben, als er vierzig Sekunden später die tiefhängenden Äste der ersten Bäume erreichte. Er blieb einen Augenblick lang stehen, um zurückzublicken. Die Schießerei hatte aufgehört, aber er konnte ein halbes Dutzend SS-Männer quer über das Feld auf sich zustürmen sehen. Hinter ihnen zerrten zwei oder drei andere eine Gestalt in schwarzer Priesterkleidung auf die Füße.

Logan floh in den Wald, und obwohl Tränen und Schweiß ihm in die Augen rannen und ihn beinahe blendeten, rannte er weiter, so schnell er nur konnte.

EIN UNERWARTETES ZUSAMMENTREFFEN

Von Graff nahm eine Flasche und zwei Kristallgläser aus dem antiken Barschränkchen und schenkte großzügig ein.

»Ich hoffe, Sie haben einen angenehmen Aufenthalt in Paris, Herr Channing«, sagte er, während er seinem Gast ein Glas reichte und sich setzte. »Wie geht es dem Führer?«

»Gut. Er blickt voll Hoffnung in die Zukunft.«

»Tun wir das nicht alle?« Von Graffs Frage hatte einen unüberhörbar bohrenden Unterton. Er wollte weitersprechen, aber im selben Augenblick summte das Haustelefon an seinem Schreibtisch. Er stand auf, ging hin und drückte den Knopf.

»Herr MacVey ist hier und möchte Sie sprechen, General«, meldete sich die Stimme seiner Sekretärin.

»Er soll warten«, sagte von Graff. »Ich habe Besuch.«

Er zögerte und wollte schon die Verbindung unterbrechen, als er es sich plötzlich anders überlegte und sagte: »Nein, schicken Sie ihn doch herein.« Er wandte sich Channing zu und sagte: »Ich hoffe, die Unterbrechung macht Ihnen nichts aus. Ich glaube, mein Besucher ist ein Mann von der Art, die Sie brauchen können.«

Von Graff schritt zur Türe.

»Guten Tag, Herr MacVey«, sagte der General. »Kommen Sie doch herein.« Er führte Logan zu der Sitzgruppe. »Jason Channing, darf ich Ihnen Lawrence MacVey vorstellen ...«

Von Graff hatte keine Ahnung, in welches Wespennest er mit seinen Worten stach. Die beiden Männer schüttelten einander die Hand, keiner ließ sich auch nur das geringste Zeichen eines Wiedererkennens anmerken.

Logan erkannte den Namen *Jason Channing* augenblicklich wieder. Joannas Geschichte, wie er zum ersten Mal in Stonewycke aufgetaucht war, war in der Familie wieder und wieder erzählt worden.

Was Channing anging, so hatten seine scharfen Augen Logans Gesicht in dem Augenblick wiedererkannt, in dem er durch die Türe trat, obwohl ihm der Name, den der General nannte, ganz fremd war.

»Herr MacVey ist einer meiner Agenten«, fuhr von Graff fort. »Er hilft uns bei der Suche nach einem äußerst gefährlichen französischen Verbrecher. L'Escroc«, fügte er hinzu, und an Channing gewandt, erklärte er: »Ein führender Widerstandskämpfer.«

»Es mag mich nichts angehen«, sagte Channing, »aber wer ist dieser Bursche? L'Escroc, der Betrüger – das hört sich interessant an.«

»Er ist ein drittklassiger britischer Agent, den das dumme Volk zum Helden erhebt.«

»Ich dachte, Sie sagten, er sei Franzose?«

»Engländer ... Franzose ... wer weiß. Das Dumme ist, daß es uns nicht gelingen will, ihn zu fassen, dann könnten wir seine wirkliche Nationalität rasch feststellen.«

»Wir haben nicht einmal eine zuverlässige Beschreibung«, fügte Logan hinzu.

»Aber nach dem Fiasko letzte Nacht sind wir ihm näher denn je auf der Spur«, sagte von Graff. »Wir haben zwei seiner Helfershelfer gefaßt – Männer, die mit ihm zusammenarbeiteten und ihn kennen.«

Logan ließ sich seine Bestürzung und Überraschung nicht anmerken. Er war erst vor wenigen Stunden nach Paris zurückgekehrt, nachdem er eine schreckliche Nacht lang auf der Flucht vor der Gestapo gewesen war. Er hatte gehofft, allen seinen Kameraden sei die Flucht gelungen.

Die Männer, die gestern dabeigewesen waren, kannten ihn nur in der Maske eines bebrillten alten Mannes. Und keiner kannte den Namen Michel Tanant – keiner außer ...

Aber im selben Augenblick, in dem ihm der Gedanke durch den Kopf schoß, sagte von Graff, als hätte er seine Gedanken gelesen: »Und diese beiden werden reden – bevor wir sie an die Wand stellen.«

Armer Paul! dachte Logan. *Ich hätte ihn niemals alleinlassen dürfen!*

In seiner Sorge um den Jungen vergaß er einen Augenblick lang, in welcher Gefahr er selbst schwebte. Denn Paul kannte Michel Tanant. Und Paul wußte genug, um General von Graff zu überzeugen, daß Logans wahre Loyalität dem Westen und nicht dem Osten galt.

Logan wurde klar, daß es nur noch eine Frage von Tagen, ja vielleicht nur noch Stunden war, bis alles aufflog. Er mußte jedoch noch eines herausfinden, bevor er sich zurückzog.

»Was ist mit de Beauvoir?« fragte er.

»Das Schicksal des Mannes scheint Sie ja sehr zu interessieren, Herr MacVey.«

»Er war so ein sympathischer Typ«, sagte Logan, ohne mit der Wimper zu zucken. »Täte mir leid, wenn er erschossen würde.«

»Nun, da brauchen Sie sich keine Sorgen zu machen. Da redet Baron de Beauvoir noch ein Wörtchen mit.«

Es war ein schwacher Trost, daß wenigstens Jean Pierre mit dem Leben davonkommen würde. Er würde sofort etwas unternehmen müssen, um die anderen, wenn irgend möglich, zu befreien. Nur eines war ihm völlig klar: Er würde nie wieder einen Fuß in dieses Gebäude setzen. Sein Gastspiel als Nazi war beendet.

CHANNING GEHEN DIE AUGEN AUF

An diesem Abend dinierte Jason Channing mit Freunden im *Scheherazade*.
Er hatte sein Zusammentreffen mit Logan MacIntyre keineswegs vergessen. Obwohl er den Rest des Nachmittags mit verschiedenen Verabredungen und geschäftlichen Angelegenheiten beschäftigt gewesen war, hatte er die ganze Zeit im Hinterkopf an MacIntyre gedacht. Er hatte von Graff nichts davon gesagt, daß er MacVeys wahre Identität kannte. Channing hatte noch nicht herausgefunden, wie er sein Wissen am besten einsetzen konnte. Es war nicht seine Art, Informationen verfrüht preiszugeben. Und in diesem Fall war er sich noch nicht sicher, daß er völlig verstanden hatte, was da eigentlich gespielt wurde.

Was ging hier vor? Das war die Frage. Irgend etwas stank. Der Blick in MacIntyres Augen hatte ihm nicht gefallen. Die Antworten, die er von Graff gegeben hatte, waren irgendwie ... es war schwer zu sagen, was daran nicht stimmte.

Seit Jahren suchte er nach irgendeinem saftigen Stück Dreck, mit dem er die Brut in Stonewycke bewerfen konnte. Jetzt sah es so aus, als hätte er alle Trümpfe in der Hand – einer von ihnen war ein deutscher Spion! Der Skandal hätte ganz Schottland erschüttert und die hochnäsige Joanna für immer in den Dreck gezerrt.

Aber Channing war mit den Jahren vorsichtig geworden. Da war irgend etwas tief in seinem Inneren, das ihn warnte, die Dinge lägen anders, als es auf den ersten Blick schien.

Er hob sein Glas an die Lippen. Wieder kehrten seine Gedanken zurück zu dem Zusammentreffen in von Graffs Büro. Da war irgend etwas gewesen, irgend etwas, das er brauchen konnte. Er wußte es.

Sie hatten über den Fluchtversuch des Priesters gesprochen, über die Verhaftung. Aber was hatten sie davor erwähnt? Ein Bursche, den sie jagten, ein britischer Agent, von dem es keine Personenbeschreibung gab?

L'Escroc, so hatten sie ihn genannt. Der Betrüger, der Schwindler ...

Plötzlich setzte Channing sein Glas hart auf den Tisch.
Der Schwindler! Natürlich!
Ein gewerbsmäßiger Betrüger und Ex-Häftling hatte in die vornehme Familie von Stonewycke eingeheiratet. Und nun betrog

dieser selbe Mann die Deutschen! Das ist ja fast zu fantastisch, um wahr zu sein, dachte Channing, während sich ein böses Lächeln über seine Lippen breitete.

MacIntyre spielte ein doppeltes Spiel! Der Mann war fast bewundernswert.

Hier hatte er den Schlüssel, wie er die ganze Familie vernichten konnte!

Ja, die Zeit seiner Rache war gekommen! Und sie würde um so süßer sein, als es so lange gedauert hatte, bis die Zeit reif war.

ENDE DER SCHARADE

Sie trafen sich im Hinterzimmer eines Cafés, das einem von Claudes Freunden gehörte. Es war jetzt zu gefährlich, sich in La Librairie zu treffen.

Claude saß, an die schmutzige Wand gelehnt, auf einer Bank und putzte ein Gewehr. Henri saß an einem einfachen Holztisch, ein unberührtes Glas Wein stand vor ihm. Logan schritt auf und ab. Sie waren nur zu dritt.

Henri blickte auf. »Bitte, mon ami«, sagte er. »Setz dich. Du machst mich nervös.«

»Ich war hierhergekommen, um endgültig auf Wiedersehen zu sagen. Aber jetzt verzögert sich alles.«

»Ich weiß«, antwortete Henri. »Aber deine neuen Papiere sind noch nicht fertig. Und wie ich dir sagte, Lise konnte nicht kommen. Sie steht unter Beobachtung und hielt es für zu gefährlich, sich mit uns zu treffen.«

»Ich weiß«, sagte Logan, der sich nun niedersetzte.

Schweigen senkte sich über den Raum. Sie waren vielleicht zum letzten Mal beisammen, aber in ihrem Zusammensein lag keine Wärme. Es wäre besser gewesen, dachte Logan, wenn Claude nicht gekommen wäre. Aber nein, er trug genausoviel Schuld wie der Franzose. Auch er war angespannt und jähzornig gewesen. Vor allem ärgerte er sich über sich selbst. Er hatte sich selbst zu hoch eingeschätzt – nicht nur bei dem Versuch, Jean Pierre zu retten, sondern bei dieser ganzen Trinity-Sache. Er war sich seiner selbst zu sicher gewesen, zu selbstbewußt.

Letzte Nacht war ihm eingefallen, daß Paul nicht nur eine Menge über seine Aktivitäten im französischen Untergrund wußte – er kannte auch Logans wirklichen Namen. Er war dabeigewesen, als er sich damals gegenüber dem schottischen Piloten verplappert hatte.

Logan hatte Atkinson kontaktiert, aber die Antwort des Majors war nicht eben ermutigend gewesen. Sie hatten kein Flugzeug zur Verfügung; konnte er es schaffen, über die Pyrenäen zu entkommen? Sie würden versuchen, ein Flugzeug aufzutreiben, aber die Lage hatte sich geändert, der Krieg wurde zusehends blutiger. Es war nicht so leicht wie früher.

»Wir sehen uns in zwei Tagen wieder«, sagte Henri. »Dann wirst du auch Gelegenheit haben, mit Lise zu sprechen. Ich weiß doch, daß du vor allem auf sie wartest.«

Logan nickte. »Und die Papiere?«
»Wir wollen hoffen, daß sie dann ebenfalls bereits fertig sind«, antwortete Henri. »Hast du dich entschlossen, nach Süden zu reisen?«
»Ich darf nicht länger als absolut notwendig bleiben«, sagte Logan. »Wenn Lise keine Botschaft aus London bringt, die mir ein Flugzeug garantiert, dann verschwinde ich, sobald ich die Papiere habe. Ich habe Kontaktleute in Lyon und Marseille. Vielleicht ist London bis dahin etwas eingefallen. Aber das beste ist wohl, ich bleibe in Bewegung.«
»Das sind dann also achtundvierzig Stunden«, sagte Henri. Er stand auf und legte Logan die Hand auf die Schulter. Logan nickte, und sie verließen den Raum. Henri ging durchs Café hinaus, Logan eilte in entgegengesetzter Richtung durch den Korridor und trat durch die Hintertüre in das schmale Hintergäßchen.

Claude blieb noch einige Minuten lang sitzen. Ein zynischer Glanz schimmerte in seinen Augen. Langsam hob er das Gewehr an die Schulter und tat, als zielte er über Kimme und Korn hinter Logan her. Langsam drückte er den Abzug nieder, bis der Hammer mit einem metallenen Klicken auf das leere Magazin schlug. Der Klang widerhallte in dem kleinen verdunkelten Raum.

EIN TÜCKISCHES KOMPLOTT

Am folgenden Morgen – zur selben Zeit, als Logan seine Vorbereitungen traf, um die Stadt binnen ein oder zwei Tagen verlassen zu können – betrat Channing von neuem von Graffs Büro. Der General war guter Laune und empfing ihn damit, daß er seine beste Flasche Cognac öffnete.

»Was würden Sie sagen, General«, bemerkte Channing – der gegen ein Glas Cognac um zehn Uhr morgens nicht den geringsten Vorbehalt hatte –, »wenn ich Ihnen erzähle, daß ich den ganzen Morgen an niemand anderen als Ihren L'Escroc gedacht habe? Was würden Sie dazu sagen, wenn ich Ihnen erzählte, daß ich ihn Ihnen mit Leichtigkeit überantworten und Ihnen Tage, ja Wochen des Kummers ersparen kann?«

Von Graffs Augen glitzerten, als er vorsichtig sein Cognacglas niederstellte. Er wußte, daß Jason Channing über Verbindungen und Einflußmöglichkeiten verfügte, die er sich nicht hätte träumen lassen. War es möglich, daß er die ganze Zeit über L'Escroc Bescheid gewußt hatte?

»Ich würde sagen, ich bin hingerissen«, antwortete er schelmisch.

Channing räusperte sich und hob eine Augenbraue. Dann sprach er.

»Sie wollen L'Escroc fassen? Nun, er ist kein anderer als Ihr Lawrence MacVey – alias Logan MacIntyre!«

Channings Worte trafen von Graff wie ein Donnerschlag. »Das ist unmöglich!« rief er aus. »Er hat fast ein Jahr lang für mich gearbeitet, wertvolle Informationen geliefert – «

Aber obwohl seine ersten Worte heftiger Protest waren, verlor seine Stimme rasch an Kraft und verebbte in betäubtem Schweigen. Fast augenblicklich begriff er, daß Channing die Wahrheit sagte. Er war am Schreibtisch gestanden, nun sank er in seinen Sessel zurück – zum erstenmal im Leben ein geschlagener Mann. Er brauchte nicht lange nachzudenken, was das für ihn bedeutete. Er hatte den Kopf für MacVey hingehalten, und die ganze Zeit über hatte dieses Ungeziefer die Schlinge um seinen Hals zugezogen. Wenn er MacVeys Kopf nicht auf einer Silberschüssel brachte, war seine eigene Karriere als deutscher Kommandant keinen Pfifferling mehr wert, da machte er sich keine Illusionen. Himmler war nicht gerade der Typ, der einem Fehler nachsah.

»Ich bringe ihn um!« knirschte von Graff. Seine aristokratischen Züge verschwanden unter einer Grimasse von tierischem Haß.

»Erst müssen Sie ihn haben«, erinnerte ihn Channing.

»Was wissen Sie von der Sache?«

»Ich hatte schon in vergangenen Jahren mit MacIntyre zu tun und mit Leuten, die ihm sehr nahestehen. Ich erkannte ihn im selben Augenblick, in dem Sie uns einander vorstellten, aber es brauchte seine Zeit, bis ich das Puzzle zusammengebracht hatte. Sie können mir glauben, ich will ihn genauso dringend zu fassen bekommen wie Sie.«

Von Graff richtete sich in seinem Sessel auf, zog mit einem Ruck die Schultern zurück und richtete den Blick starr auf Channing.

»Was haben Sie vor, Herr Channing?« fragte er langsam und nachdrücklich.

»Wir wären Dummköpfe, wollten wir ihn jetzt überall suchen«, antwortete Channing. »Zweifellos weiß er, daß sein Spiel aus ist. Wir können ihn nicht fangen, dazu ist er zu schlüpfrig. Aber er hat eine schwache Stelle. Wir könnten ihn zwingen, *zu uns zu kommen.*«

Channing lächelte, seine Augen leuchteten triumphierend. »Er hat eine Frau – «

»Natürlich!« rief von Graff aus. »Aber schaffen wir es? Haben wir Zeit genug, bevor er zurückkehrt und sie in Sicherheit bringt?«

»Meine Leute haben seine Frau in eben diesem Augenblick unter Beobachtung.«

»Sie wußten bereits – ? Ich verstehe nicht ganz ...«

»Wie ich Ihnen bereits sagte, habe ich ein privates Interesse an seiner Familie. Ich hatte die Frau schon eine ganze Weile unter Beobachtung, noch bevor MacIntyre selbst mir über den Weg lief. Ein Anruf genügt, und binnen vierundzwanzig Stunden ist die Frau hier!«

»Worauf warten wir dann noch!« rief von Graff. Er sprang auf und zog das Telefon heran. »Holen Sie mir einen Funker!« rief er in den Hörer. »Wir müssen augenblicklich Kontakt mit London aufnehmen.«

LOGANS ENTSCHEIDUNG

Um fünf Uhr nachmittags betrat Logan von neuem das Café. Er hatte den ganzen Tag lang die Verkleidung eines Clochard getragen und der Bart juckte abscheulich. Er hoffte auf gute Nachrichten.

Claude saß schweigend auf derselben Bank wie zuvor, das Gewehr auf dem Schoß. Er sah aus, als hätte er sich keinen Zoll gerührt in den letzten achtundvierzig Stunden. Logan nickte ihm zu, dann schüttelte er Henri die Hand, der auf der anderen Seite des kleinen Zimmers stand.

Ein Geräusch an der Türe ließ die beiden Männer erstarren. Einen Augenblick lang bewegte sich keiner von beiden. Dann kam ein leises Klopfen –

»Ich bin es, Lise«, antwortete eine Stimme.

Logan eilte zur Türe, sperrte auf und öffnete gerade weit genug, daß sie hindurchschlüpfen konnte, dann schloß und verriegelte er die Türe von neuem.

Lise blickte jeden der Männer an, aber in ihrem Blick lag keine Wärme.

»Es sieht so aus, als hätte Paul geredet«, sagte sie ohne Umschweife.

»Ich ging zu meinem ›Briefkasten‹, bevor ich hierherkam«, berichtete sie. »Ich holte die Nachrichten ab – es war nur eine einzige – und ging weiter. Dann wurde mir klar, daß ich verfolgt wurde. Sie hofften wohl, wer immer die Nachrichten abholte, würde sie zum Nest führen. Aber ich hängte sie ab.«

»Bist du sicher?« fragte Claude scharf.

Lise ignorierte seine Frage. »Das Merkwürdige daran ist«, sagte sie, »daß die Botschaft an *Logan MacIntyre* adressiert ist.«

Langsam streckte Logan die Hand nach dem Stück Papier aus, das Lise ihm reichte. Er starrte es lange an, bevor er schließlich den Umschlag aufriß. Hastig überflog er die Botschaft.

»Großer Gott!« hauchte er, während er in einen Sessel sank und Henri das gefaltete Papier reichte.

Henri warf einen Blick auf die Nachricht, schüttelte den Kopf und las sie dann laut vor:

Seien Sie uns gegrüßt, Logan MacIntyre – alias L'Escroc, alias Trinity, alias Lawrence MacVey! Jawohl, mein Herr, wir wissen, wer

Sie sind! Wir wissen genau Bescheid über Sie. Und wir wissen auch, daß Sie binnen zwölf Stunden allein und unbewaffnet das Tor des SS Hauptquartiers durchschreiten und sich freiwillig stellen werden. Woher wissen wir das? Weil wir in diesem Augenblick etwas in unserem Besitz haben, das Sie selbst dringend haben möchten. Wir haben Ihre Frau, Herr MacIntyre! Wenn Sie uns nicht glauben – ihre Unterschrift am Ende dieser Nachricht ist der einzige Beweis, den wir Ihnen anbieten. Sie haben nur wenige Stunden Zeit, eine Entscheidung zu treffen. Um fünf Uhr morgens, am Tage, nachdem diese Botschaft abgesendet wurde, wird sie als Spionin erschossen, wenn Sie bis dahin nicht aufgetaucht sind.«

Der Kreis der Alptraums hatte sich geschlossen, dachte Logan. Noch bevor er Allisons Handschrift sah, wußte er, daß von Graff keine leeren Drohungen aussprach.

Und nun hatte Logan seine Antwort. Er hatte um Führung gebeten, was er tun sollte. Jetzt wußte er es. *Hilf mir, o Gott*, betete er im stillen, *gib mir den Mut, jetzt Dir zu vertrauen, anstatt es auf meine eigene Weise zu tun.*

Er stand entschlossen auf. »Ich gehe zur Avenue Foch«, sagte er.

DER KREIS SCHLIESST SICH

Der kleine Raum war eiskalt.
Allison schauderte und zog sich die grobe Wolldecke enger um die Schultern. Sie warf einen Blick auf das vergitterte Fenster. Draußen war es dunkel, aber sie hatte keine Vorstellung davon, wie spät es sein mochte – vermutlich neun oder zehn Uhr abends.

Man hatte sie entführt und sie in diesen Raum – diese Gefängniszelle – gebracht, so viel war ihr klar. Bis vor zwei Stunden hatte sie allerdings nicht gewußt, warum, oder ob die ganze Affäre irgendetwas mit Logan zu tun hatte.

Dann hatte sie Besucher gehabt.

Die Türe hatte sich geöffnet, und Allison sprang von der Pritsche, auf der sie gelegen hatte. Zwei Männer traten ein. Einer davon schien Ende vierzig zu sein, von geradezu aristokratischem Äußeren, in eine adrette schwarze Uniform gekleidet, offenbar ein deutscher Offizier, obwohl Allison ihre Rangabzeichen nicht gut genug kannte, um seinen Rang zu erkennen. Der andere Mann war beträchtlich älter, vermutlich in den Sechzigern, obwohl er immer noch überaus rüstig wirkte. Er sah gut aus für einen Mann seines Alters und trug einen teuren blauen Anzug. Auch er wirkte distinguiert, wenn auch auf eine ganz andere Art als der deutsche Offizier.

Der Offizier trat einen Schritt vor und streckte ihr höflich die Hand entgegen. »Ich bin General von Graff, Frau MacIntyre«, sagte er in kultiviertem Ton. »Ich hoffe, Sie befinden sich wohl.«

»Was geht hier vor?« fragte Allison. »Ich verstehe nicht das Geringste.«

»Vielleicht sollte ich mich ebenfalls vorstellen«, sagte der Ältere. »Jason Channing, zu Diensten!«

Allison runzelte plötzlich die Stirn. Sie erkannte den Namen augenblicklich wieder, aber sie war völlig verblüfft, ihn zu hören; es war, als stünde plötzlich eine historische Figur aus ferner Vergangenheit vor ihr.

»Mein Name ist Ihnen vertraut?« fragte er in fast jovialem Ton. Kein Zweifel, er genoß diesen Augenblick, der seine rachsüchtige Natur so tief befriedigte. Das hier reichte zwar längst nicht aus, um die alte Rechnung zu begleichen, aber er würde ein paar Nächte lang lächelnd einschlafen!

Allison ließ sich jedoch nicht einschüchtern. In ihren Adern floß das Blut der Lady Atlanta und der Lady Margaret, dasselbe Blut, das ihrer Mutter im Augenblick der Krise den Mut verliehen hatte, diesem Mann zu widerstehen. Sie streckte trotzig das Kinn vor.
»Was haben Sie mit mir vor?«
»Was mich angeht«, antwortete Channing, »möchte ich mich bloß ein wenig amüsieren. Für den General hier ist Ihre Anwesenheit jedoch eine Frage der Nützlichkeit.«
»Ich habe nichts gegen Sie persönlich, Frau MacIntyre«, fuhr von Graff fort. »Sie haben sich einfach als ein überaus praktisches Mittel erwiesen, um an das heranzukommen, was ich wirklich haben will.«
»Und das wäre -?«
»Ihr Gatte, um genau zu sein.«
Allison schloß die Augen, als ihr die Situation plötzlich in ihrer ganzen Tragweite zu Bewußtsein kam. Man gebrauchte sie als Köder! Aber sie versuchte, sich nichts davon anmerken zu lassen, daß sie der Mut verließ. Als sie sprach, war ihre Stimme freilich ein wenig schwächer als zuvor. »Ich fürchte, ich verstehe immer noch nicht ...«
»Sie brauchen nichts zu verstehen, Frau MacIntyre. Herr Channing bestand darauf, Sie zu sprechen. Es war ihm wichtig, daß Ihnen die Sachlage klar bewußt ist.«
Von Graff drehte sich auf dem Absatz um und öffnete die Türe. Channing blieb noch einen Augenblick zurück.
»Es war mir ein Vergnügen, Mrs. MacIntyre«, sagte er lächelnd. »Sie sind von Kopf die Fuß die rechte Tochter Ihrer Mutter, und das verdoppelte mein Vergnügen, Sie hier besuchen zu dürfen.«
Dann wandte er sich um und folgte von Graff nach draußen.
Das war vor etwa zwei Stunden gewesen, soweit Allison die Zeit schätzen konnte. In Angst und Sorge hatte sie zwei Stunden lang gebetet, es möchte sich ein Weg finden, Logan zu warnen. Denn so lange sie auch getrennt gewesen waren, sie wußte, er würde sich augenblicklich stellen, wenn er hörte, daß diese Männer sie in ihrer Gewalt hatten. Wenn sie nur wußte, daß er in Sicherheit war, konnte sie diesen Ort ertragen. Wenn sie ihn nur irgendwie warnen könnte!

ENDLICH VEREINT

Logan schritt langsam die dunkle Avenue Foch entlang. Dreißig Minuten später stand er vor der düsteren Außenmauer der SS-Garnison. Er schritt auf die Wache zu. Die beiden Uniformierten hoben das Gewehr in Anschlag, als er sich näherte.
»Logan MacIntyre möchte General von Graff sprechen«, sagte er schlicht.
»Ah ja, Herr MacIntyre«, erwiderte einer der Männer und ließ sein Gewehr sinken. »Wir haben Sie bereits erwartet. Ich werde anrufen und ihm mitteilen, daß Sie hier sind.«
Noch während er sprach, trat der zweite Wachhabende hinter Logan und begann ihm die Hände zu binden.
Logan sagte nichts weiter und leistete keinen Widerstand.

Nachdem Channing und von Graff sie verlassen hatten, legte Allison sich nieder und versuchte zu schlafen. Das Bett – eine dünne Matratze auf einer hölzernen Pritsche – war miserabel. Aber sie war so erschöpft, daß es ihr gleichgültig war. Wenige Sekunden später war sie fest eingeschlafen.
Plötzlich fuhr sie aus dem Schlaf hoch. Es war immer noch mitten in der Nacht. Geräusche draußen vor der Türe hatten sie aufgeschreckt. Sie setzte sich auf.
Die Türe öffnete sich, und die einzelne Glühbirne im Korridor draußen warf ihr Licht in den Raum. Allison blinzelte, als sie den Blick zur Türe wandte. Ein deutscher Soldat trat ein, dem ein Zivilist folgte und dann ein weiterer Soldat, der eine schußbereite Pistole in der Hand hielt.
Plötzlich leuchtete Allisons Gesicht auf.
»Logan!« schrie sie und sprang auf. »Bist du es wirklich!«
»Oh, Ali«, sagte er leise, »es tut mir so leid, daß es unter solchen Umständen sein mußte!«
Tränen der Freude strömten über ihr Gesicht, als Allison auf ihn zustürzte, aber augenblicklich versperrten ihr die beiden Soldaten den Weg.
Logan wandte sich an einen der Wachen. »Neumann«, bat er, »können Sie uns nicht einen Augenblick allein lassen?«
Neumann zögerte. Sein Blick wanderte von Allison zu Logan, und etwas wie Mitleid spiegelte sich darin. Dann blickte er den zweiten Soldaten an.

»Warten Sie draußen auf mich«, sagte er. Der Mann machte kehrtum und verließ den Raum. Dann sagte Neumann zu Logan: »Fünf Minuten, Herr MacIntyre, mehr nicht.« Dann verschwand auch er.

Allison und Logan standen noch einen Augenblick da und sahen einander an, dann traten sie ganz gleichzeitig aufeinander zu. Allison öffnete die Arme weit, um ihren Mann zu umarmen, dann sah sie, daß seine Hände gefesselt waren. Sie brach neuerlich in Tränen aus und schlang die Arme um ihn. Ihr Kopf sank auf seine Schulter.

»Es tut mir so leid, daß du in all das hineingezogen wurdest, Ali«, sagte er zärtlich.

»Oh, Logan ... liebster Logan«, schluchzte sie unter Tränen. »Ich bin so glücklich, dich wiederzusehen!«

Er trat einen halben Schritt zurück, dann hob er seine gefesselten Hände und faßte sie am Kinn – dieses süße, weiche, entschlossene Kinn!

»Logan ... du mußt wissen – «

»Ali«, unterbrach er sie, »wir haben wenig Zeit, und ich muß dir etwas sagen – vielleicht gibt es keine weitere Gelegenheit mehr.«

Er zögerte, als erwartete er, daß sie protestierte. »Ali«, fuhr er dann fort, »ich war ein selbstsüchtiger Narr. Ich glaube, ich war so verstockt, daß ich es auf die harte Tour lernen mußte – «

»Logan, bitte! Nicht – «

»Laß mich ausreden, Ali. Es ist die Wahrheit. Gott zeigte es mir, Ali. Er hat mir die Augen geöffnet, um mir zu zeigen, daß die Treue, die wir einander geschworen haben, über all das hinausreicht.«

Er hielt inne und lächelte sie an. »Ich weiß, es ist jetzt zu spät dafür, aber ... ich kann das alles nicht so gut erklären, aber ich möchte, daß du mich verstehst. Ali – kannst du mir vergeben?«

»Oh, Logan, wir beide mußten so viel lernen«, antwortete Allison. »So viel davon war meine eigene Schuld. Aber du weißt, daß ich dir verzeihe.«

»Ich wollte, wir könnten die letzten neun Jahre noch einmal erleben, Ali«, sagte er. »Nichts wünsche ich mir mehr als die Chance, es noch einmal zu versuchen und es diesmal richtig zu machen. Aber diese fünf Minuten sind vielleicht die einzige zweite Chance, die uns gestattet wird – «

»Logan, nein! Sprich nicht davon!«

Er fuhr jedoch fort. »Ich war die ganze Zeit im französischen Widerstand tätig und spielte die Rolle eines deutschen Doppelagenten. Sie entdeckten meine wahre Identität erst vor wenigen Tagen. Sie schnappten dich, um mich aus meinem Versteck zu locken. Aber nachdem ich dich wiedergesehen habe und weiß, daß du mich immer noch liebst, kann ich dem Tod ruhig ins Auge sehen.«

Allison umarmte ihn von neuen. Die Tränen strömten reichlich über ihr Gesicht.

»Und unsere Tochter – «, fuhr Logan fort. »Ich hätte so gerne die Gelegenheit gehabt, ihr ein guter Vater zu sein. Allison, was ist los?« Während Logan sprach, hatte Allison plötzlich einen verzweifelten Schrei ausgestoßen und die Hand auf den Mund gepreßt.

»Ach, ich wollte es dir nicht gerade jetzt sagen«, weinte sie. »Ich wollte deinen Kummer nicht noch schlimmer machen, aber ... aber ...«

Von neuem brach sie in qualvolles Stöhnen aus.

»Ach, Logan ... unsere kleine Joanna ... sie ... sie ist tot, Logan! Sie war bei Mutter im Zug; Bomben fielen ... der Zug wurde zur Hälfte zerstört! Es tut mir so leid, daß ich es dir sagen muß!«

Logan schwieg einen Augenblick lang. Dann sagte er: »Und Joanna ...?«

»Sie mußte ins Spital«, sagte Allison und versuchte sich zu beruhigen. »Aber es war nichts Ernstes. Sie ist schon wieder in Ordnung.«

Er sehnte sich verzweifelt danach, sie in die Arme zu nehmen, aber seine Hände waren gefesselt. Er zerrte erbittert an den Handschellen.

Allison hielt ihn in den Armen und suchte sich und ihn zugleich zu trösten. Ein paar Sekunden lang sprach keiner von beiden. Niemals zuvor waren sie einander näher gewesen als während dieser stummen Sekunden, die da vorübergingen. Aber ihre innere Zweisamkeit entsprang weniger ihrem gemeinsamen Kummer, sondern kam daher, daß sie nun zuletzt beide ihre Herzen dem Gott zuwandten, den es immer danach verlangt hatte, sie zusammenzuschmieden. Jeder von beiden betete für den anderen um Kraft, in den Prüfungen auszuhalten, die ihnen bevorstanden.

Gleich darauf wurde ihr Schweigen von einem harten Pochen an der Zellentüre unterbrochen.

»Noch zwei Minuten«, rief Neumann.

Logan schüttelte den Kopf und blickte seufzend zur Türe. »Ich muß dir noch etwas sagen.« Er zögerte, dann, nach einem weiteren Seufzer, fuhr er fast ärgerlich fort. »Wie ich es hasse, unsere letzten Minuten mit geschäftlichen Dingen zu verbringen! Aber selbst wenn mein Schicksal besiegelt ist, so will ich doch sichergehen, daß du in Sicherheit bist. Ich bin ziemlich sicher, daß von Graff dich laufenlassen wird. Hör zu ... am Morgen gehst du zum Hotel de Luxe in der Rue Saint Yves. Merkst du dir das?«

Allison nickte, aber Logan war sich keineswegs sicher. Sie schien unfähig, sich auf solche Details zu konzentrieren.

»Die Rue Saint Yves«, wiederholte er. »Merk dir das ... es ist wichtig. Hotel de Luxe. Es gibt dort eine alte Frau, die Blumen verkauft. Kauf ein Sträußchen bei ihr, dann geh in den kleinen Park an der Ecke und setz dich auf eine Bank. Du mußt um zehn Uhr morgens dort sein. Ein Freund von mir wird Kontakt mit dir aufnehmen – er wird dich an den Blumen erkennen. Du erkennst ihn daran, daß er den Decknamen *L'Oiselet* verwendet. Er wird dir helfen, aus Frankreich herauszukommen.«

»Logan! Ich kann nicht – ich kann ein Leben ohne dich nicht ertragen!« weinte Allison.

»Du wirst es ertragen, liebste Ali. Gott wird dir die Kraft dazu geben. Er steht mir bei, und er wird auch dir beistehen. Du kannst dich ihm furchtlos anvertrauen.«

Plötzlich wurde die Türe aufgestoßen, und die Wächter traten lärmend in den Raum. Neumann stand an der Türe, während der andere auf Logan zueilte und ihn grob am Arm packte.

»Ich liebe dich, Ali!« rief er eilig, während sie ihn davonzerrten. »Sei stark ... der Herr wird mich behüten!«

»Ich liebe dich, Logan!« rief Allison unter Tränen der Qual. »Ich werde dich allezeit lieben!«

Sie sah ihm hilflos nach, wie er davongeschleppt und die schwere Türe zugeworfen und verriegelt wurde.

L'OISELET

Der Tag war kalt, aber der kleine Park war voll von Menschen. Die Sonne schien strahlend hell, und das genügte anscheinend, um die Pariser ins Freie zu locken.

Allison hatte Logans Instruktionen sorgfältig befolgt. Nun entdeckte sie eine Parkbank und setzte sich nieder. Fünf Minuten später tauchte ein alter Herr auf, setzte sich auf die Bank, deren Lehne an die ihre stieß, und begann in einem Buch zu lesen. Dann hörte sie ihn mit gedämpfter Stimme sagen: »Madame MacIntyre ... drehen Sie sich nicht um und sprechen Sie kein Wort.«

Der Drang, eben das zu tun, war fast überwältigend, aber Allison schaffte es, den Blick verträumt auf ein Grüppchen spielender Kinder zu richten.

»Ich habe Sie an den Blumen erkannt«, fuhr der Mann fort, auf Englisch, dem ein dicker französischer Akzent anhaftete. »Sie erkennen mich an dem Namen L'Oiselet. Nun hören Sie gut zu. Legen Sie in ein paar Minuten ihre Blumen auf die Bank und frischen Sie ihren Lippenstift auf. Dann stehen Sie auf, lassen die Blumen liegen und gehen fort.«

Allison gehorchte seinen Anweisungen.

Sie war kaum fünfzig Schritte weit gegangen, als ein Kind ihr nachrief.

»Mademoiselle! Voici vos fleurs!«

Allison wandte sich um. Ein kleiner Junge rannte auf sie zu, das Sträußchen in der Hand.

»Merci«, sagte Allison lächelnd und nahm die Blumen entgegen, die jetzt in ein Stück Papier gewickelt waren.

Sie ging auf geradem Wege zu ihrem Hotel, betrat ihr Zimmer und wickelte das Papier von dem Strauß ab. Die Botschaft lautete:

»Verbringen Sie den Nachmittag mit Einkäufen und schauen Sie gelegentlich in dem Buchladen La Librairie in der Rue des Varennes vorbei, um drei Uhr nachmittags.«

KAMERADEN

Kurz vor drei Uhr schlenderte Allison die Rue de Varennes entlang und betrat den dritten Buchladen an diesem Nachmittag. Der Mann, der sie beschattete, blieb draußen auf der Straße stehen.

Der Buchhändler hinter dem vollgeräumten Ladentisch war etwa sechzig Jahre alt und hatte ein freundliches, sympathisches Gesicht. Als er zu sprechen begann, wurde Allison klar, daß dies hier derselbe Mann war, mit dem sie im Park gesprochen hatte.

»Bonjour, Madame«, sagte er. »Kommen Sie, wir wollen uns ein wenig unter den Büchern hier umsehen ... Ihr Boche könnte mißtrauisch werden, wenn ich Sie ins Hinterzimmer führte, also bleiben wir besser hier.«

Eine Frau stand zwischen zwei hohen Bücherregalen an der Wand. »Ah, Lise«, sagte der alte Mann zu ihr, »sie ist gekommen!« Er wandte sich an Allison und deutete ihr, sie sollte leise sprechen. »Madame MacIntyre, dies ist Lise, und ich bin Henri. Wir freuen uns, Sie kennenzulernen, obwohl wir es lieber unter erfreulicheren Umständen getan hätten. – Die Zeit ist kurz«, fuhr er fort, »denn wie lange kann man sich schon in einer Buchhandlung aufhalten? Madame, von vorrangiger Bedeutung ist jetzt, daß Sie falsche Papiere erhalten und aus der Stadt – «

»Was ist mit meinem Mann?« unterbrach Allison ihn abrupt.

»Ihr Gatte ist ein bemerkenswerter Mensch«, sagte Lise. »Er hat viel für unsere Sache geopfert und ist ein hohes Risiko eingegangen. Er ist sehr tapfer und hat zahllose Franzosen, Engländer und Amerikaner vor den Boche gerettet. Aber jetzt, wo er das höchste Opfer bringen muß, sind uns die Hände gebunden. Je ne sais pas quoi – « Sie unterbrach sich, suchte nach Worten, die ihre Gedanken ausdrücken konnten. »Es ist schwierig«, sagte sie zuletzt.

Allison wischte sich die Tränen aus den Augen und holte tief Luft. »Logan sagte mir, bevor sie ihn fortbrachten, ich müßte Gott vertrauen, was ihn anginge. Ich glaube, er hat seinen Frieden mit sich selbst gemacht, mit Gott, und nun mit mir ... und ist bereit zu sterben.«

Eben da schellte das Glöckchen über der Türe. Henri eilte davon, um den eintretenden Kunden zu begrüßen. Die beiden Frauen blieben stehen.

»Haben Sie Logan gut gekannt?« fragte Allison Lise nach einem Augenblick der Stille.

»Wir haben mehr als ein Jahr lang zusammengearbeitet«, antwortete Lise. »Henri und ich und einige andere.«

»Ich würde so gerne begreifen, was es für ihn bedeutete, hierzusein«, sagte Allison ernsthaft. »Und sei es nur, um die Veränderungen, die ich an ihm bemerkte, besser verstehen zu können.«

Lise lächelte und schien minutenlang in Gedanken versunken.

»Madame MacIntyre«, sagte sie dann, während das Lächeln erlosch, »ich habe oft gedacht, Michels Frau müßte eine sehr glückliche Frau sein. Ich beginne jetzt zu verstehen, warum Michel Sie immer so überaus hoch einschätzte und so herzlich von Ihnen redete. Er war ein warmherziger Mann, der alle liebte, die ihm begegneten. Aber zuletzt, das weiß ich, sehnte er sich allein nach Ihnen. Er hatte viele Freunde, aber nur eine Allison.«

»Ich danke Ihnen, Lise«, sagte Allison sanft. »Sie wissen nicht, wie viel mir ihre freundlichen Worte bedeuten. Aber jetzt, glaube ich, ist es Zeit, daß ich gehe. Ich komme wieder. Ich hoffe, wir werden bald wieder Gelegenheit zu einem Gespräch haben.«

»Ich freue mich darauf«, antwortete Lise.

EINZELHAFT

Die Mauern erzählten die Geschichte. Logan verbrachte die langen Stunden der Haft damit, die Botschaften zu entziffern – teils leserliche, teils bloße unentwirrbare Kritzeleien –, die mit Nägeln oder Kieseln in die Tünche der Wand gekratzt waren. Die Grafitti an der Gefängnismauer erzählten von kühnem Mut und Bitterkeit und Ängsten, die letzten Worte der zum Tode Verurteilten, die vor ihm in den Verliesen des Gefängnisses Fresnes geschmachtet hatten.

Tag für Tag – er wußte nicht mehr, wieviel – verbrachte er in der kalten, schmutzigen Gefängniszelle. Die einzige Unterbrechung seiner Einzelhaft waren die Stunden, wo man ihn zum Verhör schleppte.

Von Graff führte bei diesen Verhören den Vorsitz, obwohl die Aufgabe, die Prügel und anderen Folterungen zu verabreichen, zwei muskulösen SS-Männern zufiel. Logan versuchte, stolz auf sich selbst zu sein, daß er seine Kameraden nicht verriet, und er brachte immerhin so viel Stolz zusammen, daß er auch am nächsten Tag den Mund nicht aufmachte, wenn die Folterknechte ihn zusammenschlugen.

Vielleicht, so hoffte er von einem Mal zum anderen, würde der General am nächsten Tag endgültig aufgeben und das Erschießungskommando würde kommen, und er würde nicht länger leiden müssen. Er fragte sich, wie viele andere Männer hier so sehr gemartert worden waren, daß sie eine Kugel ins Herz als willkommene Erleichterung betrachteten.

Er war froh, daß er nun endlich bereit war zu sterben. Er hoffte, er würde es schaffen, mit hocherhobenem Kopf in den Gefängnishof zu treten.

Er dachte in diesen Tagen lange darüber nach, wie er vor seinem Schöpfer dastand. Er wußte eines mit absoluter Sicherheit: Wenn das Erschießungskommando kam, würden sie nicht denselben Mann antreffen, den sie in dieser Zelle eingeschlossen hatten. Sie würden nicht Michel Tanant antreffen oder Trinity oder L'Escroc oder Lawrence MacVey. General von Graff würde keinen Augenblick des Triumphs erleben. Der Mann, den man zum Tode führte, würde ein neuer Mensch sein, ein Mann, der sich seiner eigenen Schwäche endlich hinreichend bewußt war, um sein *ganzes* Herz dem Gott auszuliefern, der ihn auf der Straße nach Stonewycke beim Namen gerufen hatte. Jetzt konnte er beten – dasselbe Gebet wie damals, aber die Worte waren voll tieferer Bedeutung und festerer Absicht: »Hilf mir, o Gott, ein wahrhaftiger Mann zu werden.«

Logan warf einen neuerlichen Blick auf die fleckige, schmutzige Wand des Gefängnisses. Er fand einen rostigen alten Nagel, der in eine Ritze des Fußbodens gefallen war und wohl schon mehrere Botschaften in die Wand geritzt hatte. Er streckte die Hand aus und grub die Spitze in die altertümliche Tünche. Eine alte Hymne kam ihm in den Sinn.

»Ich bin Logan MacIntyre«, schrieb er. »Ich war verloren, nun bin ich gefunden; ich war blind, aber nun sehe ich. Ich war tot ... aber nun bin ich bereit zu leben!«

DER KLANG SCHWERER STIEFEL NÄHERT SICH

Für zwei Männer, deren Pläne so ausgezeichnet gelungen waren, machten von Graff und Channing einen ausgesprochen mürrischen Eindruck.

»Ich fürchte«, sagte von Graff betrübt, »wenn ein Mann innerhalb von zwei Wochen nicht zum Reden gebracht werden kann, stehen die Chancen schlecht, daß es überhaupt jemals gelingt. Ich wage nicht, ihn noch weiter foltern zu lassen. Ich würde nur dem Erschießungskommando die Arbeit abnehmen. Ein Mann muß bei Sinnen sein, wenn er in die Mündung der Gewehre blickt und weiß, daß er nur noch Augenblicke von der Ewigkeit entfernt ist. Dieser Ausdruck des Entsetzens in seinen Augen – das ist der Gipfel des Triumphs.«

»Da haben Sie wohl recht. Ja, das wenigstens müssen wir uns vergönnen.« Channing betrachtete einen Moment lang das glühende Ende seiner Zigarre. »Und wie lange müssen wir noch warten?« fragte er.

»Ich hoffte immer noch, seine Frau würde uns Informationen liefern«, antwortete von Graff.

»Ist sie immer noch in Paris?«

»Ja. Ich habe sie Tag und Nacht beobachten lassen. Und ich muß sagen, sie benimmt sich ein wenig merkwürdig für eine Frau, die demnächst Witwe sein wird. Aber ich finde nichts Verdächtiges. Und sicherlich nichts, was uns weiterhelfen könnte. Offenbar hat sie uns die Wahrheit gesagt und weiß tatsächlich nichts über die Umtriebe ihres Gatten. Was ich vor allem meine, ist: Das Mädchen ist uns nichts mehr nütze, sobald ihr Mann einmal hingerichtet ist. Vielleicht ist aus beiden nichts mehr herauszuholen, und wir sollten sie uns vom Halse schaffen.«

»Dafür würde ich ebenfalls stimmen«, sagte Channing mit einem Ausdruck bösen Vergnügens auf dem Gesicht.

»Dann wollen wir die MacIntyre neuerlich verhaften lassen, und die nötigen Vorbereitungen für die Hinrichtung ihres Mannes treffen.«

Um sechs Uhr dreißig am folgenden Morgen zeigte der Winterhimmel kein Anzeichen der anbrechenden Dämmerung. Die fünf Personen, die das Hauptquartier der SS verließen, kümmerten sich freilich wenig um die Zeichen des Himmels. Die beiden SS-Offiziere marschierten in militärischem Schritt. Sie hielten an, als sie den Wagen der SS erreichten, der am Gehsteigrand parkte. Der Leutnant trat vor und setzte sich hinters Lenkrad, während Hauptmann Neumann die hintere Türe für die drei anderen öffnete.

Channing kletterte in den Fond. Allison folgte ihm. Von Graff schob sich neben sie. Neumann schlug forsch die Türe zu, dann öffnete er die Türe neben dem Beifahrersitz und schlüpfte ebenfalls ins Wageninnere.

Das Automobil fuhr die Avenue Foch Richtung Osten entlang, dann nach Süden, die Avenue Marceau hinunter und überquerte die Seine beim Place de L'Alma. Die dunklen Straßen waren still, die Stadt der Lichter war an jenem kalten Sonntagmorgen noch nicht zum Leben erwacht. Sie fuhren nur zehn Minuten lang durch die leeren Straßen zum Fort Montrouge. Das Schwarz des Himmels wurde allmählich grau, als das erste Dämmerlicht sich zeigte, und ein sanfter Regenschauer begann zu fallen, während das Auto in die alte Festung einbog.

Allison schauderte, als sie durchs Tor fuhren. Zur Linken stand der Pfahl für die Hinrichtung: Zwei tödliche Narben, von Schüssen zerfetzt, durchzogen das Holz, eine in Augenhöhe für Kopfschüsse, und eine tiefer unten, wo Kugeln das Herz durchbohrt hatten.

Lieber Gott, flehte sie in Gedanken, *sei uns jetzt bitte ganz nahe!*

Das Auto bremste, und die Türen wurden geöffnet. Allison wurde befohlen auszusteigen. Von Graff und Channing standen neben ihr. Der Regen begann reichlicher zu fallen.

Im nächsten Augenblick wurde Allisons Interesse vom makabren Anblick des Pfahls abgelenkt, als zwei »Grüne Minnas« durchs Tor rumpelten. Sie hielten etwa fünfzig Fuß entfernt von ihnen an.

Aus dem Fond des einen Wagens kletterten acht bewaffnete deutsche Soldaten. Sie eilten zu dem Pfahl, an dem der Todeskandidat festgebunden werden sollte, denn drehten sie um und maßen die Entfernung in Schritten ab. Dann nahmen sie mit ihren Gewehren im Arm Haltung an. Zur gleichen Zeit tauchte der Fahrer des zweiten Wagens auf, nun eilte er zum Fond des Wagens, öffnete die Türe und griff hinein, um den Passagier herauszuzerren.

Allison konnte ein Stöhnen nicht unterdrücken, als Logan herausgeschleppt wurde. Als er vor acht Jahren die Schußwunde erlitten und fast im Sterben gelegen hatte, hatte er nicht so gräßlich ausgesehen. Selbst im trüben Licht der ersten Dämmerung konnte sie sehen, daß er während seiner zweiwöchigen Haft viel Gewicht verloren hatte. Seine eingesunkenen Augen waren von dunklen Schatten – oder waren es Blutergüsse? – umgeben. Eine tiefe Schramme, schmutzig und vereitert, zog sich über seine Wange. Trockenes Blut verkrustete eine Wunde an seinem Arm, und er bewegte sich mit einem schmerzlichen und unsicheren Hinken. Der verletzte Arm hing schlaff an seiner Seite.

Allison starrte von Graff an, ihre dunklen Augen brannten.

»Wie können Sie einem Mitmenschen so etwas antun?« fragte sie zornig. »Sie müssen ein Tier sein!«

Von Graff zog die Augenbrauen hoch und preßte die Lippen zusammen, aber er gab keine Antwort. Vielleicht waren ihre Worte allzu beunruhigend für einen, der sich selbst immer als einen hochzivilisierten Menschen betrachtet hatte.

Logan hielt inne, als er die vertraute Stimme im Dunst des Morgens hörte. Ein Ausdruck der Verzweiflung glitt über sein fahles Gesicht, als er Allison sah. Er wandte den Blick von Graff zu.

»Warum haben Sie sie hierher gebracht?« fragte er scharf, obwohl seine Stimme so schwach war, daß ihr der Nachdruck fehlte.

»Ich wollte ihr ein letztes Zusammensein mit ihrem Ehemann gewähren«, antwortete der General.

Aber Logan wandte seine Aufmerksamkeit bereits wieder Allison zu und hinkte langsam auf sie zu. Die Wachsoldaten machten keine Anstalten, ihn daran zu hindern.

»Sei tapfer, Ali«, sagte er. »Es ist wirklich nicht so schlimm – ich werde einen ehrenhaften Tod sterben, und Gott steht mir bei.«

Da machte jedoch von Graff eine Kopfbewegung, und einer der Wachen packte Logan am Arm und zerrte ihn grob mit sich.

»Logan – glaube und vertraue!« rief Allison. »Ich liebe dich!«

Der Wachsoldat schleppte ihn davon, aber er rief über die Schulter zurück: »Ich habe dich immer geliebt, Ali – «

Seine Stimme brach, als er einen grausamen Stoß in den Rücken erhielt, der ihn auf die Knie warf. Allison erstickte einen Aufschrei mit der Hand. Ihre Augen füllten sich mit Tränen. Sie sah schmerzerfüllt zu, wie die Soldaten Logan wieder hochrissen und ihn grob gegen den Pfahl stießen. Während die Wächter ihn fesselten, wandte sich von Graff an seine Begleiter.

»Herr Channing«, sagte er, »warum ziehen Sie sich nicht mit Frau MacIntyre in das Pförtnerhaus dort drüben zurück, wo Sie gute Sicht haben und gleichzeitig trocken bleiben. Dieser verfluchte Regen ist doch wirklich zu lästig. Ich leiste Ihnen dann gleich Gesellschaft.«

»Großartige Idee, General«, sagte Channing.

Von Graff verließ sie und schritt zu Logan hinüber, der nun an den Pfahl gefesselt stand.

Logan sprach als erster.

»Von Graff, es kümmert mich nicht, was Sie mit mir machen, aber Sie haben keinen Grund, meiner Frau ein Leid zuzufügen. Lassen Sie sie nach England zurückkehren. Sie weiß nichts von alledem.«

»Nachdem ich sie zwei Wochen lang beobachtet habe, neige ich dazu, Ihnen zu glauben. Sie nützt uns nichts. Ich nehme an, sie wird unbeschadet von dannen ziehen.«

Er zögerte, dann hielt er die Augenbinde hoch.

Logan schüttelte den Kopf.

»Stoiker bis zuletzt?«

»Kein Stoiker, General. Nur ein Mann, der zuletzt bereit ist, das Leben anzunehmen, wie es auf ihn zukommt, ohne sich noch hinter Masken zu verstecken. Leben ... und Tod.«

»Ein bewundernswerter Standpunkt, wenn man nicht gerade vor einem Erschießungskommando steht.«

»Ein letztes Wort noch, General«, sagte Logan. »Es mag Ihnen nichts bedeuten, aber ich hege keinen Groll gegen Sie. Ich vergebe Ihnen, wie Gott Ihnen vergeben möge.«

»Sie verschwenden Ihre letzten Worte an Sentimentalitäten.«

»Vielleicht werden Sie Ihnen eines Tages etwas bedeuten.«

Von Graff zuckte die Achseln und wandte sich zum Gehen. Dann hielt er ein, als sei ihm plötzlich noch ein Gedanke gekommen, wandte sich um und blickte zurück. »Nun, dann werden Sie jetzt wohl mit dem Priester sprechen wollen, um den Sie gebeten haben«, sagte er.

»Oh, gewiß, aber – « antwortete Logan verwirrt. Er hatte um nichts dergleichen gebeten. Aber von Graff war bereits fünfzehn Schritte entfernt und eilte mit forschen Schritten davon.

Der General hatte schon fast das Pförtnerhaus erreicht, als eine neue Gestalt aus einer der Grünen Minnas stieg. Er war hochgewachsen und bewegte sich mit lang geübter Haltung, obwohl er ein wenig hinkte. Seine schwarze Soutane flatterte im Wind. Ein dicker, bereits ergrauter Bart und Schnurrbart bedeckten sein Gesicht, und dickgerahmte Brillengläser saßen auf seiner fein gemeißelten Nase.

Er trat nahe an Logan heran und legte ihm eine Hand auf die Schulter. In der anderen, sah Logan, hielt er ein Meßbuch und einen Rosenkranz.

Der Priester blickte Logan tief in die Augen.

»Gott sei mit dir, mein Sohn«, sagte er.

Logans halbbetäubte Sinne erwachten urplötzlich zu neuem Leben, als die Stimme an sein Ohr drang – die Stimme des einzigen Priesters in Frankreich, den er jemals gekannt hatte.

TOUR DE FORCE

Im Pförtnerhaus drinnen hatte Channing sich einen möglichst günstigen Standort beim Fenster gesucht. Im Augenblick jedoch hing sein Blick an Allison, die sich in sichere Entfernung zurückgezogen hatte.

»Kommen Sie nur näher, meine Liebe«, sagte er mit öliger Stimme. »Dies ist der Augenblick der Ehre für Ihren Gatten – wahrscheinlich der einzige, den er in seinem elenden Verbrecherleben jemals hatte.«

»Meine Gatte ist mehr wert als hundert von Ihrer Sorte, Mr. Channing!« rief Allison stolz.

Channing trat auf sie zu, packte sie am Arm und zerrte sie zum Fenster.

»Sie werden zusehen, wie Ihr Gatte stirbt!« knirschte er. »Dann wollen wir sehen, was aus Ihrem schottischen Stoizismus wird! Noch bevor dieser Tag zu Ende geht, werde ich Sie auf den Knien sehen, und dann wird Ihre Mutter wissen, wem der Sieg letztendlich zuteil wurde!«

Allison blieb keine Zeit, die beißende Antwort zu geben, die ihr auf der Zunge lag, denn da drang das gefürchtete Kommando aus dem Hof an ihr Ohr:

»Legt an!«

Acht Gewehre wurden an die Schulter gehoben.

Plötzlich sah Allison aus dem Augenwinkel, daß Channings Blick nicht am Fenster hing, nicht an den Vorgängen draußen, sondern an ihr. Logan bedeutete ihm nichts, weder tot noch lebendig. Der wahre Brennpunkt seiner boshaften Rache war sie und die Familie, für die sie stand.

»Feuer!«

Im Augenblick hallte eine Salve von Schüssen in der Morgenluft wider.

Logans Körper sackte am Pfahl zusammen. Nur die Stricke, die ihn banden, hielten ihn noch aufrecht.

Ein gellender Schrei drang von Allisons Lippen.

»Logan!« schrie sie und wollte zur Türe des Pförtnerhauses stürzen. Aber Channing packte sie am Arm und hinderte sie daran, in den Hof hinauszurennen.

»Nicht so schnell, meine hochmütige kleine Erbin!« sagte er mit selbstgefälliger Befriedigung. »Bleiben Sie bei uns und feiern

Sie mit uns!« Er zerrte sie zurück und stieß sie gegen die entfernte Wand des Raumes, wo sie zu Boden fiel.

Channing blickte nach draußen. Eine Anzahl Männer band Logan vom Pfahl los, um ihn fortzubringen.

»Nun, General«, sagte Channing, »nun haben wir es wohl geschafft!« Seine Stimme war voll Jubel.

»So könnte man es ausdrücken, ja«, antwortete von Graff mit bedrückter Stimme. Seine Augen ließen Zweifel an seinem Triumph aufkommen.

Sie wandten sich vom Fenster ab, der Mitte des Raumes zu.

»Ich habe mir die Freiheit genommen, einige kleine Vorbereitungen für diesen großen Augenblick zu treffen«, sagte Channing, als sie sich dem Tischchen näherten. Eine Flasche und zwei Kristallgläser standen darauf. »Sie trinken doch ein Gläschen Champagner mit mir, General?«

Er entkorkte die Flasche und reichte von Graff eines der Gläser. Beide Männer erhoben ihre Gläser, während Channing seinen Trinkspruch ausbrachte: »Auf den soeben heimgegangenen L'Escroc. Wir haben den Schwindler ausgetrickst!«

Hinter ihnen meldete sich eine unerwartete, aber vertraute Stimme zu Wort:

»Ach ja, L'Escroc ... das war tatsächlich eine meiner besten Rollen!«

Channing fuhr in hellem Entsetzen herum. Das Glas fiel zu Boden und zersplitterte lärmend. Logan stand in der Türöffnung. Allison sprang vom Boden auf.

»Logan!« schrie sie auf.

Sie stürzte auf ihn zu und schlang die Arme um seinen nassen und zerschlagenen Körper.

»Es tut mir wirklich sehr leid, Sie enttäuschen zu müssen, General – und Sie, Mr. Channing«, sagte Logan, »aber meine Kameraden haben mich gebeten, Ihre kleine Siegesfeier zu stören. Wir haben es doch ziemlich eilig – Sie werden sicherlich Verständnis dafür haben – diesem trostlosen Ort zu entkommen.«

Er hielt lang genug inne, um sich vorzubeugen und Allison einen zarten Kuß auf die Wange zu drücken, während er den Blick auf seine Beute gerichtet hielt.

»Ich fürchtete schon, irgend etwas sei schiefgegangen«, sagte sie.

»Das hätte leicht sein können – ich wäre fast an einem Herzschlag gestorben, als ich vor diesen Gewehrmündungen stand!« sagte Logan. »Warum hast du mich nicht informiert?«

»Es gelang uns nicht, dir eine Nachricht zukommen zu lassen«, sagte Allison.

»Aha!« knirschte Channing in einer Mischung aus Zorn und Bedauern, »Sie waren also die ganze Zeit im Bilde! Jetzt verstehe ich, wieso Sie so verdammt ruhig waren!«

Während Channing sprach, dachte von Graff bereits daran, sich in Sicherheit zu bringen. Er bewegte sich verstohlen auf einen Winkel des Raumes zu, wo ein Gewehr an der Wand lehnte.

»Nicht so schnell, Monsieur General!« kam eine Stimme von der Türe her. Sie fuhren herum und sahen einen deutschen Soldaten dort stehen, der sein Gewehr auf von Graff gerichtet hielt.

Der General fuhr herum. Draußen standen die falschen Füsiliere und richteten ihre Waffen auf die drei oder vier echten SS-Soldaten. Sie trieben die neuen Gefangenen zum Pförtnerhaus.

»Gute Arbeit, meine Liebe«, sagte der deutsche Soldat, in dem sie nun Henri erkannten, zu Allison. »Dein ausgetüftelter Plan funktionierte ohne die geringsten Schwierigkeiten.«

»Ihr Plan?« antwortete ein verblüffter Logan.

»Mais oui, Michel«, sagte Henri augenzwinkernd. »Meinst du, du wärst der einzige Ränkeschmied in der Familie? Aber komm, wir müssen fort von hier!«

Sie drängten sich dicht aneinander, während Allison Logans geschwächten Körper stützte. Gemeinsam traten sie in den Hof hinaus. Allison warf einen letzten Blick auf Channing. Seine Augen glühten wie feurige Kohlen – ein deutlicher Beweis, daß sie ihn nicht zum letztenmal gesehen hatte.

Als Logan draußen im Freien auftauchte, traf sich sein Blick mit dem eines der deutschen Gefangenen. Neumann gab seinen Blick nur einen Augenblick lang zurück, aber lang genug, um die Botschaft darin zu lesen: »Ich wünsche dir Glück, L'Escroc MacIntyre.« Und da war vielleicht auch die Abschiedsbitte: *Bete gelegentlich für mich, wenn du an mich denkst.*

Henri war noch beim Pförtnerhaus beschäftigt, wo sie die Deutschen einschlossen. Dann rannten sie auf den Wagen zu, den sie benutzen wollten. Henri hielt lang genug inne, um die Reifen der anderen Wagen mit einem Kugelhagel zu zerschießen. Dann kletterte das Trüppchen Widerstandskämpfer in den übriggebliebenen Wagen. Henri schlüpfte hinters Lenkrad, startete den Wagen und brauste durchs Tor.

FAIT ACCOMPLI – BEINAHE

Logan lehnte an der Wand des Wagens, der wild dahinratterte. Sein Körper war dem Zusammenbruch nahe, nachdem so viele unerwartete Ereignisse über ihn hereingebrochen waren, aber trotz der Erschöpfung war sein Verstand wach und klar.
»Das Telefon!« sagte er plötzlich. »Wir hätten die Leitung zum Pförtnerhaus durchschneiden müssen!«
»Verflixter Fehler!« rief Henri. »Sie werden bald hinter uns her sein!«
Wenig später hielt der Wagen an. Der größte Teil des falschen Erschießungskommandos stieg aus. Einer nach dem anderen rannten die Männer auf Logan zu und schüttelten ihm herzlich die Hand. Er dankte ihnen allen von Herzen. Augenblicke später waren sie im Wald verschwunden, und der Wagen fuhr weiter. Jetzt saßen nur noch Henri, Jean Pierre, Allison und Logan darin.
»Die nächste Haltestelle für euch beide heißt England!« schrie Jean Pierre. »Und falls ich später keine Gelegenheit mehr habe, es zu sagen«, fügte er hinzu, »sage ich es gleich: Gottes Segen mit euch! Ich werde oft an euch denken, und seid sicher, daß ich ein Gebet dankbarer Erinnerung für euch sprechen werde!«
»Oh, Jean Pierre!« sagte Allison, »wir danken dir! Danke, daß du die ganze Zeit für meinen Logan gesorgt hast! Ach du, lieber Henri! Vielen Dank, daß ihr ihn mir sicher zurückgebracht habt! Ich werde euch niemals vergessen, liebe Freunde!«
»Wohin fahren wir?« fragte Logan.
»Zu einem Flugfeld«, antwortete Allison, bevor einer der beiden Franzosen antworten konnte. »Ein Flugzeug wartet auf uns.«
»Du bist ja toll!« sagte Logan. »Wie hast du das alles bloß geschafft?« Sein Stolz war offenkundig.
Sie fuhren schweigend weiter, etwa zehn oder fünfzehn Minuten lang. Das Flugfeld war bereits in Sicht, als Henri plötzlich aufstöhnte.
»Ich fürchte, wir haben Gesellschaft bekommen«, sagte er. Im Rückspiegel sah er vier Autos, die ihnen in aller Eile folgten. Eines davon sah nach einem Wagen der SS aus. Sie waren nur noch eine halbe Meile entfernt.
»Haltet euch fest!« schrie er und trat das Gaspedal bis zum Anschlag durch. Der Wagen tat einen Sprung nach vorn. Henri

kurbelte am Steuerrad, und der Wagen raste von der Straße weg, durchbrach einen klapprigen Holzzaun und raste, ohne die Geschwindigkeit nennenswert zu verringern, über das Gras auf den Flugplatz zu, wo die Lysander mitten auf der Runway stand und zwischen all den Heuschobern ziemlich sonderbar aussah.

Der Pilot sah sie kommen, erkannte, daß sie verfolgt wurden, und ließ seine Maschine an. Die Propeller des kleinen Flugzeugs begannen sich surrend zu drehen.

Eine Gewehrsalve traf die Seiten des Wagens.

Die Entfernung war noch zu groß, als daß die Kugeln hätten wirklichen Schaden anrichten können, es sei denn, sie hätten ein Fenster oder einen Reifen getroffen. Der Buchhändler am Steuerrad fuhr unbekümmert weiter, obwohl der Wagen auf dem holprigen Boden wie wild sprang und rumpelte.

»Wie kommt ihr beide da raus?« schrie Logan. »Wir können euch doch nicht einfach hier zurücklassen!«

»Keine Sorge!« antwortete Jean Pierre. »Auf der anderen Seite der Wiese ist eine Straße, auf der wir fliehen können. Wir brauchen nur hundert Meter Vorsprung. Nach einer Kurve in der Straße springen wir heraus, der Wagen stürzt über die steile Böschung, und wir fliehen in den Wald. Wenn die Deutschen uns nachkommen, sehen sie nichts weiter als einen Wagen, der in die Tiefe kollert. Bis sie unten angelangt sind und feststellen, daß er leer ist, sind wir fast schon wieder in Paris.«

Logan blickte auf. Er konnte den Lärm der Motoren der Lysander hören. Henri raste über die Runway, bis zum letzten Augenblick mit Höchstgeschwindigkeit. Dann sprang er plötzlich voll auf die Bremsen, und der Wagen hielt aufkreischend an.

Gewehrfeuer donnerte hinter ihnen her.

»Beeilt euch, Kameraden!« schrie der Pilot aus dem kleinen Flugzeug. »Wenn wir eine Kugel in den Tank kriegen, können wir uns alle begraben lassen!«

In der Ferne rasten die deutschen Wagen jetzt quer über die Wiesen auf sie zu. Aus jedem Fenster lehnten Soldaten, die wie wild feuerten.

Hände streckten sich nach ihnen aus, packten Logan an den Schultern, um ihm hineinzuhelfen. Das Flugzeug begann bereits zu rollen, als Allison an Bord kletterte. Der Pilot schloß die Türen, drückte die Steuerknüppel nach vorne, und das Flugzeug holperte über die Runway davon. Hinter ihnen versuchten Gewehrsalven vergeblich, ihr Abheben zu verhindern; die Lysander rollte mit zunehmender Geschwindigkeit dahin und war bald außer Schußweite.

Logan sank auf seinem Sitz in sich zusammen. Plötzlich spürte er, wie entsetzlich müde er war. Allison ergriff sanft seine Hand.

»Bald sind wir zu Hause, Logan«, sagte sie.

EIN EHRENHAFTES ENDE

Atkinson trug einen ausgesucht glatten Ausdruck auf dem Gesicht – fast einen Ausdruck väterlichen Stolzes.

Aber ich war derjenige, dachte Kramer, in dessen Züge sich ein eitles Lächeln eingegraben hatte, *der vom ersten Anfang an MacIntyres Potential richtig erkannte.*

Kramer hatte Atkinson das Privileg abgerungen, sich ihm beim Empfang für ihren Hauptmann Logan MacIntyre anschließen zu dürfen, der vor einer Woche aus Frankreich heimgekehrt war. Er hatte die folgenden Tage im Spital verbracht, um sich von den brutalen Mißhandlungen der Nazis zu erholen, aber nun war er gesund genug, um sich vom Dienst abzumelden und einen längeren Urlaub anzutreten.

»Das ist immer der schönste Teil des Jobs«, bemerkte Atkinson.

»Wenn eines deiner Küken sicher heimkehrt, was, Glucke?«

Bevor Atkinson antworten konnte, unterbrach sie ein Klopfen an der Türe.

Logan sah wieder gesund aus. Jedenfalls besser als vor einer Woche, als er aus der Lysander geklettert war und zum ersten Mal seit einem Jahr den Fuß auf britische Erde gesetzt hatte. Wie er nun in der Türe stand, wurde Atkinson plötzlich klar, daß er ihn zum ersten Mal in Uniform sah. Er wirkte ganz anders als sonst. Und obwohl er die Uniform seines Landes mit Stolz trug, paßte sie doch nicht so recht zu ihm.

Aber Atkinson erkannte, daß in Logan tiefgreifendere Veränderungen vorgegangen waren als nur der Wechsel zwischen Zivil und Uniform. Er hatte nicht mehr diesen trotzigen Ausdruck an sich. Was immer in Frankreich sonst noch geschehen war, es konnte keinen Zweifel daran geben, daß Logan MacIntyre zu sich selbst gefunden hatte.

»Guten Morgen, Hauptmann MacIntyre.«

»Guten Morgen, Sir«, antwortete Logan und schüttelte Atkinsons dargebotene Hand, dann wandte er sich an Kramer. »Und Ihnen ebenfalls, Major Kramer.«

Kramer trat strahlend auf ihn zu.

»Vergiß den ›Major‹!« Er packte Logans Hand und schüttelte sie kräftig, während er ihm mit der freien Hand auf die Schulter schlug. »Wir sind alle stolz auf dich, Logan.«

Atkinson nahm eine kleine Schachtel von seinem Schreibtisch und hielt sie ihm entgegen.

»Das ist für Sie, mein Sohn.«

Logan öffnete die Schachtel und starrte auf das funkelnde George-Kreuz drinnen. Er war zu überrascht, um Worte zu finden.

»Sie haben es sich verdient, Logan«, sagte Atkinson.

»Ich danke Ihnen, Sir«, antwortete Logan. Die Worte bedeuteten ihm ebensoviel wie der Orden selbst.

»Ich habe da einen Plan für Sie«, sagte Atkinson. »Natürlich erst, nachdem Sie eine lange Urlaubszeit verbracht haben. Es ist ein überaus wichtiger Job im Geheimdienst, und ich denke, Sie mit Ihrer Erfahrung aus erster Hand werden genau der richtige Mann dafür sein. Wir suchen verzweifelt nach Instruktoren für unser Trainingsprogramm, und ich glaube, Sie hätten den Jungs, die da ihre ersten Schritte tun, eine Menge zu bieten. Was meinen Sie?«

Logan grinste, erleichtert und geschmeichelt.

»Ich danke Ihnen, Sir«, sagte er. »Ich nehme gerne an.«

Sie schüttelten einander herzlich die Hand, bevor Logan sich daranmachte, über seine Zeit in Frankreich Bericht zu erstatten.

Als er eine Viertelstunde später ging, hatte er das Gefühl, daß alle Opfer, die er im vergangenen Jahr gebracht hatte, all die seelischen und körperlichen Schmerzen, die er erlitten hatte, nicht umsonst gewesen waren. Er hatte seinem Land gedient, und wenn er auch nicht sonderlich berühmt geworden war, so hatte er doch Integrität und Tugendhaftigkeit bewiesen.

Er wußte nun, daß er neben seinem Ahnen in Stonewycke, dem alten Digory MacNab, mit Stolz bestehen konnte.

BITTERSÜSSE WEIHNACHTEN

Niemals hatten die grauen Mauern von Stonewycke, die nun tiefverschneit dalagen, so heimelig auf Logan gewirkt wie zu diesen Weihnachten 1942. Wie gut tat es doch, wieder daheim zu sein! Er wußte jetzt – tiefer denn je zuvor – was es bedeutete, Teil von etwas zu sein, was größer war als er selbst: Teil einer Sache, einer Familie, eines Glaubens. Er wußte, sie waren das Opfer der Verpflichtung wert, der Hingabe seines ganzen Selbst.

Er stand beim prasselnden Feuer im Kamin des Wohnzimmers und sah zu, wie Allison die letzten Lamettafädchen an den Baum hängte.

Es war eine düstere Feiertagszeit. Viel Leid hatte es gegeben und großen Kummer. Alec war immer noch in Afrika stationiert. Ian war es gelungen, Urlaub zu erhalten, aber er würde erst in der ersten Januarwoche heimkehren. May war anwesend; sie war von ihrem Studium in den Vereinigten Staaten zurückgekehrt, um ihre Verlobung mit einem Amerikaner anzukündigen, und ihre Gegenwart verlieh dem Fest einen Funken von Freude. Und dennoch war es bestenfalls eine stille Freude, die die kleine Gruppe von Feiernden an diesem Heiligen Abend durchdrang.

Logan sah den Kontrast am deutlichsten auf Allisons Gesicht. Die Festtagsfreude, die sie nach außen hin zur Schau trug, konnte nicht verhindern, daß ihr gelegentlich eine Träne über die Wangen lief. Er ging zu ihr hinüber und legte ihr den Arm um die Hüfte. Ihre Lippen zitterten, aber sie lächelte ihn an.

»Sie wollte immer nach dem Lametta greifen«, sagte sie, »weil es so hübsch funkelte.«

»Ich glaube, diese Jahreszeit wird immer die schwerste für uns sein.« Logan wußte, daß sie von ihrer verstorbenen Tochter sprach.

»Letztes Jahr, in London, waren nur wir beide zusammen, du warst ja fort. Es war eine so öde, trostlose Zeit. Aber wir schmückten den Baum und ... oh, Logan, hätte ich damals gewußt, daß es unser letztes gemeinsames Weihnachten sein würde!« Allison mußte ein Schluchzen unterdrücken.

Logan streichelte sanft ihr Haar, während er sie zärtlich an sich gedrückt hielt.

In diesem Augenblick kam Joanna mit einem Tablett mit Erfrischungen herein. Sie stellte es auf dem Tisch ab und schenkte vier Gläser Punsch ein. Dann schritt sie zu den großen Fenstern und blickte hinaus in die schwarze Nacht. Hinter ihr prasselte das warme Feuer fröhlich vor sich hin, unbekümmert um die stürmische Winternacht draußen. Winzige weiße Schneeflöckchen wirbelten und tanzten auf der dunklen Scheibe und sammelten sich in den Winkeln des Fenstersimses. Als sie sich wieder den anderen zuwandte, verriet ihr Gesicht dieselbe Mischung von Gefühlen, die Allison und Logan empfunden hatten.

»Wißt ihr«, sagte sie sanft, »mir ist dieses Jahr gar nicht nach Feiern zumute. Die letzten Monate waren für uns alle eine schwere Zeit. Aber eben jetzt mußte ich an die erste Mahlzeit denken, die ich hier im Schloß einnahm. Ich denke, es war das Feuer, das die Erinnerung in mir weckte, obwohl wir damals in der alten Festhalle saßen. An dem Tag erfuhr ich, daß Dorey mein Großvater war.«

Joanna hielt inne und seufzte tief. Kein Zweifel, ihre Erinnerung war von mancherlei Gefühlen erfüllt.

Plötzlich wurde die Türe, die zur Küche führte, aufgestoßen. May kam herein, ein breites Lächeln auf ihrem koboldhaften Gesichtchen. »Die Scones sind fertig!« verkündete sie, während sie das hölzerne Tablett zum Tisch trug. »Und dazu gibt es frische Butter von der Farm der Cunninghams und die Waldbeerenmarmelade, die Mrs. Galbreath uns aus der Stadt schickt!«

»Ach, May!« sagte Logan, »wie froh sind wir drei, daß du heimkommen konntest, um uns Gesellschaft zu leisten!«

»Kommt«, sagte Joanna, »wir sollten nun an den Sinn des Festes denken.«

Jeder ergriff sein Glas und hob es den anderen entgegen.

»Auf alle die«, sagte Logan, »die wir lieben und die heute nicht bei uns sein können.«

»Der Herr segne sie alle«, fügte May hinzu, »und schenke ihnen Frieden.«

»Hilf uns, ihrer im Gebet zu gedenken«, sagte Allison.

»Und«, fügte Joanna hinzu, »möge das neue Jahr uns vereint finden! Wir danken dir, Herr, für die Geburt deines Sohnes!«

Das neue Jahr brachte nicht das Wiedersehen, das Joanna erhofft hatte. Der Krieg sollte noch drei weitere Jahre dauern. Die Jahre nach dem Krieg brachten neue Zeiten – und mit ihnen neue Sorgen und Probleme. Die Soldaten kehrten zurück, aber die Zwanzigerjahre kehrten nicht mit ihnen zurück. Eine neue Ära brach an.

HEIMKEHR

Eine steife Brise blies von der See herein und beugte die purpurnen Köpfchen des Heidekrauts.
Der Himmel leuchtete lebhaft blau, die Luft war frisch und rein. Die Fischer sagten einen Sturm für den nächsten Tag voraus, aber heute waren die Küste und die Hügel und die Felder hell und willkommen. Die Welt war voll Frieden.
Alec war am Vortag nach Hause zurückgekehrt. Für immer! Er hatte den ganzen Abend damit verbracht, sich wieder mit seiner Familie vertrautzumachen und mit Logan Kriegserinnerungen auszutauschen. Jetzt am Morgen war sein erster Wunsch gewesen, einen langen Spaziergang mit Joanna zu machen.
Alec schloß die Finger fest um Joannas Hand, als sie den letzten Hügel auf der Rückkehr zum Haus ihrer Ahnen emporstiegen. Dieses Bild hatte seine Träume beherrscht, im Wachen und im Schlafen, in den langen, einsamen Jahren in der Wüste und andernorts – seine geliebte Frau, die herrlichen Heidehügel, die grauen Steinmauern. Er hatte sich eine so leidenschaftliche Liebe für Frau und Familie und Heim und Herd bewahrt, daß sie ihn am Leben erhalten hatte, obwohl es ihm zuweilen erschienen war, als könnte er den grimmigen Geruch von Hitze und Sand und Kampf nicht mehr länger ertragen.
Das Tal von Strathy erstreckte sich als liebliches Panorama vor ihnen. Obwohl der Sommer soeben zu Ende gegangen war, war es wie das übrige Schottland immer noch leuchtend grün. Die Felder voll goldenen Korns reiften der bevorstehenden Ernte entgegen. Die kleine Stadt Port Strathy lag etwa zwei Meilen entfernt an der Meeresküste. Die Küstenlinie erstreckte sich in einer sanften Kurve bis zum vorspringenden Felsen in der nebligen Ferne.
»Ich werde niemals müde, hierherzukommen«, sagte Joanna nachdenklich. »Es genügt mir, das Land zu sehen, das Tal, die kleinen Gehöfte ... es erinnert mich immer wieder an unser Erbe. Da ist etwas in mir, das die Vergangenheit, die Wurzeln, diejenigen, die vor uns waren, niemals vergessen will. Das Erbe, das sie uns hinterließen, ist zu großartig, als daß wir es dahingeben könnten, nun, da neue Generationen heranwachsen.«
»Deswegen führst du wohl so eifrig deine Familienchronik«, sagte Alec. »Ich glaube, du hast drei- oder vierhundert Seiten hinzugefügt, seit ich in den Krieg gezogen bin. Aber glaubst du im

Ernst, irgend jemand außer deinem liebenden Gatten wird deine Niederschrift jemals lesen?«

»Ach, Alec«, rief Joanna aus, »als ob es darauf ankäme! Manche Geschichten muß man einfach erzählen. Selbst wenn niemand sie lesen wollte, sind sie doch wichtig ... für mich! Aber natürlich schreibe ich das alles für die Kinder – und ihre Kinder – für die zukünftigen Generationen, damit sie des Vermächtnisses ihrer Vorfahren gedenken. Wir dürfen niemals unsere Wurzeln vergessen, Alec!«

Die warme Sommerbrise, die den Geruch der salzigen Gischt mit sich trug, hatte auch Allison und Logan ins Freie gelockt; sie waren ausgeritten, nach Süden, über das öde Landstück, das als Braenock Ridge bekannt war, dann zurück über Land, und nun ließen sie ihre Pferde im Schritt gehen, über ein weites Moor, auf das Hügelchen zu, auf dem Alec und Joanna standen und ihnen entgegenblickten. Allison hörte zu, wie Logan ihr aus einem Brief vorlas, den er an diesem Morgen von Henri erhalten hatte.

»... *das Leben ist so ganz anders geworden, mon ami, als in den dunklen Tagen der Nazis. Meine liebe Frau und meine Kinder sind wieder bei mir. Was die anderen angeht, so ist Antoine unbeschadet nach Frankreich zurückgekehrt, Jean Pierre ist immer noch – nun, er ist immer noch er selbst! Jetzt ist er derjenige, der seinen Bruder vor der Hinrichtung zu bewahren sucht, die ihm wegen seiner Kollaboration mit den Nazis droht. Lise ist nach Israel gegangen. Eine neue Berufung hat ihre Leidenschaft erweckt. Claude habe ich aus den Augen verloren. Und du, mein lieber Michel, du bist nun also tatsächlich ein Held Frankreichs, wie ich es dir prophezeit habe! Gott segne dich, mon ami!*«

Logan seufzte tief.

»Du hast sie geliebt, nicht wahr?« sagte Allison sanft.

Er nickte. »Ich muß vielleicht sagen, daß ich keine besondere Zuneigung für Claude verspürt habe«, antwortete er nachdenklich. »Und dennoch, mitten in unseren Zwistigkeiten hat mich etwas mit ihm verbunden. Man kämpft nicht Schulter an Schulter mit anderen Menschen, setzt sein Leben für sie aufs Spiel, ohne daß sich Bindungen entwickeln, die einem für immer anhaften.«

»Ich kannte sie nur ein paar Tage lang«, entgegnete Allison. »Aber ich kann dir einiges nachfühlen.«

»Aber das war damals«, sagte Logan. »Jetzt ist die Zeit gekommen, in die Zukunft zu blicken ... unserem wirklich *gemeinsamen* Leben entgegen.«

EPILOG/LONDON 1969

Als der ehrenwerte Logan MacIntyre an diesem kalten Frühlingsmorgen den Sitz des Premierministers in Nummer Zehn, Downing Street, verließ, hatte er allen Grund, gut aufgelegt zu sein. Es war keine Kleinigkeit, vom Premierminister persönlich belobigt zu werden.

Ja, Logan war zufrieden mit sich selbst, und er war auch zufrieden damit, wie sein Leben seit dem Krieg verlaufen war. Das Leben eines Parlamentariers gab ihm reichlich Gelegenheit, die Talente zu nützen, die Gott ihm geben hatte, und seiner Persönlichkeit gemäß zu leben, die Freude am Umgang mit Menschen und an Betriebsamkeit hatte – vor allem, wenn es um eine gute Sache ging. Er hatte in den vergangenen zwanzig Jahren seinen Platz im Leben gefunden, und er hatte sich den Respekt seiner Vorgesetzten erworben, sowohl als Mann und Staatsmann wie auch als Christ. Die ihn näher kannten, sahen in ihm einen Mann, der sich für andere aufopferte, nicht nur aus Christenpflicht – obwohl er im ganzen Land als Beispiel gelebten Glaubens bekannt war –, sondern auch aus schlichter ethischer Überzeugung und Moral als menschliches Wesen. Er war ein Mann, der das Gute in Ehren hielt und sich danach sehnte, es unter den Menschen am Werk zu sehen – um des Guten willen und um Gottes willen.

Logan wollte eben ein Taxi herbeirufen, als ihm der Tag zu wunderschön erschien, als daß er ihn verschwenden wollte. Obendrein hatte er nur ein kurzes Stück Wegs bis zu seinem Büro zu gehen. Er hielt seinen Hut fest, als ihn eine Windbö traf, die trotz des sonnigen blauen Himmels wehte. Er näherte sich einem Zeitungsverkäufer, nahm eine Münze aus der Tasche und warf sie dem Jungen zu, der sie geschickt auffing.

»Guten Morgen, Mr. MacIntyre!« rief ihm der Junge über den Lärm des Verkehrs hinweg zu. »Hier ist Ihre Zeitung!«

»Danke, Joe.«

»Vergessen Sie Ihr Wechselgeld nicht, Sir!«

»Schon gut, mein Junge.«

»Danke, Sir!« rief Joe und grinste zufrieden über das Trinkgeld. »Und außerdem – meine Mama sagt, sie würd' Ihn' nie vergessen, was Sie wegen dem kleinen Problem mit der Polizei letzte Woche für mich getan haben. Und ich vergeß' es auch nie.«

Der Junge war in Schwierigkeiten mit dem Gesetz geraten,

weil er im Verdacht gestanden hatte, im Besitz von Marihuana zu sein. Als Logan, der damals bereits seit zwei Jahren die »Times« bei ihm kaufte, davon gehört hatte, hatte er die Sache in die Hand genommen, sich für den Jungen eingesetzt und schließlich herausgefunden, daß Joe das Opfer einer Verwechslung mit einem anderen Zeitungsverkäufer geworden war, der einige Häuserblocks entfernt seinen Standplatz hatte.

Logan hatte keinen Dank dafür erwartet. Er erschien ihm ganz selbstverständlich, so etwas zu tun. Er erinnerte sich noch sehr gut daran, wie schwer es für einen jungen Mann war, auf den Straßen zu überleben.

»Nun«, fuhr Joe fort, »sie – meine Mama, mein ich – sie wollte Sie zum Abendessen einladen, aber ich sagte ihr, nein, so'n vornehmer Herr wie Sie –«

»Ich würde aber gerne kommen«, unterbrach ihn Logan. »Du kennst ja meine Telefonnummer – ruf mich einfach an und sag mir, wann ich kommen soll.«

»Das werd' ich, Mr. MacIntyre, das werd' ich! Meine Mama wird sich wahnsinnig freuen, wenn ich's ihr sag!«

Logan schob sich die zusammengerollte Zeitung unter den Arm und ging weiter. Zehn Minuten später erreichte er sein Büro. Seine Sekretärin, Agnes Stillwill, eine Frau in mittleren Jahren, tüchtig und treu ergeben, begrüßte ihn herzlich.

»Ich habe eine ganze Anzahl Nachrichten für Sie, Mr. Mac Intyre.«

Sie nahm einen Stenoblock zur Hand und folgte ihm in sein Privatbüro.

Nachdem sie die Anrufe mit ihm besprochen hatte, sagte sie zuletzt: »Und hier war noch ein Anruf von einer Hannah Whitley.« Sie rückte verlegen an ihren Brillengläsern.

»Hannah Whitley...« wiederholte Logan nachdenklich. »Wer ist das?«

»Ich weiß es nicht, Sir. Sie klang wie eine sehr einfache Frau ... ein Dienstmädchen oder dergleichen. Ich kann mir nicht vorstellen, was sie wollte.«

»Ich glaube nicht, daß ich den Namen jemals gehört habe«, sagte Logan. »Hat sie eine Nachricht hinterlassen?«

»Ja, Sir, und die hörte sich ziemlich seltsam an«, erwiderte Mrs. Stillwill. »Sie sagte, sie müßte mit ihnen sprechen und wollte wissen, wann Sie wieder hier wären. Ich bat sie, ihre Nummer zu hinterlassen und sagte, Sie würden sie zurückrufen, wenn sie das wünschte. Sie schien erst nicht so recht zu wollen, aber schließlich stimmte sie zu. Hier ist die Telefonnummer.«

»Für mich klingt das nicht weiter sonderbar«, bemerkte Logan und ergriff den Zettel, den seine Sekretärin ihm reichte.

»Ich nehme an, es war vor allem ihr Tonfall, der mich beunruhigte.«

»Na, wir wollen sehen.« Logan zog das Telefon an sich heran, warf einen Blick auf das Papier und wählte die Nummer. Nach einer stummen Pause hängte er ein. »Das ist aber wirklich merkwürdig«, sagte er. »Kein Anschluß unter dieser Nummer. Sagten Sie nicht, sie hätte soeben angerufen?«

»Ich frage mich, ob ich die Nummer vielleicht falsch notiert habe. Tut mir schrecklich leid.«

»Unmöglich, Aggie. Aber denken Sie nicht weiter daran.«

Er warf das Stückchen Papier nachlässig in das Körbchen mit der eingegangenen Post auf seinem Schreibtisch. »Falls die Sache wichtig ist, werden wir schon wieder davon hören.«

hänssler

Schloß Stonewycke

Schloß Stonewycke, ein sagenumwobener schottischer Herrschaftssitz. Hier reift Lady Margaret zur Frau heran; hierher kehrt sie nach vielen Jahren in der Fremde wieder zurück. In sechs Bänden wird das Leben dreier Generationen einer aristokratischen schottischen Familie erzählt. Eine Geschichte um Liebe und ein großes Geheimnis in der grünen Landschaft des schottischen Hochlandes, geschrieben von Michael Phillips und Judith Pella in der Tradition des Schriftstellers George McDonald.

Die Erbin von Stonewycke

Gb., 320 S., Nr. 391.556, ISBN 3-7751-1556-0

Zwei Männer machen Maggie, der zukünftigen Herrin von Schloß Stonewycke, den Hof.

Die Flucht von Stonewycke

Gb., 320 S., Nr. 391.653, ISBN 3-7751-1653-2

Nachdem Maggie heimlich geheiratet hat, gerät sie in Lebensgefahr. Sie flieht nach Amerika.

Die Herrin von Stonewycke

Gb., 300 S., Nr. 391.665, ISBN 3-7751-1665-6

Ist das Erbe der Familie für immer verloren? Kann die rechtmäßige Erbin es zurückgewinnen?

Bitte fragen Sie in Ihrer Buchhandlung nach diesen Büchern!
Oder schreiben Sie an den Hänssler-Verlag, Postfach 1220,
W-7303 Neuhausen-Stuttgart.

hänssler

Das Rätsel von Stonewycke

Gb., 330 S., Nr. 391.707, ISBN 3-7751-1707-5

Wer wird den legendären »Schatz von Stonewycke« finden?

Schatten über Stonewycke

Gb., 300 S., Nr. 391.708, ISBN 3-7751-1708-3

Ohne Allisons Wissen arbeitet Logan in Frankreich als Doppelagent für die Briten, während Allison den Krieg in London erlebt.

Der Schatz von Stonewycke

Gb., 280 S., Nr. 391.795, ISBN 3-7751-1795-4

Auch im modernen Großbritannien der 70er Jahre bleibt die Faszination von Stonewycke lebendig. Logan und Allison sehen sich einem neuen Rätsel gegenüber: Welches ist die richtige Tochter und richtige Erbin von Stonewycke? Wird der Schatz von Stonewycke doch noch zu seinen rechtmäßigen Besitzern zurückkehren oder nicht?

Bitte fragen Sie in Ihrer Buchhandlung nach diesen Büchern!
Oder schreiben Sie an den Hänssler-Verlag, Postfach 1220,
W-7303 Neuhausen-Stuttgart.

hänssler

Michael Phillips/Judith Pella

Jamie – Das Mädchen vom Hochland

Gb., 320 S., Nr. 391.838, ISBN 3-7751-1838-1

Als junge Waise wächst Jamie in den wunderschönen grünen Bergen von Donachie auf. Dort, in der wilden unberührten Natur hütet sie die Schafe ihres Großvaters – doch ihr großer Traum ist, einst eine Lady zu sein.
Jamies Weg von der Schafhirtin zur Lady führt sie weit weg vom geliebten Donachie in die Stadt Aberdeen – doch schließlich zurück ins schottische Bergland, auf das Landgut von Lord Graystone.
Hier findet Jamie zurück zu ihren Wurzeln, verborgene Geheimnisse der Vergangenheit kommen unerwartet an den Tag...

Bitte fragen Sie in Ihrer Buchhandlung nach diesen Büchern!
Oder schreiben Sie an den Hänssler-Verlag, Postfach 1220,
W-7303 Neuhausen-Stuttgart.